Erwin Welker

# RAUBKATZEN AUF NEBLIGER SEE

## CAPTAIN JAMES WALKER UND SEINE CREW SIND ZURÜCK

**EK-2 MILITÄR**

# Inhalt

# Ihre Zufriedenheit ist unser Ziel!

Liebe Leser, liebe Leserinnen,

zunächst möchten wir uns herzlich bei Ihnen dafür bedanken, dass Sie dieses Buch erworben haben. Wir sind ein kleines Familienunternehmen aus Duisburg und freuen uns riesig über jeden einzelnen Verkauf!

Mit unserem Label *EK-2 Militär* möchten wir militärische und militärgeschichtliche Themen sichtbarer machen und Leserinnen und Leser begeistern.

Vor allem aber möchten wir, dass jedes unserer Bücher **Ihnen ein einzigartiges und erfreuliches Leseerlebnis** bietet. Daher liegt uns Ihre Meinung ganz besonders am Herzen!

Wir freuen uns über Ihr Feedback zu unserem Buch. Haben Sie Anmerkungen? Kritik? Bitte lassen Sie es uns wissen. Ihre Rückmeldung ist wertvoll für uns, damit wir in Zukunft noch bessere Bücher für Sie machen können.

Schreiben Sie uns: info@ek2-publishing.com

Nun wünschen wir Ihnen ein angenehmes Leseerlebnis!

*Moni & Jill von EK-2 Publishing*

# Prolog

Ein geschmeidiger Jaguar schien herablassend auf seinen Bewunderer zu starren, der einige Meter unterhalb stand und stolz nach oben blickte.

Obwohl der Jaguar aus massivem Hartholz geschnitzt war, machte er einen ziemlich lebendigen, ja fast gefährlichen Eindruck. Ein echter Jaguar wäre natürlich schon längst hinab gesprungen – entweder um seine vermeintliche Beute zu töten, oder um sich in den Tiefen eines unergründlichen Dschungels in Nichts aufzulösen.

Jedoch prangte diese Raubkatze als Galionsfigur am messerscharf geschnittenen Vorsteven eines nahezu fertiggestellten Schoners, welcher in Kürze den Namen Jaguar erhalten würde. Noch aber ruhte die Gallionsfigur des prächtigen Schiffes auf einer Helling eines kleinen Werftgeländes.

Der muskulöse Mann, der sich das überaus gut gelungene Schnitzwerk, welches den Bug seines neuen Schiffes zierte, bewundernd, beinahe ehrfürchtig ansah, war kein Geringerer als der Eigner. Sein Name war James Walker.

Er hatte mit der Galionsfigur über ihm einiges gemeinsam: Kräftig, trotz seiner beinahe siebenundvierzig Jahre, noch recht geschmeidig, kampferprobt und unberechenbar. Darüber hinaus war er durchaus gefährlich – zumindest für seine Gegner.

Seine Gegner waren vor neun Jahren, also 1798, aber auch im Jahr zuvor, die Franzosen gewesen. Das eine mal hatte Walker als Kapitän eines amerikanischen Kapers legitim gegen die Franzmänner gekämpft, als es zwischen dem jungen amerikanischen Staat und Frankreich einen Seekrieg gegeben hatte, der formell nie erklärt worden war.

Und im Jahr zuvor hatte er einen Brander gegen eine französische Korvette eingesetzt, um diese als etwaigen Verfolger auszuschalten. Schließlich hatten die Franzosen gemeinsam mit ihren Verbündeten, den Spaniern, Jagd auf seine Korvette Cougar gemacht. Aber auch nur, weil er sich mit seiner tapferen Crew das Lösegeld geholt hatte, welches die Franzmänner eigentlich zum Freikauf ihrer Landsmänner, die in Tripolis als Geiseln festgehalten wurden, bereitgehalten hatten. Aber jemand war den Franzosen zuvorgekommen, hatte mit einem gewagten Plan und tollkühner Vorgehensweise den Muselmanen die Geiseln abgenommen und hinterher die befreiten, unversehrten Leute gegen das Lösegeld ausgetauscht, welches eigentlich für das räuberische Barbarenvolk bestimmt gewesen war.

Auf diese Weise hatte sich Walker im vergangenen Jahr die undankbaren Franzosen schon wieder zum Feinde gemacht. Als ob die Engländer, gegen die Walker schon im amerikanischen Unabhängigkeitskrieg gekämpft hatte, nicht schon genug gewesen wären. Doch der Krieg um die Unabhängigkeit wurde schon vor 24 Jahren beendet.

James Walker ließ seinen Blick gedankenverloren über den neu erbauten Schoner schweifen. Sein vorheriges Schiff, die Korvette Cougar, war beinahe dreihundert Tonnen größer gewesen und das bei einer Bewaffnung, die man diesem Kriegsschoner niemals zumuten konnte. Sein altes Schiff war im Vergleich mit diesem schnittigen Vollblut eher eine müde Mähre gewesen. Diesem Schoner sah man bereits jetzt seine künftige Geschwindigkeit und Wendigkeit an, obwohl es noch unfertig auf der Helling ruhend lag.

Wer sollte da noch mit meinem Schiff mithalten können, dachte er.

Sein Gesicht strahlte vor Vorfreude. Doch kaum eine Sekunde später wirkte Walker wieder ernst und tief in Gedanken versunken. Vielleicht, weil ihn die Vergangenheit immer wieder einholte, oder wegen der ungewissen Zukunft.

Da die Arbeiter ihre täglichen Tätigkeiten niedergelegt hatten, gab sich Walker dem Gefühl hin, alleine auf der Werft zu sein. Er bestaunte die Sonne, welche im Westen, scheinbar direkt hinter Baltimore, unterzugehen schien. So nahm die Silhouette der immer größer werdenden Stadt, die vornehmlich aus Backsteingebäuden erbaut worden war, allmählich den gleichen Farbton wie den glutroten Schimmer der Sonne an. Besonders das mit neuen Kupferplatten beschlagene Unterwasserschiff des Schoners leuchtete nun im Licht der niedrig stehenden Sonne wie flüssiges Metall, während die Planken oberhalb der Wasserlinie schwärzer als die Nacht alles Licht in sich aufsogen.

Walker, der sich unbeobachtet gefühlt hatte, zuckte unmerklich auf, als er plötzlich eine Stimme hinter sich vernahm. Ganz allein war er hier also doch nicht gewesen.

„Na, Käpten Walker! Was sagen Sie zu unserer Arbeit? Ist das nicht ein Prachtstück?"

„Wer sollte das leugnen, Mister McIntosh! Diese Linien sind nicht zu übertreffen. Respekt und Hut ab! " Tatsächlich nahm Walker seinen breitkrempigen Hut, mit einer für ihn atypischen vornehmen Geste, vor dem dickbäuchigen, aber intelligent wirkenden Werftbesitzer ab.

„Ja Käpten Walker!", ruft Mister McIntosh. „Nun bin ich schon beinahe sechzig Jahre alt. Aber glauben Sie mir, beinahe so viele Jahre an Erfahrung stecken auch in diesem Schiff. Werfen Sie nur einen Blick auf den V-förmigen Querschnitt des Unterwasserschiffes, dass nach achtern hin einen leicht zunehmenden Tiefgang vorweist. Kein anderes Schiff wird so hart gegen den Wind gehen können wie meine Konstruktion. Bei einer entsprechenden Brise und ein wenig Seegang könnte man sogar die Mittelmeer-Schebecken, von denen Sie mir erzählt hatten, hinter sich lassen. Dass die Jaguar, die sowieso verhältnismäßig groß ist, ein wenig mehr Tiefgang hat, als vergleichbare Schoner, muss in Kauf genommen werden."

Walker erwiderte mit einer Stimme, die eine gewisse Erregung nicht verbergen konnte: „Ich könnte mir gut vorstellen, dass diese exzellenten Linien des Schiffes Schule machen werden. Vermutlich wird es in ein paar Jahren eine ganze Reihe solch prächtige Schiffe geben. Jedenfalls bin ich schon jetzt gespannt, wie sich die Jaguar machen wird. Sie, Mr. McIntosh, werden natürlich bei der Jungfernfahrt dabei sein. Sie sollen doch als erster miterleben, was Sie da geschaffen haben. Sie können wirklich stolz auf sich sein! Ich bin Ihnen zu Dank verpflichtet!"

„Ich danke Ihnen, Käpten Walker!" Ein Lächeln stiehlt sich auf Mr. McIntoshs Lippen. „Ohne Ihr Vertrauen, ohne Ihre großzügige Vorauszahlung, hätte ich meine Werft schon vor zwei Jahren schließen müssen. Damals stand es gar nicht so gut um meine Werft. So konnte ich mich aber über Wasser halten und jetzt habe ich schon wieder ein paar neue Aufträge."

Die Summe, die Walker vor zwei Jahren, ganz gegen sonst übliche Gepflogenheiten, gezahlt hatte, war keine geringe gewesen. Aber durch Kaperfahrten, die vor Jahren noch legitim gewesen waren, war eine hübsche Zahl an Golddollars zusammengekommen. Über den noch anstehenden Restbetrag, dessen Mittel bereits vorhanden und an einem sicheren Ort verwahrt wurden, schwieg Walker lieber. McIntosh musste nicht alles wissen – erst recht nicht, dass es sich um Gelder handelte, die von einem Gewerbe stammten, dass ein wenig über das der Freibeuterei hinausgegangen war.

Walker ertappte sich beim Grübeln und bemerkte, dass die Unterhaltung ins Stocken gekommen war. Deshalb fragte er neugierig: „Wann wird es denn soweit sein? Wann können wir zur Jungfernfahrt in See stechen?"

Auch McIntosh, als Werftbesitzer und stolzer Konstrukteur, fieberte diesen Tag entgegen. „Jetzt wird es nicht mehr lange dauern. In ein paar Wochen können wir den Stapellauf durchziehen. Das Setzen der beiden Masten, sowie das komplette aufriggen dauert bei einem Schoner auch nicht allzu lange. Nun, ich denke bis zum Ende des übernächsten Monats werden wir soweit sein. Ich bin selber schon gespannt!"

„Und ich erst!", entgegnete Walker.

# Kapitel 1: Die Fremden

Schon seit zwei Wochen lag die Jaguar wie tatenlos im Hafen von Portland herum.

Der Laderaum des Toppsegelschoners war so gut wie leer und deshalb lag das Schiff auch nicht besonders tief im Wasser. Gegen den schnittigen Rumpf, der von Vor- und Achterleinen, wie die beiden Springs an die Kaimauer gefesselt war, plätscherten eiskalte Wellen. Sämtliche Stagsegel waren vollständig geborgen und die Gaffel- und Rahsegel waren ordentlich eingebunden. So konnte derzeit nur erahnt werden, was wirklich in diesem schönen Schiff steckte.

Jetzt, es war Anfang Januar im Jahre 1808, brach die Nacht schon früh herein, denn die Tage waren noch äußerst kurz. Schon warf der Leuchtturm seine Lichtkeule auf das graue Meer. Sein Strahl wies den Schiffen, die Portland anlaufen wollten, einen sicheren Weg und warnte vor der felsigen Landzunge, auf der dieses Bauwerk thronte. Neben seinem hellen Licht strahlte der Turm, der nicht nur der älteste des Staates Maine, sondern sogar der älteste der gesamten Ostküste war, Ruhe und Beständigkeit aus.

Diese Ruhe hatte Captain James Walker nicht und Beständigkeit konnte ihm eher schwer nachgesagt werden. Seine tiefblauen Augen strahlten Verwegenheit und eine gewisse Rastlosigkeit aus. Trotz seiner von Seeluft gegerbten Haut, wirkte er nicht verbraucht und mit seinen struppigen, langen Koteletten, wie seinem halblangen, blonden Haar hinterließ er sogar noch den Eindruck, ein jung gebliebener Abenteurer zu sein. Walkers verwitterte Kleidung war nicht gerade typisch für einen Seemann. Allerdings machte seine Kleidung für die Position eines Kapitäns keinen besonders gepflegten Eindruck.

Walker ging unruhig und grübelnd auf dem Deck seines Schiffes hin und her. Manchmal blieb er abrupt stehen, sah zur Stadt und machte sich Gedanken über seine Leute, die gerade Landgang hatten und das, was diese dort wohl treiben würden. Mit Sicherheit wieder saufen, prügeln und herumhuren. Aber so war das mit Seeleuten und Walker gönnte dem Teil seiner Crew, der nicht zur Hafenwache eingeteilt war, die für Seeleute so typischen Vergnügungen an Land.

Von einer unerklärlichen Unruhe getrieben, drehte Walker wieder eine weitere Runde an Deck. Dann blieb er abrupt stehen, um erneut auf das Meer zu blicken, welches nun fast übergangslos mit dem dunkelgrauen Himmel verschmolz. Seine Sinne wurden vom Horizont nahezu magnetisch angezogen. Eine unerfüllte Abenteuerlust, die beinahe schon zu einer Gier ausartete, erfasste ihn.

Es wurde Zeit bald wieder auszulaufen. Aber wohin? Und mit welcher Ladung?

Das Geschäft, welches Walker vor kurzem mit illegal von Jamaica eingeführtem Rum und nicht verzolltem Zucker gemacht hatte, war zwar gut, aber nicht unbedingt umwerfend gewesen. Derzeit standen im Laderaum des Schoners nur noch ein paar Kisten Tabak, die bisher weder verschoben, noch regulär verzollt oder verkauft waren. Die Ladekapazität der Jaguar war mit der eines ordentlichen Handelsseglers überhaupt nicht vergleichbar. Zwangsweise musste mit einträglicherer Ware gehandelt werden, selbst wenn die Zöllner wenig Verständnis dafür zeigen würden. Aber die Zöllner mussten nicht alles wissen. Sicherheitshalber hatte man die Schmuggelware auch nicht hier im Hafen, sondern zwanzig Seemeilen weiter im Süden an Land gebracht und von einem Verbindungsmann abholen lassen.

Aber wie sollte es nun weitergehen? Wieder Felle nach Europa transportieren, wie er es früher schon gemacht hatte? Der Toppsegelschoner war für schnelle Küstenfahrten geeignet, als für weite Atlantiküberquerungen. Und da wäre ein dickbäuchiger Frachtsegler mit großem Ladevolumen doch was anderes als sein Toppsegelschoner, der kein hohes Freibord verfügte und dessen Stärke in der Geschwindigkeit lag.

Da die Jaguar weit abseits von der Stadt lag, sozusagen in der hintersten Ecke des Hafens von Portland, war außer dem aufdringlichen Geschrei der Seemöwen und dem Plätschern der Wellen kaum etwas von der Umgebung zu hören. Walker war ganz in seinen Gedanken versunken, als er plötzlich von hinten angesprochen wurde.

„Ahoi, Captain!"

Zwei Fremde in langen Mänteln und weiten, abgetragenen Hüten standen auf der Kaimauer und blickten zu Walker hinab. Beide trugen kurzgestutzte Vollbärte und sahen kaum wie Städter, sondern eher wie Farmer oder wie vom Land stammendes Volk aus.

„Gestatten Sie uns, an Bord Ihres prächtigen Schoners zu kommen, Sir?", fragte der ältere Mann, der um die vierzig Jahre alt sein musste und ein ledern wirkendes Gesicht hatte. „Wir würden Sie gerne sprechen."

„Sie glauben, nur weil Sie meinen Namen kennen, hätte ich Sie gerne an Bord?", konterte Walker ziemlich unfreundlich, denn Fremden gegenüber war er eher misstrauisch. Der Akzent des Mannes kam ihm aber zugleich irgendwie vertraut vor.

„Vielleicht kommen wir nicht so ungelegen, wie Sie derzeit glauben, Sir! Ich kann mir gut vorstellen, dass es sich für Sie und auch für Ihre Crew lohnen könnte. Opfern Sie uns nur ein bisschen Ihrer Zeit."

Walkers Stimmung änderte sich schlagartig. Sein Instinkt erahnte, dass sich ein lohnendes Geschäft ergeben könnte. Zöllner waren diese Fremden mit Sicherheit nicht, sinnierte Walker. Dass es sich um solche handeln könnte, war ihm nur in den ersten Sekunden durch den Kopf geschossen.

„Nun gut. Kommen Sie an Bord!", forderte Walker die beiden auf.

Geschickt stiegen die zwei Männer von der Kaimauer auf das Schanzkleid des sich im Wasser wiegenden Schiffes und sprangen dann mit einem geübten Satz aufs Deck. Die routinierten Abläufe waren Walker nicht entgangen.

Also doch keine Landratten, dachte er sich.

„Mein Name ist Robert Albright, Capt'n! Und mein Partner heißt Sven Ohlsted." Dabei gab er Walker mit einem kräftigen Druck seine Pranke.

„Tag Capt'n!", meinte der große Blonde, der beinahe einsneunzig groß war.

„Tag! Folgen Sie mir in meine Kajüte! Viel Platz ist dort aber nicht."

Die Fremden folgten Walker den steilen Niedergang hinab und bemerkten sogleich, dass dieser nicht übertrieben hatte. Tatsächlich gab es gerade mal vier kommode Sitzgelegenheiten an einem kleinen Tisch, eine enge Koje, diverse Regale, sowie ein Möbelstück mit vielen Türen, Klappen und Schubladen. In diesem vielseitigen Schrank waren nämlich Waschtisch und Toilette auf raffinierte Weise versteckt worden. Alles Mobiliar war aus massivem Teak gefertigt, wirkte durchaus zweckmäßig und zeigte kaum Spuren von Abnutzung. Außerdem dominierte der Geruch von Holz den Raum, der auf Schiffen nicht üblich war. Oft roch es nach moderigen Gestank. Unverhohlen bewunderten die Besucher das Bild an der Wand, welches eine Korvette in rauschender Fahrt zeigte.

„Setzen Sie sich, bitte", meinte Walker und holte eine Flasche Rum und drei Gläser von einem der Regale.

„Sie haben wirklich ein tolles Schiff, Capt'n! Es scheint auch ziemlich neu zu sein", lobte Albright.

„Ja das ist es auch. Meine Jaguar hatte erst vor wenigen Monaten seine Jungfernfahrt gemacht", erklärte Walker mit unverkennbarem Stolz.

„Und wie macht sie sich?" Diese Frage kam von Ohlsted, bei dem plötzlich Interesse aufkam. Zuvor hatte dieser noch ziemlich teilnahmslos gewirkt.

Mit einigem Enthusiasmus erzählte Walker den beiden Fremden von der ersten Fahrt der Jaguar, schwärmte von ihrer Rasanz, der vorzüglichen Wendigkeit und, dass dieses Schiff seine ursprünglichen Erwartungen tatsächlich übertroffen hatte. Gespannt und mit zuversichtlichen Minen lauschten die beiden Gäste der Lobrede.

Walker hatte in seiner Euphorie noch gar nicht nach dem Sinn und Zweck des Besuchs gefragt.

Nun wollte Albright, der bisher nur wenige Zwischenfragen gestellt hatte, zur Sache kommen. „Ihr Schiff wäre genau das, was wir brauchen, Capt'n. Und nach allem was wir von Ihnen wissen, wären Sie und Ihre Mannschaft genau die Richtigen für unsere Sache."

„Was wissen Sie denn schon von mir und von welcher Sache sprechen Sie eigentlich?" Walker klang plötzlich gereizt.

„Können wir Deutsch sprechen? Wände, besonders hölzerne, haben bekanntlich Ohren. Sie sprechen doch auch Deutsch, Capt'n, nicht wahr?"

Walker wechselte ins Deutsche, welches er als Kind erlernt und noch nicht ganz vergessen hatte, obwohl es ihm zäh von den Lippen kam und von starkem englischen Akzent geprägt war. „Ja, Deutsch ist mir noch ein wenig geläufig. Mein Vater war Deutscher, kam aber aus dem Süden, und der hat mir seine Muttersprache beigebracht. Geboren wurde ich aber in der Neuen Welt, nämlich in Boston. Vermutlich wissen Sie das aber schon, oder?"

Die beiden Männer schüttelten die Köpfe.

Diese Geste beruhigte Walker aber kaum. Mit einem erbosten Ton in der Stimme ließ er nicht locker und fuhr fort: „Sie wissen mehr über mich, als ich über Sie. Das gefällt mir nicht. Wer zum Teufel seid ihr? Eurem Akzent nach seid ihr keine Deutschen, stimmt's?"

„Genaugenommen sind wir Dänen", erklärte Albright. „Eigentlich bin ich Dithmarscher und mein Name ist Robert Albrecht und nicht Albright. Und mein wortkarger Genosse heißt Sven Ohlsted. Er ist tatsächlich ein Däne und kommt von der Insel Föhr. Aber da das Herzogtum Holstein und damit auch Dithmarschen dem Königreich Dänemark angehören, könnte man uns als Dänen bezeichnen. Aber das ist Ansichtssache."

Walker war ein wenig verwirrt. Die komplizierten Verhältnisse im kriegerischen Europa, wo sich die Grenzen manchmal über Nacht verschoben, waren ihm nicht vertraut.

„Captain Walker, ich muss mich dafür entschuldigen, dass ich und mein Gefährte so frei waren und während der letzten zwei Wochen herumgeschnüffelt haben, aber das war eine reine Vorsichtsmaßnahme. Wir möchten Ihnen ein Geschäft vorschlagen, welches nicht unbedingt jedermanns Sache ist", berichtete Albrecht.

Walker fühlte sich irgendwie angegriffen und fragte im scharfen Ton: „Aber eine Sache für mich und mein Schiff? Woher seid Ihr euch da so sicher?"

Albright räusperte sich. „Ihr Schiff ist uns ins Auge gefallen. Sven ist auf dem Gebiet ein Experte und da stellte sich dann zwangsläufig die Frage, für welche Zwecke dieser schnelle Schoner eingesetzt wird. Trotz der spärlichen Bewaffnung sieht die Jaguar kaum wie ein gewöhnlicher Küstenfrachtsegler aus. Außerdem gehen Gerüchte einher, dass Sie mit ihrer übermäßig üppigen Mannschaftsstärke weniger gediegenen Geschäften nachgehen."

Walker lehnte sich vor. „Was wird denn so gemunkelt?"

„Na ja." Albrecht zögerte ein wenig. „Man spricht hinter vorgehaltener Hand von Schmuggel. Aber auch zum Kapern oder eventuell sogar für den Sklavenhandel wäre Ihr Schiff gut geeignet. Ich tippe auf Schmuggel, obwohl es dafür keinerlei Beweise gibt."

„Und nun wollen Sie mir ein Geschäft vorschlagen, das in diese Richtung geht? Da müssten Sie mich schon überzeugen!"

Nun öffnete auch Ohlsted, der sich die meiste Zeit im Hintergrund gehalten hatte, seinen Mund. „Herr Albrecht hat schon eine Anspielung auf die spärliche Bewaffnung Ihres Schoners gemacht. Darf ich meine Vermutung aussprechen?"

Walker war gespannt. „Schießen Sie los!"

„Ihr Schoner ist so gut wie neu. Deck und Spanten sind massiv genug, um weitere Kanonen zu tragen. Ich weiß nicht, ob Ihnen daran liegt, Capt'n, aber bei unseren Aktionen könnten durchaus Gewinne entstehen, die es Ihnen ermöglichen würden, dieses Schiff weiter auszurüsten. Nun was halten Sie davon? Können Sie solche Argumente überzeugen?"

Das klang ziemlich vage, hörte sich für Walker aber irgendwie verlockend an. In der Tat hatten die paar Kanonen einen defensiven Charakter. Derzeit standen gerade mal acht 12-Pfünder auf dem verstärkten Oberdeck. Im Gegensatz zu seinem vorherigem Schiff, der Korvette Cougar, besaß ein Schoner dieser Größe kein eigenes Batteriedeck.

Walker griff nach seinem Glas, welches er in der Zwischenzeit wieder mit Rum gefüllt hatte. Der Besuch auf seinem Schiff brachte wirklich interessante Aspekte in den biederen Tagesablauf, der sich momentan auf der Jaguar bot.

„Sprechen Sie weiter", befahl Walker. „Was erwarten Sie von mir?"

Jetzt nahm Albrecht wieder das Wort auf. „Erstens sollten Sie ein wenig Material, also Ware nach Tönning transportieren. Das ist eine dänische Stadt. Sie liegt an der Eider, welche dort in die Nordsee mündet. Zweitens könnten Sie sich an unserer Sache beteiligen, aber nur wenn Ihnen das gelegen käme."

„Sie machen mich neugierig," gestand Walker. „Aber bevor wir weiterreden, würde ich gerne wissen wollen, warum Sie das Material nicht auf dem Schiff in ihre Heimat transportieren, auf dem Sie in diesen Hafen gesegelt sind?"

„Nun, dieses Schiff ist leider schon seit einigen Wochen überfällig. Nachdem wir in Philadelphia von Bord gegangen waren, um unseren Geschäften an Land nachzugehen, ist jenes Schiff fortgesegelt. Der Kapitän wollte seine Zeit nicht im Hafen vertrödeln, sondern mit seiner Fracht weiter nach New York segeln. Unser vereinbarter Treffpunkt wäre nun in Portland gewesen. Und hier warten wir nun schon seit Wochen vergebens auf unser Transportmittel. Deshalb haben wir uns verzweifelt nach einem neuen Schiff umgeschaut, welches uns und unsere Fracht wieder zurück in unsere Heimat bringt."

Walker nickte verständnisvoll. „Verstehe. Nun gut, wo waren wir vorher stehengeblieben? Ja, um welche Art von Fracht handelt es sich eigentlich?"

„Entschuldigen Sie mich, Captain. Noch ist es zu früh, auf dieses brisante Thema einzugehen."

Walker stutzte. Seine Neugierde war trotzdem erweckt worden. „Wie Sie meinen, meine Herren! Aber Sie sprachen vorher von irgendeiner Sache. Um was geht es da genau? Ich glaube kaum, dass es dabei auch um eine interessante Sache für mich geht, nur weil wir uns zufällig in der gleichen Sprache verständigen können. Vor allem möchte ich meine Besatzung auf meiner Seite wissen. Meine Crew hat diesbezüglich ein Wörtchen mitzureden."

„Aber Sie sind doch der Kapitän dieses Schiffes, Mister Walker." Albrecht wunderte sich. „Sie können doch alleine bestimmen wohin Ihr Kurs geht. Gelten bei Ihnen an Bord denn Artikel, die besagen, dass die Besatzung mitbestimmen muss, so wie es bei den Piraten üblich ist?"

„Meine Herren, Sie haben doch selber schon festgestellt, dass die Jaguar weder ein Kriegsschiff, noch ein reguläres Handelsschiff ist. Tatsächlich gelten hier an Bord bestimmte Statuten. Außerdem habe ich vom Krieg, falls Ihre Angelegenheiten in irgendeiner Weise damit zu tun haben sollten, eine Weile genug", gestand Walker.

Albrecht nickte und schaute Walker verständnisvoll an. „Verstehe. Es ist auch nicht Ihr Krieg."

„So ist es", beteuerte Walker. „Dann ist meine Vermutung richtig. Es geht also um kriegerische Handlungen, nicht wahr?"

Diese Frage wurde von Abrecht weder bestätigt noch dementiert, stattdessen fuhr er ungezwungen fort: „Ich kann mir trotzdem gut vorstellen, dass Ihre Leute nichts dagegen hätten, wenn auch für sie etwas dabei herausspringen würde."

Wie kommen diese Leute gerade auf mich? Wie viel wissen diese verdammten Fremden von mir, fragte sich Walker.

Walker fauchte wie ein Jaguar. „Verdammt noch mal, kommen Sie endlich zur Sache!"

Albrecht nutzte den geschickten Griff nach seinem Glas, um den Kapitän des Schoners unauffällig zu mustern. Dann fuhr er fort: „Ich weiß nicht, wie viel Sie über die derzeitige Situation an den Küsten der Nordsee wissen. Es handelt sich um die Kontinentalsperre, die dieser Napoleon Bonaparte über das europäische Festland erlassen hat. Diese Sperre richtet sich prinzipiell gegen die Engländer und soll ihren Handel mit dem Festland unterbinden. Das heißt, dass die Engländer weder Waren aufs Festland ausführen, noch – und das ist für Sie viel einschneidender – von Waren von Europa auf ihre Insel importieren können. Die britischen Inseln sollten ausgehungert werden. Aber was erzähle ich Ihnen? Sie wissen was Krieg bedeutet."

13

Walker nickte bestätigend. „Die Kontinentalsperre wird anscheinend als Gegenmaßnahme der britischen Seeblockade gedacht sein. Sehe ich das richtig?"

„So ist es, Capt'n Walker!", bestätigte Albrecht. „Nun haben die Engländer, seit ihrem Sieg bei Trafalgar, ihre Macht auf See mehr und mehr ausgebaut. Fast überall, wo es ihnen gefällt, können die Briten ihre Flagge sehen lassen. Sei es in der Karibik, also Westindien, wie in Ostindien, in Batavia, rund um den afrikanischen Kap oder sonst wo. Im Mittelmeer haben die Franzosen den Engländern gewisse Vorteile, aber da die Engländer mit Gibraltar eine strategisch wertvolle und schwer einzunehmende Festung besitzen, mit der sie den Zugang zum Mittelmeer kontrollieren können, haben diese auch dort ein Wörtchen mitzureden. Um es kurz zu machen: Die Briten haben die Seeherrschaft und blockieren die französischen Häfen und verhindern damit, dass Napoleon seine Macht, über das europäische Festland hinaus, weiter ausbauen kann. Für Bonaparte war dies natürlich Grund genug, um mit der Kontinentalsperre zu kontern."

„Ich verstehe." Walker legte die Stirn in Falten. „Eins ist mir bis jetzt immer noch nicht ganz klar: Auf welcher Seite steht ihr eigentlich?"

Ohlsted wandte sich beinahe verlegen ab. Er überließ das Sprechen offensichtlich lieber seinem älteren Genossen.

Aber auch Albrecht zögerte kurz. Dann erst mühte sich dieser ab, die politisch etwas komplizierte Lage zu erklären: „Wir beide, aber auch sehr viele unserer Sinnesgenossen, wären liebend gerne frei und unabhängig. Auf gar keinen Fall wollen wir Schergen dieses Napoleon Bonaparte sein. Ich persönlich fühle mich nicht als Däne, sondern, ich habe es ja schon erwähnt, als Dithmarscher, obwohl unser Land zum Königreich Dänemark, was bis vor wenigen Monaten noch unabhängig war, gehört."

„Und jetzt? Was ist aus der Unabhängigkeit von Dänemark geworden?", fragte Walker interessiert.

„Nun, es passierte im Oktober. Also wenige Wochen bevor wir in See gestochen sind. Jedenfalls hatte eine britische Flotte Kopenhagen beschossen und beinahe die halbe Stadt in Schutt und Asche gelegt …"

„… und darüber hinaus auch noch die dänische Kriegsflotte außer Gefecht gesetzt …", ergänzte Ohlsted.

„… da hat sich Dänemark gleich darauf, nämlich am 31. Oktober 1807, mit den Franzosen verbündet. Eigentlich wäre Dänemark lieber unabhängig geblieben, aber aus Wut oder Trotz gegen die Engländer sind die Dänen das Bündnis mit Frankreich eingegangen. Jedenfalls behindern die Engländer mit ihrer Blockade uns, aber auch jedes andere Land, das mit den Franzmännern kooperiert. Aber auf inoffiziellen Wege gibt es durchaus wieder Handel mit ihnen."

„Aber eigentlich müssten die Engländer doch Ihre Feinde sein?", warf Walker misstrauisch ein.

„Gewiss!", bestätigte Ohlsted. „Jeder, der uns verbietet die Meere zu befahren und uns in der Bewegungsfreiheit einschränkt, ist unser Feind. Aber, wenn uns eine Möglichkeit gegeben wird, dann nutzen wir sie auch! Besonders zwischen Tönning und der Insel Helgoland, welche uns Dänen von den Briten in diesem Jahr weggenommen wurde, wird immer mehr geschmuggelt. Und da machen wir und unsere Freunde zugegebenermaßen eifrig mit."

Walker grinste von einem Ohr zum andern: „Aha! Ihr zwei Halunken seid also nichts anderes als gemeine Schmuggler! So etwas dachte ich mir fast! Zum Teufel mit euch, ihr ..."

Den beiden Besuchern fielen fast die Kinnladen runter. War nun das ganze Vorhaben geplatzt?

Aber nachdem Walker den Anblick der immer bleicher werdenden Gesichter ausgekostet hatte, schenkte er hämisch grinsend die Gläser der Dänen nach und hob sein eignes Glas. „Darauf trinken wir! Langsam finde ich Gefallen an eurer Geschichte. Cheers!"

Nun konnten sich auch die verblüfften Männer das Grinsen nicht verkneifen. Die Gerüchte über den Kapitän Walker konnten also gar nicht so falsch gewesen sein. Schelmisch lächelnd erhoben sie ihre Gläser. „Cheers, Capt'n Walker!"

Dann hob Ohlsted sein Wort. „Wir wollen uns in unserer Freiheit nicht einschränken lassen, weder durch die Franzosen, noch durch die Briten. Wir wollen die Meere befahren können, wann immer wir uns danach sehnen!"

Walker wurde stutzig. Nachdem er sein Glas gelehrt hatte, fragte er Ohlsted: „Sie hören sich an wie ein Freiheitskämpfer. Kann es sein, dass Sie neben dem Schmuggeln noch anderen Aktivitäten nachgehen?"

Als Walker beobachtete, dass Ohlsted zögerte, hakte er nach. „Wenn Sie mit mir ins Geschäft kommen wollen, dann bestehe ich auf klare Verhältnisse. Also?"

„Nun gut, Captain Walker. Wir beide gehören einer geheimen Bruderschaft an. Wie Sie ganz richtig erraten haben, schmuggeln wir nicht nur, sondern wir kooperieren mit allen, die sich in ihrer Freiheit eingeschränkt fühlen. Mit jenen, denen der tägliche Broterwerb schwer gemacht oder ganz genommen wird ..."

„... und unterstützen auch im Untergrund arbeitende Widerstandskämpfer, die eine hanseatische Legion gründen wollen", fügte Albrecht hinzu. „Ich kann nicht voraussetzen, dass sie die vielschichtigen Auswirkungen auf die an den Küsten der Nordsee lebenden Menschen verstehen können. Ich will Sie nicht damit behelligen, aber darf ich Ihnen nur ein paar Beispiele nennen?"

„Nur zu, ich habe Zeit."

Nun griff auch Abrecht wieder zu seinem Glas. Wie sollte er einem Amerikaner, selbst wenn dieser deutscher Abstammung war, die Verhältnisse an der Nordseeküste klarmachen? Viel Interesse war sicher nicht von Walker zu erwarten.

Zögernd begann er, dem Kapitän mit dem ominösen Ruf, die Situation klarzumachen. „Da sind zunächst die ganzen Bewohner der ostfriesischen und nordfriesischen Inseln. Vom Festland sind sie abgeschnitten und auf See können sie sich nicht frei bewegen. Der reguläre Handel auf dem Seeweg kam zum Erliegen. Außerdem leben dort viele Menschen zu großen Teilen vom Walfang. Auch damit ist es vorüber. Selbst das Fischen wird ihnen schwer gemacht."

„Und das Schmuggeln", meinte Ohlsted unbekümmert, fügte aber gleich hinzu: „Der Schmuggel blüht seitdem natürlich auf. Wenn einem jedwedes Recht auf legitime Einkünfte genommen wird, dann bleiben doch nur noch illegale Geschäfte, nicht wahr?"

Walker verstand.

Aber schon fuhr der dominierende Albrecht unverhohlen fort: „Vom angeschwemmten Strandgut aufgelaufener Schiffe können diese Leute natürlich auch nicht leben und von der Landwirtschaft erst recht nicht. Hab' ich recht?" Albrecht ließ seinen Blick zu Ohlsted schweifen, der eifrig nickte.

„Darf ich noch ein wenig ausholen, Capt'n?", wollte Albrecht wissen.

„Nur zu."

„Sehen Sie, seit der Kontinentalsperre leidet Altona, eine ehemals aufblühende Stadt, wegen dem zum Erliegen gekommenen Handel. Dagegen kann sich die freie Hansestadt Hamburg wenigstens noch mit dem Austausch von Waren mit den Engländern über Wasser halten. Das läuft allerdings hauptsächlich über Helgoland. Auch die Insel Norderney, welche von Jahr zu Jahr mehr Einnahmen, durch vom Festland kommende und nach Seeluft gierende Badegäste, erzielt hatte, leidet nun unter der französischen Besetzung. Was bleibt da? Selbst zum Fischen müssen wir uns in Küstennähe halten. Kleine französische Kriegsschiffe wie Kutter oder Lugger patrouillieren regelmäßig in Küstennähe. Also bleibt uns bei Nacht und Nebel nur noch der Schmuggel. Und das mit all seinen Risiken." Dann legte Albrecht eine kurze Pause ein und versuchte Walkers Gesicht zu entschlüsseln.

Ohlsted, der sich die meiste Zeit im Hintergrund gehalten hatte, nutzte die Gelegenheit beim Schopf und ergänzte die Situation aus seiner Perspektive. „Viele unserer Landsleute betrachten jetzt die Franzosen als Verbündete und so wollen sie es gar nicht wahrhaben, dass unser Land von einer fremden Macht kontrolliert wird. Das gilt für die Dänen wie für die Dithmarscher, die Holsteiner und für die Ostfriesen. Die gehören ja dem Königreich der Niederlande an und somit sind sie genauso Vasallen dieses Bonaparte. Aber irgendwann werden auch diese Menschen begreifen, dass sie in einem besetzten Land leben und ihre verräterische Kooperationsbereitschaft bereuen."

Langsam konnte sich Walker ein Bild von der Situation in der Alten Welt machen.

„Beim Henker, wirklich interessant!", gab Walker mit deutlichem Kopfnicken zu. Dann aber wurde er nachdenklich und sagte: „Über ein einträgliches Geschäft mit gut bezahlter Ladung könnte ich mir vielleicht schon so meine Gedanken machen. Aber in eure freiheitskämpferischen Tätigkeiten möchte ich mich nicht einmischen. Wie gesagt, nach kriegerischen Aktivitäten steht es mir nicht. Außerdem, wie kommen Sie beide ausgerechnet auf mein Schiff, meine Herren?"

Ohlsted nahm nochmals einen kräftigen Schluck Rum zu sich, dann meinte er eindringlich: „Ihre Jaguar würde von der Ladekapazität für unsere Zwecke allemal ausreichen. Und in Bezug auf ihre Schnelligkeit wäre sie eben der Blockadebrecher schlechthin! Damit segeln Sie jedem englischen und französischen Schiff auf und davon. Den Engländern könnte man auf hoher See entgehen und den Franzmännern an der Küste."

„Da bin ich mit Ihnen einer Meinung, meine Herren. Allerdings dachte ich, dass Sie mit den Engländern eifrigen Handel betreiben. Trotzdem habe ich das Gefühl, dass Sie sie meiden wollen", ergänzte der Kapitän.

„So ist es, Capt'n!", bestätigte Albrecht. „Regulär müssen auch wir auf See jede Kontrolle durch englische Schiffe vermeiden. Mit Helgoland, ich glaube, dass wir das schon angesprochen haben, ist das nochmal etwas anderes. Jetzt eröffnet es für uns völlig neue Perspektiven, welche wir künftig eifrig nutzen wollen. Den Briten dient Helgoland als Stützpunkt gegen den Handelskrieg. Über diese Felseninsel wird nicht nur eine Menge an Ware verschoben, sondern auch …"

„Sondern?", fragte Walker, der plötzlich wieder neugierig geworden war.

„Sie dient auch als Zentrale für den britischen Geheimdienst", flüsterte Albrecht fast. „Von dort werden regelmäßig Spione nach Hamburg geschleust und wieder zurückgeholt."

Ohlsted ergänzte noch unverfroren: „Zu einigen britischen Geheimagenten, auf Helgoland gibt es sogar einen recht einflussreichen Agenten, haben wir übrigens gute Beziehungen, die manchmal äußert zweckdienlich sein können."

„Donnerwetter!", meinte Walker, der von den obskuren Verhältnissen in der alten Welt wirklich beeindruckt war. „Und Sie glauben, dass es sich für mein Schiff wirklich lohnen könnte, Ware dorthin zu transportieren?"

„Mit Sicherheit!" Albrecht blickte Walker fest an. „Meines Wissens sind Sie kein Mann der das Risiko scheut. Sprechen Sie mit Ihrer Crew. Es wird sich lohnen. Vielleicht könnten Sie sich sogar für eine Weile an ein paar weiteren Schmuggelfahrten vor unseren Küsten beteiligen."

„Die Zeit ist ideal", bemerkte Ohlsted. „Jetzt fangen die dunstigen, nebeligen Monate und die Winterstürme an. Und Dank der Engländer hat die französische Marine auf der Nordsee sowieso nicht viel zu melden. Zumindest sind dort keine großen Einheiten. So haben wir es nur mit kleineren Schiffen zu tun, die sich sowieso in den Schutz der Küste oder in die Häfen zurückziehen, wenn wirklich einmal englische Zwei- oder Dreidecker auftauchen. Und solch einem englischen Dickschiff davonzusegeln, sollte für Ihren Schoner kein großes Problem darstellen."

Walker wurde nachdenklich. „Das muss ich mir noch gut überlegen, meine Herren. Und wie gesagt, meine Crew hat da auch noch ein Wörtchen mitzureden. Außerdem haben Sie mir bis jetzt immer noch nicht anvertraut, um welche Art von Ware es sich handelt. Was für Zeugs soll ich denn nach Europa transportieren, oder soll ich schmuggeln sagen?"

Albrecht runzelte die Stirn. „Baumwolle, Melasse, ähm, und ..."

„Und was noch? Waffen vielleicht?"

„So ist es Capt'n! Die besten Waffen die man in Stückzahl auftreiben konnte. Von Jacob Hawken modifizierte Fergusons und eine gute Anzahl Harper Ferry-Büchsen vom Modell 1803, Kaliber 54. Alle mit gezogenen Läufen und allen Witterungen gewachsen. Mit einer Hawken-Büchse hatten wir sogar auf dreihundert Metern recht gute Trefferleistungen erzielt. Das entspricht der dreifachen Distanz von gewöhnlichen Musketen."

„Gibt es denn in Ihrer Heimat keine Schusswaffen?", fragte Walker interessiert.

„Kaum! Die französische Armee konfisziert alles, was sie in die Finger bekommt. All unsere Häuser sind durchsucht worden. Bedauerlicherweise hatten wir nicht alles rechtzeitig verstecken können."

„Verstehe", gab Walker von sich. „Trotzdem muss ich mir erst noch alles durch den Kopf gehen lassen und mich mit meinen Offizieren, aber auch mit dem Rest der Mannschaft besprechen."

„Selbstverständlich, Capt'n! Reichen Ihnen sieben Tage?"

Walker nickte.

Der sichtlich erleichterte Albrecht ergänzte noch: „Falls Sie zustimmen, müssen wir Ihr Schiff für die Überfahrt und den inzwischen eingesetzten Winter ausrüsten. Auch daran werden wir uns beteiligen. Dann dürfen wir uns jetzt von Ihnen verabschieden, Capt'n Walker. Es war uns eine Freude."

Die beiden erhoben sich von ihren Stühlen.

Der lange Ohlsted musste sich dabei bücken, denn sonst hätte er sich seinen Schädel am Decksbalken angeschlagen. „Bis bald, Capt'n!", meinte er noch zum Schluss.

„Ich bringe euch noch an Deck", murmelte Walker und geleitete seine Besucher hinaus in die Nacht. Kurz darauf waren die beiden Fremden in der Dunkelheit verschwunden – fast so plötzlich wie sie aufgetaucht waren.

Nachdenklich ging Walker wieder in seine Kajüte zurück. Obwohl er schon zuvor in Gesellschaft der beiden Besucher einigen Rum geschluckt hatte, griff er erneut zur Flasche. Er war sich nicht sicher, ob es richtig war, sich auf die beiden Fremden einzulassen. Vielleicht würde man in einen Krieg verwickelt werden, mit dem man absolut nichts zu tun hatte. Gab es denn keine vernünftigeren Alternativen?

Trotz aller Bedenken ließen ihn solch dubiose Geschäfte einfach nicht los. Insgeheim hatte er eine Weile auf ein einträgliches Geschäft gehofft. Aber nun, wo es so aussah, als ob es diese Gelegenheit gekommen wäre, da plagte ihn wieder sein Gewissen.

Warum zum Teufel sollte er sich erneut auf solch unseriöse Sachen einlassen, dachte sich Walker und zupfte nervös an seinem Bart. Warum nicht ordentlichen Handel treiben, so wie es andere Kapitäne taten?

Aber irgendwie fühlte er, dass er nicht dafür geschaffen war. Zu Kriegszeiten war alles viel einfacher gewesen. Da wusste Walker, dass er auf den Planken eines Kriegsschiffes oder als Kommandant eines Kaperschiffes richtig war. Da war er der richtige Mann am richtigen Ort gewesen. Aber jetzt?

Warum hatte er vor Jahren solch einen schnittigen Toppsegelschoner in Auftrag gegeben anstelle eines pummeligen Frachtseglers? Nach allem, was im Jahr zuvor geschehen war, hatte er sich ernsthaft vorgenommen ein neues Leben anzufangen. Aber schon in den wenigen Monaten, die er ohne Schiff an Land verbracht hatte, war ihm klar geworden, dass es ihm schwer fiel, seinen guten Vorsatz wirklich einzuhalten.

Jetzt nebelte Walker seine Gedanken mit weiteren kräftigen Schlucken ein und legte sich in voller Montur in seine Koje. Das laute Trappeln an Deck, welches die Rückkehr einiger Besatzungsmitglieder ankündigte, nahm er gerade noch wahr, aber schon Minuten darauf verfiel Walker in den Schlaf des Gerechten.


Ein eisiger Graupelschauer zog über Portland hinweg. Wohin man auch blickte, war es grau und die feuchtigkeitsgeschwängerte Luft war kalt und unangenehm. Selbst die Möwen hatten sich bei diesem Wetter verzogen. Außer dem regelmäßigen Plätschern der Wellen und einem gelegentlichen Knarren im Rigg und an den Leinen lag eine bedrückende Stille über dem Hafen. Und dort lag die Jaguar immer noch vertäut am menschenleeren Kai.

Unterm Deck des Toppsegelschoners war es kaum wärmer. Jedoch war dort die anwesende Besatzung wenigstens vor dem kalten Wind und der unangenehmen Feuchtigkeit weitestgehend geschützt.

Captain Walker und sein altgedienter Schiffsarzt Kevin McArthur saßen in der Kapitänskajüte beisammen und würfelten. Zwar war das Spielen um Geld an Bord strikt verboten – auch Walker selbst hielt sich eisern daran – aber das änderte nichts an der Tatsache, dass das Würfeln bei Seeleuten eine überaus beliebte Sache war.

Der aus Schottland ausgewanderte McArthur war für Walker nicht nur ein geschätzter Schiffsarzt und Würfelgegner, sondern darüber hinaus auch noch einer der Wenigen, die sein Vertrauen genossen. So saßen die beiden Männer bei einem angenehm wärmenden Gläschen Hochprozentigem beisammen und ließen die Würfel rollen.

McArthur schielte über seine runde Nickelbrille hinaus und runzelte die Stirn. „James, du spielst heute miserabel. Außerdem scheinst du nicht ganz bei der Sache zu sein. Willst du nicht lieber aufhören oder willst du mir sagen, was dir durch den Kopf geht?"

Walker sah seinen schmächtigen Schiffsarzt an, der ihn scheinbar besser kannte, als er sich eingestehen mochte.

„Kevin, du altes Schlitzohr, du hast mich schon wieder durchschaut! Vielleicht sollte ich diese verdammten Würfel lieber zur Seite stellen."

McArthur grinste verschlagen. „Also, welcher Schuh drückt dir? Raus mit der Sprache!"

Walker stieß mit McArthur sein Glas an und leerte es in einem Zug. Dann begann er von dem dubiosen Angebot der beiden Fremden zu erzählen. McArthur hörte aufmerksam zu und wusste auch schon bald, dass sich sein Captain immer noch nicht zu einer Entscheidung hatte durchringen können.

„Und jetzt hast du die Crew immer noch nicht in diese Sache, die wirklich überdacht werden sollte, mit einbezogen, James? Und das, obwohl du nur noch vier Tage Zeit hast? Auf die Schnelle kann ich dir auch keinen vernünftigen Rat geben. Aber wie auch immer, auf mich kannst du zählen, du alter Haudegen!"

Das war schon mal ein guter Anfang, dachte Walker.

Er griff nach den verstreut liegenden Würfeln, um sie beiseite zu legen. Dann klopfte es an der Tür.

„Captain, Sie haben Besuch!" Das war John Harrison, Walkers junger Kajütsteward.

„Komm rein!", erwiderte Walker. „Was gibt's denn zum Teufel?"

„Eine vornehme Lady ist da mit einer Kutsche vorgefahren, Sir! Die möchte Sie unbedingt sprechen!"

„Ah, soso!", bemerkte McArthur respektlos. Vermutlich hat sich der Captain eine hübsche Dirn angelacht. „Dann verzieh ich mich lieber."

Walker hatte mit allem gerechnet, nur nicht mit Damenbesuch. Er kämmte noch schnell sein struppiges Haar zurecht, dann stieg er den Niedergang zum Deck hinauf. Dort stand eine Kutsche mit geschlossenem Verdeck. Hastig stieg er die Leiter an der Kaimauer hinauf, um nach der Person zu sehen, die in dem Gefährt auf ihn wartete. Als Walker das hübsche Gesicht unter dem eleganten Hut erkannte, war er zunächst ein wenig verblüfft. Es war die Geliebte von George Ripley. Der war auf seiner Korvette Cougar sein Erster Offizier gewesen.

„Guten Tag Missis Fosset? Was für eine Überraschung Sie hier in Portland zu treffen. Wir haben uns schon eine ganze Weile nicht mehr gesehen." Walker reichte der Dame seine Hand.

„Guten Tag Captain Walker. Ich wusste, dass Sie nach Portland segeln wollten. Jetzt freut es mich ungemein, dass ich Sie wirklich antreffe!"

„Tatsächlich werde ich mit meinem Schiff nicht mehr lange hier bleiben. Sind Sie denn auf Geschäftsreise in Portland?", fragte er.

„Oh nein, Mister Walker. Ich muss Sie dringend sprechen. Sie werden mir wohl auch nicht helfen können, aber ich wusste niemanden anderen, an den ich mich sonst hätte wenden können", gestand sie.

Walker bemerkte die Verzweiflung in ihrem Gesicht. „Um was geht es denn?"

„Um George." Flüsternd, so dass es der Kutscher nicht hören konnte, fügte sie noch hinzu: „Man will ihn in England aufhängen."

Jetzt machte sich auch Walker ernste Sorgen um seinen ehemaligen Ersten, zu dem an Bord der Cougar freundschaftliche Beziehungen gewachsen waren.

„Kommen Sie doch an Bord meines Schiffes, Ma'am! Allerdings ist es in meiner Kajüte kaum wärmer als hier draußen und es wird auch etwas beschwerlich sein, mit Ihrem Kleid die Leiter dort hinunter zu klettern." Walker war es etwas peinlich, solch einer gepflegten Dame den mäßigen Komfort eines engen Schoners anbieten zu müssen.

„Darauf kommt es jetzt wirklich nicht an, Mister Walker. Ich habe schließlich die Mühe einer Postkutschenfahrt von Boston nach Portland auf mich genommen. Außerdem habe ich hier eine gute Unterkunft gefunden und dort ist auch mein Gepäck. Machen Sie sich also wegen mir nicht allzu viele Sorgen. Aber was George betrifft, dass macht mir wirklich schrecklichen Kummer!"

„Dann darf ich Sie zu mir an Bord bitten, Missis Fosset!"

Walker half der Dame beim Aussteigen. Trotz ihrer warmen Reisebekleidung wirkte sie überaus elegant. Als sie die senkrechte Leiter der Kaimauer hinabkletterte, erregte sie auch gleich bei den paar Matrosen, die im Augenblick auf dem Oberdeck der Jaguar herumlungerten, Aufmerksamkeit.

Zum Glück hatte Harrison vorausschauend Walkers Kajüte in Eile ordentlich aufgeräumt.

Dann fragte Harrison: „Soll ich für unseren Gast beim Smut heißen Tee oder Kaffee besorgen, Captain?"

„Na, was halten Sie von diesem Angebot, Missis Fosset?", fragte Walker und warf einen Blick auf die schöne Dame.

„Gegen heißen Tee hätte ich nichts einzuwenden!"

Walker nahm seinem Gast Hut und Mantel ab und bot der Dame einen Stuhl in seiner engen Kajüte an. Er spürte, dass die Frau vor Sorgen aus allen Nähten platzte, und so fragte er unverzüglich: „Und nun erzählen Sie mir genau was passiert ist, Ma'am!"

Jane Fosset blickte den Kapitän, den sie zuvor erst zweimal getroffen hatte, eindringlich an, dann begann sie zu sprechen: „Bevor George fortsegelte, sagte er mir, dass er in England etwas Dringendes zu erledigen hätte, denn schließlich ist er ja Engländer. Er hat mir aber nicht gesagt, um was es sich handelte, und aufdringlich wollte ich auch nicht sein. Und Sie, Captain Walker? Kannten Sie seine Absichten?"

Walker bemerkte unter welchen Emotionen Jane Fosset stand. Und da er über das Vorhaben seines Freundes Bescheid wusste, wurde er wirklich verlegen.

Beschämt nickend gab er zu: „Ja, tut mir leid Ma'am. Ich hätte ihn vielleicht daran hindern sollen. Aber einen Mann wie George Ripley kann man nicht so einfach von einem fest gefassten Entschluss abhalten. Er hatte sich geschworen, mit diesem Verräter von Geheimdienstchef abzurechnen. Der hat ihn schließlich verraten und verkauft. Wenn George nicht rechtzeitig gewarnt worden wäre, dann hätte man ihn an der höchsten Rah seines Schiffes aufgehängt. Das wissen Sie doch, Missis Fosset?"

Jane Fosset schlug ihre Augenlider nieder, nickte zaghaft und fragte: „George war also wirklich ein britischer Spion auf einer unserer amerikanischen Fregatten?"

„So ist es Ma'am. Er hat damals auf der U.S.S. Constellation gedient. George gestand es mir später an Bord meiner Cougar. Aber vermutlich auch nur weil er einiges geschluckt hatte."

„Dennoch konnte er Ihr Freund werden?"

„Wenn Sie ihm dies verzeihen konnten, Ma'am, dann konnte ich das auch."

„Natürlich, Sir." Jane Fosset zögerte ein wenig, denn die nächste Frage kam ihr nur schwer von den Lippen: „Und dass George's Ehefrau ihn ausgerechnet mit seinem höchsten Vorgesetzten, also diesem Geheimdienstchef, betrogen hat ... Stimmt das auch?"

„Meines Wissens ja, Ma'am."

„Und deshalb ist George über den ganzen Atlantik gesegelt, um sich mit seinem Widersacher zu duellieren?"

„Ja, so ist unser lieber Freund nun mal. Aber jetzt müssen Sie mir endlich sagen, was alles passiert ist. Sie haben mir in der Kutsche zugeflüstert, dass man George hängen will? Woher wissen Sie das?"

„George schmachtet jetzt in einem Kerker in London", berichtete die Dame. „Der Bruder von ihm ließ mir mit einem Schiff eine Nachricht zukommen. Bevor sich George auf diesen dummen Kampf einließ, hatte er noch seinen Bruder Edwin, der auf Guernsey lebt, aufgesucht. Das ist eine der Kanalinseln, aber das wissen Sie als Kapitän sicherlich. George darf angeblich einmal im Monat von seinem Bruder besucht werden. George war Gott sei Dank so schlau, dass er es arrangiert hatte, dass sein Erster Offizier im Falle von Schwierigkeiten Kontakt zu seinem Bruder aufnehmen konnte."

Jane Fosset atmete tief durch. Mit einem traurigen Ausdruck in ihren schönen Augen sagte sie: „Sonst wüsste ich bis heute nicht was geschehen ist. Was auch immer passiert, und ich bete zu Gott, dass es nicht zum Schlimmsten kommt, George's Bruder wird es in Erfahrung bringen und es so bald wie möglich sowohl der Crew der Dragonfire wie auch mir mitteilen lassen."

Jetzt konnte sich Walker mit seiner Neugierde nicht mehr zurückhalten. Längst war er von der Nervosität seines Gastes angesteckt worden. „Und? Was schreibt nun dieser Bruder?"

„George wurde inhaftiert, nachdem er seinen Gegner schwer verwundet hatte. Der lebt aber wohl noch. Dieser …"

Walker sah, dass sich sein Gast sehr abmühte, um weiter zu sprechen. Schon liefen Tränen über die Wangen der schönen Frau.

„Dieser Geheimdienstchef will nach seiner Genesung George hängen sehen. Und nun hoffe ich verzweifelt, dass sich diese Genesung so lange wie möglich hinzieht."

„Ich verstehe nicht, Ma'am?"

Jetzt klopfte es wieder an der Tür und Walkers Steward servierte den versprochenen Tee.

„Danke John. Du kannst jetzt wieder gehen", sagte Walker.

Jane Fosset musste sich erst wieder fassen, dann fuhr sie fort: „Je länger die Genesung dauert, desto mehr Zeit bleibt, um George zu helfen. Leider hatte weder der Erste Offizier der Dragonfire eine Idee, noch wüsste ich, wie ich meinem armen George beistehen könnte. Vielleicht mit Geld? Ich bin keine arme Witwe, sondern ein bisschen wohlhabend. Ließe sich da irgendetwas machen, Mister Walker? Ich kenne außer Ihnen niemanden, an den ich mich in meiner Verzweiflung wenden könnte. Deshalb bin ich zu Ihnen nach Portland gekommen, obwohl Sie das Unglück sicherlich auch nicht verhindern können."

Walker blickte seine Gegenüber zuerst ratlos an, dann senkte er verlegen den Kopf. Ohne der Frau direkt in die Augen zu sehen, meinte er: „Im

Moment halte ich es für kaum möglich, George aus einem englischen Gefängnis zu befreien, Ma'am. Aber vielleicht haben Sie ja Recht, mit Geld lässt sich manchmal Unmögliches erreichen."

Wieder kullerten Tränen über das Gesicht der Frau. Jane Fosset trocknete sich schnell mit ihrem Taschentuch ihre feuchten Wangen.

Ohne jeden Vorwurf meinte sie: „Sehr zuversichtlich hören Sie sich aber auch nicht an, Captain Walker. Was sollen wir nun tun?"

Walker marterte seine grauen Gehirnzellen. Wie sollte er mit diesen dürftigen Informationen auf die Schnelle eine Lösung für diese schwierige Situation finden? Schnell nach England segeln und seinen Freund mit Hauruck-Methoden aus dem Gefängnis befreien? Wenn das so einfach wäre!

Plötzlich erinnerte sich Walker an das ausführliche Gespräch mit den Fremden. Und da kam ihm ein vage Idee.

Langsam hob er den Kopf und sah seinem Gast in die schönen Augen. „Ich möchte Ihnen nicht zu viel Hoffnung machen, Missis Fosset. Beim besten Willen kann ich Ihnen nichts versprechen, aber vielleicht gibt es tatsächlich eine Möglichkeit."

Jane Fosset hörte dem Kapitän gebannt zu. Obwohl sie begriff, dass es nur eine spontane Idee von spekulativem Charakter war, so konnte sie plötzlich wieder einen Funken von Hoffnung schöpfen.

# Kapitel 2: Im Zwielicht

Auf dem Toppsegelschoner Jaguar herrschte eifrige Betriebsamkeit. Schließlich lag dieser lange genug im Hafen von Portland. Jetzt wurde das Schiff, dass für die lange Etappe einer Atlantiküberquerung mit Proviant und Frischwasser reichlich ausgestattet worden war, zum Ablegen bereitgemacht.

Charles Radcliff, der rothaarige, spitzbärtige Bootsmann irischer Abstammung bellte ungeduldig die Crew an: „Setzt endlich das Schonersegel! Bewegt eure faulen Ärsche! Und das Vorstagsegel könnte auch schon lange durchgesetzt sein!"

Die Männer an den Fallen legten sich mürrisch ins Zeug. Diese Eile war doch überhaupt nicht notwendig.

Charly, so nannten sie respektlos ihren Bootsmann, hätte ihnen auch ohne den rauen Ton einen ordentlichen Befehl geben können. Schließlich beherrschten alle an Bord ihr Handwerk.

Und obwohl die Gaffel des Schonersegels von Piek- und Klaufall gleichmäßig und in horizontaler Lage in die Höhe ragte, bellte Charly aufs Neue: „Stellt euch nicht so an als wärt ihr lauter Waschweiber! Setzt endlich das Segel, wie es sich für ordentliche Seeleute gehört!"

Captain Walker und sein Erster Offizier, der 36 Jahre alte Chris Bolton, amüsierten sich über das Treiben auf dem Deck. Beide wussten, dass Radcliff zu gern in seinem barschen Umgangston seine Leute anherrschte. Wenn es dagegen hart auf hart ging, konnte man sich darauf verlassen, dass der Bootsmann kurze, aber prägnante Kommandos gab und jegliche störende Kommentare unterließ.

Aber bei einem gewöhnlichen Ablegemanöver konnte er ruhig nach seinem Gusto gewähren. Die Mannschaft bestand sowieso aus lauter verwegenen Kerlen und war nicht gerade zimperlich.

So oder so verlief alles glatt und reibungslos. Gerade wurden die Klüver backgeholt und auch das mächtige Großsegel wartete schon darauf, von den an den Fallen bereitstehenden Matrosen gesetzt zu werden. Schon wurden die Springs und die Vorleine eingeholt und der Bug des Schoners, der nur noch von der Achterleine gehalten wurde, schwoite langsam von der Kaimauer weg.

„Holt endlich die Achterleine ein. Auf was wartet ihr denn noch?", brummte der Bootsmann ungeduldig.

Unaufhaltsam nahm die Jaguar Fahrt auf, obwohl das Großsegel noch gar nicht durchgesetzt war. Aber noch bevor der Klüverbaum zur Hafenausfahrt zeigte, war auch das gewaltige Segel durchgesetzt und korrekt getrimmt. Kaum hatte das Schiff den Hafen verlassen, gingen auch schon die Gaffeltoppsegel hoch.

Nun zog der Schoner in seiner ganzen Pracht am Leuchtturm vorbei. Immer schneller werdend, eine quirlende Bugwelle aufwerfend, rauschte die Jaguar nordwärts und hatte Portland schon bald hinter sich gelassen. Ihr Ziel lag weit außerhalb von jeglichen bewohntem Gebiet, denn dort sollte die dubiose Ware an Bord genommen werden.

Captain Walker schritt an Deck seines Schiffes auf und ab, während sich auf dem die drei Rahsegel am Schonermast kraftvoll blähten. Mit Stolz betrachtete er prüfend die gewaltige Wand der zehn gut getrimmten und straff stehenden Segel. Die innerliche Unruhe, die ihn manchmal quälte, wenn er sich mit seinem Schiff zu lange an einem Ort befand, war wie weggeblasen. Dass das Beladen mit Kisten voller Waffen, auch wenn dies an einem abgelegenen Ort geschehen würde, mit einem gewissen Risiko behaftet war, beunruhigte Walker weniger. Denn alles war gut geplant und vorbereitet worden. Gewisse Sicherheitsvorkehrungen waren ohnehin vorgesehen.

Ohlsted hatte sich bereits an Bord der Jaguar eingenistet. Albrecht war in der Zwischenzeit mit einigen Wagenladungen voller Kisten auf dem Landweg dem Schoner vorausgeeilt. Die Ware war schon seit längerem irgendwo in den Wäldern von Maine, die sich jetzt in den herbstlichen Farben von ihrer prächtigsten Seite zeigten, gelagert worden. Begleitet wurde Albrecht von einigen vertrauenswürdigen Gestalten, die nur eines im Kopf hatten: Möglichst mühelos zu einem Bündel von Dollars zu kommen.

Während sich Walker mit dem geplanten Vorhaben befasste, wurde er sich bewusst, dass nicht nur der größte Teil seiner Crew aus unseriösen Leuten bestand, sondern, dass er selber für alles, was geschähen war oder noch kommen mochte, verantwortlich war. Und mit Seriosität konnte er sich wirklich nicht rühmen.

Die Missstände begannen allein damit, dass er bei der Auswahl seiner Besatzung nicht gerade fromme Lämmer an Bord geholt hatte. Die harmlosesten in der Crew waren die verwegenen Abenteurer und die Söldnertypen. Einige davon hatten früher bei der U.S. Navy gedient und hatten auch reichlich Erfahrung im Gefecht. Diese Männer waren nicht nur kampferprobt, sondern kannten auch so etwas wie Disziplin. Deswegen war Walker diese Sorte am liebsten. Er selbst rechnete sich auch zu diesen Veteranen.

Wieder andere an Bord waren ehemalige Deserteure oder einfach nur Gauner, die nicht so einfach in den Griff zu bekommen waren. Selbst entflohene Sträflinge, die es nicht in jedem Hafen wagten von Bord zu gehen, weil sie der Schlinge der Gesetzeshüter entgehen wollten, waren vereinzelt von der Partie und hatten Zuflucht an Bord der Jaguar gefunden. Manche der Männer hatte Walker schon an Bord seiner Korvette Cougar auf seiner Seite gehabt. Von denen wusste er, dass man auf sie zählen konnte, wenn es hart auf hart kam. So war es auch nicht verwunderlich, dass die Jaguarcrew diese Mission, wegen der Aussicht auf einträgliche Heuer oder gar auf Anteile an einer lohnenswerten Beute, ziemlich leicht schmackhaft zu machen war.

Walker bezeichnete seine verwegenen Unternehmungen gerne als Missionen. Aber gegen diese hatte er ursprünglich einige Bedenken gehabt. Schließlich konnte er im Augenblick überhaupt nicht einschätzen, auf welche Abenteuer er sich eingelassen hatte.

Erst nachdem ihm Jane Fosset mitgeteilt hatte, dass es bei George um Kopf und Kragen ging, war es Walker plötzlich leicht gefallen, eine Entscheidung zu treffen. Vermutlich hatte Jane Fosset recht, wenn sie meinte, dass sich bei der Rettung ihres gemeinsamen Freundes vielleicht etwas mit Geld erreichen ließe. Ausschlaggebend war die Tatsache, dass die zwei Dänen Beziehungen zum britischen Geheimdienst hatten. Warum sollte Ripleys Widersacher nicht mit seinen eigenen Waffen geschlagen werden?

Natürlich ahnte Walker, dass es bei dieser obskuren Kooperation mit den Dänen über puren Schmuggel hinausgehen konnte. Und eine Einmischung in einen Handelskrieg, der einem im Grunde genommen nichts anging, bedeutete ein gewisses Risiko. Das hatte Walker seinen Leuten nicht vorenthalten.

Raumschots, bei ablandigem Wind, pflügte sich die Jaguar ihre Bahn durch die blaugrauen Wogen vor der Küste von Maine. Die Felsen im Westen bildeten einen hellen Streifen zwischen der dunklen See und den bunten, herbstlichen Wäldern, die sich oberhalb der Steilküste unendlich weit in das Innere des Festlandes erstreckten. Und dort, einige Meilen südlich von Kap Rockport, musste eine geschützte Bucht liegen, in der die Jaguar vor Anker gehen würde, um die Ladung an Bord zu nehmen. Diese versteckte Stelle lag nur noch einige Meilen voraus.

Ohlsted stand neben dem Captain auf dem Vordeck und zog sein Teleskop aus dem Köcher, setzte es an und suchte damit den Verlauf der Küste ab. Nachdem dieser nach wiederholter Suche das Fernrohr zusammenschob, wurde Walker ungeduldig.

„Wo zum Teufel ist nun die verdammte Bucht, Mister Ohlsted?", verlangte er zu wissen.

„Wie ich schon sagte, Capt'n, die Bucht ist von der Seeseite schwer zu erkennen. Außer von hohen Stengen, wird von der Jaguar von der See aus nichts zu erkennen sein. Das ist das Gute daran. Die Bucht ist hufeisenförmig, wobei die Öffnung nicht seewärts gerichtet ist sondern südwärts. Und obwohl die Zufahrt alles andere als eng ist, kann man sie nur aus der Nähe erkennen. Ich bin vor wenigen Tagen mit einem der ortsansässigen Kerle dorthin gesegelt, um ganz sicher zu gehen. Wir müssen also noch näher heran, dann müsste sie bald zu sehen sein."

„Das hoffe ich!", brodelte Walker.

Auch eine große Anzahl der Seeleute, die derzeit an Deck herumlungerten, stierte gen Westen. Unter der Besatzung breitete sich eine gewisse Unruhe aus. Die Crew hatte zwar nichts gegen eine neue Mission einzuwenden gehabt, aber es musste nicht unbedingt sein, dass ihr Schiff schon am ersten Tag ihrer Mission einem Zollschoner in die Quere kam. Das wäre kein guter Anfang.

Schon bald darauf, Ohlsted hatte schon mehrmals mit seinem Teleskop die Küste abgesucht, machte sich der Ausguck, der hoch oben auf der Bramrahe des Schonermastes hockte, bemerkbar. Fast synchron setzten Walker und Ohlsted ihre Teleskope an.

„Dort! Jetzt sehe ich sie!", meinte Ohlsted und deutete aufgeregt nach Nordwesten.

Tatsächlich! Man musste genau hinsehen, um zu erkennen, dass es dort eine geschützte Bucht gab, die einem kleinen Naturhafen gleichkam.

„Donnerwetter!", rief Walker. „Ein wirklich idealer Ort für unser Vorhaben. Noch besser als der, an dem wir vor ein paar Wochen unsere Rumfässer entladen hatten."

Chris Bolton, der sich zu den beiden hinzugesellt hatte, meinte misstrauisch: „Mhm, ich könnte mir gut vorstellen, dass Zöllner diese Bucht nur zu gut kennen. Und dann?"

Mit fragenden Blicken sah er seinen Kommandanten und dann den Dänen an.

„Dann müssen wir so schnell wie möglich von hier verschwinden", antwortete Walker gelassen, da er sicher war, einen günstigen Zeitpunkt gewählt zu haben. Bei günstigen Lichtverhältnissen würde die Jaguar in die Bucht einlaufen, um dort vor Anker zu gehen. Aber schon bald darauf würde es zu dämmern beginnen und wenn alles glatt lief, konnte man bei Anbruch der Nacht in See stechen.

Die Rahsegel des Schoners waren bereits aufgegeit und soeben wurden die Klüver von den emsig werkelnden Matrosen eingeholt. Gemächlich passierte die Jaguar die Einfahrt in die von Felsen umgebene Bucht, welche zur Seeseite durch einen nur mit Kiefern bewachsenen Landzipfel geschützt wurde – so wie ein Hafen durch eine Mole.

„Klar zum Ankern!", brüllte der Bootsmann.

„Anker ist klar!", erscholl es vom Vorschiff. Dort hatten sich die Matrosen schon längst am fest gelaschten Anker und am Bratspill zu schaffen gemacht.

„Holt nieder das Großsegel!", hieß es und dann folgten die Kommandos zum Halsen.

Jetzt standen am Schonermast nur noch Gaffel- und Stagsegel. Gemächlich ging der Bug der Jaguar durch den Wind. Die beiden Segel fingen zu killen an und das Schiff trieb auf eine nahezu senkrechte Felswand zu. Von oben gafften neugierige Gesichter zu ihnen herunter, die das Manöver beobachteten. Albrecht war unter den Leuten.

Dieser hatte schon zuvor mit einer schwingenden Fahne das Zeichen dafür gegeben, dass alles in Ordnung war und, dass es weit und breit keine Anzeichen für etwaige Unannehmlichkeiten gab.

Kurz vor der Steilwand klatschte der Anker ins reichlich tiefe Wasser und die Jaguar trieb durch den ablandigen Wind langsam achteraus. Schon rauschten die letzten beiden Segel herunter. Am Heck wurde gleichzeitig ein zusätzlicher Draggen ausgebracht, der verhindern sollte, dass bei einer Änderung der Windrichtung das Heck des Schoners zur Felswand treiben konnte.

Aber noch war die Arbeit nicht getan. Jetzt musste alles möglichst schnell ablaufen. Aus diesem Grund waren sowohl an Deck, als auch an Land die entsprechenden Vorkehrungen schon längst getroffen worden.

Albrecht warf von oben eine Wurfleine aufs Vorschiff. Gleich darauf kam eine zweite heruntergeflogen, welche ein Stück vor den Großmastwanten aufs Deck fiel. Beide Leinen wurden sofort von den bereitstehenden Seeleuten aufgenommen, welche die bereitgelegten Taue daran befestigten.

Am Kliff standen bereits genügend Männer bereit, welche die Taue an den Leinen unverzüglich nach oben zogen. So entstanden in kurzer Zeit zwei Seilbahnen, die zur schnellen Übernahme der Schmuggelware dienten. Das Quietschen und Knarren von Wagenrädern, sowie das Schnauben von Pferden oder Maultieren kündigte an, dass nun die Kisten mit den Waffen zum Klippenrand geschafft wurden.

Kurz darauf gondelte die erste Kiste aus zwölf Metern Höhe zum Schiffsdeck. Die schwere Kiste rollte an einem Block hängend an dem kräftigen Tau hinab, wobei sie mit einer Leine von Albrechts Männern gebremst wurde. Nachdem die Kiste an Deck abgesetzt worden war, wurde der Block an seiner Leine wieder nach oben geholt. So konnten die Kisten an beiden Seilbahnen aufs Schiff geladen werden, was den ganzen Vorgang wesentlich beschleunigte. Alles lief wie am Schnürchen – zumindest bis jetzt.


Die Dämmerung gab sich redlich Mühe den Toppsegelschoner mit all seiner Schmuggelware in einem Schleier zu umhüllen. Eine ganze Menge der heißen Ware stand vorerst auf dem Oberdeck der Jaguar, denn von den in Kisten verpackten Waffen war bisher nur ein Teil im untersten Deck verstaut worden. Dann zerriss ein Schuss die Luft.

„Was ist los?", brüllte Walker und sah nach oben.

Zu sehen war nichts, dafür war Albrechts Stimme umso lauter zu hören. Der feuerte seine Leute zur Eile an. „Macht schon, Männer! Trödelt nicht so herum! Es wird Zeit, dass wir von hier verschwinden!"

Erst dann sah Walker wie sich Albrecht über die Klippe beugte.

Ungeduldig wiederholte Walker seine Frage: „Was zum Teufel ist los? Was hat der Schuss zu bedeuten?"

Dieses Mal antwortete Albrecht sofort. „Das war ein Signal. Ich glaube, ein Schiff nähert sich uns. Nur noch drei Kisten – und ich natürlich – dann haben wir's geschafft!" Für weitere Erklärungen hatte er keine Zeit.

„Radcliff!", rief Walker dem Bootsmann zu

„Capt'n?"

„Sie haben es mitbekommen. Es wird höchste Zeit, dass wir von hier verschwinden. Lassen Sie das Schiff zum Ankerlichten und zum Segelsetzen klarmachen!"

„Aye Capt'n!"

Diesmal sparte sich der Bootsmann jede Kritik an der Mannschaft. Stattdessen gab er die notwendigen Kommandos an die hastig arbeitenden Männer weiter. Obwohl die letzten Kisten noch nicht das Deck erreicht hatten, wurden bereits die ersten Segel am Schonermast gehisst. Gleichzeitig wurde das Bratspiel bemannt, um den Anker zu lichten.

„Hier bin ich!", rief Albrecht, als er sicheren Fußes auf dem Deck der Jaguar ankam. Er war genauso wie die Kisten abgeseilt worden. „Besser wir verschwinden jetzt!"

„Was zum Teufel hatte dieser Schuss zu bedeuten?", wollte Walker wissen.

„Nun, ich habe drei Männer an verschieden Stellen postieren lassen. Einer hält sich ein paar Kilometer nordwärts an einem Küstenvorsprung auf und ein zweiter im Süden. Bei beiden Männern brennen sichtbare Feuer, welche der dritte Mann beobachtet, der dort draußen an der Landzunge der Bucht steht. Bei Annäherung eines Kriegsschiffes oder Zollschoners werden die Feuer rhythmisch verdunkelt. Ein Schuss bedeutet, dass sich ein Schiff aus dem Süden nähert."

Walker nickte. „Verstehe. Für ein aus nördlicher Richtung kommendes Schiff hätte es wohl ein anderes Signal gegeben. Das wäre mir lieber gewesen. Da es aber vom Süden kommt, kann es raumschots segeln und kann deshalb auch schon bald in unserer Nähe sein. Bullshit! Nun ist aber höchste Eile geboten und wir müssen erst noch aus dieser verdammten Bucht herauskreuzen."

„Holt den Anker ein und setzt alle Vorsegel back!", bellte der Bootsmann.

Mit gemeinsamen Kräften wirbelten die Männer die Kurbeln am Bratspill herum, um den Anker zu lichten. Andere holten die entsprechenden Schoten dicht oder drückten den Baum des Schonersegels landwärts. Nur noch vom Draggen hinterm Heck gehalten schwoite der Bug des Schoners, vom ablandigen Wind getrieben, herum.

Als dann die Segel am Schonermast korrekt standen und der lange Klüverbaum schnurstracks ostwärts zeigte, wurde der Draggen aus dem Grund gerissen und eingeholt. Schon nahm der Schoner Fahrt auf und steuerte auf den Ausgang der Bucht zu. Jetzt zeigte sich, dass es von Vorteil war, wenigstens das letzte bisschen Tageslicht zur Verfügung zu haben, denn noch waren einige Manöver erforderlich, um unbeschadet die offene See zu erreichen.

Verstohlen glitt die Jaguar durch die Passage hinaus aufs Meer. Aber schon erscholl der Ruf des Ausgucks: „Segel in Sicht! Rahsegler knapp eine Meile recht voraus!"

Nun hätte sich jeder an Bord wieder eine tiefschwarze Nacht herbeigewünscht, aber die Dunkelheit ließ auf sich warten.

„Bullshit!" Das war Walkers Ausdruck für eine beschissene Situation. Angeeignet hatte er sich diesen unseemännischen Kraftausdruck, als er sich früher – kurz aber sehr erfolgreich – als Goldsucher auf dem Festland betätigt hatte.

Die Sichtschutz gewährende Landzunge raubte der Jaguar die Möglichkeit unverzüglich die offene See anzusteuern. Stattdessen musste zunächst direkt auf das herannahende Schiff zugehalten werden. Deshalb eilte Walker rasch nach vorne und enterte bis zur Saling am Schonermast hinauf. Inzwischen war es zu düster geworden, um mit dem Teleskop viel mehr erkennen zu können als mit bloßem Auge.

Walker machte sich ernsthafte Sorgen. Tatsächlich rauschte ein Schiff direkt auf seine Jaguar zu. Bei dem Schiff musste es sich um eine Brigg oder gar um eine dreimastige Korvette handeln – genau war dies bei der hereinbrechenden Nacht nicht zu erkennen. Welchen Kurs auch immer die Jaguar, die noch längst nicht alle Segel gesetzt hatte, als Fluchtweg einschlagen würde, dieser Rahsegler schob sich mit einer hellen Bugwelle rasch näher und war derzeit dem Schoner im Vorteil. Hart am Wind wäre die Jaguar, selbst bei der momentanen Besegelung, die aus drei Küvern und zwei Gaffelsegeln bestand, dem Rahsegler weit überlegen gewesen. Aber wegen dem ablandigen Wind würden diese Kurse geradewegs zur Küste führen.

Walker überlegte sich, mit welcher Strategie man eine solche Misere verhindern konnte, dann blickte er achteraus. Gott sei Dank lag die Landzunge weit genug zurück, um einen seewärts gerichteten Kurs einzuschlagen.

Noch während Walker hastig die Wanten hinabstieg, brüllte er nach achtern: „Kurswechsel auf Ost! Alle Segel setzen! Hopp, hopp, hopp!"

Nachdem die Jaguar ihren Kurs geändert hatte, reagierte man auch schon auf dem vermeintlichen Kriegsschiff. Es luvte an und ging damit direkt auf Abfangkurs. Zum Glück waren nach einer Weile alle Segel gesetzt und die Jaguar wurde zusehends schneller und gewann Abstand zur Küste.

Doch das andere Schiff war schon bedrohlich nahe gekommen und trotz zunehmender Dunkelheit immer noch deutlich wahrzunehmen. Walker war über die Vorsichtsmaßnahmen, die Albrecht vorsorglich getroffen hatte, froh. Aber trotz des Signalschusses des Spähers war der Rückzug spät angetreten worden.

Tadeln half nun auch nicht mehr, denn da schoss auch schon die erste Feuerzunge aus der Bordwand des Rahseglers. Das bedrohliche Donnern der Kanone klang gefährlich nahe. Zum Glück war es nur ein Schuss vor den Bug: Eine nicht zu unterschätzende Warnung.

Unweit vor dem Vorsteven des Schoners hob sich eine sprudelnde Wassersäule aus dem schwarzen Wasser. Aus Walkers Zweifel war Gewissheit geworden: Jetzt hatte man tatsächlich eine Korvette der U.S. Navy im Genick und nicht nur einen leicht bewaffneten Zollschoner. Seine Gedanken rasten: Sollte er sich mit seinem Schoner wirklich auf ein Gefecht mit dem überlegenen Gegner einlassen? Dann drohte der ganzen Jaguarbesatzung bei einem Gefecht die Vernichtung oder bei Gefangennahme der Galgen.

Heil lag also einzig und allein in der Flucht – und da hätte man die Nacht zum Freunde. Aber noch reichte die Dunkelheit nicht aus, um die beiden Schiffe zur Gänze zu verstecken. Es mussten ein paar Minuten geschunden werden und dafür war der Warnschuss die Gelegenheit.

Schon erscholl ein Megaphonruf von dem Kriegsschiff: „Hier spricht der Kommandant der amerikanischen Korvette Endurance! Ich befehle Ihnen auf der Stelle beizudrehen! Wir kommen zur Durchsuchung Ihres Schiffes an Bord!"

„Soll ich die Geschütze gefechtsklar machen lassen?", fragte Andrew Watson, der dickbäuchige Stückmeister.

„Geit die Rahsegel auf. Aber möglichst langsam!", befahl Walker und ignorierte die misstrauischen Blicke der Umstehenden. Erst dann wandte er sich dem Stückmeister. „Nein Watson! Auf ein Gefecht mit unserer eigenen Navy will ich mich nicht unbedingt einlassen. Aber gehen Sie für alle Fälle zurück auf Ihren Posten."

Ohlsted flüsterte Albrecht, der direkt neben ihm stand, etwas auf dänisch zu. Die Beiden mussten wohl denken, dass Walker nicht so abgebrüht war, wie man von ihm behauptete.

Albrecht nickte seinem Landsmann bestätigend zu und dann wandte er sich auch schon mit finsterer Miene an Walker: „Capt'n? Was soll …"

„Sprechen Sie nicht weiter Albrecht. Kein Wort! Sonst werf' ich sie eigenhändig über Bord," drohte Walker und ließ Albrecht links liegen. Dann wandte er sich an seine Offiziere, wie an seinen Bootsmann und machte sein Vorhaben klar. „Und sie Mortimer übernehmen die Sektion am Schonermast. Bolton kommandiert die Leute am Großmast und bleibt in meiner Nähe. Es muss alles reibungslos und schnell über die Bühne gehen, sonst wird uns der Teufel holen."

„Aye Capt'n!", bestätigte der Erste und Mortimer fügte noch hinzu: „Sie können auf mich zählen, Sir!" Dann ging er zusammen mit Radcliff unverzüglich nach vorne, während Walker den Rudergänger ablöste.

Nicht zum ersten Mal übernahm Walker das Ruder. Bei schwierigen Manövern bei denen keine wertvollen Sekunden verschwendet werden durften – und die ergaben sich oft in einer Befehlskette – neigte Walker dazu, sein Schiff selber zu steuern. Und nun mussten die Manöver auf der Jaguar exakt auf die Korvette, deren Kanonen sich drohend auf den Schoner richteten, abgestimmt werden.

Den Anordnungen der Offiziere folgend wurden die Rahsegel des Toppsegelschoners gemächlich aufgegeit, sodass man auf dem Kriegsschiff den Eindruck hatte, dass der Schoner stoppen würde. Inzwischen steuerte Walker sein Schiff behutsam in den Wind, achtete aber darauf, dass ein bisschen Fahrt beibehalten wurde.

Angestrengt versuchten seine Augen die Dunkelheit zu durchdringen. Was auf dem Kriegsschiff vorging, konnte er kaum sehen. Dafür hörte er deutlich das Trillern einer Bootsmannspfeife, sowie Rufe, die sich ganz klar nach Kommandos anhörten. Walker beobachtete das Manöver des Kriegsschiffes, dessen Rahsegel nun backgebrasst wurden. Aufgrund der dunklen Wolkendecke und der zunehmenden Schwärze durfte die Navy keine Zeit verlieren, denn die überlegene Korvette musste gezwungenermaßen in der Nähe des zu untersuchenden Schiffes bleiben.

Während nun die Korvette mit ihrer letzten Fahrt in den Wind drehte, sah man im Licht ihrer Hecklaternen, dass man sich dort an der Gig, die über dem Heck hing, zu schaffen machte.

So ist's Recht, dachte sich Walker erleichtert.

Gleich würde das Heck der Endurance der Jaguar, die schon fast zum Stillstand gekommen war, zugewandt sein. Das war der Moment, in der keine Gefahr von einer Breitseite ausging, und somit war das der günstigste Zeitpunkt zum Fliehen.

„Jetzt!", rief Walker.

Nicht nur die Offiziere wussten, was zu tun war, sondern der gesamten Crew war nun klar, was auf dem Spiel stand und wie wichtig schnelles Handeln war. Um eine Drehung des Bugs zu erleichtern, wurden die Klüver schnellstmöglich backgesetzt. Gleichzeitig wirbelte Walker das Steuerrad herum. Mit Genugtuung beobachtete er, wie die Spitze des langen Klüverbaums beständig zur Seite wanderte, bis sie geradewegs zur Küste zeigte. Mühselig und viel zu langsam kam Bewegung in die Jaguar.

Die Segel wurden aufs Schnellste so getrimmt, dass der Schoner, so hart am Wind wie es möglich war, davoneilen konnte. Bei dem anstehenden Südwestwind konnte die Jaguar nahezu direkt nach Westen, also auf die Küste, zu steuern. Allerdings nur für eine halbe Seemeile. Auf diesem Kurs war es für einen Rahsegler absolut unmöglich zu folgen. Aber noch hatte die Endurance, die sich langsam in der Dunkelheit auflöste, einen letzten Rest an Fahrt drauf, konnte ihren Kurs ändern und der Jaguar eine tödliche Ladung Kanonenkugeln hinterherschicken.

Es sollte auch nicht lange dauern. Auf der Endurance hatte man schnell bemerkt, dass man auf eine Finte hereingefallen war, und tatsächlich war der letzte Schwung der Korvette noch ausgenutzt worden, um den Kurs so zu ändern, dass dem flüchtenden Schoner eine Breitseite hinterhergesetzt werden konnte. Da ihr Bug nun dem Wind entgegenstand, verlor die Endurance ihre letzte Fahrt und war vorübergehend manövrierunfähig.

Aber es kam was kommen musste. Ein Dutzend Feuerzungen schossen aus der Flanke der Korvette, die nun wie ein wildgewordener Drache wirkte. Ein bösartiges Grollen durchbrach die Stille der Nacht.

Rund um die Jaguar stiegen Wasserfontainen in die Höhe. Kugeln pfiffen so knapp an den Köpfen der Männer vorbei, dass sie den Luftzug der fliegenden Kugeln spürten. Eine von ihnen prallte an der

Wasseroberfläche ab und sprang mit verminderter Wucht an die Bordwand des Schoners. Jedoch ohne Schaden anzurichten.

Es schien so, als ob nicht einmal ein einziges Segel durchlöchert worden war.

Walker atmete erleichtert auf.

Bis die Leute auf der Korvette ihre Kanonen nachgeladen hatten, würde die Jaguar schon längst in der Dunkelheit verschwunden sein, dachte er.

Er sah sich nach seinen Leuten um und bemerkte an ihren Gesichtsausdrücken, dass ihnen Ähnliches durch den Kopf gegangen sein musste. Er lächelte dünnlippig.

Aber die Freude war nur von kurzer Dauer. Kaum jemand an Bord der Jaguar hatte damit gerechnet, da donnerte doch noch ein einzelner Kanonenschuss. Entweder handelte es sich um einen Spätzünder, oder der Schuss war außerordentlich sorgfältig platziert worden. Wie auch immer. Der Schuss traf.

Ein grauenhaftes Poltern, gefolgt von einem markerschütternden Schrei bezeugten den einzigen Treffer, den die Korvette erzielt hatte. Eine der schweren 12-Pfünder-Kanonen auf der Backbordseite war durch einen direkten Treffer umgeworfen worden. Dabei war der Matrose Frank Weatherby mit seinem ganzen Unterleib unter dem schweren Geschütz begraben worden.

Andrew Watson, der Stückmeister, kniete neben dem Mann, der bisher sein bester Richtschütze gewesen war, und legte ihm seine Hand auf die von eiskalten Schweißperlen bedeckte Stirn. Die Augen des Ärmsten gafften den Stückmeister fassungslos an. So, als ob dieser das schwere Geschütz nur zur Seite heben müsste, um alles in Ordnung zu bringen. Dann sprudelte Blut aus dem Rachen des auf den Decksplanken liegenden Matrosen, der daraufhin nach Luft ringend hustete. Ein paar röchelnde Atemzüge, ein leises Wimmern, dann erlag Frank Weatherby seinen schweren Verletzungen.

Der Vollmatrose Ernest Collins, der nur einen Meter neben seinem Kameraden gestanden hatte, versuchte seinem Kommandanten Meldung zu erteilen. Er ging nach achtern, aber als er Walker gegenüberstand, brachte er kein einziges Wort heraus.

Walker nickte verständnisvoll und klopfte dem Matrosen beruhigend auf die Schulter, wusste aber wie sinnlos diese Geste in diesem Moment war.

Diese Mission fängt gut an, dachte er ironisch.

Es rann ihm heiß und kalt den Rücken runter. Dann übergab er wieder das Ruder an den Rudergänger. Obwohl inzwischen beide Schiffe von der Nacht verschluckt worden waren, fühlte sich Walker längst nicht in Sicherheit.

In wenigen Minuten musste er einen Kurswechsel befehlen. Die Küste war schon nahe. Aber in welche Richtung? Jetzt brauchte er einen klaren Kopf.

Walker versuchte sich in den Kommandanten der Korvette hineinzuversetzen. Wie würde er vorgehen, um den Schoner doch noch abzufangen? Die Entscheidung musste Walker augenblicklich treffen. Viel Zeit zum Überlegen blieb nicht.

„Klar zur Wende! Wir gehen auf Südkurs!", rief er. Dann befahl er dem Rudergänger: „Ruder hart backbord!"

Dicht vor den felsigen Klippen, das Land war schon zu riechen, änderte die Jaguar ihren Kurs mit der Absicht, bald wieder ostwärts zu segeln. Es war paradox, denn damit würde die Jaguar jene Stelle kreuzen, an der sie auf die Endurance gestoßen war.

Es sollte sich aber bald darauf herausstellen, dass Walkers Rechnung aufgegangen war. Die Korvette war längst verschwunden und durchpflügte die See im nahen Umkreis. Mit Bestimmtheit hatte die Navy die Suche nicht aufgegeben. Allerdings waren auf dem Kriegsschiff die Chancen, noch in dieser Nacht auf das Schmugglerschiff zu stoßen, so gut wie aussichtslos.

„Kurs Eins-Zwo-Null!", befahl Walker dem Rudergänger.

Er hatte vor, die Halbinsel von Neuschottland anzusteuern um sie dann so schnell wie möglich hinter sich zu lassen.

# Kapitel 3: Im kalten Hauch des Eises

Der Himmel über dem Nordatlantik zeigte sich in einem so klaren Blau, wie es in den südlichen Breiten nur selten zu sehen war. Die wogende See schimmerte wie ein zum Leben erwachter Kristall. Auch die Luft war von einer unglaublichen Klarheit und hatte einen Geruch, der anders war als sonst irgendwo. Dafür lag die Temperatur zur Mittagszeit nur wenige Grade über dem Gefrierpunkt und war nun deutlich kälter als noch vor wenigen Tagen.

Im Norden funkelte es manchmal verheißungsvoll auf, so als ob gigantische Brillanten gierige Seeleute in Versuchung führen wollten, sich auf den Weg ins Eismeer zu begeben. Tatsächlich handelte es sich um die ersten Eisberge, die zu sehen waren, seitdem der Schoner die amerikanische Küste mitsamt den Halbinseln, Neuschottland und Neufundland, hinter sich gelassen hatte.

Tatsächlich trieben noch ein paar einzelne Giganten frei in der See. Während dieser Jahreszeit hatten sich die meisten Eisberge schon längst, im sich immer weiter ausbreitenden Packeis, festgefahren. Aber auch die gesichteten Exemplare, welche derzeit noch nicht festsaßen, würden schon in Kürze von einem riesigen Eisfeld umgeben sein. Erst im folgenden Frühjahr oder gar im Frühsommer, nachdem der alles umschlingende Eisgürtel die bizarren Kolosse freigab, konnten die Eisberge ihren Drift fortsetzen – um im kommenden Winter erneut im Eis festzusitzen oder, um langsam in wärmeren Gewässern dahinzuschmelzen.

Die Jaguar zog eine lange, sprudelnde Bahn aus weiß schimmernden Sauerstoffperlen hinter sich her. Sie war in ihrem Element, zeigte was sie konnte. Bei der frischen Brise aus Norden und der mäßig bewegten See war die ganze Pracht an Segeln gesetzt, die ein solch stolzer Toppsegelschoner zu tragen vermochte.

Captain James Walker war froh, dass die Crew auf seinem Schiff gerade noch mit einem blauen Auge davongekommen war. Natürlich hatte der sinnlose Tod des Frank Weatherby seinem Gewissen schwer zugesetzt, aber dieser hatte, so wie auch jeder andere an Bord, gewusst, mit welchen Risiken die Schmuggelei verbunden war.

Bei einer Durchsuchung der Jaguar, wäre er mitsamt seiner ganzen Besatzung in einem düsteren Kerker gelandet und sein schönes Schiff wäre von der Navy konfisziert worden.

Und eines war klar: Diese Flucht hatte verhältnismäßig gut geklappt, denn die Breitseite der Endurance hätte tödliche Verwüstungen über Schiff und Crew bringen können. Nur wegen des dunklen, bedeckten Himmels, der während jener Nacht die Küste überzogen hatte, war es der Jaguar gelungen, sich in der Weite des Atlantiks abzusetzen.

Am folgenden Morgen war der zerquetschte Leichnam der See übergeben worden. Walkers kurze Rede bei dieser Seebestattung hatte gereicht, um allen bewusst zu machen, wie schnell es gehen konnte, dass man einen Kameraden, einen guten Freund oder gar sein eigenes, verruchtes Leben verlieren konnte.

Walker verfluchte sich aufs Neue, tadelte sein illegales Tun zum hundertsten Mal und fragte sich wieder und wieder, warum er nicht ehrbareren und solideren Geschäften nachgehen konnte. Aber wie schon so oft fand er keine Antwort.

Irgendwie hatte er den Kommandanten der Endurance beneidet. Dieser durfte ein Kriegsschiff befehligen, welches Walker eher zugesagt hätte als ein Handelsschiff, das Walkers Sucht nach Abenteuer kaum zu stillen vermocht hätte. Aber bald war er des Sinnierens überdrüssig und konzentrierte sich wieder auf das Wesentliche.

Walkers Sorge galt den Eisbergen. Den 50. Breitengrad hatte sein Schiff schon vor zwei Tagen überschritten und dieser sollte aufgrund der schlechten Wetterlage steuerbords, also weiter im Süden liegen. Ein weiterer Grund für die nördliche Route war der Umstand, dass ein Vorstoß in die Nordsee durch den Ärmelkanal wegen der patrouillierenden

Engländer, aber auch wegen in der Nähe der Küste segelnder Franzosen, nicht in Frage kam.

Doch nun stellten die eisigen Kolosse aus Eis, bei all ihrer Schönheit, die sie bei dem jetzigen Wetter boten, über Nacht oder bei aufkommendem Nebel eine Gefahr dar. Lieber wollte es Walker mit einer ganzen feindlichen Flotte aufnehmen, als mit einem einzigen Eisberg. Aus diesem Grunde beschloss er, den jetzigen Halbwindkurs noch bis zur Dämmerung beizubehalten, denn dieser gewährleistete ein zügiges Vorankommen in östlicher Richtung. Dann aber wäre ein Kurswechsel auf Südost unumgänglich.

Wenige Stunden später hielt die Jaguar beinahe direkt auf einen Eisberg zu, der genau im Osten lag. Walker schmunzelte über seine kindischen Gedanken, als er sich dabei ertappte, dass er dem Eisberg grollte, weil dieser es wagte, sich direkt in den Weg seines Schiffes zu stellen. Dabei war ihm ein Gedanke gekommen, wie er die Gelegenheit nutzen konnte, um den regelmäßigen Drill der Mannschaft sehr viel interessanter zu gestalten als sonst. Auf diese Weite hatte der Eisberg wie ein Elefant gewirkt, der seinen Rüssel ins Wasser hängen ließ. Und da Walker gelegentlich auch der Jagd nachging, um Wild zu schießen – welches eine willkommen Abwechslung zum Pökelfleisch darstellte – lag es nun gedanklich gar nicht so fern, diesem Koloss nachzustellen. Nachdem sein Entschluss gefallen war, ließ er den Stückmeister zu sich rufen.

Nachdem Watson von seinem Kommandanten instruiert worden war, musste dieser grinsen. Die Idee gefiel ihm.

Obwohl die Jaguar kein Kriegsschiff war – noch weniger aber ein Handelsschiff – war Captain Walker für den Stückmeister Watson, aber auch für den Rest der Besatzung immer noch der Kommandant. Auch die Ränge der Offiziere und Mannschaften richteten sich immer noch nach dem Muster der Navy. Das kam daher, weil Walker sowie ein Teil seiner Crew früher dort gedient hatten, und diese Hierarchie auch später auf Kaper- und Schmuggelfahrten beibehalten worden war. Selbst als man damals auf der Korvette Cougar mehr und mehr der Piraterie verfallen war, hatte sich die alte Ordnung gehalten.

Der Befehl, den der Stückmeister erhalten hatte, lautete, diesen Eisberg als Trainingsobjekt für die Crew zu nutzen.

So liegt das Monstrum wenigstens nicht nutzlos im Weg herum, dachte sich Watson und verzog dabei sein pockenvernarbtes Gesicht zu einer zynischen Miene.

Dann ging er wieder nach vorne, um den Eisberg mit anderen Augen zu betrachten.

Bald darauf stand jeder, der nicht fest auf seinem Posten zu sein hatte, auf dem Vorschiff und bestaunte die beinahe sechzig Meter hohe Wand aus Eis, die sich türkis schimmernd aus dem Meer erhob, und immer näher kam. Obwohl der Gigant über drei Kabellängen entfernt war, wirkte seine Größe bereits aus dieser Distanz überwältigend. Die Crew bestaunte die Dimensionen und den großartigen Bogen, der vorher wie ein Elefantenrüssel gewirkt hatte. Durch diesen, von den Kräften der Natur geformten Torbogen, wäre es für den Schoner ein leichtes gewesen, hindurch zu segeln, wenn die Gefahr nicht zu groß gewesen wäre. Deshalb behielt die Jaguar mit zwei Kabellängen Abstand von der bedrohlichen Schönheit. Aber anstelle den Eisberg in Ruhe begaffen zu können, wurde die Besatzung urplötzlich aus ihrer Ruhe gerissen.

Mark Holland, der Schiffsjunge, sah beinahe aus wie ein junger James Walker – also so, wie der Captain vor gut dreißig Jahren hätte aussehen können. Mit seinen sechzehn Jahren war der Jüngste an Bord. Nun hastete er den vorderen Niedergang herauf und ließ seine Trommel aufwirbeln. Das Signal war der Besatzung allzu gut bekannt.

Darüber hinaus ließ auch der lautstarke Ruf des Ersten Offiziers nicht lange auf sich warten: „Klar Schiff zum Gefecht!"

Jetzt war Schluss mit dem Müßiggang. Hektisch lief jeder auf seine fest zugewiesene Gefechtsstation. Zwar hatte niemand auf eine Gefechtsübung hingewiesen, jedoch war sich jeder sicher, dass weit und breit kein anderes Schiff, geschweige denn ein konkreter Gegner im gesamten Umkreis des Horizonts zu sehen war. Aber jedes Zögern oder Herumtrödeln hätte unweigerlich zu einem Anschiss durch einen Vorgesetzten oder gar zu einer Bestrafung geführt.

So bemühten sich die Jaguars, mit mehr oder weniger Verständnis, eine der unbeliebten Gefechtsübungen durchzuziehen. Aber musste das denn ausgerechnet jetzt sein? Schließlich hatte nicht jeder an Bord einen Eisberg aus dieser Nähe gesehen. Doch die meisten ahnten bereits, warum die Übung genau hier und jetzt stattfinden sollte, und deshalb wandelte sich der anfängliche Missmut schnell in Begeisterung.

Andrew Watson hatte seinen Geschützbedienungen rechtzeitig befohlen, die Backbordbatterie gefechtsklar zu machen. Das hieß, dass die seefest gezurrten Kanonen zuerst von ihren Fesseln befreit werden mussten, bevor sie mit ihren Pulverladungen und Kugeln zum Feuern klar waren. Zeit zum Vergeuden gab es auf dieser kurzen Distanz nicht.

Inzwischen war selbst dem begriffsstutzigsten Besatzungsmitglied klar geworden, dass der Eisberg zum imaginären Feind und somit zum Ziel erklärt worden war. Jener würde gleich querab vor den Stückpforten der Jaguar in Schussrichtung liegen. Pro 12-Pfünder wurden zehn Mann zur Bedienung gebraucht. Da der Schiffszimmermann tatsächlich in der Lage gewesen war, die beschädigte Lafette von dem Geschütz, das die Endurance umgeworfen hatte, zu reparieren, waren nun wieder vier Kanonen je Seite einsatzbereit.

So standen vierzig Mann an den ausgerannten Backbordgeschützen und warteten auf den Feuerbefehl ihres Stückmeisters. Der hatte sein Handwerk bei den Engländern von der Pike auf gelernt und sich bis zum Geschützführer seines 36-Pfünders auf Lord Nelsons H.M.S. Victory hochgedient. Damals waren ihm vierzehn Mann unterstanden – und das an einer einzigen dieser großkalibrigen Kanonen. Später war er dann aus Gründen, die keinem an Bord bekannt waren, zu den Amerikanern übergelaufen, bevor er aus mysteriösen Gründen auf der Jaguar untergetaucht war.

Nun war Watson wieder in seinem Element und brüllte: „Feuer nach eigenem Ermessen! Aber ihr sollt in der Hölle schmoren, wenn ihr etwas anderes trefft, als den Bogen!"

Und dann bellten kurz nacheinander vier Kanonen lautstark auf, und spukten ihre lächerlich winzigen Ladungen gegen den Riesen. Beißender Pulverrauch trübte die klare Sicht und schon schlug der erste Treffer dumpf ins Eis ein, zeigte jedoch nicht die geringste Wirkung. Der zweite und der dritte hinterließen einen prächtigen Sprühregen an Splittern und bewirkten wenigstens einen spöttischen Beifall der Zuseher, die gespannt beobachteten, wie sich der kleine Schoner gegen einen Goliath von Eisberg anlegte.

Erst der vierte Treffer, der reichlich knapp am äußersten rechten Rand des Rüssels einschlug, bewirkte, dass sich ein größeres Stück vom Eis löste. Er plumpste mit einer gewaltigen Fontäne ins eisige Wasser. Danach lösten sich weitere Brocken aus dem Bogen und stürzten in die aufgewühlte See. Diesmal brach begeisterter Jubel unter der Crew aus, was Walker dazu trieb, mit seinem Schiff nach einem zeitraubenden Wende- und Halsemanöver ein zweites Mal gegen den eisigen Feind vorzugehen. Damit waren Drill und Spaß sinnvoll miteinander verflochten.

Beim zweiten Anlauf gaben sich die Richtschützen redlich Mühe, die Kerbe im Eisbogen zu vergrößern. Wieder donnerten vier Kanonenschüsse auf, die allesamt trafen. Eine prächtige Kaskade aus Eissplittern und größeren Brocken war die Folge davon. Aber das war es dann auch schon. Mit einer leicht enttäuschten Crew passierte der Schoner zum letzten Mal den Eisberg, den nichts aus seiner Ruhe bringen konnte.

Dann, als kaum noch jemand an Bord an eine ordentliche Wirkung geglaubt hatte, durchbrach ein lautstarkes Ächzen und Knirschen die Stille. Plötzlich klaffte ein grünlicher Spalt im eisigen Rüssel auf, der von der entstanden Kerbe ausging und mehr als die Halbe Breite des Eisbogens ausmachte. Wieder geschah für ein Weile nichts, aber dann zerriss ein martialisches Kreischen die kurze Ruhe. Ein grässlicher Ton, der die Apokalypse einzuleiten vermochte, kündigte das Kommende an: Der Rüssel, der auf Höhe des Meeresspiegels von den Fluten schon ziemlich angenagt war und kaum mehr als zwei Meter Durchmesser vorwies, brach. Dann sackte er abrupt ab, fiel krachend ins Wasser und produzierte ein Inferno an hochpeitschenden Fontänen.

Jeder verfolgte an Bord der Jaguar mit großen Augen und in vollständiger Stille das dramatische Geschehen. Aber dann grölten, schrien oder jubelten alle auf, als hätten sie gemeinsam eine gegnerische Flotte besiegt.

Der Jubel war nur von kurzer Dauer. Jetzt raste sie heran: Die unausbleibliche Flutwelle, welche den davonsegelnden Schoner in Sekunden erreichen würde. Jedermann an Bord krallte sich an soliden Teilen fest und starrte die heranbrausende Woge an. Und schon legte sich die Jaguar extrem über. Eiskalte Wassermassen schlugen über das gesamte Deck und durchtränkten jeden der Seeleute. Obwohl alle Seestiefel trugen und mit dicker, warmer Kleidung angezogen waren, wurden sie nun bis auf die Haut durchnässt.

Nachdem sich die Woge gelegt hatte, blickte sich jeder prüfend um und vergewisserte sich, ob sein Gegenüber auf den Füßen stand. Zum Glück war niemanden etwas geschehen. Trotz der kalten Nässe lachte die Bande wie eine alberne Kinderschar.

Auch Walker war sichtlich erleichtert, als man ihm die Mannschaft als vollständig und das Schiff als intakt meldete. Wie jeder andere auch, war er platschnass und fror.

Nachdem er eine Kursänderung nach Südost befohlen hatte, um über Nacht den Eisbergen aus dem Weg zu gehen, rief er schallend übers Deck: „Zur Feier unseres Sieges spendiere ich für jeden einen Krug heißen Grog! Und der Smut wird euch dicke Pfannkuchen machen, sofern der mir gerade lauscht."

Grinsend beobachtete Walker die zufriedenen Mienen seiner Leute.

Kurz danach kam Jack Weber, der gut beleibte Smutje angewatschelt. War die Mannschaft erschöpft, missmutig, frierend und durchnässt, dann war der Schiffskoch beinahe der wichtigste Mann an Bord. „Hier bin ich Capt'n! Ich schmeiße so viele Eier wie ich habe in meine Pfanne und mache die besten Pfannkuchen, die es diesseits und jenseits des Atlantiks gibt. Trockenes Mehl habe ich auch noch. Sonst noch was, Sir?"

„Eigentlich nicht, aber was gibt's denn dazu, Smut?"

„Ihr könnt euch glücklich schätzen, mich als Smut an Bord zu haben. Das sag' ich Ihnen offen ins Gesicht, Capt'n! Ich habe nämlich in Portland vorsorglich Ahornsirup erstanden. Das Zeugs ist ja so beliebt im Staate Maine."

Walker konnte sich ein Grinsen nicht verkneifen. Er konnte dem gutmütigen Schlitzohr mit seiner grauen Tonsur, die ihn wie einen unredlichen Mönch erscheinen ließ, nur schwer böse sein. Jack Weber hieß eigentlich Jakob und war Deutscher. Er war vor zwölf Jahren nach Amerika ausgewandert und hatte dort sein Glück gesucht und zunächst auch gefunden, es dann aber genauso schnell verspielt. Bei seiner Flucht vor seinem schießwütigen Gläubiger hatte es ihn dann auf die Jaguar verschlagen.

Mit gemimter Strenge sah Walker seinen Schiffskoch an: „Dann brauche ich mir um das Wohlergehen meiner Crew keine Sorgen machen, oder?"

„Gewiss nicht, Sir!"

„Gut! Dann verzieh dich in dein Reich!"

„Aye aye, Capt'n!" Vor Kälte schlotternd schlurfte der Smut nach vorn und dann hinunter in die Kombüse. Dort war sowieso der wärmste Ort auf dem ganzen Schiff.

Prüfend ließ Walker seinen Blick über den gesamten Horizont schweifen und sah dann nach oben, um sich zu vergewissern, ob alle Segel korrekt standen. Bevor auch er in seine Kajüte hinunterstieg, um sich trockene Kleidung anzuziehen, blickte er verschmitzt zu dem angeschossenen Eisberg zurück, dem nun der halbe Rüssel fehlte.


Mark Holland, von seinen Mannschaftskameraden immer noch abwertend als Schiffsjunge bezeichnet, stand müde und frierend auf der Saling des Schonermastes. Dreieinhalb Stunden der unbeliebten Hundewache hatte er überstanden. Davon waren anderthalb Stunden hier oben. Während solch einer unchristlichen Zeit vier Stunden Wache zu schieben, nämlich zwischen Mitternacht und acht Glasen, mochte er genauso wenig wie die anderen. Und schon gar nicht in der nördlichen Breite, wo es verdammt kalt war. Besser noch irgendwo im Süden, dort wo es zu dieser Jahreszeit bedeutend milder war. Außerdem hatte Holland einen Groll auf seinen Wachführer Mike Steel. Dieser Rohling teilte ihn viel öfter zur Hundewache auf der Saling ein als andere.

Heute sollte besonderes Augenmerk auf Eisberge geworfen werden.

„Du hast die jüngsten Augen. Pass bloß auf, dass du keinen Eisberg übersiehst, sonst gnade dir Gott!" Mit diesen Worten hatte Steel ihn in die Kälte geschickt.

Zum Teufel mit Steel! Zum Teufel mit den Eisbergen, dachte sich der junge Holland.

Er verschränkt die Arme vor der Brust und zog die Schultern hoch, um sich vor der aufkommenden Brise zu schützen. Sterne funkelten über ihm, machten die Nacht aber nicht erträglicher.

Pah! Bevor die Nacht hereingebrochen war, da war außer dem Eisberg, der als Zielobjekt gedient hatte, nicht einmal die winzigste Eisscholle zu sehen gewesen. Und auch jetzt war weit und breit nichts, was dem Schiff gefährlich werden könnte. Die Nacht war zwar sehr kalt, dafür aber sternenklar. Sogar mit seinen schweren Lidern konnte er den kleinsten Eisberg ausmachen, überlegte er.

Trotzdem gab er sich Mühe und suchte regelmäßig den Bereich vor dem Schiff nach etwaigen Hindernissen ab. Aber da war nichts als pechschwarzes Wasser. Dann versank er wieder in seinen Gedanken, welche ihn von der Kälte ablenken sollten.

Auf der Jaguar war es immer noch besser als in dem verfluchten englischen Kohlebergwerk zu arbeiten, welches seinem gottverdammten Stiefvater gehörte. Dort erreichte kaum einer der Arbeiter das Alter von vierzig Jahren. Und sollte er sich wirklich für die wenigen Pennies von dem Mann ausbeuten lassen, der ihn und seine Mutter regelmäßig verprügelte? Das war der Grund dafür gewesen, dass er sich als blinder Passagier auf den Weg ins gelobte Amerika gemacht hatte. Natürlich war er bald an Bord des Schiffes, auf dem er sich versteckt hatte, gefunden worden.

Um sich seine täglichen Essenrationen zu verdienen, hatte er sich gleich als Schiffsjunge betätigen müssen. Das wäre in Ordnung gewesen, wenn er nicht nach der Ankunft in einer Last eingesperrt worden wäre, um baldmöglichst zurück nach England geschickt zu werden. Da war er dann bei der ersten Gelegenheit ausgerückt. Als er dann erfahren hatte, dass man an Bord der Jaguar seine Heuer mit gewissen Extraanteilen aufstocken konnte, wollte er zunächst einmal sein Glück auf diesem Schoner versuchen. Später könnte er damit seine Mutter unterstützen und mit den Ersparnissen vielleicht etwas anderes machen.

Urplötzlich wurde Mark Holland aus seinen Gedanken gerissen. Es gab einen heftigen Stoß, der so abrupt war, dass er beinahe von der Saling gestürzt wäre. Gleichzeitig zu einem Geräusch, das sich wie berstendes Holz anhörte, bebte der Schoner auf. Holland klammerte sich mit beiden Händen an die Wanten, als er bemerkte, wie sich das Schiff ohne ersichtlichen Grund weit nach Lee überlegte, bevor es sich wieder aufrichtete und nach kurzem Schwingen wieder seine übliche Krängung einnahm.

Holland nahm ein kurzes, platschendes Geräusch am Bug wahr, das nach überschwappendem Wasser klang. Doch augenblicklich verebbte es wieder. Panisch versuchte er die versäumte Wache nachzuholen. Angestrengt blickte er nach unten. Aber da war nichts. Keine Eisscholle, kein Hindernis und schon gar kein Eisberg. Was war es dann gewesen?

„Mark! Schläfst du da oben? Was zum Teufel war das? Ich lasse dich kielholen!" Das war unverkennbar die wütende Stimme von Mike Steel. Allein der Ton hätte töten können.

Der wird mich eigenhändig lynchen, dachte sich Holland erschreckt.

„Da ist nichts gewesen! Absolut nichts!"

Aber da auch Steel, der an Land als Raufbold verschrien war und sich früher schon im Kampf als einer der draufgängerischsten Kämpfer bewährt hatte, trotz seinem Zorn nichts erkennen konnte, fiel diesem keine Erwiderung ein. Inzwischen wurde durch lautes Getrappel der letzte an Bord aus dem Schlaf gerissen.

Da stand auch schon Chris Bolton, der Erste, auf dem Vorschiff und fuhr Steel an: „Was zum Teufel ist hier los, Steel?"

„Wir wissen es nicht, Sir! Der Ausguck hat nichts gesehen. Ich schick jemanden nach unten, damit geprüft wird, ob irgendwo Wasser eindringt!"

„Idiot! Das habe ich schon längst veranlasst, schließlich hat es ganz schön gekracht", meinte der Erste erbost.

„Tut mir leid, Sir! Aber ich wollte nach der Ursache sehen. Vielleicht war es Treibgut. Haben Sie vielleicht etwas im Kielwasser gesehen?"

„Nein! Auch der Rudergänger konnte nichts erkennen", gab Bolton ruhiger werdend zu.

Dann erschien auch Walker, der mitten aus dem Schlaf gerissen worden war, auf dem Vorschiff. „Verdammt noch mal! Was zum Henker geht hier vor sich?"

Bolton wollte gerade antworten, als einer der Matrosen den vorderen Niedergang heraufstürmte. Schnell rannte er auf seinen Kommandanten zu und berichtete aufgeregt: „Capt'n! Ich melde einen Wassereinbruch auf der Leeseite. Knapp unter der Wasserlinie!"

„Danke!" Dann beachtete er den Matrosen nicht weiter, sondern ließ sich folgerichtige Gedanken durch den Kopf schießen. „Klar zu Wende!", brüllte er dann. „Bolton!"

„Aye Capt'n?"

„Kümmern Sie sich um die Wende! Ich schicke den Schiffszimmermann zum Leck und sehe es mir gleich selber an. Wenn wir auf dem neuen Bug sind, sollte das Leck ein wenig oberhalb der Wasserlinie sein!"

„Geht klar, Capt'n!"

Holland, der aus Angst vor Bestrafung noch immer verzweifelt die dunkle See absuchte, sah nun in gut einer Kabellänge tatsächlich etwas: Eine weiße Fontäne schoss mit einem zischenden Geräusch senkrecht nach oben. Jetzt glaubte er zu wissen, was die Kollision verursacht hatte.

Obwohl Holland sich nicht sicher war, ob dies seine Schuld mindern würde, rief er lautstark nach unten: „Ein Wal! Dort bläst er! Eine Kabellänge backbord querab!"

Aber Holland war nicht der einzige, der den blasenden Wal gesehen hatte. Da es keine andere Erklärung für die Kollision gab, musste der Schoner auf einen schlafenden Wal gestoßen sein. Und solch einen dunklen Riesenfisch bei Nacht zu erkennen, war nahezu unmöglich. Für die Männer auf der Jaguar war ein Wal nichts anderes als ein übergroßer Fisch, selbst wenn dieser zum Atmen an die Meeresoberfläche musste. So gab es keinen, der dem Ausguck noch weitere Vorwürfe gemacht hätte – nicht einmal Steel.

Nach kurzer Zeit hatte Walker sich ein Bild von dem Schaden, der backbords im Kielraum, zwischen dem dritten und dem vierten Spant lag, gemacht. Glücklicherweise war das Leck nicht so groß. Zwei Planken waren an einer Stelle, die zu seiner Erleichterung auch noch gut zugänglich waren, leicht eingedrückt worden. Der Schiffszimmermann hatte ihm bestätigt, dass er auf die Schnelle eine notdürftige Reparatur durchführen konnte.

Ein wenig beruhigt ging Walker wieder an Deck und berichtete seinem Ersten und denen, die ihn neugierig umringten, von der Lage. Auch Ohlsted, der sich inzwischen auf der Jaguar eingelebt hatte und als dritter Offizier fungierte, hatte sich die eingedrückte Planke angesehen. Er nickte bestätigend, während er Walkers Kommentaren lauschte.

Am Schluss fügte Ohlsted eine Bemerkung hinzu: „Capt'n, wenn die Reparatur des Schiffszimmermanns bis zur nordfriesischen Küste hält, und da habe ich keine großen Zweifel, dann ersetzen wir dort die gesamte Planke. Machen Sie sich da keine Sorgen."

„Wenn Sie das sagen Ohlsted, dann will ich das glauben. Dass Sie etwas von der Seefahrt und von Schiffen verstehen, haben Sie mir schon bewiesen. Dann geht jeder wieder auf seinen Posten. Jeder wachhabende Offizier ist dafür verantwortlich, dass die Schadensstelle bei jedem Glasen kontrolliert wird. Alles klar?"

Erleichtert, es hätte auch schlimmer kommen können, antworteten die Umstehenden: „Aye aye, Capt'n!" Dann zogen sich die Männer auf ihre Stationen, in ihre Kojen oder Hängematten zurück.

Auch Walker ging wieder in seine Kajüte zurück und dachte sich, Bisher verläuft unsere Mission unter keinem guten Stern. Aber solange es nicht schlimmer kommt …

# Kapitel 4: Nebel über der Nordsee

Der Atlantik lag ein gutes Stück achteraus. Vom wechselhaften Wetter abgesehen, das gelegentliche eiskalte, aber nicht allzu heftige Stürme mitgebracht hatte, war die Überquerung des Ozeans ohne weitere Komplikationen verlaufen. Weder weitere Eisberge oder schlafende Wale, noch todbringende Orkane hatten der Jaguar aufgelauert und Unheil über Schiff und Besatzung gebracht.

Derzeit wehte eine mäßige Brise, die Wolkendecke am Himmel war vollständig geschlossen und wollte einfach nicht aufreißen. Mit einer geraden Bahn hinter sich herziehend pflügte der Schoner bei mäßiger Fahrt durch die flache Dünung der Nordsee. Das Meer war ruhig und hatte eine ähnliche Färbung wie der Himmel. Beides zeigte sich im tristen Grau und bot jetzt, im Februar, einen guten Eindruck auf die Verhältnisse winterlicher Monate in nördlichen Breiten.

Alle Schratsegel des Toppsegelschoners waren gesetzt. Dagegen waren die Toppsegel am Schonermast an ihren Rahen ordentlich eingebunden. Sie wären bei dem leicht von vorn einfallenden Wind, der gerade mal mit drei Windstärken vom skandinavischen Festland her wehte, ohnehin nutzlos gewesen.

Inzwischen hatte die Jaguar die Shetlands weit hinter sich gelassen. Die Inseln, die im Nordosten von Schottland lagen, waren noch vor kurzem als graue Flecken über der Kimm zu sehen gewesen. Inzwischen hatten sie sich in ein Nichts aufgelöst. Von der derzeitigen Position sollte es für den Schoner durchaus möglich sein, die Nordfriesische Küste innerhalb von einer Woche zu erreichen. Zumindest, wenn sich die Windverhältnisse bessern sollten, und weder eine Flaute noch aufkommender Nebel ein weiteres Vorankommen erschwerten.


Am Tag darauf ergab sich für die Jaguar eine Gelegenheit, ihre Vorzüge unter Beweis zu stellen. Der Schoner passierte auf Halbwindkurs eine Nebelbank, welche in einem Abstand von einer halben Seemeile quer an Backbord mit der Meeresoberfläche verschmolzen war. Wie aus dem Nichts tauchte plötzlich Backbord voraus eine englische Kriegs-Brigg auf, die einiges an Tuch gesetzt hatte. Zu allem Überfluss änderte das luvwärtig und raumschots segelnde Kriegsschiff den Kurs, so dass es nun direkt auf die Jaguar zuhielt. Für die Engländer war der fremde Toppsegelschoner sicherlich verdächtig genug, um auf Abfangkurs zu gehen.

„Alle Mann an Deck! Klar zur Wende!", brüllte der Zweite Offizier augenblicklich, als er gerade vom Ausguck die Sichtungsmeldung erhalten hatte.

Melvin Mortimer hatte gerade Wache und so war ihm im Moment die Schiffsführung anvertraut worden. Da er nicht im Traum daran dachte, sich von einem Rahsegler stellen zu lassen und noch weniger Lust verspürte, sich von Engländern inspizieren zu lassen, musste er schnell handeln. Inständig hoffte er, dass sich die Mannschaft bei dem raschen Manöver bewähren würde.

Obwohl die Brigg sich stetig näherte, bewahrte der Zweite die Ruhe. Die Entfernung, die bei Sichtkontakt gerade mal eine dreiviertel Meile betragen hatte, schrumpfte schnell, da die Schiffe beinahe aufeinander zuhielten. Die Umstände erforderten ein Alle-Mann Manöver. Allerdings dauerte es naturgemäß immer eine Weile, bis die die gesamte Besatzung, die zum Teil in ihren Hängematten pennte, vollständig an Deck angetreten war.

Bis der Captain und der Erste auf dem Achterdeck erschienen waren, lag der Schoner bereits mit dichtgesetzten Schoten hart am Wind und steuerte die Nebelbank an.

Aufmerksam und ein wenig kritisch beobachtete Walker seinen Zweiten, der mit kühlem Kopf etliche weiter Manövern befehligte. Aber Dank der Wendigkeit des Schoners, der gut eingespielten Crew und der Nebelbank war es Mortimer bald gelungen, die Brigg auszumanövrieren. Eine

Kanone bellte von den Engländern noch lautstark auf. Aber der Schuss vor den Bug platschte zwei Kabellängen querab nutzlos in die See. Bald darauf hatte man die Engländer weit hinter sich gelassen.

Die Nebelbank lag nun weit achteraus und so weit der Blick reichte, zeigte sich auf dem graublauen Meer kein einziges Segel. Captain Walker sah nach oben und prüfte zum wiederholten Male den Stand der Segel. Anschließend blickte er zufrieden über das aufgeklarte Deck seines Schiffes. Erst dann ließ er seine Gedanken schweifen. Die Engländer gingen ihm durch den Kopf, die nicht unbedingt zu seinen Freunden zählten.

Vielleicht war das englische Kriegsschiff auf Patrouille gewesen, um jedes Schiff, bei dem nur der Verdacht aufkam, dass es sich um ein französisches handeln könnte, zu bekämpfen. Aber auch die Neutralen mussten zu solch kriegerischen Zeiten jederzeit damit rechnen, gestoppt und kontrolliert zu werden.

Allein beim Anblick der mit Waffen vollgestopften Kisten, hätte man der Jaguarbesatzung unterstellt, die Franzosen mit Konterbande zu beliefern. Und dann? Obwohl Walker, Albrecht und Ohlsted nichts ferner lag, als die Franzmänner zu unterstützen – schließlich hatte man eher das Gegenteil geplant – wäre es unmöglich gewesen die Dinge klarzustellen. Mit einem Schlag wäre dann nicht nur die kostbare Ladung konfisziert worden, sondern auch das Schiff. Die Jaguar gäbe für die Briten immerhin eine prächtige Prise ab. Die erfahrene Crew hingegen würde augenblicklich zum Dienst auf britischen Kriegsschiffen gepresst werden. Schließlich war es selbst in amerikanischen Gewässern vorkommen, dass sich die Briten von amerikanischen Schiffen gewaltsam Leute geholt hatten, um ihre eigene Mannschaft aufzustocken.

Im Falle eines neuen Krieges zwischen dem britischen Imperium und dem jungen Amerika könnte es geschehen, dass die gepressten Amerikaner eines Tages gegen ihre eigene Kriegsmarine kämpfen müssten. Da sich die amerikanische Unabhängigkeit noch nicht zur Genüge gefestigt hatte, war die Gefahr eines weiteren Krieges gar nicht so abstrakt. Allerdings war sich Walker darüber im Klaren, dass es in solchen Zeiten nicht viel nützte, sich den Kopf über eine ungewisse Zukunft zu machen. Wichtiger war der Augenblick und deshalb war er froh, dass es mit seinem schnellen und wendigen Toppsegelschoner ein Leichtes gewesen war, der britischen Brigg zu entkommen.

Jetzt war es an der Zeit, endlich wieder ein Besteck zu setzen.

Nachdem das Loggen abgeschlossen war – neun Knoten waren an der Logleine abgezählt worden – stieg Walker ins Deck hinab, damit er seinen Pflichten als Navigator nachgehen konnte. Leider war es derzeit nicht möglich, einen exakten Standort festzustellen. Da sich über Nacht kein einziger Stern am Firmament gezeigt hatte und, weil sich die Sonne auch jetzt hartnäckig weigerte hervorzukommen, musste regelmäßig gekoppelt werden. Aufgrund von der regelmäßig geloggten Geschwindigkeit und dem um die Missweisung korrigierten Kurs, hatte Walker seine angenommene Position berechnet und am Koppelbrett, in Bezug auf den zuletzt gegissten Standort, markiert.

Endlich! Dreizehn Tage nachdem die Jaguar die Inselgruppe der Shetlands passiert hatte, war der Schoner seinem Ziel bedeutend näher gekommen. Schon kurz nach Tagesanbruch hatte sich der lästige und gefährliche Nebel aufgelöst. Für die 440 Seemeilen, die bei anhaltenden Wind in zwei Tagen zu schaffen gewesen wären, hatte der Schoner ziemlich lange gebraucht, was dem lächerlichen Durchschnittsetmal von knapp vierunddreißig Seemeilen entsprach. Die täglich auftretenden Nebel, die sich oft nur für wenige Stunden gelichtet hatten und von leichtesten Winden oder gar von absoluter Flaute beschattet wurden, hatten ein Vorwärtskommen des Schiffes wie ein Hemmschuh erschwert.

Dafür hatte es die ganze Woche kein Problem gegeben, anderen Schiffen aus dem Weg zu gehen. Und Dank der Kenntnisse von Albrecht und Ohlsted, die mit den hiesigen Gewässern und Wetterverhältnissen vertraut waren, war das Risiko vor fremden Küsten das Schiff zu verlieren, minimiert worden. Aber jetzt, so dicht vor dem europäischen Festland, hätte bei dichtem Nebel alles Wissen dieser Welt nicht viel genützt. Denn die ganze nordfriesische Küste, die vor dem dänischen Festland lag, wurde mit unzähligen kleineren und größeren Inseln wie von einem Schutzwall umgeben. Dahinter, teils auch dazwischen, lauerten die Watts, die selbst bei Hochwasser nur bei genauerer Kenntnis befahren werden konnten. Jedoch stellten sie bei Niedrigwasser an den meisten Stellen ein absolut unpassierbares Hindernis dar.

Captain Walker warf einen raschen Blick aufs Koppelbrett. Endlich war ein ordentliches Besteck gesetzt worden. Nun fühlte er sich ruhiger. Er war im Nebel schon nahe daran gewesen, wieder auf westlichen Kurs zu gehen, um Abstand zur Küste zu gewinnen – bevor es zu spät war. Nur durch sorgfältiges Koppeln hatten er und seine Offiziere in den Tagen zuvor abschätzen können, wo die Jaguar sich ungefähr befinden könnte.

Jetzt, wo sich der Nebel endlich gelichtet hatte und freundlicher, wolkenloser Himmel die Nordsee in einem ganz anderen Licht erscheinen ließ, war es möglich gewesen, wieder eine genaue Position zu bestimmen. Die quälende Ungewissheit mangels Wissen über den exakten Standort, war für Walker während der letzten Tage zermürbend gewesen. Außerdem hatte er die schlechte Stimmung an Bord bemerkt, welche sich beding durch den Nebel und die feuchte Kälte unter der gesamte Besatzung ausgebreitet hatte.

Zum Glück hatte sich das Wetter zum Guten gewendet. Der Wind hatte ein wenig aufgefrischt und die lang ersehnte Sonne verwöhnte nun die Crew mit ihren wärmenden Strahlen. Eine Wohltat für alle, die es satt hatten, in ihrer klammen, feuchtkalten Kleidung ausharren zu müssen.

Der Wind, der schon vor Stunden auf Südwest umgesprungen war, blies nun mit fünf bis sechs Windstärken. Der Blanke Hans – so nannten die Menschen von hier das Meer vor ihrer Haustür – zeigte sich nunmehr von einer ganz anderen Seite. Die Nordsee war rau und kabbelig geworden und ließ die Jaguar in der kurzen, steilen See kräftig Stampfen. Weiße Gischtfontänen gingen regelmäßig übers Vorschiff. Da der Schoner auf seiner letzten Etappe zur nordfriesischen Küste Richtung Südost und damit auf Halbwindkurs lief, hatte ihm der günstig stehende Wind kräftig auf die Sprünge geholfen. Während der letzten Stunden war die Jaguar – gleich ihrem Namenspatron auf der Jagd – nur so dahingerast.

Mittlerweile war das Schiff auf der Höhe des Westzipfels der Halbinsel Eiderstedt. Und in jenem flachen Gewässern war Vorsicht geboten. Hier war es kaum ratsam unter vollen Segeln durch die beengten Fahrwasser zu rauschen. Deshalb waren die Toppsegel schon längst geborgen worden, vorn am Bugspriet standen nur noch das Vorstagsegel und der Außenklüver. Außerdem waren die Wellen wegen der geringen Wassertiefe noch kürzer und rauer geworden. Sie schüttelten Schiff und Besatzung kräftig durch.

Bald danach hielt die Jaguar auf die Mündung der Eider zu. Wegen den von Marschen, und Sandbänken begrenzten Gewässer wurde nun ein Lotse gebraucht, obwohl Ohlsted als auch der von hier stammende Albrecht versierte Leute waren, konnte auf solchen kaum verzichtet werden. Das Watt war äußerst trügerisch, denn neben den sichtbaren Sandbänken gab es unzählige Untiefen, welche sich zu allem Überfluss, aufgrund der Brandung, ständig in Größe und Position veränderten.

Dwars an Steuerbord lag die Linnenplatte und dort aalten sich ein Dutzend Seehunde in der Nachmittagssonne. Backbord querab, parallel zur Jaguar, lag die Halbinsel Eiderstedt und voraus, zwischen den Dünen, die das flache Hinterland verbargen, war die Einfahrt in die Eider.

An der Großgaffel wehte munter das Sternenbanner und an einer Leine am Schonermast flatterte eine Signalflagge, die dem in der Nähe kreuzenden Lotsenboot signalisierte, dass ein Lotse benötigt wurde. Bei dem sich nähernden Boot handelte sich um eine Galiot, deren Heck genauso spitz war wie ihr Bug. An ihrem Mast trug sie ein Gaffelsegel, sowie eine Spiere mit einer Laterne. Das Boot wurde von drei Männern unterschiedlichen Alters gefahren, wobei einer bärtiger wie der andere war.

Als das Boot in Lee an der Großrüste des Schoners festmachte, grinste einer der drei von einem Ohr zum andern und brummte wie ein Seebär auf Platt: „Ahoi! Sieh mal einer an, das ist ja der Robert! Und das auf einem amerikanischen Segler!"

Freudestrahlend rief ihm Albrecht entgegen: „Ahoi Karsten! Schön dich wieder zu sehen, du altes Haus! Komm an Bord!"

Karsten war der älteste Mann auf der Galiot und er war auch der Lotse. Er grinste schelmisch und stieg kraftvoll in einem günstigen Moment, von der in den Wogen tanzenden Galiot, auf die Rüste des Schoners über.

Als er Ohlsted erkannte rief er: „Und unser Sven ist ja auch da!"

Dann gaben sich die drei Männer die Hand.

Der Lotse, ein wenig misstrauisch, dennoch mit unverkennbarer Bewunderung, ließ seine Blicke über das Deck schweifen, welches mit unzähligen verwilderten Besatzungsmitgliedern und mit acht Kanonen mehr als überladen wirkte.

Albrecht stellte seinen alten Freund seinem Captain vor und machte dann diesen wiederum mit dem Lotsen bekannt: „Das ist Capt'n James Walker! Kapitän des amerikanischen Toppsegelschoners Jaguar. Übrigens spricht er sogar Deutsch, er ist nämlich deutscher Abstammung."

Dann wurden kräftig die Hände geschüttelt und der Lotse sagte etwas auf Plattdeutsch, was aber von Walker, dessen Wurzeln aus Süddeutschland stammten, nicht verstanden wurde.

Ohlsted grinste und flüsterte zu Karsten: „Karsten, gib dir mal Mühe und versuch's mal ohne Platt."

Dieser kuckte zunächst etwas verwirrt bevor er verstand. „Tschuldigung, Käpt'n! Ich wollte nur ausdrücken, dass Sie einen verdammt tollen Kahn, ich meine ein echt tolles Schiff haben. Gefällt mir. Wie haben die Kerle Sie nur herumkriegen können, um sich auf den langen Weg über den ganzen Atlantik zu machen, um bei uns Station zu machen?"

Walker gab ihm auf Deutsch eine kurze Antwort. Anschließend übergab er dem Lotsen, die in Bezug aufs Schiff benötigten, Informationen.

Noch bevor die Galiot sich von der Jaguar gelöst hatte, übernahm der Lotse das navigieren. Umsichtig navigierte er durch das mit langen Stangen markierte Fahrwasser, während Ohlsted in den Fockwanten stand und Ausschau hielt.

Inzwischen teilte Walker die Bedenken, welche Bolton zuvor geäußert hatte. Denn in Bezug aufs Versetzen von Schmuggelgut oder gar von Konterbande bot die Küste hier keinen Vergleich zu den geschützten Buchten von Maine, die geradezu ideale Verhältnisse zum Anlaufen von verborgenen Plätzen boten. Hier war alles ziemlich flach. Nichts als ein flacher Sandstrand, der gleich dahinter in halbhohe Dünen überging, die mit Strandhafer bewachsen waren.

Als die Jaguar auf die Eider steuerte, bemerkte Walker die Erleichterung in den Gesichtern von Albrecht und Ohlsted. Sie waren vermutlich froh, endlich wieder in vertrauten, heimatlichen Gewässern zu sein.

Die Farbe des Wassers änderte sich langsam von graubraun zu grün, als der Schoner vom sandigen Salzwasser ins Süßwasser der Eider hineinlief. Um Tönning anzulaufen war eine Kursänderung auf Nordost notwendig. Zum Glück war das Fahrwasser auch hier mit Stangen deutlich markiert und wegen der Erfahrung des einheimischen Lotsen konnte vorausgesetzt werden, dass es tief genug war.

Wind und Tide standen günstig, so dass der Schoner zügig vorankam. Die Landschaft, beiderseits des eingedeichten Flusses, änderte sich langsam und zeigte bereits erste Erhöhungen. Die ersten Baumreihen, überwiegend Weiden, schmückten die Ufer. Sie waren trotz des kargen Bodens robust genug, um den Nordseestürmen trotzen zu können. Nachdem die Jaguar weiter binnenwärts vorgedrungen war, erkannte man kleine Wälder mit hohen Bäumen. Dazwischen waren die ersten Hügel und grüne Wiesen, auf denen schwarzweiß-gefleckte Kühe grasten.

Tönning war nun in unmittelbarer Nähe. Es wurde Zeit, denn die Sonne senkte sich hinter dem Heck langsam zur Kimm hinab. Ihr flach einfallendes Licht ließ das riesige Gaffelsegel am Großmast so hell erstrahlen, dass es die Männer, die auf dem Achterdeck standen, beinahe blendete. Auch Walker musste seine Augen gelegentlich zukneifen, wenn er nach vorne sah. Allerdings war er froh, dass die Sonne noch so hoch stand, dass es problemlos möglich sein sollte, vor Einbruch der Dunkelheit den vorgesehen Liegeplatz anlaufen zu können.

Hinter den eingedeichten Ufern der Eider gab es inzwischen immer mehr Anzeichen von Besiedelungen. Es gab vereinzelte Höfe, auf denen entweder friesische Langhäuser standen oder Gebäude mit reetgedeckten Walmdächern auf Außenwänden, die so niedrig waren, dass sie an Pyramiden erinnerten. Hin und wieder waren auch ein paar Windmühlen zu sehen.

Je weiter die Jaguar in Richtung Tönning vordrang, desto mehr Häuser waren zu sehen. Die meisten waren aus Backstein gebaut und unterschieden sich oft nur durch die bunt bemalten Türen. Wieder andere Häuschen hinterließen einen eher verwitterten, manchmal sogar ziemlich verkommenen Eindruck. Eines hatten die Häuser aber gemeinsam: Aus ihren Kaminen drangen graue Rauchschwaden empor, hervorgerufen durch die wärmespendenden Öfen in ihrem Inneren.

Der kleine Tidehafen von Tönning war nicht mehr weit entfernt und die Breite der Eider verringerte sich stetig. Walker hatte eigentlich erwartet, den Hafen der kleinen Stadt anzulaufen, aber Albrecht winkte auf seine Frage hin ab.

Er sagte: „Für unsere Zwecke gibt es etwas Besseres als den regulären Hafen, sagte mir der Lotse. Wir haben Glück! Dort drüben, nur noch ein kleines Stück weiter flussaufwärts, kann die Jaguar in einem Seitenarm unterkommen. Er ist relativ großräumig und ist einem Kanal ähnlich.

Außerdem ist er von einem Siel, also einer Deichschleuse geschützt. Am besten machen wir jetzt schon zum Ankern klar. Außerdem sollen wir ein paar Signalflaggen setzen."

„Warum?" fragte Walker verwundert.

„Mit diesem Erkennungszeichen werden die Leute nicht so misstrauisch sein. Fremde Schiffe sind hier auf der Eider nichts Ungewöhnliches, selbst amerikanische Schiffe sind gelegentlich im Hafen von Tönning, aber hinter dem Siel liegen normalerweise nur die Einheimischen. Woher sollen sie auch wissen, dass Ohlsted und ich hier an Bord sind?", erklärte Albrecht und sah hin und wieder Richtung Tönning.

Walker wurde verlegen. „Natürlich. Dann lassen Sie das entsprechende Signal setzen."

Die Einfahrt durch das Siel in den Seitenarm war eng, aber für den heimischen Lotsen schien es Routinearbeit zu sein, einen Schoner von der Größe der Jaguar hinein zu dirigieren. Zum Glück wehte der Wind nicht so kräftig wie zuvor auf See. Mit nur noch einem Minimum an Tuch glitt der Schoner in das von Deichen umgebene Gewässer. Dann delegierte Walker das anstehende Ankermanöver.

Auch die Mannschaft, welche zuvor noch die Umgebung neugierig beäugt hatte, hatte schon längst keine Zeit mehr zum Glotzen. Das Klarmachen des Ankers, sowie das Bergen der letzten Segel waren nun vorrangig.

„Alle Stationen klar? Anker klar zum Fallen?", rief Walker seiner Crew zu.

„Alle Stationen klar!", bestätigte der Erste, der die Segelmanöver überwachte.

„Anker ist klar!", bestätigte der laute Ruf des Bootsmannes, der auf dem Vorschiff stand und die Männer am Anker und am Bratspill befehligte.

Kurz darauf schwoite die Jaguar an dem kurzstag gesetzten Anker. Während sich die Spitze des Klüverbaums beinahe in den Deich bohrte, wanderte das Heck bedrohlich nahe an der anderen Seite entlang. Das hatte den Vorteil, dass die Achterleine bequem an einen der dort bereitstehenden Burschen übergeben werden konnte.

Trotz der Enge hatte alles geklappt. Während Walker darauf wartete, dass von der Lotsengaliot die Vorleine übernommen wurde, so dass auch diese auf der anderen Seite festgemacht werden konnte, betrachtete er sein Umfeld.

Das Ufer war von einer Reihe hoher Weiden gesäumt. Weiter hinten standen zwei verkommene Windmühlen. Auf der gegenüberliegenden Seite waren auf einer Länge von beinahe achtzig Metern Fischernetze aufgehängt, die so sehr von Algen und Tang verunreinigt waren, dass man meinen könnte, dass sich schon seit Jahren kein Fischer mehr um sie gekümmert hatte. Sie hingen traurig in einem hohen Gerüstwerk aus vermoderten Stangen.

Lassen die Leute hier denn alles verrotten, fragte sich Walker nachdenklich.

Neugierig schwang er sich auf das Backbordschanzkleid und enterte ein paar Meter die Großwanten hinauf. Jetzt sah er plötzlich etwas, was er gerade eben noch nicht bemerkt hatte: Im schimmernden Fluss, zwischen den aufgespannten Netzen und den Windmühlen, sah er vier Masten von kleineren Segelschiffen.

Walker war nun wirklich überrascht. Jetzt begriff er, dass Albrecht nicht zu viel versprochen hatte. Die Schiffe, die dort lagen, konnten selbst vom Mast eines auf der Eider passierenden Schiffes nur schwer ausgemacht werden. Der Liegeplatz gab ein phantastisches Versteck ab. Von Land nur schwer zugänglich, kein Ort in unmittelbarer Nähe und vom Wasser aus so gut wie unmöglich zu sehen. Allerdings scharten sich mittlerweile ein paar Neugierige an den Ufern. Jetzt trotteten auch noch ein paar Pferde heran. Eigentlich handelte es sich um wuchtige Klepper.

Albrecht hatte Walkers misstrauische Blicke bemerkt. „Die Gäule werden uns anschließend helfen, die Jaguar an den bestmöglichen Platz zu verholen. Wir werden sozusagen getreidelt. Na, was meinen Sie, Capt'n? Ist dieser Liegeplatz ein gutes Versteck?"

„Alle Achtung! Und Sie glauben, dass wir hier wirklich ungestört liegen können?"

„Und ob! Hierher kommen keine dänische Zöllner und erst recht keine Franzosen. Mein Wort, Capt'n!"

„Ihr Wort in Gottes Gehör! Allerdings wäre es besser, wenn wir direkt neben den Mühlen, dort wo diese beiden Segler vertäut sind, liegen könnten. Was für Schiffe sind das eigentlich?", wollte Walker wissen.

„Das sind Ewer. Breite Flachbodenschiffe mit Seitenschwertern als Anderthalbmaster mit Gaffelsegeln getakelt. Ideal für diese flachen Tidengewässer, glauben Sie mir! Keine Sorge, die werden gleich verholt werden und danach kann die Jaguar das geschützte Plätzchen einnehmen."

„Sehr entgegenkommend. Ich habe den Eindruck, dass die Leute hier ziemlich gerissen sind", gab Walker mit unverhohlener Bewunderung zu.

„Da können Sie drauf wetten, Capt'n!", entgegnete Albrecht, mit einem Gesichtsausdruck, der eine gewisse Verschlagenheit nicht verbergen konnte.


Inzwischen war es März geworden. Die Kälte hielt sich und der Winter wollte einfach nicht weichen. Seit ein paar Tagen lag eine dünne Schicht Schnee auf dem Koog und raubte der Umgebung die letzten Farben, so dass der Boden beinahe übergangslos mit dem ebenso weißen Tiefnebel verschmolz. Durch die Toppen, des von Nässe verhangenen Schonerriggs, striffen Nebelschwaden. Feuchtigkeit hatte sich bis in den letzten Winkel an Bord eingenistet und die Kälte drang bis in den tiefsten Winkel. Der

Nebel hielt sich schon seit Tagen und trübte sowohl das Tageslicht als auch die Stimmung der Jaguars.

Zermürbt saß Captain Walker mit seinem Schiffsarzt im Halbdunkel seiner Kajüte. Das Oberlicht, welches schon zuvor vom Schnee befreit worden war, hatte schon wieder eine dünne, neue Lage abbekommen. Somit wurde das wenige Licht im Raum zusätzlich gedämpft.

Betrübt griff Walker nach seinem Krug. Der Nachschub an Bier und frischen Nahrungsmitteln, mit welchem die Jaguar täglich versorgt wurde, war derzeit das einzig Erfreuliche auf diesem gottverdammten Liegeplatz. Ansonsten gab es bis jetzt nicht einmal Andeutungen, dass die Erwartungen, die er und seine Crew, welche man an die Nordseemission gehabt hatte, jemals erfüllt werden würden.

„Verdammter Bullshit", sagte Walker zu Kevin McArthur, der ihm gerade zuvor beim Würfelspiel eine Menge an gedachten Dollars abgenommen hatte. Auch jetzt spielten die Männer nicht wirklich um Geld.

Die feuchte Kälte, das garstige Wetter und jetzt auch noch das verlorene Spiel. Zu allem Überfluss musste sein Schiffsarzt, mit dem sich Walker im Allgemeinen prächtig verstand und mit dem er regelmäßig beim Würfeln zusammensaß, das heikle Thema ansprechen: Eine gelangweilte, gereizte Mannschaft, die den Glauben an schnelle Gewinne schon längst verloren hatte. Walker sah ein, dass die Lage langsam brisant wurde.

Er wandte sich nach einem weiteren Schluck an sein Gegenüber: „Wie lange soll das denn noch dauern, Kevin? Immer wieder warten, warten, warten! Bald soll sich eine Gelegenheit ergeben, sagte mir Albrecht heute zum hunderten Mal. Lauter leere Versprechungen, welche uns die Leute machen. Und du sagst, dass die Mannschaft kurz vorm Meutern ist?"

McArthur, der zwielichte Quacksalber, der mit Walker auch auf der Korvette Cougar gefahren war, hatte sich oft wegen seiner Improvisationskunst und seiner realistischen Betrachtungsweise bewährt. Jetzt nickte er traurig. „Lange machen die das nicht mehr mit. Ich befürchte, dass das Fass kurz vorm überlaufen ist. Es gefällt denn Männern hier nicht übermäßig. Besonders, weil du ihnen verboten hast, sich in Tönning herumzutreiben."

„Ich möchte vermeiden, dass wir unnötiges Aufsehen erregen", entgegnete Walker. „Unser Versteck ist wirklich nicht ohne. Aber wenn unsere Meute in der Stadt herumzieht und irgendeinen Unsinn macht, dann weiß bald jedermann auf Jütland, dass im Abseits ein bewaffneter Schoner liegt. Und ich verzichte liebend gerne darauf, dass wir dänische Soldaten zu Besuch bekommen."

Walker griff wieder zum Krug. Er war sich der Situation durchaus bewusst. Wegen dem Nebel lag der Schoner noch besser im Verborgenen, als sie Weiden, Fischernetze und Windmühlen je schützen könnten. Wie lange konnte man hier überhaupt unbehelligt liegen bleiben? Tatsächlich war die französischen Armee derzeit noch nicht bis hier her gedrungen, obwohl sie mit der Unterstützung von spanischen Truppen schon längst bis östlich der Elbe vorgerückt war.

Beruhigend war die Tatsache, dass die einheimischen Dithmarscher nicht im Geringsten mit den Franzmännern sympathisierten. Diese Leute waren ein eigenes Völkchen, welches sich weder vom dänischen Königreich, noch weniger aber von einem Emporkömmling, wie diesem Napoleon Bonaparte, Vorschriften machen ließ.

Die Fischer kochten vor Wut. Sie fühlten sich wegen der Kontinentalsperre in ihrem Broterwerb stark beeinträchtigt, denn sie konnten nicht mehr bei jeder Gelegenheit auf See hinaus. Inzwischen warteten sie auf jede günstige Gelegenheit, denn dann wurde auf Teufel komm raus geschmuggelt. Gefischt wurde nur sehr selten. Einige Fischer haben bereits erkannt, dass man mit Schmuggel bei einer Nacht- und Nebelaktion sehr viel schneller zu Wohlstand kommen konnte. Allerdings waren die Nebel so dicht und undurchdringlich, dass es den Fischern im Moment genauso ging wie den Jaguars: Sie waren zur Tatenlosigkeit gezwungen. So lag nun auch die Jaguar, schon viel länger als vorgesehen, reglos in der klirrenden Kälte.

Auch Walker fühlte sich unbefriedigt. Er hatte bis jetzt weder eine Gelegenheit gehabt Ware nach Helgoland zu verschieben, noch hatte es für sein Schiff eine andere Möglichkeit gegeben, einem einträglichen Geschäft nachzugehen. Dass seine Mannschaft zu knurren angefangen hatte, wunderte ihn nicht im Geringsten. Allerdings gab es zurzeit auch keine Möglichkeit zu einem Aufbruch. Und wegen dem dänischen Militär, welches sich gelegentlich in Tönning zeigte, hatte er seiner Crew aus Sicherheitsgründen verboten, sich ebenfalls dort herumzutreiben.

McArthur bemerkte, dass sein Kommandant in seinen Gedanken versunken war. Er runzelte mit der Stirn, dann nahm er das Gespräch wieder auf. „Ich spreche erneut das Klima an Bord an, James.“

„Zum Teufel, ich weiß, dass sie beschissen ist! Die Mannschaft ist also gereizt, was Kevin? Also raus damit! Sag's mir mit deinen Worten!“

McArthur blickte über seine Nickelbrille hinweg in die Augen seines Kommandanten, dann sagte er mit einem beinahe väterlichen Ton: „Nun, die Gemüter der Leute sind wie ein Bogen, der scharf gespannt ist. Außer auf dem flachen Koog herumzustreunen, gibt es für die Männer nichts zu tun. Vielleicht wäre es im Sommer ein wenig leichter auszuhalten. Aber jetzt? Zu dieser beschissenen Jahreszeit? Hier gibt es nur eine Spelunke und zwei Wirtshäuser. Und die sind nicht groß genug, um die gesamte Crew zu bewirten, geschweige denn irgendwie zufriedenzustellen. Nicht ein einziges Bordell ist in der Nähe und nach Tönning lässt du die Männer nicht. Wo zum Teufel kann unsere Horde ihre Lüste stillen? Hier gibt es nur winzige Dörfer mit misstrauischen Einheimischen, welche ihre

Töchter vor uns versteckt halten. Die Männer müssen sich austoben. Hier dürfen sich unsere Leute nicht einmal mit den Einwohnern herumschlagen, was ihnen wenigsten ein bisschen Spaß und Abwechslung bieten würde. Und sonst? Die Jaguar ist nicht einmal ausgelaufen. Bisher ist nichts für uns herausausgesprungen, weder Schmuggelware noch andere Beute."

Walker lenkte ein: „Wir haben Anteile für die geschmuggelten Waffen erhalten, welche wir von Maine hierher transportiert haben. Und wenigstens ist der Schaden, den der Wal angerichtet hatte, ordentlich repariert worden."

„Aber damit kannst du die Männer nicht zufriedenstellen, dass reicht nicht! Also was gedenkst du zu tun?"

Walkers Stimmung war angekratzt. Aggressiv fauchte er den Schiffsarzt, dem er für die Warnung eigentlich dankbar sein sollte, an: „Verflucht noch mal! Ja, was zum Henker soll ich denn tun? Auslaufen, um auf die erstbeste Untiefe aufzulaufen? Soll ich den Männern erlauben sich über die Weiber im Ort herzumachen, nur damit sie sich besser fühlen?"

McArthur machte eine Geste, die seine Ratlosigkeit beteuerte. Mit offensichtlichem Bedauern meinte er: „Ich weiß leider keinen Rat. Ich bin ehrlich gesagt verdammt froh, dass ich nicht in deiner Haut stecke. Du bist der Kommandant. Ich bin froh, dass ich die Verantwortung nicht tragen muss. Ich weiß nur eins: Lange kann es so nicht mehr weitergehen. Außerdem würde ich mich gerne mit deiner Erlaubnis zurückziehen."

„Natürlich, Kevin, mach das. Vielleicht ändert sich morgen das Wetter oder etwas anderes."

Der Schiffsarzt leerte seinen Krug in einem Zug. Dann erhob er sich und ließ seinen Kommandanten mit all seinen Sorgen und der ganzen Verantwortung zurück.


# Kapitel 5: Zweifelhafte Absichten

Am nächsten Morgen hatte sich der Nebel bereits in größere Höhen zurückgezogen. Für den Matrosen Stanley Brewster war das aber kein Grund für Heiterkeit. Die ganze Gegend kotzte ihn an. Hier war es kalt, feucht, neblig und zu allem Überfluss auch noch tödlich langweilig. Die Weiber verzogen sich in ihre Häuser, wenn man gemeinsam durch die wenigen Straßen des Dorfes zog, welches in der Nähe des Verstecks lag. Und dort gab es nicht einmal ein einziges Bordell. In Tönning gab es welche, aber vorerst sollte man dem Ort fernbleiben. Natürlich war Brewster schon dort gewesen, aber das musste niemand wissen. Seine brennenden Lenden hatten ihm keine Wahl gelassen.

Brewster verfluchte diese Mission. Sie stand ihm schon längst bis zum Hals. Aus den ursprünglichen Zweifeln, dass bei dieser Sache für ihn nichts rausprang, war schon längst Gewissheit geworden. Wäre er bei diesem Mist bloß nicht mitgekommen. Jetzt stand Brewster mit verdrießlichem Gesicht am Schanzkleid des verfluchten Schiffes, einen Fuß auf die Lafette eines 12-Pfünders gestellt.

Hier wartete er täglich auf das Luder des Bäckers, das täglich am frühen Morgen angetanzt kam. Sie hatte immer zwei Esel mit sich, welche je ein Paar große Körbe trugen, die mit frischem Brot vollgepackt waren. Dieses hübsche, junge Weib mit ihrem dicken blonden Zopf, der bis zum Hintern reichte und verführerisch hin- und herschwang, war eine wahrliche Augenweide. Astrid war ihr Name. Sie war das einzig Erfreuliche in diesem beschissenen Ort.

Bestimmt nicht nur für ihn, sondern sicherlich auch für seine Bordkameraden. Eifersüchtig beobachtete Brewster jeden Tag, wie die einige andere der Crew auf dieses Weibsstück warteten, denn auch für die war die tägliche Ankunft der Bäckerstochter der Höhepunkt des Tages. Aber im Gegensatz zu ihm empfingen die anderen Männer immer wieder ein freudestrahlendes Lächeln von der neunzehnjährigen Göre, die keine Furcht vor der verwegenen Bande zeigte. Ihr selbstsicheres Auftreten wurde von seinen Kameraden merkwürdigerweise respektiert. Natürlich ließen manche die Gelegenheit nicht ungenutzt, um dem hübschen Ding ganz schnell an den Po zu grapschen, was bei ihr sofort ein reizendes Kichern auslöste. Aber sobald sich einer zu viel erlaubte, hatte sich dieser bei ihr eine schallende Ohrfeige geholt und dafür bei den anderen schadenfrohes Gelächter geerntet. Der Grund für Brewsters in Wut ausartende Eifersucht war, dass ihm in all den Tagen von diesem Miststück nicht ein Blick, nicht ein Lächeln gegolten hatte. Aber eines stand fest: Heute würde er auch nach ihren runden Dingern greifen.

Bald würde es soweit sein. Brewster konnte sie mit den vollgepackten Eseln zwischen den Mühlen herantrotten sehen.

Dann musste sie neben der rechten Mühle erscheinen, dachte er sich.

Schon hastete er los und drängte sich durch eine zusammenstehende Gruppe von Kameraden, um zuerst von Bord zu gehen. Schließlich wollte er bei den Ersten sein, die den Eseln die Körbe abnahmen, um das frische Brot aufs Schiff zu bringen.

Als Astrid herankam, empfand Brewster zwiespältige Gefühle. Das freudestrahlende Gesicht des begeistert empfangenen Mädchens und der schwingende Rock unter ihrem Mantel machten ihn unheimlich an. Doch als er dann aus unmittelbarer Nähe von ihren Blicken durchdrungen wurde, so als ob er aus Luft wäre, packte ihn wieder die Wut. Brewster drängte sich zwischen sie und einen der Esel und täuschte vor, einen Korb vom Tragegestell zu nehmen. Dann drehte er sich rasch um und packte sie mit einer Hand am Zopf, umschlang sie mit der anderen Hand und griff ihr an die pralle Brust, die trotz der winterlichen Bekleidung gut zu fühlen war.

Blitzartig drehte Astrid sich um. Erst jetzt merkte sie, dass sie nicht viel Bewegungsspielraum hatte, da sie an ihrem Zopf grob festgehalten wurde. Als ihr der Schmerz durch die Kopfhaut fuhr, schrie sie laut und schrill auf.

Voller Wut und sehr viel heftiger als sonst, wenn die fremden Seeleute sie betatschten, schlug sie dem Kerl ins Gesicht. Zuerst links und dann, mit aller Kraft, die sie sammeln konnte, noch einmal rechts. Der garstige Typ mit dem dunklen Haar und den dunklen Augen war ihr schon mehrmals unangenehm aufgefallen. Jetzt verfärbten sich seine Wangen ins Rote und mit seinen hasserfüllten Augen wirkte er noch hässlicher als sonst.

Wie eine Furie fauchte sie ihn an: „Du hässliches Schwein! Fass mich nie wieder an, sonst schlage ich dir deinen Zinken ein!"

Obwohl keiner, der das Schauspiel beobachtet hatte, den Satz verstehen konnte, erntete Brewster höhnisches Gelächter.

„Hey Stanley! Von so einem Scheusal wie dir, will die nichts", lästerte einer der Kameraden höhnisch.

Ein anderer Kamerad fügte zynisch hinzu: „Stanley, du bist doch der allerletzte, von dem sich Astrid begrapschen lässt!"

Jetzt wogte erneutes Gelächter auf, welches kaum enden wollte. Geschlagen, gedemütigt, wutentbrannt und voller Zorn lief Brewster davon, um den Blicken seiner schadenfrohen Kameraden zu entgehen.

„Ihr seid doch alles Arschlöcher", murmelte er leise vor sich hin. In Gedanken fügte er noch hinzu: „Und dich krieg' ich noch Astrid! Wart's nur ab!"

Hinter der Mühle versuchte er sich wieder zu fassen. Nach Rache sinnend fasste Brewster einen bösartigen Plan.


Chris Bolton war in der Nähe des Liegeplatzes seines Schiffes herumgeschlendert. Nun saß er auf der kleinen Treppe, die zur Tür von einer der Mühlen führte. Kaum hatte er sich hingesetzt, kam eine Frau mit fünf kleinen Kindern. Ein Kind war zerlumpter als das andere. Bei der Frau konnte es sich nur um die Mutter handeln.

Sie sah in ihrer kümmerlichen Kleidung erbärmlich aus und mit ihren eingefallenen Wangen wirkte sie, als wäre sie schon 30 Jahre alt. Trotzdem war sich Bolton sicher, dass sie kaum über zwanzig war. Er verstand kein Wort von dem, was die Frau sagte, aber nachdem sie ihre Hand aufhielt, war sowieso alles klar.

Bolton drückte ihr einen Taler in die Hand und schon zog die Schar vor Freude strahlend davon. Jetzt wurde sich Bolton, trotz dem scheinbar friedlichen Umfeld, bewusst, dass auf diesem Kontinent Krieg herrschte.

Armut war allgegenwärtig und zumindest in den Städten war das Betteln das normalste auf der Welt.

Chris Bolton wusste was Armut bedeutete. Er war in New York unter erbärmlichen Verhältnissen aufgewachsen. Für seine vielen Geschwister, die allesamt jünger waren, hatte er gebettelt und gestohlen. Der Hafen war besonders gut dazu geeignet gewesen. Dabei hatte er viele stolze Schiffe beim Ein- und Auslaufen beobachtet. Und seitdem wusste er, dass er eines Tages auch zur See fahren würde. Mit allen Mitteln hatte es Bolton geschafft bei der Navy unterzukommen und hatte es sogar bis zum Leutnant gebracht. Aber selbst als Leutnant war er von den besser bemittelten Kameraden nie anerkannt worden. Schließlich war er sich bewusst geworden, dass er nicht in die Navy gehörte. Auf der Jaguar fühlte er sich verstanden und akzeptiert.

Dass auch in diesem fremden Land mittlerweile ehrliche Fischer zu Schmugglern wurden, wunderte Bolton inzwischen nicht mehr.

Während der Erste in Erinnerungen schwelgte und dabei den davongehenden Kindern und ihrer Mutter einen Blick zu sah, fiel ihm der aufwirbelte Schnee auf. Da bemerkte er, dass das Schneegestöber nicht vom Wind, sondern von den Hufen einiger Pferde verursacht wurde. Erst dann sah er die Reiter auf den Pferderücken.

Sie kamen aus der Richtung des Dorfes angeritten. Inzwischen hatte Bolton zwei der Reiter erkannt. Es handelte sich um Albrecht und Ohlsted, die sich rasch auf fuchsfarbenen Kleppern näherten. Ein dritter Reiter folgte ihnen auf einem Schimmel. Die klobigen Rösser machten einen gehetzten Eindruck.

Bolton erhob sich. Sein Hinterteil war auf der eisigen Treppenstufe kalt geworden. Er fragte sich, ob es einen Zusammenhang zwischen der Eile der Reiter und der kleinen Galiot, welche vorher auf der Eider flussaufwärts vorbeigesegelt war, geben konnte.

Kurz darauf erreichten die Reiter die Windmühlen. Als Albrecht und Ohlsted den Ersten Offizier, der neben der Mühle wartete, erkannten, zogen sie am Zügel der Pferde und brachten die Tiere zum Halten.

Bolton lenkte sein Augenmerk auf den dritten Mann im Sattel. Obwohl an seiner Kleidung nichts Auffälliges war, schien er ein Fremder zu sein, denn der hagere Mann mit der misstrauischen Miene wirkte weder wie ein Fischer, noch wie ein einheimischer Bauer.

Verdammt, dass musste ein Zöllner sein, schoss es dem Ersten durch den Kopf.

„Schwierigkeiten?", fragte Bolton so leise, dass es der Fremde nicht hören konnte.

„Aber nein, Mister Bolton! Jetzt ist es endlich soweit. Der Augenblick, auf den wir schon so lange gewartet haben, könnte gekommen sein.

Vorausgesetzt, dass uns das Wetter keinen Strich durch die Rechnung macht, und dass Ihre Crew mitmacht."

„Mhm, wo mitmacht?"

„Ich möchte nicht alles zweimal sagen. Ist der Capt'n an Bord?"

„Ja", antwortete Bolton brüsk. Er hatte gerne etwas mehr hören wollen.

Ohlsted war Boltons Enttäuschung nicht entgangen. Deshalb mischte er sich ein und meinte: „Sollten wir jetzt sofort aufs Schiff gehen? Dann erzählen wir, um was es geht."

„Natürlich."

Während die drei Reiter vorausritten, um ihre Pferde festzubinden, schritt Bolton erwartungsvoll zum Schiff zurück. Kurz darauf saß er zusammen mit seinem Kommandanten, dem Zweiten Offizier Melvin Mortimer, dem Bootsmann und den drei Reitern in der Offiziersmesse, die mehr Sitzgelegenheiten bot als die enge Kapitänskajüte. Einige der Decksoffiziere waren nicht anwesend, weil sie sich irgendwo auf dem Land herumtrieben. Aber das war vorerst ohne Bedeutung.

Der Fremde machte einen selbstbewussten, fast hochnäsigen Eindruck. In den wenigen Minuten, seit er den Fuß aufs Deck gesetzt hatte, war von ihm der Toppsegelschoner mit argwöhnischen Blicken beäugt worden. Jetzt aber blickte er Walker, dem er gerade vorgestellt worden war, erhobenen Hauptes in die Augen.

„Das ist Alistair Hopkins, Sonderbeauftragter der Royal Navy", sagte Albrecht. „Er ist auf einem unserer Schiffe aus Helgoland herübergesegelt."

„Ich grüße Sie, Captain Walker! Sie sind also Amerikaner? Sie haben wirklich ein prächtiges Schiff. Nur gut, dass unsere Nationen nicht im Krieg gegeneinander stehen."

„Wie meinen Sie das, Mister Hopkins?"

„Nun, dieser Toppsegelschoner gäbe ein nicht zu unterschätzendes Kaperschiff ab. Nichts für ungut, Sir, aber Sie sind kein Freibeuter sondern ein Schmuggler."

Walker verriet sich nicht mit der Miene.

Wenn du wüsstest, dachte er sich.

Schließlich hatte er sehr wohl schon als Freibeuter gegen die Briten gekämpft. Verschmitzt lächelnd entgegnete er: „Sie wissen also über mich Bescheid?"

„Allerdings! Und nicht nur über Sie, sondern auch über Ihren Freund George Ripley. Aber bevor wir irgendetwas in die Wege leiten, möchte ich Sie unter vier Augen sprechen, Capt'n. Vielleicht wäre es besser, wenn Sie sich ihren Mantel überziehen. Draußen sind wir ungestört, die Kälte ist zum Aushalten."

„Wie Sie meinen, Sir. Gehen wir."

Walker war sich bewusst, dass ein Schiff nicht der geeignetste Ort für vertrauliche Gespräche war. Wände hatten bekanntlich Ohren und auf einem Schoner dieser Größe gab es keinen Plätzchen, der einem das Gefühl von Sicherheit vermittelte.

Die Männer schritten durch den knöcheltiefen Schnee aufs freie Feld. Dann blieben sie stehen und Hopkins drehte sich um und musterte die Jaguar aus der Distanz. Walker ahnte, was Albrecht unter Sonderbeauftragter zu verstehen meinte.

„Mister Hopkins, woher wissen Sie von George Ripley?"

Hopkins lächelte verschlagen. „Sie wundern sich, Capt'n Walker? Haben Ihre Freunde nicht erwähnt, dass sie die erste Möglichkeit genutzt haben, um sich mit meinen Leuten auf Helgoland in Verbindung zu setzen?"

Walker schüttelte verneinend den Kopf.

„Nun, in diesem Geschäft ist Schweigen oft ein Vorteil. Ich glaube, Sie wissen von was ich spreche?"

Diesmal nickte Walker. Er hatte längst geahnt, dass Hopkins vom britischen Geheimdienst war. Und dass die Briten auf Helgoland nicht nur einen Militärstützpunkt aufbauten, sondern auch eine Zentrale des Geheimdienstes, wusste er schon längst. Albrecht und Ohlsted hatten es ihm nicht vorenthalten, dass sie Kontakte zum Geheimdienst unterhielten. Allerdings schienen diese besser zu sein, als Walker gedacht hatte.

„Meine Freunde haben Ihnen ausgerichtet, dass ich den Kopf meines Freundes George Ripley retten möchte?"

„Ja, Sir. Das haben sie. Übrigens kenne ich seinen Duellkontrahenten persönlich. Er behauptet, dass Ripley England verraten hat. Ripleys Frau war angeblich so über ihren Ehemann entrüstet gewesen, dass sie sich schnellstmöglich mit ihm, also mit meinem obersten Chef, eingelassen hat."

„Und Sie glauben ihm?"

„Wie gesagt, ich kenne meinen Chef persönlich. Auch seinen Umgang mit Damen. Meines Wissens hat George Ripley früher gute Dienste für unser Land geleistet. Ich wüsste davon, wenn er England verraten hätte. Politisch ist für uns Ripley absolut unwichtig. Ich kann keinen Schwur darauf leisten, aber ich glaube, dass ich ihn mit aus dem Gefängnis bekommen könnte."

„Was ist Ihr Preis?", fragte Walker Hopkins direkt ins Gesicht.

Hopkins erklärte Walker in kurzen Worten von seinem Vorhaben. „Nun was sagen Sie dazu, Capt'n Walker? Würden Sie das Risiko eingehen?"

„Ich bin schon ganz andere Risiken eingegangen, Mister Hopkins. Allerdings kann ich dies nicht im Alleingang machen. Also sollten Sie auch meine Offiziere in die Angelegenheit einweihen."

„Und Ihre Mannschaft? Macht die mit?"

„Meine Männer sind keine Memmen. Wenn genügend für sie herausspringt, dann gehen sie für mich durchs Feuer."

„Sehr gut. Dann gehen wir zurück aufs Schiff, Capt'n. Noch Fragen?"

„Angenommen ich erfülle meinen Teil, wobei ich natürlich nicht garantieren kann, dass es gelingt. Woher weiß ich, dass Sie alles tun werden, um meinen Freund in die Freiheit zu verhelfen?"

Hopkins sah etwas verdutzt aus. „Aber ich bitte Sie, Mister Walker. Sie haben mein Wort und nun müssen Sie mir vertrauen. Garantien gibt es in diesem Geschäft nicht." Hopkins Blick sagte alles. Trotzdem fügte er mit herablassendem Ton hinzu: „Aber wenn Sie nicht wollen, dann segeln Sie doch mit Ihrem Schoner nach London und befreien dann Ripley mit ihrer kampfstarken Crew auf eigene Faust."

Walker schluckte, als er den zynischen Blick des Geheimagenten ertrug. Er war sich bewusst, dass die Frage naiv gewesen war. Außer Vertrauen und Geduld blieb ihm nichts anderes übrig. Nun musste er darauf hoffen, dass seine Crew bei dem wahnwitzigen Vorhaben mitmachte.

„Dann gehen wir jetzt wieder an Bord, Mister Hopkins!"


Wortlos kehrte Walker mit dem Geheimagenten zum Schiff zurück. Dort stiegen sie den Niedergang zur Offiziersmesse hinab. Rund um den gedeckten Tisch saßen seine Männer und sahen ihn erwartungsvoll an.

Walker versuchte gelassen zu wirken, als er sagte: „Mister Hopkins schlägt uns eine Mission vor, welche nicht nur dem Vorteil Englands dienen soll, sondern auch im Interesse unserer Genossen liegen könnte." Ein kurzer Blick zu Albrecht und Ohlsted genügte, dann wussten alle, wer gemeint war. „Darüber hinaus könnten auch für uns Anteile an Beute, an Prisengeldern oder sogar an Kopfgeldern, herausspringen."

Walker bemerkte, wie er mit zweideutigen Mienen angeschaut wurde. Er wusste, dass seine Leute zwischen Vernunft und Gier gefangen waren.

„Was für Kopfgelder?", fragte der Erste.

Hopkins übernahm die Antwort: „Für jeden Gefangenen werden ein paar Guineen Prämien ausgezahlt werden."

Dann fuhr Walker fort: „Schon aus diesem Grund sollten wir, was immer auf uns zukommen mag, jedes unnötige Blutvergießen vermeiden. Ich möchte keinen Hehl daraus machen, dass ich ein persönliches Interesse an der Sache habe. Mein Anteil, der in meiner Position als Eigner und Captain kein geringer Betrag sein wird, dient in erster Linie der Befreiung meines Freundes George Ripley. Es sind einige in der Crew, die unter ihm dienten. Er war der Erste Offizier der Cougar. Das ist alles, was ich im Moment sagen kann. Jetzt lasse ich unseren Gast, Mister Hopkins, sprechen!"

„Gentlemen! Für jeden der anwesenden Parteien gibt es andere Gründe, um an der Aktion, von der ich sprechen möchte, teilzunehmen. Ich möchte deshalb außer Acht lassen, ob es um patriotische oder weniger edle Motive geht. Ob wir dabei zusehen wollen, wie Napoleon Bonaparte sich mit seinen Truppen immer weiter über den Kontinent ausbreitet, Russland ist sein nächstes Ziel, ist auch jedem selbst überlassen. Die Briten wollen jedenfalls nicht zulassen, dass ihr Königreich eines Tages von den Froschfressern überrannt wird. Die Bürger hier …" Hopkins deutete auf die zwei Einheimischen. „… hätten noch vor kurzem nicht daran geglaubt, dass sie dem französischen Imperium angegliedert werden."

„Aber die Dänen hatten nicht damit gerechnet, dass ihre Hauptstadt von den Briten zu Schutt und Asche geschossen wird." Walker hatte sich die Bemerkung nicht verkneifen können. Er erntete einen bösen Blick, bekam aber eine Antwort.

„Dänemark wäre so oder so überrannt worden. Die Briten hatten erreichen wollen, dass auf dem Kontinent ein Gegenpol gebildet wird, so dass wenigstens die Skandinavischen Länder neutral bleiben, wenn sie sich nicht mit Großbritannien verbünden wollen."

Jetzt meldete sich Ohlsted zu Wort: „Allerdings habt ihr durch die Beschießung Kopenhagens genau das Gegenteil erreicht."

„Das war ein großer Fehler, den unsere Politiker gemacht hatten und die unsereins wieder ausbügeln darf."

Hopkins blickte in die Runde und richtete sein Augenmerk auf die Schiffsführung der Jaguar. Dann fuhr er fort: „Und wenn eines Tages der gesamte europäische Kontinent ein einziges französisches Imperium ist, kann es kommen, dass Frankreich auch dem jungen Amerika den Krieg erklärt. Gentlemen, Sie wissen doch wovon ich spreche?"

Ohne sich dessen bewusst zu sein, nickte Walker. Schließlich hatte er noch als Freibeuter gegen die Franzmänner gekämpft. Damals, es war zwischen 1797 und 1801 gewesen, da war er mit einem Kaperbrief versehen worden. So hatte er, die zu jener Zeit noch recht winzige amerikanische Flotte, den Kampf gegen Frankreich unterstützt. Aber das war legitim gewesen.

„Vielleicht sollten Sie zur Sache kommen", meinte Albrecht, der längst bemerkt hatte, dass einige der Anwesenden ungeduldig wurden.

„Nun schießen Sie los. Wir sind alle gespannt", meinte Mortimer.

„Nun gut, Gentlemen! Dann will ich zur Sache kommen. Unserer Abteilung ist seit längerer Zeit bekannt, dass französische Lugger regelmäßig im Wattengewässer zwischen den ostfriesischen Inseln und der Küste patrouillieren. Die Schiffe sind aufgrund ihres geringen Tiefgangs ideal für Küstengewässer. Die Briten haben zwar die Nordsee beinahe unter Kontrolle, aber es ist kaum möglich im tidenabhängigen Wattengewässer so nah an den Feind heranzukommen."

„Warum nicht, Sir?", fragte Melvin Mortimer.

„Bevor wir mit einem unserer Schiffe nahe genug wären, um solch einen Lugger unter Beschuss zu nehmen, sind die wendigen Dinger verschwunden. Entweder in einem der Flüsse oder sie verschwinden in einem der Sielgewässer. Und entlang der ostfriesischen Küste gibt es genügend Sielorte."

„Verstehe", sagte Mortimer. Auch er wusste, dass Deichschleusen hinter Entwässerungskanälen waren, welche die Flut vom Land fernhalten sollten. Und hinter einem Siel bot sich ein ideales Hafenbecken für die kleinen Fischereifahrzeuge. Jetzt aber lauschte Mortimer wieder dem britischen Sonderbeauftragten.

„Diverse Geheimdienste haben einiges Interessantes in Erfahrung gebracht." Hopkins machte eine Pause, bevor er fortfuhr. „Wir wissen, dass in den nächsten Tagen ein holländisches Schiff aus Amsterdam im Auftrag Frankreichs in Küstennähe nach Osten segeln wird. Bestimmungsort ist Riga, dass liegt in einem Meerbusen der Baltischen See. Dass Napoleon Bonaparte seinen Bruder Louis als König der Niederlande eingesetzt hatte, ist Ihnen vielleicht bekannt. Die Holländer sind seitdem nichts weiter als französische Vasallen. Außerdem ist das ehemalige preußische Ostfriesland mittlerweile zur elften Provinz der Niederlande erklärt worden. Dass Französisch als zweite Amtssprache eingeführt wurde, interessiert Sie vielleicht nur am Rande. Dass aber die Küstenbevölkerung unter der Kontinentalsperre leiden, ist beinahe selbstverständlich. Es darf Sie also nicht wundern, wenn die Leute eher mit den Briten sympathisieren, als mit den Froschfressern und den Niederländern."

Walker hatte die zustimmenden Mienen von Albrecht und Ohlsted beobachtet. Für ihn wurde die Situation langsam begreiflich. Nur war das ein Problem der Nordseeanwohner. Der Jaguarbesatzung ging das im Grunde überhaupt nichts an.

Trotzdem musste er wegen George bei einem Krieg, mit dem er nichts zu tun hatte, mitmischen. Jetzt fehlten nur noch die Gründe, die seine Besatzung motivieren konnte.

Aber auch Hopkins hatte in der Zwischenzeit bemerkt, dass die Zuhörer nur gemäßigtes Interesse zeigten. Schließlich hatte er mehr auf Lager. Er ließ seinen Blick schweifen, dann erhob er seine Stimme und fuhr fort: „Wir wissen, dass zwei der erwähnten Lugger größere Mengen an Geldern an Bord haben, welche dem holländischen Schiff übergeben werden sollen. Die Übergabe ist geheim und soll im seichten Tidengewässer erfolgen. Die genaue Summe ist uns nicht bekannt, aber es wird sich mit Gewissheit lohnen."

„Was sind das für Gelder und wofür sollen sie dienen, wenn ich fragen darf, Sir?", wollte Bolton wissen, der neugierig geworden war.

„Die Gelder haben die Franzosen aus den Kassen der Städte der diversen Herzogtümer an den Küsten gescheffelt. Das meiste Geld stammt von den einstmals reichen Hansestädten. Mehr darf ich nicht sagen. Sie verstehen das, Gentlemen?"[1]

Walker wusste, dass Hopkins mit vertraulichen Informationen nicht um sich werfen konnte und, dass man nur unter Vorbehalt daran glauben durfte.

Nun setzte der Agent eine Pause. Dabei beobachtete er die Mienen seiner Zuhörer, von denen die meisten die Verhältnisse in der alten Welt ziemlich obskur vorkommen mussten.

Nachdem er festgestellt hatte, dass die Anwesenden entweder aus Neugierde oder aus Interesse verständnisvoll nickten, fuhr er fort: „Sie wollten wissen, wozu die Gelder eingesetzt werden sollen, Mister Bolton? Das Friedensabkommen, das Napoleon Bonaparte im letzten Jahr in Tilsit mit dem Zaren geschlossen hatte, ist am Wackeln und muss gestützt werden. Wir haben mittlerweile in Erfahrung gebracht, dass der Zar Alexander der Erste inzwischen seine Zweifel an dem Bündnis hat. Unter der Kontinentalsperre hat auch Russland mächtig zu leiden. Wir warten nur darauf, dass der Pakt zerreißt."[1]

Walker verstand die Problematik. Ihm brannte Frage auf den Lippen: „Und warum wird eine solch wertvolle Ware nicht auf dem Landweg transportiert?"

„Das kann ich natürlich nicht im Detail erörtern, Sir. Aber können Sie sich vorstellen, wie weit der Weg über Land nach Riga und dann weiter bis St. Petersburg ist, und wie Gefahrenreich ein solcher Transport sein kann? Für alle Fälle hat unser Kontaktmann dafür gesorgt, dass die Zuständigen einen Geldtransport auf See für sicherer halten. Er hatte berichtet, dass britische Schiffe derzeit weder im Skagerrak, noch in der Ostsee aktiv sind. Manchmal können sich Gerüchte durchaus als nützlich erweisen. Mehr will ich dazu nicht sagen, Gentlemen. Ich glaube, dass Sie das verstehen können."

„Zumindest die Übergabe hätte in einem Hafen erfolgen können", meinte Walker.

„Wir gehen davon aus, dass man jedes unnötige Aufsehen vermeiden will und deshalb vermutlich einen Hafen meidet. Wenn es also die Wetterbedingungen zulassen, dann wird die Übergabe zwischen den ostfriesischen Inseln erfolgen, und momentan sieht es danach aus. Wenn nicht, dann wird man umdisponieren müssen. Für diesen Fall gibt es ebenfalls Pläne, über die ich mich aber nicht äußern kann."

„Und nun sollen wir den Franzmännern das Geld abnehmen, bevor die Holländer erscheinen, nicht wahr?", wollte Mortimer wissen.

---

[1] Es sollte noch 4 Jahre (also bis 1812) dauern. Dann erhob sich Russland gegen Frankreich. Letztendlich schlug es, mit den Briten als Verbündete, Napoleons Grand Armée.

„So ist es", bestätigte Hopkins.

Die knappe Antwort reichte Bolton nicht. „Abgesehen davon, dass wir bis jetzt nicht wissen, wie wir den französischen Luggern die Gelder abnehmen, frage ich mich, was bei allen Risiken für die Jaguars rausspringen soll?"

Bolton erntete für seine Frage zustimmende Blicke.

„Zwei Drittel der Gelder und die gesamte Ladung, einschließlich der erwähnten Kopfgelder für Gefangene, werden bei Erfolg zu einem vorher zu vereinbarenden Anteil an euch Jaguars, sowie an all die Kampfgefährten der Herren Albright und Ohlsted aufgeteilt werden."

„Und Sie begnügen sich mit dem letzten Drittel des Geldes, Mister Hopkins?", fragte Bolton ungeduldig.

Hopkins setzte eine autoritäre Miene auf und sagte: „Sie haben mich nicht zum dritten Punkt kommen lassen, Gentlemen. Unser Informant sprach von vertraulichen Depeschen, welche sich an Bord des holländischen Schiffes befinden soll. Diese Depeschen, die erst in Riga an einen General ausgehändigt werden sollen, sind für uns von immenser Wichtigkeit. Die Zukunft von Preußen, von Russland, vom gesamten Kontinent könnten davon abhängen. Welche Wichtigkeit die Depeschen für das britische Königreich haben, können Sie erahnen. Mehr kann ich dazu nicht sagen. Eines dürfte jedoch klar sein: Mir geht es nicht um die französischen Lugger. Mir geht es um die Depeschen. Wir glauben, dass die Lugger den Schlüssel zum Erfolg darstellen. Anschließend können Sie mit den Schiffen anstellen, was sie wollen. Sie können Sie gerne als Prisen einnehmen."

Albrecht runzelte die Stirn. „Jetzt kommen mir doch Bedenken, Mister Hopkins!"

„Welche denn, Mister Albright?"

„Ich befürchte, dass bei einer kriegerischen Auseinandersetzung die einheimische Bevölkerung mit Vergeltungsmaßnahmen der Holländer oder der Franzosen rechnen müssen", gestand er.

„Wir haben nichts dagegen, wenn Sie zum Abschluss der Aktion die britische Flagge setzten. Ganz im Gegenteil, die Holländer und die Franzosen sollen glauben, dass sie an der eigenen Küste nicht vor den Engländern sicher sind. Daran habe ich längst gedacht, denn die benötigten Flaggen habe ich bereits in der Tasche. Und falls es tatsächlich zu einem direkten Aufeinandertreffen der Besatzung mit Franzosen oder Holländern kommen sollte, dann könnte es sich als Vorteil herausstellen, wenn die Crew Englisch spricht. Den Unterschied zwischen dem britischen und dem amerikanischen Englisch wird niemand bemerken. Die sollen ruhig glauben, dass sie von den Briten direkt vor ihrer eigenen Haustür geneppt wurden."

„Sie haben also an alles gedacht?", meinte Walker nachdenklich.

„So weit, wie es möglich ist, Capt'n Walker. Allerdings weiß ich im Moment noch nicht, wie wir letztendlich unbeschadet an die Depeschen kommen."

Bolton runzelte nachdenklich die Stirn. Dann sagte er offen: „Angenommen es gelingt uns, die Gelder und die Fracht der Lugger zu erbeuten. Wir könnten uns dann mit schöner Beute aus dem Staub machen. Und Sie? Sie hätten die ganze Vorarbeit geleistet und hätten überhaupt nichts von der ganzen Aktion."

„Vielen Dank, dass sie das offen aussprechen. Aber bitte halten Sie mich nicht für so naiv, dass ich nicht daran gedacht hätte. Natürlich habe ich Vorkehrungen getroffen. Ihr Capt'n weiß Bescheid. Außerdem hätte es die Jaguar verdammt schwer, unbeschadet aus der Nordsee zu segeln."

Bolton nickte verlegen. „Es war nur eine Frage, Sir."

„Schon gut. Dann erheben wir unsere Krüge und anschließend darf ich die erforderlichen Einzelheiten, zeitliche und örtliche Gegebenheiten, sowie wetterbedingte Möglichkeiten erörtern. Gentlemen, Cheers!"

Nachdem Hopkins mit seinen Ausführungen fertig war, fragte Walker mit missmutiger Stimme: „Wir sollen also im Verbund mit den beiden Ewern, die in unserer Nähe liegen, in dieser Vollmondnacht einen Enterangriff auf die beiden Lugger fahren? Ziel ist es, nicht nur an die Gelder zu kommen, sondern auch die Schiffe zu erbeuten. Habe ich das richtig verstanden?"

Hopkins, Ohlsted und Albrecht nickten fast synchron.

„Und das Wichtigste für Sie, Mister Hopkins, wäre es, an die Depeschen zu kommen?"

„Ja, Capt'n Walker. Darin liegt unsere große Hoffnung", bestätigte Hopkins. „Noch haben wir keinen konkreten Plan, dafür ist es noch zu früh. Aber ich stelle mir vor, dass ..." Der Geheimagent schilderte sein Vorhaben, das noch nicht ins Detail durchdacht war, aber von intelligenten Köpfen gemacht worden schien.

Walker war beruhigt, dass kein Blutbad angerichtet werden sollte. Es sollten Gefangene gemacht werden, wobei Hopkins Wert darauf legte, den Part selber zu übernehmen – was auch immer er damit meinte. Er erwähnte auch, dass er fähig war, sowohl Französisch als auch Holländisch akzentfrei zu sprechen. Dann kam er zum Schluss.

„… gehen ein paar Männer von uns an Bord des holländischen Schiffes."

„Um sich dann die Depeschen aushändigen zu lassen?"

Obwohl Hopkins mit einer gewieften Miene nickte, hakte Walker nach: „Nach dem Motto, Frechheit siegt, wollen Sie also an die Depeschen herankommen? Das wird sich zeigen, ob es gelingt. Was meint ihr, Männer?" Walker blickte seine Leute der Reihe nach an. „Was haltet ihr von der Idee?"

Walker bemerkte, dass man gemischter Meinung war. Dann sagte er: „Zu dem Vorhaben, an die Depeschen zu kommen, möchte ich mich vorerst nicht äußern. Denn dafür ist es zu früh. Aber einen Kleinkrieg gegen die Franzmänner zu führen, gefällt mir überhaupt nicht. Nichts gegen die mutmaßliche Beute. Aber ich habe schon einmal gesagt: Wir sind nicht hierhergekommen, um einen verdammten Krieg zu führen."

„Natürlich nicht", bestätigte Albrecht, der sich Mühe gab einzulenken. „Solidarität erwarten wir von euch nicht. Aber nun schaut eine fette Beute uns alle an. Hauptsächlich deswegen seid ihr hier, oder nicht?"

Unter der Schiffsführung war das Interesse schon lange erwacht, und das war Hopkins keinesfalls entgangen.

„Und was schlagen Sie vor Capt'n?", fragte Hopkins verärgert. „Ich dachte, dass wir uns einig sind."

„Jetzt ist der Zeitpunkt gekommen, dass …" Walker unterbrach sich absichtlich und beobachtete die erwartungsvollen Mienen. „… wir eine kleine Pause einlegen. Der Steward wird für Getränke sorgen. Und ich ziehe mich eine Weile an Deck zurück."

Walker erhob sich und schloss die Tür der Messe hinter sich. Missmutige Blicke folgten ihm. Dann ging er aufs Deck hinauf, um mit seinen Gedanken alleine zu sein.

Walker fand keinen Gefallen an einem Enterangriff. Die zu erwartende Beute war sehr verheißungsvoll. Wenn er ehrlich war, dann musste er zugeben, dass er sich genau aus diesem Grund im Hafen von Portland von Albrecht und Ohlsted hatte überreden lassen, hierher zu kommen. Dass es weit übers Schmuggeln hinausgehen würde, hatte er geahnt. Und nun? Jetzt, wo es endlich soweit war, sollte er kneifen? Jetzt, wo der Jaguar sowieso eine Meuterei drohte? Nun gab es kein Zurück mehr.

Auf Gedeih und Verderb musste die Mission durchgeführt werden. Aber das war nicht sein Krieg und genauso wenig der seiner Crew. Er wollte um beinahe jeden Preis seinen Freund George vor dem Galgen retten und war auch an Beute für seine Crew interessiert, aber wollte er weder sein Schiff noch seine Männer einer Gefahr aussetzen. Aber wie sollte er das nun vermeiden?

Unruhig ging Walker auf dem verschneiten Deck auf und ab. Seine Männer gingen ihm schon eine ganze Weile aus dem Weg. Das traf auch auf die zu, die im Moment an Bord waren. Ja, verdammt! Gab es denn nicht eine Alternative?

Es musste eine andere Möglichkeit geben. Angestrengt überlegte er. Dann fiel ihm etwas ein. Er durchdachte seine Idee und überlegte sich, ob sie realisierbar war. Es sah ganz danach aus. Es hing alles von der Kooperation mit den Einheimischen ab. Schließlich war dies ihr Kampf.

Erleichtert ging Walker wieder in die Offiziersmesse zurück und ließ sich die Seekarte zeigen, die Ohlsted schon zuvor ausgebreitet hatte, um den Ort des geplanten Unternehmens näher in Augenschein zu nehmen. Dann versuchte er den Leuten seine Idee schmackhaft zu machen.

„Also, wir brauchen zwei Brander, die wir …"

Ohlsted war entrüstet: „Nein! Brander kommen nicht in Frage, Capt'n! Wir wollen die Lugger doch nicht niederbrennen. Wir haben es nicht nur auf das Geld abgesehen, sondern auch auf die zwei Schiffe. Ich befürchte, dass Sie uns missverstanden haben, Capt'n."

„Nein, gewiss nicht", entgegnete Walker. „Sie haben mich nicht verstanden, weil Sie mich gar nicht ausreden ließen. Aber es hat tatsächlich keinen Sinn, wenn eure Kumpane nicht in der Lage sind, bis morgen Abend zwei Brander vorzubereiten. Wäre das denn möglich?" Prüfend blickte er Ohlsted in die Augen.

„Das dürfte kein Problem sein, Capt'n. Aber …", meinte Ohlsted.

„Nun gut", meinte Hopkins, der dazwischen ging. „Wenn das machbar ist, dann wäre es am vernünftigsten, wenn wir den Capt'n aussprechen ließen. Fahren Sie bitte fort, Mister Walker!"

Walker fing an, seine Idee zu erklären. Tatsächlich war es ihm bald darauf gelungen, alle Anwesenden von seinem Plan zu überzeugen. Noch am gleichen Tag wurde eine Galiot unter Segeln nach Spiekeroog vorausgeschickt, so dass Albrechts Kampfgenossen zwei Brander vorbereiteten.

Im Morgengrauen des folgenden Tages sah es nicht so aus, als ob es überhaupt möglich sein könnte, die Mission durchzuführen. Über Nacht hatte sich wieder undurchdringlicher Nebel über die Landschaft gelegt, sodass das Deck und die Rigg der Jaguar vor Feuchtigkeit schimmerte. Ob der Schoner zusammen mit den beiden Ewern im Laufe des Tages auslaufen konnte, war zu so früher Stunde ungewiss.

Für den Matrosen Stanley Brewster war die Mission nebensächlich geworden. Der Nebel kam ihm gerade recht. Unauffällig schlich er sich von Bord, um zu den Windmühlen zu gehen.

Die Tür war unverschlossen, davon hatte er sich gestern schon überzeugt. Nachdem er die Tür hinter sich verriegelt hatte, stieg er im Halbdunkeln die steile Stiege hinauf. Trotz der Düsternis fand er sich gut zurecht. Er war umgeben von einem Gewirr aus Balken und Streben, Rädern, Spindeln und Wellen, welche alle aus uraltem, aber immer noch robustem Holz gefertigt waren. Im oberen der Windmühle wurde es ein wenig heller, denn dort, oberhalb des großen Spindelrades, gab es ein kleines Fenster. Dank der derzeitigen Ausrichtung der Mühlenflügel erlaubte es einen direkten Blick auf das Fallreep der Jaguar.

Voller Ungeduld, erregt und mit pochendem Herzen wartete Brewster auf die Tochter des Bäckers mit ihren Eseln. Die blöden Esel konnten ihm freilich gestohlen bleiben, aber das Warten auf seine Astrid ließ jede

Minute zur Ewigkeit werden. Unruhig verlagerte er sein Gewicht von einem Fuß auf den anderen.

Es dauerte eine Weile, aber dann sah er sie endlich. Ihr Anblick ließ sein Herz rasen. Gebannt beobachte er, wie seine Bordkameraden das verführerische Miststück umringten, bevor sie sich daran machten, den Eseln die Körbe abzunehmen, um sie auf das Schiff zu bringen. Dann hastete er die steile Treppe hinunter.

Vorsichtig und leise öffnete er die Tür einen winzigen Spalt und vergewisserte sich, dass niemand in der Nähe war. Dann versteckte er sich hinter einer Wallhecke, die neben dem Weg wuchs, der zwischen ihr und der Mühle verlief. Obwohl Brewster nicht gerade der intelligenteste Mann war, hatte er seine Spuren im Schnee mit einem Besen verwischt, den er zuvor in der Mühle gefunden hatte. Angespannt und teuflisch grinsend wartete Brewster auf sein Opfer.

Wie schon so oft wurde Astrid von einer ganzen Schar wilder Burschen umringt. Irgendwie gefiel es ihr sogar, dass ihre bloße Anwesenheit ausreichte, um solch verwegene Kerle aus der Fassung zu bringen. Dass manche Männer es nicht lassen konnten, nach ihr zu greifen, gefiel ihr zwar weniger, aber so schlimm war es auch nicht. Es amüsierte sie sogar ein wenig. Und wenn einer von den Männern zu weit ging, dann wusste sie, was zu tun war. Bloß dieser garstige Kerl von gestern … Stanley wurde der genannt. Vor dem empfand sie regelrecht Abscheu. Sie hatte heute sogar ein wenig Angst davor gehabt, dass er heute wieder auf dem Schiff zu sehen sein könnte. Aber im Gegensatz zu den anderen Tagen, war er überhaupt nicht zu sehen. Gott sei Dank!

„Wo ist denn unser Stanley heute? Der traut sich wohl nicht mehr!", scherzte einer der Matrosen.

„Der hat Schiss vor ein paar Ohrfeigen. Unser Stanley! Wer hätte das gedacht!", lästerte ein anderer Mann.

Am höhnischen Lachen, welches auf die Sätze folgte – außer dem Namen Stanley hatte sie nichts verstanden – konnte Astrid sich vorstellen, wer ausgelacht wurde. Als sie dann mitlachen musste, fanden die albernden Matrosen ihre Lästereien über ihrem Bordkameraden noch lustiger.

Vergnügt machte sich Astrid wieder auf den Rückweg. Die Esel folgten ihr willig, denn den Weg kannten sie schon. Es war nicht mehr notwendig die klugen Tiere am Zügel zu führen, denn wer glaubte, dass Esel dumm wären, war selber ein Esel.

Einmal drehte sie sich noch um, sah wie die Matrosen ihr winkten. Dann erwiderte sie lächelnd das Winken. Mit einem guten Gefühl machte sie sich auf den Weg zurück zur Bäckerei ihrer Eltern. Seit das amerikanische Schiff an ihren Ufern lag, war der Umsatz der Bäckerei um einiges Geld gestiegen. Und schon folgte sie dem Weg nach links, der direkt an den beiden Mühlen vorbeiführte, und verschwand damit aus den Augen der Schmugglerbesatzung.

Plötzlich vernahm Astrid hinter sich ein Geräusch. Aber noch bevor sie sich umdrehen konnte, wurde sie brutal von hinten gepackt. Mit aller Gewalt wurde ihr Mund und Nase zugehalten, so dass sie weder schreien noch atmen konnte. Panisch versuchte sie sich zur Wehr zu setzen. Sie strampelte und kratzte, trat um sich und schrie verzweifelt in die warme Handfläche auf ihrem Mund. Aber es half nichts.

Gewaltsam wurde sie ins Innere der Mühle gezerrt, deren Tür von innen verriegelt wurde. Dann spürte sie wie ihr ein Tuch in den Mund gestopft wurde, welches so eng gebunden wurde, dass ihre Mundwinkel schmerzhaft eingedrückt wurden. Sogar der Knoten im Nacken tat weh. Dieser Unhold – und Astrid ahnte bereits, wer es auf sie abgesehen hatte – drückte sie mit so viel Kraft gegen die Wand, dass er es trotz aller Gegenwehr geschafft hatte, sie zu knebeln. Nun spürte sie auch ein raues Seil an ihren Handgelenken, welche ohnehin schon von dem eisigen Griff schmerzten.

Astrids Gedanken rasten. Mit Schrecken wurde ihr klar, dass der Wahnsinnige sie fesseln wollte. Und danach? Sie ahnte es bereits. Mit ihrer letzten Energie, welche ihr die Todesangst verliehen hatte, stieß Astrid den Peiniger so heftig nach hinten, dass er stolperte und hinfiel. Es war der ekelhafte Stanley. Sie hatte es gewusst!

Nun wollte Astrid zur Tür flüchten – aber der Mistkerl lag ihr im Weg und griff mit seinen Pranken nach ihren Füßen. Jetzt sah sie in der steilen Mühlentreppe den einzigen Ausweg. Ein Ausweg wohin?

In panischer Angst stieg sie in Windeseile die Stiege hinauf, obwohl sie wusste, dass es kein Entkommen gab. Astrids letzte Hoffnung war oben irgendetwas zum Zuschlagen zu finden. Aber noch immer war es im Inneren der Mühle ziemlich düster. Doch oben war ein Fenster. Dort wollte sie nach Hilfe schreien. Aber solange sie beide Hände zum Hinaufsteigen brauchte, konnte sie sich nicht einmal den Knebel aus dem Mund reißen.

Nun raubte ihr die Angst die wenige Kraft, welche sie noch hatte. Ihre Knie wurden weich wie Butter. Und Stanley war bereits hinter ihr. Rabiat wurde sie gestoßen und dabei mit ihrem Oberkörper auf das waagerechte Spindelrad geworfen. Dabei schlug sie sich den Kopf an und keuchte schwer.

Der Verrückte presste sie mit brachialer Gewalt nach vorn, drückte sie aufs Spindelrad, dessen hölzernen Zahnräder in ihren Leib stießen. Mit entsetzlichem Grauen wurde ihr gewahr, wie ihr Mantel und Röcke hochgerissen wurden. Als Astrid fühlte, wie das Schwein in sie eindringen wollte, war sie zum Sterben bereit.

Doch Astrid riss sich noch ein letztes Mal zusammen. Sie sammelte alles, was sie noch hatte: Wut, Hass und das letzte bisschen Kraft, die ihr noch geblieben war. Dann stieß sie aus voller Kraft ihren Stiefel zurück. Der Unhold schrie vor Schmerz auf, als sie ihn traf, aber das steigerte seine Wildheit. Astrid spürte, wie sie mit noch mehr Gewalt gepackt und zur Seite gestoßen wurde. Dabei stieß sie im Halbdunkeln so hart gegen die Brüstung, dass ihr der Schmerz durch den Leib fuhr. Sie verlor das Gleichgewicht und stürzte vornüber in die Dunkelheit. Sie musste auf etwas Hartes geprallt sein, denn der Schmerz zerriss ihren Körper und wurde so intensiv, dass ihr schwarz vor Augen wurde.

Während Stanley Brewster langsam die Stiege hinabstieg, warf er einen kurzen Blick auf sein Opfer, welches mit starrem Blick unterhalb der Mehlrutschen lag. Blut rann über den staubigen Boden. Aber Mitleid empfand er nicht. Im Gegenteil. Das Biest hatte ihm alles verdorben. Verfluchtes Weibsstück!

Sie hatte ihm nicht einmal das Vergnügen, sie voll und ganz auszufüllen, gegönnt. Jetzt lag sie reglos und gekrümmt auf dem Boden. Selber schuld, sie hätte sich nicht wehren müssen. Verdammtes Miststück!

Brewsters einzige Sorge galt nun einer unauffälligen Rückkehr an Bord. Vorsichtig schlich er sich aus der Mühle und verwischte mit dem Besen schnell die Spuren vor dem Mühleneingang. Dann warf er den Besen über den Busch. Die Esel waren zum Glück verschwunden.

Der Nebel hielt immer noch an. Allerdings gab es erste Anzeichen, dass der Nebel sich bald lichten würde. Brewster schlenderte zurück aufs Schiff. Dank des Nebels, der sich schützend über den Ort des Geschehens geworfen hatte, betrat er unbemerkt das Deck der Jaguar. Die ersten Vorbereitungen zum Auslaufen wurden bereits getroffen. Aber wegen des Schlendrians, der sich während der letzten Wochen an Bord eingeschlichen hatte, war das Fernbleiben Brewsters niemandem groß aufgefallen. Erleichtert, so als wäre nichts gewesen, atmete er tief durch. Mit einer freundlichen Miene, die für ihn äußerst ungewöhnlich war, mischte er sich unter die Männer und legte fleißig mit Hand an. Dass die Jaguar noch im Laufe des Tages auslaufen sollte, kam ihm gerade recht.

# Kapitel 6: Rauch überm Watt

Wie entlaufene Pferde rannten der Toppsegelschoner und die Ewer durch die graue See. Prall stehende Segel, ein vor Kraft ächzendes Rigg, eine majestätische Krängung und das lange Kielwasser zeugten auf der Jaguar von einer beschwingten Fahrt. Der Nebel hatte sich gegen Mittag verzogen, vertrieben durch den kalten Nordwind. Zwar zeigte sich nicht ein Fleckchen blauen Himmels, kein wärmender Sonnenstrahl brach offen durch die ausgedehnte Wolkendecke, jedoch reichte die Sicht zum sicheren Navigieren. Bessere Sicht wäre für die geplante Operation eher von Nachteil gewesen, schließlich sollten die drei Schiffe keinesfalls von einem Gegner gesehen werden. Aber auch ein dichter, anhaltender Nebel wäre gleichzeitig das Scheitern der Mission gewesen.

Das Auslaufen aus dem Gebiet der Eider war einfach und mühelos verlaufen. Zuvor hatten sich zwei Rösser kräftig ins Zeug legen müssen, um die Jaguar aus ihrem Liegeplatz hinauszuziehen. Die beiden Ewer, welche – mit großem Abstand zueinander – der Jaguar voraussegelten, waren eine Weile vorher ausgelaufen.

Obwohl sich Captain Walker bewusst war, dass man sich auf seinem Schiff auf ein fragwürdiges Abenteuer eingelassen hatte, welches mit Schmuggel nichts mehr zu tun hatte, stellte er mit Erleichterung fest, dass sich die aufgestaute Spannung unter der Crew mit jeder Seemeile langsam legte. Nun fühlte er sich von einer Last befreit.

Der Wind, der ihm ins Gesicht blies, trug seine davon. Das Knattern der Segel, das Knarren der Blöcke, wie das Rauschen der Bugwelle hatte er vermisst. Dass er nun mit seinem Schiff und seiner Mannschaft als Söldner im Dienst von britischen Geheimdienstlern und friesischen Widerständlern stand, welche sich nicht nur als Schmuggler über Wasser hielten, sondern im Untergrund gegen ihre Besatzer kämpften, belastete Walker dagegen weniger. Inzwischen sahen seine Leute auch nicht mehr allzu finster drein. Nun zeigte sich wieder ihr wildes Draufgängertum. Und das war etwas, was sich Kommandant und Mannschaft auf diesem Schiff teilten. Nur einer verhielt sich merkwürdig: Gerade Stanley Brewster, ein furchtloser und kaltblütiger Matrose, wirkte nervös. Für Walker war das Grund genug, um ein Auge auf den Kerl zu werfen.

Hurtig warfen einige der kräftigen Matrosen ihr Gewicht in die Kurbeln des Bratspills. Ein hässliches Krächzen und Quietschen begleitete den Vorgang. Im Dunkel des späten Nachmittags war die Jaguar einen Tag vorher südlich der Westspitze von Spiekeroog vor Anker gegangen. Im Dunkel der Nacht, nach einer nur kurzen Liegezeit, ging sie nun wieder ankerauf. Alles verlief nach dem Plan, den Walker zusammen mit Hopkins ausgeheckt hatte. Albrecht war von Tönning mit der Galiot nach Spiekeroog vorausgesegelt und hatte alles Notwendige veranlasst.

Nun begann der Wettlauf gegen die Zeit. Die Sicht war trübe, aber glücklicherweise hatte sich kein Nebel breit gemacht. Im Mondlicht konnte der Ausguck der Jaguar die beiden Ewer sehen. Sie liefen bei Hochwasser im Fahrwasser südostwärts und hielten damit direkt auf das Festland zu, welches gerade einmal zwei Seemeilen entfernt war. Ihre Decks waren überladen mit einer Unmenge an Freiwilligen, welche nicht nur von Spiekeroog stammten, sondern auch von den benachbarten Inseln Langeoog und Wangerooge. Die Männer an Bord der beiden gaffelgetakelten Schiffe waren allesamt bewaffnet – mit genau jenen Fergusons und Harper Ferry-Büchsen, die man an Bord der Jaguar von der Neuen in die Alte Welt geschmuggelt hatte.

Allerdings wusste kaum jemand ein Detail über die Bewaffneten und, um was es bei diesem Einsatz wirklich gehen sollte. Auch das Ziel blieb den meisten seiner Männer unbekannt. Verrat an den Holländern, an den Franzosen oder an denen, die mit ihnen sympathisierten, musste im Voraus ausgeschlossen werden. Eines aber hatten alle gemeinsam: Wut auf all jene, die sie in ihrer Freiheit einschränkten. Seefahrt, Fisch- und Walfang waren ihr Broterwerb. Allerdings waren nur ein paar vertrauenswürdige Männer von Albrecht, der das Unternehmen der Ewer leitete, genauer instruiert worden. Hopkins begleitete ihn.

Was der englische Geheimagent im Schilde führte, wusste an Bord der Jaguar keiner mit Gewissheit – selbst Captain Walker nicht. Er wusste nur, dass die mit Waffen versehenen Männer von den Ewern zur Küste gebracht werden sollten, um von dort aus ungefähr 12 Kilometer nach Osten zu marschieren.

Während die Ewer in der Dunkelheit verschwanden, waren die Anker der Jaguar gelichtet worden. Langsam nahm der Schoner Fahrt auf. Zunächst musste nordwärts gekreuzt werden, um die Westspitze von Spiekeroog zu runden, bevor sie parallel zur Insel nach Osten segeln konnte. In ihrem Schlepp hingen zwei große Boote, die mit Persenningen abgedeckt waren und tief im Wasser lagen. Bei den großen Booten handelte es sich um abgetakelte, verwahrloste Schmacks, die auf einer Art mit Rost brennbares Zeugs lagen, das mehr Rauch als Feuer liefern sollte. Unterhalb der Roste schwappte etwas Meerwasser in der Bilge der Boote, um später ein vorzeitiges Niederbrennen zu vermeiden.

Ohlsted war vorerst an Bord des Schoners geblieben. Aber da er das Watt gut kannte, war es seine Aufgabe, später einen der beiden Kutter zu kommandieren, welchen der Schoner als Beiboote hatte. Chris Bolton respektierte inzwischen den Mann, der kaum sprach, aber Feuer und Flamme sein konnte, wenn es um Schiffe ging – oder um den Widerstand gegen die Besatzer.

Zwar zweifelte der Erste immer noch an dem Unterfangen, trotzdem betrachtete auch er die Mission als Herausforderung. Zunächst war Bolton von vielen Zweifeln geplagt gewesen: Was wäre, wenn man die französischen Schiffe nicht finden würde? Vielleicht waren sie gar nicht dort, wo sie angeblich sein sollten. Dann würde das Licht des Vollmondes nichts nützen. Aber inzwischen hatte die Schiffsführung der Jaguar erfahren, dass die Friesen seit gestern die flachen, einmastigen Boote im Wattenmeer patrouillieren ließen. Kein Hahn krähte bei den Besatzern nach den unscheinbaren Booten, denn ein wenig Fischen war das Einzige, was den Inselbewohnern geblieben war.

Nun zeigte es sich als Vorteil, dass die Boote keinen Anstoß erregten. Gelegentlich wurden auch die Schmacks vom Militär oder von den Zöllnern untersucht, aber wenn weder Waffen noch irgendwelche anderen Konterbanden geladen waren, ließ man sie ihre Fahrt fortsetzen. Und nun hatten solche Boote, die Bolton zuvor ein verächtliches Naserümpfen entlockt hatten, den Liegeplatz der beiden Lugger ausspioniert. Bolton hoffte, dass man bald auf die zwei Schiffe stoßen würde, und dass ihnen kein zu dichter Nebel einen Strich durch die Rechnung machen würde.

Die Segel der Jaguar schimmerten im fahlen Mondlicht des bedeckten Himmels, der es gerade noch erlaubte, die beiden voraussegelnden Schmacks zu erkennen, welche die Richtung vorgaben. Inzwischen war die Ostspitze der Insel beinahe querab. Die Spannung an Bord nahm zu, denn die französischen Lugger sollten nur noch wenige Meilen entfernt sein. Weit war es also nicht mehr.

Mittlerweile zogen die ersten Nebelschwaden auf und der Wind flaute ab. Aber sowohl Windrichtung als auch die noch anherrschende Flut kamen Walkers Plänen entgegen, denn die gegnerischen Schiffe mussten, damit der Plan funktionierte, in Lee liegen. Zwischendurch blickte Walker immer wieder zu den Toppgasten auf der Vorsaling. Aber die hatten bisher nichts ausgemacht, denn dort zeigte sich keine Reaktion. Dann sah Walker erneut nach achtern. Dort folgten die geschleppten Boote artig im Kielwasser seines Schiffes.

Nachdem Walkers geschulte Blicke die Umgebung seines Schiffes und den Trimm der Segel überprüft hatten, wandte seine Aufmerksamkeit zur Crew. Die Mannschaft verhielt sich auffällig ruhig und diszipliniert, doch war ihnen, sowohl auch seinen Offizieren, eine gewisse Anspannung anzumerken. Keiner sprach ein Wort.

Wieder einmal trat Walker neben den Kompass und sah auf seine Uhr. Er war sich nicht bewusst, wie oft er während der letzten Minuten im Lichtschein der Kompassbeleuchtung die Zeit auf seiner Taschenuhr abgelesen hatte. Es schien ihm, als ob die Zeit sich nicht verrinnen wollte. Schließlich, nach einer endlosen Weile – in Wirklichkeit war seit dem Lichten des Ankers kaum mehr als eine Stunde vergangen – machte der Ausguck durch auffälliges Winken darauf aufmerksam, dass vorne etwas im Gange war.

Aufschreien konnte er nicht, denn jedes laute Geräusch musste unterlassen werden.

Dafür rutschte der Matrose Rick Foster, der sich schon auf der Cougar als Toppsgast bewährt hatte, am Klaufall von der Vorsaling zum Deck hinunter. Dann rannte er geschwind zum Achterdeck und meldete aufgeregt: „Capt'n! Dieses kleine Ding, ich meine eines der Boote, welches die Vorhut bildet, hat soeben gewendet und kommt uns mit halbem Wind entgegen."

„Danke Bruce. Geh wieder nach vorn und halte die Augen offen!" Dann befahl Walker dem Rudergänger: „Ruder hart Backbord!"

„Aye aye, Sir!"

„Radcliff?"

Der Bootsmann wartete bereits begierig auf Anweisungen. „Capt'n?"

„Wir gehen in den Wind! Aber vermeidet jeden Lärm!"

„Klar, Capt'n!"

Während sich der Schoner in den Wind drehte und langsam an Fahrt verlor, wandte sich Walker an Mike Steel: „Mike, wenn wir das abgemachte Signal zum Ankern erhalten, kümmerst du dich darum! Ist schon alles vorbereitet?"

„Aye, Capt'n! Wir machen das so leise wie möglich. Das quietschende Ding von Spill kommt nicht zum Einsatz!"

„Gut, dann verschwinde jetzt vom Achterdeck und geh auf deine Station!"

„Aye aye, Sir!"

Lautlos glitt die Schmack heran. Eine weiße Signalflagge war das Zeichen zum Ankern. Dann luvte sie an und schor, rasch an Fahrt verlierend, nur wenige Meter neben der Jaguar, längsseits. Der Bootsführer informierte daraufhin Ohlsted, der dicht neben Walker stand, über die Lage.

„Wie sieht es aus, Ohlsted?"

„Der erste Lugger liegt weniger als eine Meile in Südost. Der zweite sollte auch nicht allzu weit weg sein."

Kurz darauf erschien auch die zweite Schmack aus dem Dunkeln. Tatsächlich hatte auch sie das zweite französische Schiff erspäht. Langsam glitt sie an den Schoner heran. Leise wurden die Richtung und Entfernung zum Ankerplatz der Franzosen übermittelt.

Nun nahm alles seinen Lauf. Vorsichtig wurden beide Kutter und die Gig abgefiert. Sobald sie im Wasser waren, wurden sie bemannt. Jedes der Boote wurde mit einer bewaffneten Besatzung bemannt und die Kutter nahmen noch zusätzlich einen Brander in Schlepp. Unverzüglich übernahmen so viele bewaffnete Jaguarmänner, wie die Schiffe zu tragen vermochten, die beiden Schmacks.

Zuerst wiesen sie den Beibooten den Weg, aber dann segelten sie mit ihrem geringen Tiefgang über die flachen Gewässer des Watts. Das Hochwasser hatte seinen höchsten Stand bald überschritten. Der Tidenhub in diesen Gewässern betrug ungefähr drei Meter. Selbst die flachen Schmacks konnten im Watt bald schon festsitzen. Aber dort draußen, direkt im Küstenbereich, warteten bereits die vielen Kampfgefährten mit ihren neuen Waffen auf sie.

Fritz Hollman fuhr schon seit Jahren unter Walker. Er war Deutscher und er kannte die Nordseeküste gut. Ein paar Jahre lang hatte er sie auf

Küstenseglern befahren, bevor es ihn in die Neue Welt gezogen hatte. Und noch früher war er einmal Messerwerfer in einem Zirkus gewesen – dort war er aufgewachsen. Jetzt saß er zusammen mit vielen anderen Männern in einem der Kutter und zog gleichmäßig die Riemen durch, welche wegen der Geräuschminderung im Bereich der Dollen mit Stoff umwickelt waren.

Der Kahn, der als Brander dienen sollte, bremst ordentlich, dachte er sich und beneidete Mark Holland, der ganz vorn im Bug kniete und angestrengt voraus stierte, um den französischen Lugger frühzeitig auszumachen.

Aber im Moment sah man nur die Gig, die querab vom Kutter dahinglitt. Auch dort warteten die Männer begierig darauf, den Lugger zu sichten. Es wurde zunehmend nebliger und das erschwerte die Suche nach den Franzosen. Gleichzeitig wurde dadurch das Risiko, zu schnell entdeckt zu werden, deutlich reduziert.

Bald darauf machte Holland, der sich lässig über die Drehbasse lehnte, welche im Bug des Kutters befestigt war, die Franzosen aus. „Psch!", zischte er.

Die Spannung unter der Bootsbesatzung stieg merklich. Er drehte ihren Kutter in sicherer Distanz in den Wind, um die notwendigen Vorbereitungen zu treffen.

Die Insulaner hatten behauptet, dass die Franzmänner bei ihrem routinemäßigen Wachdienst schon lange in ihrem Eifer nachgelassen hatten, so dass diese sich zwar auf hoher See vor den Engländern in Acht nahmen, sich aber so nah vor der Küste ziemlich sicher fühlten. Alle im Kutter hofften, dass die Behauptung auch der Tatsache entsprach.

Nun lag der Kutter in Luv vom Lugger, der bei dem derzeitigen Abstand schwer zu erkennen war. Anhand der landwärts ausgerichteten Lage, welche das Schiff vor Anker hatte, war zu erkennen, dass die Tide noch nicht gekentert hatte. Sowohl Windrichtung, wie auch der momentane Strom, der schon in Kürze seine Richtung wechseln würde, kamen der Mission entgegen. Doch für die Kutterbesatzung war keine Zeit mehr zu verlieren. Deshalb zog sie das geschleppte Boot rasch zum Kutter.

Nachdem die Persenning entfernt war, wurde die Ladung mittels Feuerpäckchen entzündet. Zunächst gab es ein schwaches Glimmen, welches bald muntere Flämmchen hervorbrachte, die sich eifrig ausbreiteten. Noch bevor irgendein Licht von den Franzosen gesehen werden konnte, brannte schon im luvwärts gerichteten Bug ein kräftiges Feuer, welches schrecklich qualmte.

Am Bug des Branders war eine kurze Kette befestigt, die im Gegensatz zum daran angeknoteten Schlepptau feuerfest war. Das Tau wiederum war am Kutter belegt worden. Während das Schleppgespann langsam auf den Lugger zu trieb, loderte das Feuer im Brander immer höher und arbeitete sich langsam bis zum Heck. Der Qualm verdichtete sich zunehmend und verbreitete immer mehr Rauch und Gestank.

Die Gig hielt sich vorsichtig in Luv des kleinen Schleppzugs. Sie hatte die Aufgabe die Richtung zum Lugger anzupeilen. So trieben nun die drei Boote im Blickschatten der Rauchschwaden auf ihr Opfer zu.

Dort war es inzwischen mächtig laut geworden. Aufgeregtes Geschrei, ein wirres Durcheinander an aufgebrachten Rufen, eine knarrende Ankerwinde und quietschende Blöcke ertönten aus der Richtung des Luggers.

Alles verlief wie am Schnürchen. Jeder an Bord der Boote hoffte inständig, dass der Angriff auf den zweiten Lugger ebenso planmäßig verlaufen würde.

Getrieben von Wind und Strömung näherte sich der Brander rasch und unaufhörlich dem Lugger. Die Franzosen hatten die Hoffnung, dass der Brander auf ihrem Schiff vorbei segeln würde, anscheinend schnell aufgegeben. Sie konnten nicht ahnen, dass er an einem Tau hing und gezielt auf ihr Schiff hingesteuert wurde. Jetzt wurde das Ankertau gekappt. Nun trieben der Brander und sein Opfer in gleichmäßigem Abstand auf die Küste zu.

Rasch gingen an allen drei Masten des Luggers die Segel hoch und das Stagsegel wurde in Windeseile von den französischen Matrosen backgesetzt. Schon drehte sich der Bug des Luggers langsam nach Lee. Aber noch bevor das Schiff Fahrt aufnehmen konnte, versetzte der Brander sich in jene Richtung, in die das französische Schiff entkommen wollte. Jetzt machte sich Panik unter den Franzosen breit. Sie ahnten, dass sie durch das zu späte Ausmachen des Branders ihre Chance auf ein knappes Entkommen entgangen hatten. Hektisch machten sie das einzige Beiboot des Luggers fertig.

In der Zwischenzeit hatte die Gig die Vorleine des Kutters übernommen, um diesem beim Schlepp unterstützen zu können. Nun pullte man auf beiden Booten mit vereinten Kräften schräg gegen den Wind, um den Brander so schnell wie möglich seitlich zu versetzen. Denn die Bootsgasten hatten längst bemerkt, dass die Franzmänner ihr Heil in der Flucht suchten. Aber zum Glück kam das französische Schiff, dessen Luggersegel etwas wie Zwitter zwischen Gaffel- und Rahsegel darstellten, nicht schnell genug in Fahrt.

„Ich glaube nicht, dass die noch rechtzeitig davonkommen", meinte der junge Holland selbstsicher.

„Wir alle hoffen, dass du Recht hast, Junge", meinte Fritz Hollman. „Aber so verdammt sicher bin ich mir nicht. Falls denen die Flucht gelingen sollte, war Walkers Finte für die Katz."

Die Männer im Boot legten sich mit so viel Kraft in die Riemen, dass sie trotz der Kälte ins Schwitzen kamen. Die Rauchschwade des Branders nebelte den Lugger immer noch ein, doch das Feuer verlor langsam an Kraft.

Der junge Holland fiebert eifrig mit. Ihm war bewusst, dass der Rumpf des Branders im nächsten Moment vor Hitze bersten konnte. Damit käme der Brandsatz zum Erlöschen und würde das Gelingen der Attacke in Frage stellen. Hollands Puls raste, doch plötzlich hörte er ein Knirschen aus Lee. Er jubelte innerlich, denn ihm war klar, dass der Lugger im flachen Watt auf Grund gelaufen war. Dass man nun zusammen mit dem Brander seinem Opfer wieder näherkommen konnte, verstand sich eigentlich von selbst.

Jetzt wurde den Franzosen durch den aufdringlichen Qualm nicht nur die Sicht geraubt, auch die Hitze des herantreibenden Feuers wurde immer unerträglicher. Ihnen blieb nichts anderes übrig, als im Beiboot zu flüchten oder, falls das Boot nicht die gesamte Besatzung zu tragen vermochte, ins eiskalte Wattenmeer zu springen. Tatsächlich folgten ersten panischen Schreien platschende Geräusche. Knatternde Segel waren das Einzige, was auf dem Kutter aus der Richtung noch zu hören war.

Für die Fliehenden musste es den Anschein haben, dass der Teufel im Bunde mit den unbekannten Gegnern stand. Denn schon gleich, nachdem sie im Beiboot waren oder im kalten Wasser schwammen, versetzte sich der Brander zur Seite, um anschließend im sicheren Abstand an ihrem Schiff verbeizutreiben. Erst später sollten die Franzosen von ihren Gegnern erfahren, dass sie auf einen bösen Trick hereingefallen waren.

Mike Steel, der den Kutter kommandierte und steuerte, lachte höhnisch. Dann meinte er zynisch: „Wie kann man nur so blöd sein, dass man ins eiskalte Wasser springt, wenn man sich an Bord eines Schiffes befindet, dass so herrlich beheizt wir?"

Die gesamte Kutterbesatzung, sowie alle auf der Gig brüllten vor Lachen. Dann hörten sie ein lautes, knackendes Geräusch. Ein heftiges Zischen folgte.

Der Brander war geborsten. Seine Trümmer trieben in den Wogen, gekrönt von einer Dampfwolke, die sich in kaum vom Nebel unterschied.

Nachdem sich alle in den Booten beruhigt hatten, rief Steel Holland: „Mark! Hol jetzt die Vorleine ein! Wir besetzen die Prise!" Dann schrie er zur Gig hinüber. „Schmeißt unsere Leine los und macht euch schleunigst an die Verfolgung! Wir schauen uns um, was es dort zu holen gibt!"

„Machen wir, Mike! Aber lasst uns bloß etwas übrig, sonst lernt ihr uns kennen!", erwiderte der Bootssteuerer der Gig. „Pullt endlich los, ihr Hurensöhne!", rief dieser noch seinen Männern an den Riemen zu. Schon nahm die Gig die Verfolgung des flüchtenden Luggerbeibootes auf, welches gerade noch im schwachen Lichtschein des sinkenden Branders zu erahnen war.

Der Kutter, der schon längst von seiner schweren Last befreit war, nahm rasch Fahrt auf und hielt auf das aufgelaufene Schiff zu. Mike Steel wählte zunächst ein Prisenbesatzung aus und enterte mit seinen wenigen

Männern den verlassenen Lugger, der in den Wogen, der gekenterten Tide tänzelte. Bei Niedrigwasser würde die Prise vollkommen trocken liegen. Steels Begeisterung, für einige Stunden ein schräg im Schlick liegendes Schiff kommandieren zu dürfen, hielt sich in Grenzen. Dann schickte er den Rest der Kutterbesatzung der Gig hinterher. Die Treibjagd auf die Flüchtenden hatte begonnen.

Im gleichmäßigen Takt schwappten die Wellen, begleitet vom immerwährenden Konzert des Meeresrauschens. Das Mondlicht beleuchtete den weißen Schaum, der sich in auslaufenden Wogen, die am Sand des flachen Strandes verebbten, aufschlug. Melvin Mortimer blickte auf die gespenstische Szenerie, die bei Umständen mit Sicherheit romantisch gewirkt hätte. Der Erste steckte in einer britischen Offiziersuniform und stand auf einer Düne. Er wartete darauf, dass sich etwas ereignen würde.

Es passte ihm nicht, die Uniform des ehemaligen Feindes tragen zu müssen. Jedoch sah er ein, dass es viel besser war, wenn die Franzosen glaubten, dass es sich um einen britischen Überfall handelte, als um einen gut organisierten Anschlag von Widerständlern. Mortimers Männer verteilten sich mit einem Abstand von hundert Metern kilometerweit über den Küstenbereich. Robert Albrecht sicherte mit seinen Leuten den Abschnitt weiter im Osten. Hopkins hatte das Kommando inne und hielt sich in der Nähe der beiden auf. Nun hatten sich die bewaffneten Männern, die sich sowohl aus ostfriesischen Schmugglern und Widerständlern, als auch aus Jaguarleuten zusammensetzten, über einen kilometerlangen Küstenstreifen verteilt.

Die beiden Ewer, welche zuvor ihre Landungstrupps abgesetzt hatten, waren wieder auf See, um notfalls den Luggern den Fluchtweg abzuschneiden. Die Jaguar konnte, aufgrund ihrer Größe und ihres Tiefganges von über drei Metern, im Moment nicht nah genug vor der Küste kreuzen. Allerdings hätte sie einen flüchtenden Lugger verfolgen und unter Beschuss nehmen müssen, denn es gehörte zum Kern des Planes, dass jede Flucht mit allen Mitteln zu unterbinden war.

Die Aufgabe von Albrechts und Mortimers Männern, welche den gesamten Strandbereich abriegelten, bestand derzeit im Warten. Natürlich mussten sie so lange wie möglich versteckt bleiben, denn die Franzosen sollten unvorbereitet in eine Falle tappen. Jedes Blutvergießen sollte vermieden werden. Mit den Booten voller Bewaffneter als Treiber hinter sich, von der Flucht teilweise vollkommen durchnässt und unterkühlt, verblieb den Franzosen nur der Weg zum rettenden Festland. Dass dort eine große Schar an Häschern in den Dünen versteckt lauern würde, konnten sie sicherlich nicht erahnen.

Ungeduldig vertrat sich Mortimer die kalten Füße. Zwar stand er geschützt im Windschatten einer Düne, jedoch war seine Hose beim Ausbooten durchnässt worden. Das lange Warten ließ ihm die Kälte noch unangenehmer erscheinen. Auch die Zeit schien stehengeblieben zu sein. Doch irgendwann durchdrang ein grollendes Donnern die winterliche Nacht. Sein geübtes Ohr ließ ihn auf den Schuss einer Drehbasse schließen. Die Entfernung konnte maximal eine Seemeile betragen.

Die Treibjagd auf die Franzmänner hatte also begonnen.

Mortimers größte Sorge war das Geld. Sicherlich war es in einer Truhe verwahrt und auf einem Beiboot in Sicherheit gebracht worden. Aber was wäre, wenn sie die Falle riechen würden und damit rechneten, dass sie in die Zange genommen würden? Was würde geschehen, wenn sich einer der wartenden Häscher zu früh blicken ließ? Was würde er selber, an der Stelle des französischen Kommandanten, tun? Sicherlich ließe er das gesamte Geld in die Nordsee werfen, denn dem Feind würde er es auf gar keinen Fall gönnen. Und ohne die heiß ersehnte Beute ist die Mission für die Jaguars ein Reinfall.

Mark Holland freute sich wie ein Kind, als man ihn die Drehbasse abfeuern ließ. Das war das erste Mal in seinem Leben, dass er eine solche Waffe bedienen durfte. Freilich hatte er keinen Treffer erzielen müssen. Außerdem konnte dieses Ding nur auf geringer Distanz seine verheerende Wirkung zeigen, indem die Schrapnells ganze Leiber zerfetzten. Aber das französische Beiboot war zwei ganze Kabellängen voraus und näher durfte der Kutter dem Boot nicht kommen.

Die Franzmänner sollten im Glauben sein, dass sie an Land entkommen konnten. Durch die Hoffnung der Chance sollte vermieden werden, dass die Beute dem Meer geopfert wurde. Das hatte nicht nur Mark Holland begriffen, sondern auch jeder andere an Bord des Kutters. So folgte man gemächlich dem französischen Beiboot, welches ohnehin nur langsam vorankam, da es mit unterkühlten Männern überfüllt war, die zuvor ins kalte Wasser gesprungen waren. Sicherlich mussten einige Flüchtende durchs seichte Watt laufen, sobald ihre Füße den Grund fanden.

Melvin Mortimer genoss die wohltuende Wärme. Er lächelte selbstzufrieden. Sein rotes Haar, das er zum traditionellen Zopf nach hinten gebunden hatte, schimmerte wie Glut im Schein des flackernden Feuers. Kälte und Nässe hatten ihm genauso zugesetzt wie all den anderen, aber jetzt fühlte er sich deutlich besser. Im Schutze der Dünen brannten mehrere Feuer, die von Wärmesuchenden umringt wurden. Einige lagen regungslos und in Decken gehüllt im Bereich der rettenden Wärme – es waren nasse und frierende Gefangene. Selbst die Feuerstellen waren bereits vorbereitet gewesen. Die Ostfriesen hatten gute Arbeit geleistet. Zwar hatte Mortimer zunächst Zweifel am Erfolg der Mission gehabt, jedoch war letztendlich der Plan aufgegangen.

Zwar nicht sehr spektakulär – nichtsdestotrotz aber äußerst erfolgreich. Sogar die Truhen mit den Geldern konnten erbeutet werden. Mortimer freute sich auf seinen Anteil. Er war sich ziemlich sicher, dass kein Franzmann durch die Maschen der Häscher gegangen war. Viele waren erschöpft, durchnässt und unterkühlt. Und die wenigen Männer, die sich einem Kampf hätten stellen können, hatten beim Anblick der Übermacht schnell ihre Waffen fallen gelassen. Die Gefangennahme der Franzosen war wenig blutig gewesen, wie es sein Kommandant vorgesehen hatte. Es gab nur ein paar leichte Stichwunden, die vom Schiffsarzt oder von seinen Assistenten versorgt worden waren.

Mortimer selbst hatte französisches Blut in den Adern – aber sein Vater hatte sein Mutter eines Tages auf verlassen. Vielleicht war dies ein Grund dafür, dass Mortimer die Franzmänner hasste. Jedenfalls war er immer noch der französischen Sprache mächtig, und deshalb hatte ihn Hopkins für den Strandeinsatz ausgewählt. Im Augenblick konnte er mit sich und der gemeisterten Mission zufrieden sein.

Mortimer wusste, dass Walker kein sinnloses Morden duldete – schon gar nicht in einem Krieg, der einem im Grunde genommen nichts anging. Mortimer war vor einem Jahr noch nicht dabei gewesen, aber er wusste von anderen Besatzungsmitgliedern, dass es auf Hispaniola ein Gemetzel an Holländern gegeben hatte, welches von Walker geleitet worden war. Der sprach nicht darüber. Aber Mortimer hatte erfahren, dass auch jene Mission vollkommen unspektakulär verlaufen sollte. Aber als dann die Geliebte des Captains durch den Schuss eines Holländers getötet worden war, war Walkers Plan wie eine Seifenblase zerplatzt und die Situation war eskaliert. Walker war durchgedreht und zum Schluss hatte keiner der Holländer überlebt. Mortimer fühlte, dass sein Kommandant das Ereignis bis heute nicht verarbeitet hatte – weder das Gemetzel, noch den Tod seiner Geliebten.

Nun stand er wortlos und in Gedanken versunken neben Hopkins am Feuer. Da näherten sich Ohlsted und Albrecht, beide in britischen Offiziersuniformen, und noch ein paar andere Männer. Alle hatten ihre Büchsen im Anschlag. Voraus gingen zwei gefesselte Uniformierte mit erhobenen Hauptes. Kaum, dass sie sich dem Lichtschein des lodernden Feuers näherten, erkannte Mortimer, dass es sich um keine gewöhnlichen Marineleute handelte. Sie trugen mit Epauletten verzierte Röcke und die für Seeoffiziere so typischen Hüte. Seine Vermutungen wurden unverzüglich bestätigt.

Albrecht eröffnete das Wort: „Mister Hopkins, Mister Mortimer, hier haben wir die beiden Luggerkommandanten. Glücklicherweise spreche ich Französisch. Viel hat es mir leider noch nicht genützt, denn beide weigern sich, uns auch nur die geringsten Informationen mitzuteilen. Was soll ich sagen, wer Sie sind?"

Hopkins, der die Uniform eines Navycaptains trug, entgegnete mit autoritärer Stimme: „Sagen Sie nur, dass wir Captain und Erster Offizier eines Kriegsschiffes sind. Belassen Sie die Kommandanten in dem Glauben, dass wir Engländer sind, denn sonst wären die Uniformen umsonst gewesen."

Albrecht nickte, dann sprach er zu den Gefangenen. Hopkins und Mortimer ernteten böse Blicke.

Dann blinzelte Hopkins Albrecht und Mortimer unauffällig zu und sprach mit ruhiger Stimme: „Hängt die beiden auf und dann die Mannschaften!"

Keiner der Umstehenden zeigte auffällige Reaktionen. Man konnte davon ausgehen, dass beide Franzosen der englischen Sprache nicht mächtig waren.

Hopkins zog Mortimer, Albrecht und Ohlsted zur Seite und sprach leise zu ihnen: „Wir brauchen unbedingt Informationen. Wann kommt das holländische Schiff und, um welchen Typ handelt es sich? Wird es vor Anker gehen? Wie soll der Kontakt aufgenommen werden? Sind Seesoldaten oder Truppen an Bord?"

Ohlsted blickte Hopkins fragend an. „Wie sollen wir diese Antworten erhalten? Die beiden waren nur bereit ihre Namen und Ränge zu nennen. Mehr nicht! Das ist ihr Recht als Kriegsgefangene. Sollen wir die Antworten aus ihnen prügeln?"

Albrecht fragte verblüfft: „Doch nicht etwa foltern?"

„Nein, ich habe eine bessere Idee." Dann flüsterte Hopkins Albrecht und Ohlsted etwas zu. Diese nickten zustimmend.

„Wir warten bis zum Tagesanbruch und dann beginnt die Vorführung. Es könnte interessant werden", meinte Albrecht. Ohlsted grinste von einem Ohr zum anderen, während Hopkins und Mortimer einen bösen Blick markierten, der den französischen Kommandanten nicht entgangen war. Dann fügte er noch scharf hinzu: „Bringt die Bastarde weg!"

Am frühen Morgen war für die Inszenierung von Hopkins' Vorführung alles bereit. Die gleiche Personengruppe, die schon Stunden zuvor beisammen war, stand nun versammelt in Reichweite eines wärmenden Lagerfeuers. Der britische Geheimagent, der fließend Französisch sprach, war der Wortführer.

„Monsieurs!", begann Hopkins das Verhör. „Haben Sie sich entschlossen uns ein paar Informationen mitzuteilen?"

Beide Kommandanten schüttelten energisch die Köpfe.

„Von mir erfahrt Ihr kein Wort!", fauchte einer Luggerkommandanten. „Und wenn Ihr mich tötet! Aber das verstößt gegen die Kriegsgesetze!"

„Sagen Sie ihm, dass uns die Kriegsgesetze nicht interessieren", meinte Hopkins mit hartem Ton an jenen Kommandanten gewandt, der so mutig jede Kooperation verweigerte. „Sie haben sich entschieden, Monsieur! Ich bewundere Ihre Haltung. Sie haben von jetzt an eine Minute Zeit es sich anders zu überlegen. Ansonsten werden Sie der erste Mann sein, der sein Leben lässt. Danach wird im Abstand von je einer Minute einer Ihrer Männer hingerichtet."

Albrecht blickte auf seine Taschenuhr und meinte kühl: „Die Zeit läuft."

Beide Franzosen wurden blass. Albrecht glaubte, dass der tapfere Mann zu seinem Wort stehen würde. Bei dem anderen bemerkte er am Gesichtsausdruck, dass er mit sich rang. Und schon war die Minute verstrichen.

„Haben Sie Ihre Meinung geändert, Monsieur?", fragte Hopkins ungeduldig.

Stolz und trotzig schüttelte er verneinend den Kopf.

„Sie haben Mut, Monsieur! Sie haben sich unseren Respekt verdient. Dennoch werden Sie hängen. Adieu! Gott mit Ihnen!"

Dann gab Hopkins Albrecht einen Wink. Der wandte sich wiederum in Französisch an seine bewaffneten Männer und zeigte auf eine einzelne Kiefer. „Führt ihn ab und hängt ihn auf!"

„Jawohl, Herr Albrecht! Es wird uns ein Vergnügen sein", antwortete einer der Männer.

Das bösartige Grinsen in den Augen des Feindes ließ den Franzosen das Blut in den Adern gefrieren. Dann packten er den Delinquenten und führten den Franzosen über die Dünen hinweg in Richtung der Kiefer. Nach wenigen Schritten war der Hinrichtungstrupp hinter einer Düne aus den Augen verschwunden.

Nun wandte sich Hopkins dem anderen zu: „Nun zu Ihnen. Wie war Ihr Name?"

„Robesville!"

„Also Monsieur Robesville … So einen schnellen Tod, wie ihn Ihr werter Landsmann erhält, wird Ihnen nicht gegönnt sein. Sie werden mit ansehen müssen, wie im Minutenabstand Ihre Leute stirbt. Solange, bis Sie bereit sind, uns wahrheitsgemäß alle Fragen zu beantworten. Falls Sie uns aber Ihren Mut beweisen wollen, sind Sie zuletzt dran." Eindringlich blickte Hopkins dem Franzosen in die Augen. „Wollen Sie das wirklich?"

„Sehen Sie hin", sagte Mortimer, der ahnte was gesagt wurde. Dann deutete er zur Kiefer, die hinter den Dünen stand.

Die Entfernung betrug ungefähr 200 Meter. Aber es war zu erkennen, wie der französische Offizier, der eine Schlinge um den Hals hatte, hochgehoben wurde. Nachdem das Seil, welches über einen Ast lief, festgemacht wurde, ließ man den Verurteilten fallen. Der Delinquent zappelte noch kurz, dann war das schreckliche Schauspiel vorüber.

„Ihr seid alle Teufel! Ihr seid keine Soldaten, ihr seid Verbrecher!“, fauchte der verzweifelte Franzose.

Hopkins versuchte das Gesicht des Luggerkommandanten einzuschätzen. War dieser nun bereit Informationen zu liefern oder mussten noch mehrere Spektakel inszeniert werden?

Dann fragte er den Gefangenen: „Wollen Sie das wirklich verantworten? Wollen Sie wirklich, dass wegen Ihrer Ehre all Ihre Männer sterben? Wollen Sie alles ansehen? Über neunzig Minuten lang? Beide Besatzungen zusammen ergeben vierundneunzig Männer, falls die Besatzungsstärke, die Sie uns genannt hatten, stimmt. Und die sollen alle zum Ruhme Frankreichs sterben? Das liegt ganz allein bei Ihnen, Monsieur Robesville.“

Traurig entgegnete dieser: „Natürlich möchte ich das nicht, Monsieur. Aber ich möchte auch nicht zum Verräter der Holländer werden. Ich möchte nicht, dass ihnen das gleiche Schicksal blüht wie uns. Das kann ich mit meinem Gewissen nicht vereinbaren. Verstehen Sie das überhaupt?“

„Ich verstehe das zu gut, aber Sie haben immer noch nicht begriffen. Wenn wir mordende Verbrecher wären, und dafür halten Sie uns anscheinend, dann hätte es heute Nacht viele Tote gegeben. Aber hat es das? Bisher gab es mit Sicherheit nur dieses Opfer …“ Albrecht deutete zur Kiefer mit dem Gehängten. „… und das hatte die Wahl. Nun stehen Sie vor dieser Entscheidung.“

Hopkins ließ seine Worte ein paar stumme Minuten wirken, dann fuhr er fort: „Sehen Sie, die Am… ich meine, die Engländer haben auf See ein stark armiertes Schiff. Dazu haben wir die zwei Lugger. Wir werden die Holländer so oder so besiegen. Aber wie blutig der Kampf ausgeht, liegt ganz allein an Ihnen, Monsieur Robesville. Wenn Sie uns die notwendigen Informationen geben, wird keinem Mann etwas geschehen. Das gilt für die Franzosen und Holländer.“

Verunsichert fragte Robesville: „Wie viel ist Ihr Wort wert und was habt Ihr mit uns vor, wenn ich rede?“

„Ihr kommt in britische Kriegsgefangenschaft und müsst mir anscheinend vertrauen.“

„Dann würde ich Meldung über die Hinrichtung machen!“ Trotzig blickte Robesville alle Umstehenden an.

Erzürnt über den Blick hatte Hopkins seine Geduld endgültig verloren. Er deutete auf den Mann, der auf der Düne stand. Der winkte dann mit seiner Büchse zur Kiefer. Daraufhin marschierten zehn Gefangene in französischen Uniformen, die von bewaffneten Männern in Schach gehalten wurden, in einer Reihe auf die Kiefer zu. Dort blieben sie stehen, bedroht von zehn auf sie gerichteten Büchsen.

Wieder richtete Albrecht seinen Blick auf die Uhr, dann auf Robesville. „Auch Sie haben jetzt eine Minute Bedenkzeit. Wir warten.“

Der französische Kommandant kämpfte mit sich. Sein Blick war starr, kaum zu einer Entscheidung fähig. Er ignorierte die Warnung, ignorierte die Tatsache, dass die Minute verstrichen war, ignorierte den Wink von Albrecht. Und dann hallte von der Düne ein Schuss auf. Der erste Mann in der Reihe sackte wie ein Sack in sich zusammen.

Erst jetzt erwachte Robesville aus seiner Starre. Laut und hysterisch schrie er: „Genug! Sie verdammten Teufel! Genug! Fragen Sie mich, was Sie wollen. Aber machen Sie Schluss mit diesem scheußlichen Gemetzel!"

Alle waren erleichtert. Diesmal hob der Posten auf der Düne mit beiden Händen seine Büchse dreimal horizontal über seinen Kopf. Daraufhin marschierte das Exekutionskommando mit den Gefangenen fort. Dann zog Hopkins Robesville auf die Seite, sodass der Ort der Schandtat nicht mehr zu sehen war.

Auch das verschlagene Grinsen von Albrecht und der Wachmannschaft konnte der Franzose nicht wahrnehmen. Diese beobachteten schelmisch, wie der soeben Erschossene wieselflink wieder aufstand. Auch der Gehängte wurde auf den Boden herabgelassen und von der Schlinge, welche in Wirklichkeit unter seinen Achseln verlief, befreit. Die Exekutierten waren niemand anders, als zwei Freiwillige gewesen, die sich für das Spektakel in französische Uniformen geworfen hatten.


Bald nach der gelungenen Inszenierung marschierte ein ganzer Tross von Gefangen unter Aufsicht ihrer Bezwinger übers Watt aufs Meer zu, welches sich bei Niedrigwasser weit nach Norden zurückgezogen hatte. Überall gab es verästelte Furchen und Rinnsale, aber auch größere Priele, die mit noch tieferen Balgen verbunden waren. Zu dieser Zeit lag eine riesige Fläche des Watts so weit trocken, dass es mühelos begehbar war. Zwar barg das Watt für diejenigen, die mit den Gezeiten und den hiesigen Verhältnissen nicht vertraut waren, auch große Gefahren. Aber nicht für die Einheimischen, die es wie ihre Westentaschen kannten.

Jetzt waren sogar Pferdefuhrwerke unterwegs, beladen mit den zwei Geldtruhen, sowie mit geschwächten Gefangenen, die zu lange im kalten Wasser gewesen waren. Dank der Ankerplätze der Lugger, welche in Nähe des Fahrwassers und unmittelbar neben den Untiefen des Watts gelegen waren, hatten die Franzosen, die ins Wasser gesprungen waren, um dem Feuer zu entkommen, nur wenige Minuten schwimmen müssen. Den Rest der Distanz, bis zur rettenden Küste, hatten die durchnässten Seeleute watend zurücklegen können. Andernfalls wären mit Sicherheit alle von ihnen im kalten Wasser ertrunken, denn bereits nach zehn Minuten drohte wegen Unterkühlung der Kollaps.

Ungefähr eine Meile vor der Küste warteten die trocken liegenden Ewer, die Schmacks und andere Boote, welche speziell für die Tidengewässer

konstruiert waren. Für den Abtransport der Landungstruppen und der
Gefangen beim nächsten Hochwasser war somit gesorgt.

Kurz nach der inszenierten Hinrichtung hatte sich Ohlsted mit einigen
von Mortimers Männern mit einem flachen Boot auf den Weg zur Jaguar
gemacht, um die Nachricht über die gelungene Mission, sowie die wichtigsten Informationen über das holländische Schiff zu übermitteln. Der
exekutierte Luggerkommandant war heimlich mitgenommen worden.
Schließlich durfte die Glaubwürdigkeit der Hinrichtung nicht aufs Spiel
gesetzt werden, denn man war immer noch auf die Zusammenarbeit mit
Robesville angewiesen. Nach wie vor mussten die Gefangenen als Druckmittel genutzt werden, bis auch der nächste Schritt der Mission ein Erfolg
geworden war.

# Kapitel 7: Trügerische Tiefen

Gemächliches Stampfen und sanftes Rollen zeugten davon, dass die Jaguar wieder in Fahrt war. Ein großer Törn stand dem Schoner nicht bevor.
Er musste bis zum Abend lediglich fremden Schiffen aus dem Weg gehen,
sich gleichwohl aber für ein Rendezvous mit den kooperierenden Booten
bereit halten.

Captain Walker, der mit seiner Nebenrolle ohnehin unzufrieden war,
fühlte sich erleichtert. Die Nachrichten, die Fritz Hollmann und Sven
Ohlsted an Bord seines Schiffes gebracht hatten, waren mehr als erfreulich.
Sogar die Sicherstellung der Gelder war gelungen. Sie waren nicht, wie er
sich in seinen schlimmsten Befürchtungen ausgemalt hatte, in die See geworfen worden.

Ungefähr ein Drittel der Beute würde der Jaguarcrew zustehen, wobei
ihm selber der Löwenanteil zustehen würde – wenn er nicht die Absprache mit Hopkins getroffen hätte, um die Haut seines Freundes George zu
retten. So musste er von dem Anteil, der eigentlich zum Unterhalt des
Schoners vorgesehen war, ein Stück an Hopkins abtreten. Zusammen mit
dem Geld von Jane Fosset ergab es eine Summe, welche dem Geheimagenten vielleicht genügen könnte, um die erforderlichen Spesen für Ripleys
Befreiung decken zu können.

Weniger schön war die Nacht an Bord der Jaguar gewesen – sie hatte
einfach nicht enden wollen. Am liebsten hätte Walker einen der Kutter
kommandiert. Oder den Landungstrupp zu befehligen wäre auch nach
seinem Geschmack gewesen. Trotzdem war er auf der Jaguar geblieben.
Schließlich hatte er die Verantwortung für sein Schiff, welches nun mit
reduzierter Mannschaft segelte. Aber so tatenlos herumsitzen und warten
war überhaupt nichts für ihn.

Walker hatte kaum geschlafen. Ruhelos hatte es ihn an Deck getrieben. Aber dort war nichts zu tun gewesen. Zu friedlich lag die Jaguar an ihrem geschützten Ankerplatz. Dann war er wegen der Kälte wieder in seine Kajüte zurückgekehrt. Aber jetzt war all dies überstanden. Nun saß er bei heißem Grog mit seiner Schiffsführung zusammen und feierte den großartigen Erfolg. Neben Hopkins war Melvin Mortimer, der rothaarige Zweite, Charles Radcliff, der Bootsmann, der Stückmeister Andrew Watson sowie Sven Ohlsted, der vom Festland gekommen und Interessantes zu berichten hatte, anwesend. Wortführer war allerdings der Geheimagent. Erwartungsvoll hörten ihm die Männer gebannt zu und einige von ihnen kannten beim Fragestellen kaum Beherrschung.

„Nun, so war es!", schloss Hopkins.

„Bei allen Teufeln und Dämonen, es hätte gar nicht besser laufen können!", meinte Walker mit feurigem Blick. „Ich wäre zu gern dabei gewesen. Also, darf ich zusammenfassen?" Ein kurzer Blick genügte, dann fuhr er fort. „Gegen Abend soll die Dreißig-Kanonenkorvette Alkmaar erscheinen. Und Sie, Mister Hopkins, vertrauen wirklich darauf, den Franzosen zu mimen, sich an Bord zu begeben, um sich die Depeschen übergeben zu lassen?"

Der Agent, der tatsächlich französisches Blut in den Adern hatte und der anhand seines Gesichts durchaus als Franzose durchgehen konnte, nickte selbstsicher. „Es lässt sich grob einschätzen, wann die Alkmaar letztendlich erscheinen wird. Bis dahin sollten wir nicht unnötig unsere Zeit verschwenden. In der Zwischenzeit sollten wir die dafür vorgesehenen Leute in französische Uniformen stecken und damit die beiden Prisen bemannen. Dazu brauchen wir jeden Mann, der Französisch oder Holländisch spricht. Und unter den Ostfriesen gibt es wegen ihrer wechselhaften Geschichte genügend Leute, die holländisch sprechen oder des Französischen mächtig sind, stimmt's Mister Albrecht?"

„So ist es, Sir!"

„Ich hoffe doch, dass auch ich bei dieser Aktion dabei sein kann, Mister Hopkins?", fragte Ohlsted mit einem erwartungsvollen Blick.

„Tut mir leid, Sie sollten besser an Bord der Jaguar bleiben. Sie kennen die Küstengewässer gut und mir wäre es lieber, wenn Sie Capt'n Walker unterstützen. Außerdem können Sie im Bedarfsfall mit den ostfriesischen Leuten vermitteln."

Ohlsted nickte, wenn auch mit enttäuschter Miene.

Mortimer fühlte sich übergangen. „Vergessen Sie mich nicht. Auch ich spreche französisch! Schließlich war meine Mutter Französin.

„Zum Teufel, natürlich, Sie ja auch! Dann wissen wir jetzt, wer seine Rolle auf den Prisen zu spielen hat. Und Mister Hopkins entscheidet, wer mit ihm an Bord der Alkmaar gehen soll."

„Und was geschieht mit den Gefangenen, Capt'n?", wollte der Bootsmann wissen.

Walker blickte zu Hopkins.

„Die meisten werden unverzüglich auf einem der Ewer nach Helgoland gebracht. Der Rest bleibt vorerst, falls wir ein weiteres Druckmittel benötigen, auf dem zweiten Ewer eingeschlossen. Dort können sie natürlich nicht bleiben. Auch die werden wir in den nächsten Tagen nach Helgoland bringen. Von dort aus werden sie bald nach England ausgeliefert werden."

„Verstehe. Doch ich frage mich, wie Sie es schaffen wollen an Bord der Alkmaar zu gelangen? Glauben Sie wirklich, dass Robesville mitspielt und nichts verrät?"

Hopkins nickte zuversichtlich. „Bestimmt, Capt'n Walker. Ich bin davon überzeugt, dass man nach den ersten Begrüßungen mit dem Kommandanten und den Offizieren in einer Kajüte zusammensitzen wird. Damit hätte man die Schiffsführung in der Hand. Dazu kommt unser Druckmittel, die vielen Gefangenen."

„Vermutlich haben Sie recht. Das mit der Scheinhinrichtung war eine wirklich makabre Inszenierung. Aber ich glaube, dass es überzeugend gewirkt haben muss. Robesville wird vermutlich den Drohungen glauben. Außerdem ist der andere Kommandant gut und sicher untergebracht worden und hat er seine Uniform schon zur Verfügung gestellt?"

Der Erste lachte schelmisch. „Er ist halbwegs standesgemäß untergebracht, Capt'n. Abhauen kann er nicht. Dass er seine Uniform nur ungern hergegeben hat, ist selbstverständlich. Aber nachdem ich ihm versichert hatte, dass wir zwei von Sodomie besessene Teufel an Bord haben, welche ihre größte Freude daran hätten, ihm die Kleidung vom Leib zu reißen, hat er sich seine Sachen so schnell ausgezogen, dass er bereits in seiner Wäsche vor mir stand, bevor ich meine Drohung noch weiter ausmalen konnte."

Beinahe wären die Wände der Kajüte eingebrochen, so laut brüllte die Runde vor Lachen.

„Darauf trinken wir!", meinte Walker, nachdem er sich wieder unter Kontrolle hatte. „Cheers!"

„Cheers!"

„Auf unseren Erfolg!"

Jetzt wurde Walker wieder nachdenklich. „Ich zerbreche mir den Kopf, wie man die Korvette ohne größeres Risiko aufbringen könnte. Hat jemand eine Idee, meine Herren?"

Kopfschütteln war auch eine Antwort.

Eine Weile herrschte absolute Stille in der Kapitänskajüte.

Auch Walker schien ratlos. Er sagte nur: „Vielleicht sollten wir uns alle gemeinsam die Seekarte ansehen. Mister Ohlsted, Sie kennen sich doch gut in diesen Gewässern aus. Könnte man nicht irgendwelche taktischen Vorteile erzielen, wenn man die beiden Lugger ein wenig verholen würde? Der vereinbarte Treffpunkt soll für die Korvette zum Ankern geeignet sein."

Ohlsted deutete auf eine bestimmte Stelle auf der Seekarte, welche – von ihm eigenhändig überarbeitet – ungewöhnlich detailliert war. Die Stelle lag ein Stück vom derzeitigen Ankerplatz der Lugger entfernt. Walker grinste. Er hatte begriffen. Die anderen, ganz besonders Hopkins, sahen ein wenig ratlos aus und ließen ihre Blicke abwechselnd zu Walker und Ohlsted schweifen. Nur eine Sache war für Bolton, Mortimer, Radcliff und Watson klar: Der Kommandant hatte wieder einen Plan.

Dem bereitete aber eine andere Frage Kopfzerbrechen: „Welche Aufgabe soll die Jaguar erfüllen? Soll ich mich mit ihr erneut tatenlos im Verborgenen halten?"

Erneut herrschte ratlose Stille, bis Walkers Augen aufblitzten. „Ich hätte eine Idee!"

„Schießen Sie los, Capt'n!"

Nachdem Walker den Anwesenden seinen dreisten Vorschlag unterbreitet hatte, erntete er zunächst sprachloses Staunen. Deshalb wandte er sich direkt an Ohlsted, der am ehesten einschätzen konnte, ob die Holländer auf eine solche Finte reinfallen könnten. „Nun, was glauben Sie, Mister Ohlsted?"

„Es wäre einen Versuch wert."

„Darf ich auch was sagen?", fragte Mortimer. „Wir sollten alle Eventualitäten ins Auge fassen und uns auf bestimmte Signalflaggen festlegen. Wir müssen uns irgendwie untereinander verständigen können."

Walker nickte zustimmend. „Das ist ein guter Vorschlag, Mortimer. Arbeiten Sie ein Konzept aus."

„Das mache ich, Capt'n!"

„Danke. Nun Männer, ich glaube, dass wir bald ankern werden. Lasst uns an Deck gehen, danach werden wir einen konkreten Plan entwerfen. Cheers!"

Voller Zuversicht erhob die Runde nochmals die Krüge.

Walkers Gedanken rasten wie wild. Bald würde die Jaguar wieder westlich von Spiekeroog vor Anker gehen. Dort, wo es nur einen halbwegs vorhandenen Sichtschutz gab, war der vereinbarte Treffpunkt mit den anderen Schiffen und Booten. Diese mussten die benötigten Leute zu den Luggern bringen – und zwar bevor das holländische Schiff auftauchte. Die Zeit drängte.

Im Laufe des Tages klarte der Himmel auf. Die Sonne stand freundlich am blauen Himmel und wärmte mit ihren Strahlen das Deck. Selbst die Temperatur war angenehmer geworden als in den vergangenen Wochen.

Der Wind war mäßig und die See zwischen den Ostfriesischen Inseln und dem Festland zeigte sich in einem freundlichem Grünblau.

Auch das idyllische Bild, das die vor Anker liegenden Lugger Bretagne und Provence abgaben – so hießen die Prisen – wirkte sehr viel friedlicher, als es in Wirklichkeit war. Die Schiffe tänzelten anmutig in den sanften, leicht rauschenden Wogen ihres taktisch klug gewählten Ankerplatzes.

Während der vergangen Stunden hatte es noch ganz anders ausgesehen. Zunächst waren beide Prisen mit genügend Männer in französischen Uniformen bemannt worden. Augenblicklich hatten dann die Männer damit begonnen, die beiden Lugger zu verholen. Nun lagen sie neben einem Fahrwasser, welches es der Alkmaar gestatten würde, problemlos zu manövrieren – zumindest um sicher vor Anker zu gehen. Dass ein Fortkommen, aufgrund der trügerischen Untiefen, nicht mehr so leicht sein sollte, entsprach einem Teil des ausgeheckten Plans.

Dann hatte die Crew der Provence ihr Schiff wieder mit neuem Ballast versorgen müssen. Das war jener Lugger, der während der vergangenen Nacht versucht hatte, dem Brander zu entkommen und dabei auf Grund gelaufen war. Das kleine Prisenkommando hatte unverzüglich damit begonnen, Steine aus der Bilge zu holen, um sie über Bord zu werfen. So war es den wenigen Männern, unter Einsatz ihrer ganzen Kraft, tatsächlich gelungen, den Lugger über Nacht freizubekommen. Und das noch bevor die einsetzende Ebbe alle Versuche vereitelt hätte. Nun lag die Provence mit Ballaststeinen, welche sie von anderen Schiffen erhalten hatte, an ihrem vorgesehen Ankerplatz.

All die Schmacks und Ewer, welche geholfen hatten, die Vorbereitungen für das Rendezvous mit der Alkmaar in einer solch kurzen Zeit zu treffen, waren nun von der Bildfläche verschwunden.

Mike Steel stolzierte in seiner französischen Marineuniform wie ein aufgeblasener Gockel auf dem Deck der Provence auf und ab. Es war ein Zufall, dass sich für ihn eine passende Uniform gefunden hatte, denn er war nicht sehr groß, sondern äußerst muskulös und breitschultrig. Steel hatte seit vielen Stunden nicht mehr geschlafen. Obwohl jetzt die Gelegenheit dazu gekommen wäre, war er viel zu unruhig, um versäumten Schlaf nachzuholen.

Zu viele Dinge hatten sich während der letzten zwölf Stunden ereignet: Der Brandereinsatz, das Entern und das Flottmachen der gestrandeten Prise, sowie die Entdeckung, welche man im Laderaum des Luggers gemacht hatte. Und nun stand das Treffen mit der holländischen Korvette Alkmaar kurz bevor. Vorausgesetzt, dass sie zum vereinbarten Zeitpunkt erschien. Zwar hatte der Zweite Offizier Steel angeboten ihn abzulösen, um auf der Jaguar zu warten, bis auch diese ihre Rolle zu spielen hatte, jedoch hatte es sich Mike Steel nicht nehmen lassen, auf dem Lugger zu bleiben.

Mortimer war Steels Unruhe nicht entgangen. Auch für ihn war das Warten eine Qual. Deswegen zupfte er auch unbewusst an seinem roten Spitzbart. Er wusste aus eigener Erfahrung, dass sich diese Nervosität erst wieder legen würde, wenn alles seinen Lauf nahm. Selbst im heißesten Gefecht lagen seine Nerven nicht annähernd so blank, wie bei dieser verfluchten Warterei.

Als Steel bei seiner nächsten Runde wiederkam, sprach Mortimer ihn an. „Na Steel, wer hätte gedacht, dass die unscheinbaren Schiffe nicht nur Truhen voller Geld transportieren, sondern auch noch Kisten mit prächtigen Gemälden besessen hatten?"

„Sie hätten uns sehen müssen, Sir, wie dumm wir schauten, nachdem wir die Kisten aufgebrochen hatten!"

„Ihr habt wohl geglaubt, dass die Franzmänner die Kisten voller Geld zurückgelassen hatten!"

„Natürlich! Das war mein erster Gedanke gewesen. Wir dachten, dass die Froschfresser auf ihre wertvolle Ladung verzichten wollten. Für was sollen denn diese Bilder gut sein? Was glauben Sie, Sir?"

„Diese Bilder, wie du die wertvollen Gemälde nennst, sind entweder eine Dreingabe zu den Geldern, oder sie dienen zur Bestechung von hochrangigen russischen Persönlichkeiten. Das könnten Adelige sein, oder Generäle, Admiräle … Weiß der Teufel!"

„Und woher glauben Sie, stammen diese Gemälde?"

„Was weiß denn ich? Vielleicht wurden Rathäuser, Schlösser und Kirchen geplündert. Könnt' ich mir gut vorstellen. In Kriegszeiten ist alles denkbar."

„Und was machen wir mit diesen Bildern… ähm… den Gemälden, Sir?"

Mortimer kam nicht dazu, die Frage zu beantworten. Der Ausguck, der schon lange auf dem Großmast ausgeharrt hatte, brüllte aufgeregt: „Schiff in Sicht! Ein Dreimaster!"

Nun rasten mehrere Neugierige wieselflink die Wanten hinauf. Auch der Zweite ließ es sich nicht entgehen, das nähernde Schiff von oben durch sein Fernglas zu betrachten. Denn aus Nordwest kommend rauschte ein verhältnismäßig großes Kriegsschiff heran.

Nur die Bramsegel waren bereits aufgegeit. Freilich, ein großer Dreidecker war es nicht, aber für die flachen Gewässer war die Korvette ein wenig zu groß geraten. Je näher sie kam, desto unbegreiflicher empfand es Mortimer, dass ein Schiff solcher Größe im begrenzten Fahrwasser des Watts operierte. Immer wieder betrachtete Mortimer das schöne Schiff, welches am Bug mit einem goldenen Löwen und an den Seiten auf alte Art und Weise mit farbigen Seitenstreifen verziert war. Dann begab er sich wieder aufs Deck.

Dort stand der Matrose Fritz Hollmann. Der musste sich ein wenig mit holländischen Schiffen auskennen. „Matrose Hollmann!"

„Aye?"

„Du bist doch an dieser Küste groß geworden. Sag mal, was hat es mit den holländischen Schiffen auf sich? Ich würde mich niemals mit einer Korvette in solch flache Gewässer begeben. Kennst du dich ein wenig aus?"

„Gewiss, Sir! Sehen Sie, Sir! Die ganze holländische Küste ist so ähnlich wie diese hier. Und darum bauen die Holländer oft Schiffe, die speziell für diese Gewässer geeignet sind. Also breite, flachbodige Küstensegler mit Seitenschwertern oder relativ kurze, in die Breite gebaute Schiffe, welche aber naturgemäß nicht besonders schnell sind. Diese Korvette dort scheint mir ein älteres, auf die Fleute basierendes Schiff zu sein. Sehen Sie, Sir, es ist ziemlich schmal gebaut, dürfte auch flott unterwegs sein, aber Sie werden's nachher selber seh'n, es ist ein wenig in die Länge gezogen, was die Tragfähigkeit erhöht. Glauben Sie's mir, die haben kaum mehr Tiefgang als unsere Jaguar!"

„Da kannst du Recht haben, Fritz!"

Mortimer blickte auf seine Taschenuhr. Die Alkmaar kam sehr viel früher als erwartet. Jetzt war es beinahe drei Uhr nachmittags. In einer halben Stunde war Hochwasser. Zwar wehte die französische Trikolore im Wind, aber noch nicht das vereinbarte Erkennungssignal.

„Signalgast! Setz die vereinbarten Signalflaggen!"

„Aye, Sir!", antwortete dieser und öffnete den Flaggenkasten.

Auch auf der Alkmaar flatterte bereits ein buntes Sortiment an Fahnen. Neben einigen Standen wehte stolz die Nationalflagge in rot, weiß und blau. Tatsächlich wurden auch Nahe der Nationalflagge eine Reihe an Signalflaggen gesetzt. Das Erkennungszeichen war korrekt, aber das andere Signal konnte Mortimer zunächst nicht interpretieren. Plötzlich fiel ihm ein, dass nicht auf Englisch signalisiert wurde. Es war aber auch kein Holländisch, sondern es hieß auf Französisch nichts anderes als: TIEFE? Die Holländer wollten sich vergewissern, dass die Lugger im vorgesehenen Gebiet ankerten und, dass es auch bei Niedrigwasser genügend Reserve für ihr Kriegsschiff bot.

Die derzeitige Tiefe hatte der Zweite schon längst ausloten lassen. Leise murmelte er vor sich hin: „Vier Faden Tiefe."

„Sir?", fragte der Signalgast verunsichert.

„Setz die Fünf!"

„Aber gerade eben sagten Sie etwas mit Vier."

„Genau! Und darum setzen wir als Täuschungsmanöver die Fünf."

„Aye, Sir! Die Fünf!", bestätigte der Signalgast und setzte die Signalflagge Fünf unter das T. Das sollte etwas wie Tiefe fünf Faden bedeuten, mutmaßte er, während er die bunten Wimpel hisste.

Mortimer erkannte an der Bretagne die Signalflaggen T und Sechs.

Die übertreiben wohl noch mehr, dachte er sich.

Jetzt begriff Mortimer vollends, warum der Kommandant anhand Ohlsteds präziser Seekarte vorgeschlagen hatte, beide Lugger in flacherem Gewässer zu verholen. Hopkins war unverzüglich darauf eingegangen.

„Ob das gut geht?", sprach Mortimer zu sich selbst.

Er war nicht optimistisch genug, denn es gab zu viele nicht erwägbare Möglichkeiten. Mortimer stellte fest, dass es die Holländer keineswegs versäumten, regelmäßig zu loten. Tatsächlich war die Tiefe rundum knapp, aber ausreichend genug. Die Alkmaar hatte bestimmt immer mehr als zwei Faden Wasser unterm Kiel, also sogar bei Niedrigwasser eine Handbreit. Aber allzu leichtfertig war man drüben auf der Korvette sicherlich nicht.

Deshalb zweifelte Mortimer daran, dass sich die Holländer zu leicht übertölpeln ließen. Er durchdachte nochmals den Plan seines Kommandanten. Der hatte später vor, die Alkmaar mit der Jaguar in diesen von Untiefen umsäumten Gewässern in Bedrängnis zu bringen. Im Gegensatz zum ursprünglichen Ankerplatz grenzten hier, nur eine Kabellänge nordwärts, die Untiefen an, welche durch Versandung entstanden waren. Natürlich konnte niemand wissen, wie viel die holländischen Karten wirklich taugten, aber sicherlich waren sie nicht so präzise wie jene, die Ohlsted, aufgrund von aktuellen Lotungen der örtlichen Fischer, erstellt hatte. Demnach konnte vermutet werden, dass die Werte auf den holländischen Karten fälschlicherweise zu große Tiefen vortäuschten. Und sollte sich der Capt'n wirklich täuschen, sollte die Alkmaar wirklich unbeschadet über die Untiefen kommen, dann konnte die Jaguar ihren Vorteil, den sie als kreuzender Schoner hatte, ausspielen und ihr Heil in der Flucht suchen. Den Geschützen der Korvette musste aber tunlichst aus dem Wege gegangen werden.

Allerdings sollte die Jaguar erst in Aktion treten, nachdem Hopkins gemeinsam mit Robesville an Bord der Holländer waren. Schließlich musste darauf geachtet werden, dass die Depeschen nicht der See geopfert würden. Dies musste mit allen Mitteln verhindert werden. Mortimer fühlte sich fast geschmeichelt, dass er aufgrund seiner Französischkenntnisse bei der dreisten Aufgabe helfen sollte. Ihm war bei der Aktion nicht ganz bange, aber Kneifen wollte er auch nicht.

Mortimer warf einen Blick auf Hopkins, der schon eine ganze Weile wortlos in unmittelbarer Nähe stand.

Er ist genauso in seinen Gedanken versunken wie ich, dachte er sich.

Mortimer musste aber zugeben, dass der britische Geheimagent in seiner schmucken, französischen Uniform wie ein leibhaftiger Franzose aussah.

Gebannt verfolgten die beiden Prisenbesatzungen auf der Bretagne und der Provence wie die Alkmaar heranrauschte. Sie glich einem stolzen

Schwan. Erst als sie im knappen Abstand in Lee von der Bretagne passierte, wurden ihre Rahsegel aufgegeit. Gleichzeitig wurden die Trikoloren auf beiden Luggern vorbildlich gedippt. Ihre Prisenbesatzungen standen zur Begrüßung der Holländer winkend in Reih und Glied an Deck und versuchten in ihren erbeuteten Uniformen militärisch Eindruck zu schinden.

Noch mehr Eindruck machte die Korvette. Sie bot ein prächtiges Bild, als sie elegant und scheinbar mühelos mit viel Schwung das Ankermanöver einleitete. Graziös, und immer noch mit einiger Fahrt, drehte die Alkmaar ihren Bug in den Wind. Währenddessen wurden die Klüver niedergeholt und die Rahsegel am Großmast aufgegeit.

Melvin Mortimer wurde wieder von seinen Zweifeln geplagt. Würde der Plan seines Kommandanten wirklich funktionieren? Vielleicht waren Ohlsteds Karten doch nicht akkurat genug. Oder der Tiefgang war auch nicht größer als der von der Jaguar? Manchmal – das wusste Mortimer aus eigener Erfahrung – kam alles anders als man dachte.

Der Zweite Offizier der Jaguar sollte Recht behalten. Es kam anders. Jedoch nicht so schlecht, wie er es sich ausgemalt hatte.

Urplötzlich hatte der Wind ausgesetzt. Nun konnten die zwei großen Segel, die am Fockmast immer noch gesetzt waren, nicht mehr dazu beitragen, die letzte Fahrt aus dem Schiff zu nehmen. Und da die Korvette mit fast zwei Knoten ohnehin noch etwas zu viel Fahrt machte, war sie nicht in der Lage, in einer Linie zwischen den beiden Luggern vor Anker zu gehen. Stattdessen strebte sie stetig weiter in nördliche Richtung – direkt auf die Untiefen zu.

Die Zuseher auf den Luggern hielten den Atem an. Das holländische Schiff wurde nun allmählich langsamer. Aber dann ging ganz plötzlich ein Ruck durchs ganze Schiff und ließ es erbeben. Das ganze Rigg vibrierte, jedoch ohne zu Bruch zu gehen. Und dann saß das stolze Schiff im Schlick fest. Vierzig Minuten vor Hochwasser.

Nur mit einem bösartigen Blick auf seine Crew und einem hastig ausgespuckten „Ruhe!" konnte Mortimer verhindern, dass seine Besatzung ein Freudengeschrei losließ.

„Bewahrt Disziplin, Männer!", rief er. „Lasst euch nichts anmerken! Jetzt schaut alles besser aus, als wir erwartet hatten. Das schmucke Schiff wird bald in unseren Händen sein, so wahr ich hier stehe!"

Dieses Mal sollte sich Mortimer irren.


Albern und verspielt huschten dutzende Silbermöwen kreuz und quer durchs Rigg und schlugen ihre Kapriolen in der Luft. Es schien ganz so, als ob sie Interesse an dem aufgelaufenen Schiff gefunden hätten. Die blamierten Holländer mussten den Eindruck haben, von der frechen Vogelschar verspottet zu werden. Die Möwen waren derzeit das Einzige, was sich am Himmel bewegte. Wolken und Wind waren zum Stillstand gekommen. Es herrschte totale Flaute.

Hoch über der Korvette hingen die Signalflaggen so schlaff an ihrer Leine, dass sie kaum zu identifizieren waren. Mit einiger Mühe gelang es Mortimer trotzdem noch, die Bedeutung zu interpretieren: Der Kommandant der Alkmaar hatte den Befehl an die Luggerkommandanten erteilt, sich an Bord der Korvette zu begeben.

In kluger Voraussicht hatte Mortimer längst ein Beiboot klarmachen lassen. Während er zusammen mit Hopkins und einer Bootsbesatzung, die vorwiegend aus holländisch oder französisch sprechenden Ostfriesen bestand, zur Provence übersetzte, beobachtete er, wie auf der Alkmaar Ballaststeine über Bord geworfen wurden. Zusätzlich wurden mehrere Drehbassen an Tauen zum flachen Meeresgrund abgeseilt, um schnell das Gewicht der Korvette zu reduzieren, ohne die Waffen für immer vergessen zu müssen. Mortimer zweifelte am Erfolg der Aktion, denn in wenigen Minuten erreichte die Flut ihren Höchststand und so schnell würden die Holländer ihr Schiff nicht frei bekommen – da war er sich ziemlich sicher.

Hopkins Augen funkelten böse. Er hatte die gleichen Zweifel, sprach sie jedoch offen aus. „Die Holländer scheinen wegen der blamablen Panne vergessen zu haben, dass es mit einer Gewichtsreduzierung von ein paar hundert Pfund nicht getan ist. Der Rumpf ihres Schiffes hat sich im Schlick des Watts festgesaugt wie ein Blutegel auf einem fetten Arsch."

Mortimer lachte laut auf, gab aber keine Antwort, denn ihm schoss ein genialer Einfall durch den Kopf. Durch das Auflaufen der Korvette hatte sich die Situation drastisch geändert – wenn auch für die verwegenen Abenteurer. Nun war es dringend notwendig, sich rechtzeitig mit Albrecht und den Leuten von der Bretagne abzusprechen – noch bevor man das Deck des Holländers betreten würde. An Bord der Alkmaar sollte Hopkins, der als Wortführer auftreten sollte, dem holländischen Kommandanten seinen Vorschlag unterbreiten.

Viel Zeit zur Erstellung eines konkreten Planes war nicht geblieben, denn die Schiffsführung der Alkmaar wartete bereits ungeduldig auf die Kommandanten der Provence und der Bretagne. Noch während zwei Beiboote nah nebeneinander und bedächtig langsam zur Korvette fuhren, versuchten die Bootsinsassen die letzten Unklarheiten zu bereden. Inständig hofften alle, dass Robesville nichts verraten würde.

Sicherheitshalber war jeder mit Degen oder Säbel und zwei Pistolen bewaffnet. Um keinen Verdacht zu erregen war selbst Robesville damit ausgestattet worden, wobei dessen Pistole ungeladen war. Der französische Luggerkommandant war bei auftretenden Fragen, die vermutlich nur er beantworten konnte, einer der wichtigsten Leute in der vorgesehenen Besprechung an Bord der Alkmaar. Von seiner Kooperation hing viel ab.

Man hatte Robesville deshalb erneut bewusst gemacht, dass er seine Rolle zu spielen hatte. Bei Verrat sollte er sterben, wie all seine gefangenen Landsleute. Auch die Verantwortung für die angedrohte Vernichtung der festsitzenden Holländer hatte der Geheimagent dem entehrten Robesville aufgeladen.

Eine weitere wichtige Partie sollte in Hopkins' Plan die Jaguar spielen. Die saß zwar nicht im Schlick fest, dafür aber in der absoluten Flaute. Und das machte dem Briten nun Kopfschmerzen.

Kurz darauf saßen die vermeintlichen Kommandanten und Ersten Offiziere der Lugger, darunter auch Robesville, mit der Schiffsführung der Alkmaar in der Kapitänskajüte der Korvette zusammen. Jetzt erwies es sich als angenehmen Vorteil, dass der Rumpf des holländischen Schiffes für flache Gewässer gebaut war, denn es lag aufrecht im Schlick fest. Hätte die Korvette einen V-förmigen Rumpf besessen, dann wäre der Aufenthalt in der Kajüte kaum zumutbar gewesen.

Mortimer sah sich um. Der Raum war, ebenso wie das Heck des Schiffes, verhältnismäßig schmal gebaut. Drei fein gestaltete Fenster schmückten die Heckgalerie, die auch von außen reichlich verziert war – mehr als es sonst zum Anfang des Jahrhunderts üblich war. Auch die geschmackvolle Einrichtung wirkte gediegen und freundlich.

Weniger freundlich war die Stimmung an Bord der Alkmaar gewesen. Nach einer steifen, formellen Begrüßung, die wenig Herzlichkeit versprüht hatte, war man wortlos in die Kapitänskajüte gegangen. Doch zuvor hatte Hopkins die Gelegenheit beim Schopfe gepackt. Er hatte bemerkt, dass der holländische Kommandant wegen des Missgeschickes nervös war. Ohne zu zögern hatte Mortimer den Vorschlag unterbreitet, eines der Luggerbeiboote in Richtung Spiekeroog zu schicken, um dort Unterstützung durch gute Verbündete anzufordern. Nähere Erklärungen wollte Hopkins dazu, der sich nun Louis Serrat nannte, später ausführen. Da der holländische Kommandant wegen der Panne keine Fragen stellte, war die Genehmigung, ein Lugger nach Spieeroog zu schicken, rasch erteilt worden.

Kurz darauf machte sich eines der Beiboote auf den Weg zur Jaguar. Somit war es nicht nur möglich Captain Walker in das Vorhaben einzuweihen, sondern auch die Jaguarcrew mit den acht französisch sprechenden Bootsgasten zu versehen. Dummerweise war gegenwärtig nicht ein Einziger an Bord des Schoners, der dieser Sprache mächtig war – das war für den Plan unbedingt erforderlich.

Am Tisch von Hendrik Van Deik, so war der Name des Kommandanten, hatte anschließend das Gespräch mit gegenseitigen Schuldzuweisungen, wegen des dummen Zwischenfalls, seinen Anfang genommen. Anhand der holländischen Seekarte, die ausgebreitet auf dem Tisch lag und die fälschlicherweise größere Tiefen vorgab, konnte man der holländischen Schiffsführung keine große Schuld vorwerfen. Es war aber nicht ersichtlich, dass die derzeitigen Ankerplätze der Lugger neben dem eigentlichen Fahrwasser, also ein wenig abseits vom ursprünglichen Standort, lagen. Aber nach einer Weile und nach ein paar Gläsern importierten Rum aus den holländische Kolonien Westindiens, lockerte die Stimmung etwas auf.

Nachdem der Steward die Krüge nachgeschenkt hatte, lenkte Van Deik das Gespräch auf die kostbare Fracht der Lugger. „Wie sieht es mit eurer Ladung aus, Monsieurs? Alles in bester Ordnung?"

„Natürlich, Monsieur Van Deik! Kein Grund zur Sorge."

„Wann nehmen wir die Kisten an Bord?", wollte der Erste Offizier der Alkmaar, Jan Hendrik war sein Name, wissen. Die Ungeduld stand ihm förmlich ins hohlwangige Gesicht geschrieben.

Hopkins war einer Antwort nicht verlegen: „Solange Euer schönes Schiff im Schlick festsitzt, Monsieurs, befürchte ich, dass es ein zu großes Risiko wäre, die wertvolle Fracht auf die Alkmaar zu verladen. Ich hoffe auf Verständnis!" Eindringlich ließ er seinen Blick von einem Holländer zum anderen schweifen.

„Ich stimme mit Ihnen überein, Monsieur Serrat!", meinte Van Deik. „Im Moment haben wir ganz andere Sorgen. Jetzt müssen wir erst einmal aus dem Schlamassel raus, in dem wir jetzt sitzen!"

Hopkins hielt nun den Augenblick für gekommen, Mortimers kühnen Vorschlag einzubringen. „Sie meinen wohl den Schlick, Monsieur Van Deik! Und je länger die Alkmaar darin liegt, desto schwerer kommt sie wieder frei. Aber Sie haben Recht, Monsieur. Das Problem müssen wir zuerst angehen. Warum nicht das Unangenehme mit dem Nützlichen verbinden? Darf ich Ihnen einen Vorschlag unterbreiten?"

In den Augen des Kommandanten blitzte Hoffnung auf. „Nur zu, Monsieur Serrat."

Hopkins zog seinen Joker aus dem Ärmel. Vorsichtig begann er seinen Plan in die Tat umzusetzen. „Monsieurs! Wie Sie sicher gehört haben, war es zurzeit zu riskant die Gelder auf dem Landweg zu transportieren. Man spricht davon, dass es in einigen Kreisen Verräter gibt. Der Plan, unsere Lugger einzusetzen, hat sich bisher bewährt. Kein Engländer hat sich in den Wattengewässern zwischen den Inseln und dem nahen Festland gezeigt. Trotzdem wollten wir sicher gehen. Aus diesem Grund patrouilliert ein drittes Schiff auf der See. Es handelt sich um einen schnellen Toppsegelschoner, den unsere Landsmänner englischen Freibeutern abgenommen hatten. Das Schiff trägt noch seinen ursprünglichen Namen Jaguar, was für den vorgesehenen Zweck durchaus von Vorteil sein kann. Jedenfalls ist das Schiff der Blockadebrecher schlechthin. Als solcher wird der Schoner nach Abschluss der Mission dringend gebraucht werden."

Neugierig hörten die Holländer Hopkins zu. Mortimer beaufsichtigte mittlerweile unauffällig Robesville, der innerlich mit sich zu kämpfen hatte, sich dennoch im Hintergrund hielt. Jedenfalls machte er keine Anstalten die Sache zu vermasseln. Auch Robert Albrecht und Melvin Mortimer, die als Quentin Saulnier und Marcel de Buffon auftraten, hielten sich zurück.

Der Köder war gelegt. Dann fuhr Hopkins, dreist wie er war, fort: „Bei der Besatzung der Jaguar handelt es sich allerdings nicht um Männer der französischen Marine, Monsieurs." Gekonnt setzte der gerissene Agent eine Pause. Dabei beobachtete er eher beifällig die neugierig gewordenen Mienen.

„Sondern?", fragten Kommandant und der Erster der Alkmaar wie aus einem Munde.

„Es handelt sich um französische Korsaren."

„Korsaren?", fragte der Erste verblüfft und fügte in einem verächtlichen Unterton hinzu: „Dann könnt Ihr von Glück reden, dass Ihr von den Kerlen nicht ausgeraubt worden seid!"

„So ist es", entfuhr es Robesville. Unauffällig griff Mortimer nach seiner Pistole, so dass nur der Franzose die eindeutige Drohung wahrnehmen konnte.

Vorsichtig geworden und beschwichtigend fuhr Robesville fort: „Nun… hm… ich meinte, man kann ja nie wissen. Deshalb haben wir denen auch nichts von unserer Ladung erzählt. Die Korsaren werden nur bezahlt, um auf uns aufzupassen. Ein reguläres Kriegsschiff wäre uns auch lieber gewesen."

Die Holländer nickten verständnisvoll. Van Deik begriff: „Die Unterstützung von der Sie sprachen, Monsieur Serrat. Nach denen haben Sie also Ihr Beiboot geschickt?"

„So ist es."

„Und wie können die uns helfen? Worin liegt der Nutzen, Monsieur?", wollte der vorlaute Erste wissen.

Hopkins fuhr mit seinen raffinierten Erklärungen fort: „Die Flaute wird hoffentlich nicht auf Dauer anhalten. Und falls doch, dann wird der Kaperkapitän sein Schiff mit seinen Kuttern hierher schleppen lassen."

„Und dann? Ich hatte eigentlich vor, weiteren Ballast auf die Lugger zu verteilen."

„Natürlich! Diese Idee ist naheliegend", meinte Albrecht scheinbar zustimmend und griff nach seinem Krug.

Hopkins setzte wieder ein, denn der Köder musste vollends geschluckt werden. Vorsichtig sah er sich die Holländer an, dann fuhr er fort: „Ich sprach auch von Nutzen, Monsieurs. Und dazu müssen wir Sie um Ihr Verständnis, Ihr Vertrauen, aber auch um Ihre Unterstützung als Verbündete Frankreichs bitten. Ich habe leider keine Papiere mit entsprechenden

Ordern. Die Sache ist zu geheim." Jetzt war es Hopkins, der sein Gesicht kurz hinter seinem Krug versteckte. Schließlich durfte er seine Nervosität keinesfalls zeigen.

„Um was geht es, Monsieur Serrat?", fragte Van Deik, dessen Neugierde aufs Äußerste gespannt war.

„Nun… die Jaguar ist ein phantastisches Schiff, aber…"

„Aber?"

„… ihre Bewaffnung ist spärlich. Genau genommen handelt es sich lediglich um eine bessere Defensivbewaffnung. Sie ist unzureichend für den geplanten Einsatz. Wenn Ihr bereit wärt, den Korsaren mit ein paar Karronaden auszuhelfen, dann wäre beiden Seiten geholfen. Spätestens bis zum nächsten Hochwasser – das ist heute um drei Uhr – ist die Alkmaar wieder frei. Mit jedem Geschütz ist euer Schiff dann beinahe eine Tonne leichter. Und Frankreich wäre mit einem gut bewaffneten Blockadebrecher geholfen. Vielleicht könnte man den größten Teil des Ballastes unangetastet lassen."

Tatsächlich nickten die Holländer. Dass Robesville innerlich kochte war ihnen zum Glück nicht aufgefallen.

Dann legte Mortimer, der Urheber des wahnwitzigen Plans, eine Schippe drauf: „Und wenn das nicht reicht, könnten mindestens 100 eurer Leute auf die Lugger verschifft werden, bis die Alkmaar wieder im tiefen Wasser liegt. Damit würde das Schiff nochmals um sieben Tonnen leichter werden."

Nach einer weiteren Runde Rum willigte Van Deik ein. „Einverstanden! Dann hoffe ich, dass euer Beiboot die Korsarenbande aufspürt und, dass der Schoner rechtzeitig vor dem nächsten Hochwasser eintrifft. Zum Wohl, Monsieurs!"

„Auf unsere Verbündeten!"

Entweder hatte sich der Kommandant der Alkmaar mit der misslichen Lage seines Schiffes abgefunden, oder sein Stimmungswandel hatte etwas mit dem gezechten Rum zu tun. Jedenfalls sprach Van Deik die allgemeine Lage in Europa an. Theatralisch ließ er seinen Blick über die Anwesenden schweifen, dann sagte er: „Monsieurs, jetzt kommen wir zu einem anderen Thema: Die derzeitige Lage in unseren Ländern. Es ist noch ein weiter Weg, bis unser allseits bewunderter Napoleon Bonaparte die europäischen Länder vereinigt und reformiert hat …"

Van Deik schien es gelegen eine Diskussion einzuleiten. Dabei wollte er klarstellen, welche Rolle Holland als Verbündeter Frankreichs zu spielen hatte. Währenddessen wurde Hopkins innerlich immer unruhiger, denn es wurde für ihn zunehmend schwieriger das Thema, auf die für ihn so überaus wichtigen Depeschen zu lenken. Als es ihm dann gelungen war, die Geheimpapiere unauffällig ins Gespräch zu bringen, war Robesville blass geworden. Die Befürchtung der drei Männer, dass Robesville als einziger echter Franzose, in letzter Minute alles vermasseln konnte, war ins Unermessliche gestiegen. Doch vermutlich war Robesvilles Angst um seine gefangenen Landsleute noch größer, denn der hatte sich Mühe gegeben, sich nichts anmerken zu lassen.

„Capitaine Serrat, Capitaine Robesville, Monsieur… ". Der Kommandant der Alkmaar leitete die Verabschiedung seine Besucher ein. Für Hopkins war nun die letzte Chance gekommen, um einen Vorstoß zu riskieren. „Monsieur Van Deik, denken Sie bitte daran, dass Ihr Schiff bewegungslos im Schlick feststeckt. Ich bitte Sie eindringlichst, kein unnötiges Risiko wegen der Depeschen eingehen. Der Korsarenkapitän hat mir von zwei britischen Schiffen vor Borkum berichtet, denen er aber mit seinem Schoner mühelos davongesegelt ist. Und falls der Wind wieder einsetzt, dann…"

Van Deik machte große Augen, sein Gesicht lief rot an und es war nicht schwer zu erkennen, dass er erzürnt war. „Und das sagen Sie mir erst jetzt, Monsieur Serrat? Warum haben Sie das denn nicht vorher gesagt?"

„Ich bitte Sie um pardon, Monsieur le Capitaine, aber mit Ihrem aufgelaufenen Schiff haben Sie genug Sorgen. Ich wollte Ihnen nicht noch mehr Kopfschmerzen bereiten."

„Falls der Wind wieder bläst und wirklich ein verdammter Engländer auftauchen sollte, dann haben Sie ebenso Probleme, nicht wahr?", meinte der Erste Offizier mit arroganten Ton.

Albrecht wirkte äußerst überzeugend und selbstsicher, als er meinte: „Aber nicht doch! Unsere Lugger können uns schnell in die Jade zurückziehen. Und dort sind wir im Schutze der Küstenbatterien. Machen Sie sich um uns keine Sorgen, meine Herren."

Van Deik setzte eine väterliche Miene auf und sagte: „Monsieurs, als Kommandant der Alkmaar bleibe ich an Bord meines Schiffes. Das ist meine Pflicht! Aber Ihr Vorschlag, Monsieur Hopkins, ist verlockend. Ich übertrage meinem Ersten die volle Verantwortung für die Depeschen und andere wichtige Papiere." Van Deik wandte sich zu seinem Ersten Offizier. „Und Sie, Monsieur Hendrik, nehmen sich zum Schutz bewaffnete Männer mit und machen die Barkasse voll. Mit der Kasse setzen Sie zum Schiff der Provence über. Damit sind die Papiere in Sicherheit und gleichzeitig fangen wir mit dem Teiltransfer der Besatzung an."

Mortimer ließ vorsichtig den Blick zu allen Beteiligten schweifen. Dem durchtriebenen Geheimagenten war nicht das Geringste anzumerken. Albrecht hatte trotz der Kälte eine Schweißperle auf der Stirn, Robesville war totenblass und Van Deik machte einen erleichterten Eindruck. Nur Hendrik wirkte verhalten, legte aber glücklicherweise keine Gegenargumente vor.

Eine Stunde später kehrte die dreiste Bande mit Robesville als Geisel auf die Lugger zurück.

Ungeduldig beobachtete Captain Walker wie sich das Luggerbeiboot der Jaguar näherte. Die Riemen bewegten sich synchron und in gleichmäßigem Takt. Endlich! Welche Nachricht auch immer die Bootscrew überbringen würde, die Zeit des untätigen Wartens war hoffentlich vorüber. Die Tatenlosigkeit, zu der sich Walker verurteilt fühlte, zerrte an seinen Nerven. Bald darauf machte das Boot mit den Männern in französischen Marineuniformen an der Großrüste des Schoners fest.

„Ahoi, Capt'n! Eine Bande Froschfresser wünscht an Bord der Jaguar zu kommen!", scherzte Ernest Collins, er war der Bootssteuerer. Er war erst vierundzwanzig, einer der besten Matrosen und hatte den Vorsatz wenigstens Bootsmann zu werden.

„Nur zu! Lasst mich nicht verteufelt lange auf heißen Kohlen sitzen, sonst werde ich zum Berserker!", fauchte Walker mit verschmitzter Miene.

„Aye aye, Capt'n! Nur noch eine Sekunde!" Dann griff er nach den Rüsteisen und zog sich geschickt daran hoch. Nach einem gewandten Sprung übers Schanzkleid stand er vor seinem Kommandanten. „Hier bin ich Capt'n! Mit besten Grüßen von unserem Zweiten und von diesem Hopkins soll ich auch einige Dingen ausrichten, Sir!"

„Dann schieß endlich los!"

Collins gab sich alle Mühe mit wenigen Worten von den Geschehnissen und von Mortimers kühner Idee zu berichten.

Walker staunte nicht schlecht. Der Plan gefiel ihm. Trotzdem hatte er Bedenken. „Du sagst, dass die beiden Kerle die Absicht hatten, dem holländischen Kommandanten den Vorschlag zu unterbreiten, vorübergehend ihre Geschütze an uns zu übergeben?"

„Ja, Capt'n! Das war ihr Vorhaben. Sie konnten aber nicht ausschließen, dass wir eine Menge Ballast abbekommen, aber ansonsten wirkten sie äußerst zuversichtlich."

„Das heißt, wir hätten damit nicht nur die Möglichkeit die Bewaffnung der Jaguar zu komplettieren, sondern auch die Korvette zu kapern?"

„Ja, Sir!"

„Wir sollen also noch vor dem nächsten Hochwasser neben der Alkmaar liegen. Und das bei dieser Flaute. Uns bleibt im Moment nichts anderes übrig, als unsere Kutter und das Beiboot zum Schleppen einzusetzen."

Collins nickte. „Auch das hat man in Erwägung gezogen."

„Es scheint so, als hätten die guten Leute an alles gedacht. Wenn wir sofort damit anfangen, sollte es leicht zu schaffen sein, bis zwei Uhr nachts in der Nähe der Alkmaar zu sein. Es sind ungefähr sechs Seemeilen. Aber woher sollen wir wissen, ob es unseren Männern gelingen wird, den Holländern den Bären aufzubinden? Fallen die wirklich auf einen so plumpen Trick herein? Was ist, wenn die riechen, dass der Braten vergiftet ist? Sag es mir, Collins!"

„Auch daran hat dieser Hopkins gedacht, Capt'n! Der Engländer muss ein gewiefter Hund sein. Er sagte, wenn er es schafft, die Holländer reinzulegen, dann lässt er auf der Alkmaar drei Laternen übereinander setzen. Nämlich auf der Seite, wo die Jaguar festmachen soll."

„Und wenn nicht? Was dann?"

„Dann bin ich froh, dass ich nicht der Kommandant der Jaguar bin. Wenn Sie mir gestatten, das zu sagen, Capt'n?"

„Fahr zur Hölle, Collins!", fuhr Walker den Vollmatrosen mit einem schelmischen Lächeln an. Sicherlich war Collins schlau genug, um alles richtig verstanden zu haben. Natürlich wäre es Walker lieber gewesen, wenn er sich ein eigenes Bild von der Lage hätte machen können. Nun war er darauf angewiesen, dass die Betreffenden des improvisierten Plans an jede Variante des möglichen Scheiterns gedacht hatten. Eine Frage war aber noch offen: „Und was ist mit den Depeschen, die Hopkins ergattern will?"

Collins zuckte mit den Achseln und schüttelte verneinend den Kopf: „Hopkins schien sich seiner Sache nicht mehr sicher zu sein, Capt'n. Er würde alles versuchen, sagte er. Jedenfalls müsse mit allen Mitteln verhindert werden, dass die Depeschen an ihrem Ziel ankommen."

Das hörte sich für Walker nicht sehr überzeugend an, jedoch war es für eine Enttäuschung noch zu früh. Trotzdem zweifelte er langsam an dem Vorhaben.

Mit einem hohlen Blick wandte er sich wieder an Collins: „Ich wollte, ich wäre mit an Bord der Alkmaar gewesen. Jetzt bin ich auf dich angewiesen, Ernest. Was sagt dir dein verdammtes Gefühl?"

„Darf ich Sie an Ihr eigenes Motto erinnern, Capt'n? Das hat sich schon oft bewährt." Selbstbewusst blickte Collins seinem Kommandanten in die Augen.

„Und das heißt?"

„Frechheit siegt, Sir!"

„Dann packen wir's an!"


Erst als das letzte Tageslicht verschwunden war, verließ die Jaguar im Schlepp von drei Booten ihren Liegeplatz, der dem Schoner wenigstens ein bisschen Sichtschutz gewährt hatte. Wegen der derzeitigen Ebbe und des flachen Watts im Süden von Spiekeroog war es notwendig gewesen, die Insel im Norden zu umrunden.

Tatsächlich wehte ein zartes Lüftchen, welches aber kaum mehr als ein Beaufort vorzuweisen hatte. Und so war es ein mühsamer Schlepp. Aber wenigstens war unter den widrigen Umständen mit keinen unerwünschten Segeln am Horizont zu rechnen.

Ganz wohl hatte sich Walker während des Ankerns nicht gefühlt. Wäre die Jaguar auf sich gestellt gewesen – und das war üblicherweise der Fall

– dann wäre er mit seinem Schiff nicht zwischen den flachen Inseln geblieben. Aber im Sinne der Zusammenarbeit mit den anderen, war dies unumgänglich. Immerhin war er bereit gewesen, schon beim leisesten Hauch von Wind auf und davon zu kreuzen. Das war zum Glück nicht notwendig gewesen. Stattdessen hatte es sich das Warten auf Nachrichten gelohnt – zumindest sah es ganz danach aus.

„Da liegt sie", flüsterte Walker dem neben ihm stehenden Ohlsted und Bolton zu.

„Und da hängen backbords tatsächlich drei Laternen übereinander!", meinte der Erste.

„Das kann doch nicht wahr sein! Ich glaube es einfach nicht", entgegnete Ohlsted verblüfft.

Die drei standen neben dem Bugspriet und betrachteten die Alkmaar, die mittlerweile mit einer Krängung im Schlick lag – auf die steigende Flut und auf die französischen Korsaren wartend. Im Mondlicht wirkte die Szene gespenstisch. Auf der einen Seite war die aufgelaufene Korvette, auf der anderen Seite die zwei gekaperten Lugger und nun kam der Schoner in das Spiel. Vielleicht war genau jenes friedliche Bild, das Walker kalte Schauer über den Rücken laufen ließ, so trügerisch im Aussehen.

Die Stille der Nacht wurde durch die gleichmäßigen Schläge der Riemen durchbrochen, welche auf drei Booten unermüdlich im Takt ins Wasser tauchten. Sie wurden kräftigen Seeleuten, die seit Stunden schufteten, um ihren Schoner zum Einsatzort zu schleppen, bewegt.

„Wir gehen zunächst neben dem ersten Lugger längsseits und holen uns weitere Informationen! Wer weiß, wie die aktuelle Lage ist!", rief Walker nach vorne.

„Aye Capt'n! Zum ersten Lugger!", bestätigte der Bootssteuerer von einem der schleppenden Kutter.

Aber noch bevor sie auf Sprechweite nah genug waren, bemerkte Walker im Mondlicht wie Mortimer und Hopkins eifrig winkten und dabei eindeutig zur Alkmaar deuteten. Sie zeigten auf das neben der Provence liegende Beiboot. Dabei wurde irgendetwas auf Französisch gebrüllt. Er kapierte sofort. Was auch immer auf dem Lugger los war, das Beiboot stammte vermutlich von der Alkmaar, Englisch durfte auf keinen Fall gesprochen werden. Walker gab den Männern in den Booten so leise wie möglich den Befehl ruhig zu sein und deutete zur niederländischen Korvette.

Im Dunkeln konnte Walker anhand der Reaktion von Hopkins und Mortimer erahnen, dass alles in Ordnung war, dennoch konnte es für das geplante Vorhaben entscheidend sein, an die neusten Informationen zu kommen. Deshalb erteilte Walker den Männer im dritten Boot den Befehl, sich von der Schleppleine zu lösen, um neben dem Lugger festzumachen. Dann sollten entweder Mortimer oder Hopkins an Bord der Jaguar gebracht werden. Währenddessen setzte der Schleppzug langsam die restliche Strecke zu dem aufgelaufenen Schiff fort. Die Spannung stieg, denn es wurde langsam ernster.

Vorsichtig und unter ständigen Lotungen näherte sich der Toppsegelschoner im Schlepp seiner Beiboote der Alkmaar. Das Luggerbeiboot, das mittlerweile wieder aufgeholt hatte, schor neben der Jaguar längsseits. Es war Mortimer, der hurtig auf das Deck des Schoners kam und stolz seinen Kommandanten angrinste, bevor er Meldung erteilte.

„Ich habe Respekt, Mister Mortimer! Dann scheint also alles nach Plan zu laufen und wir können unser Schiff mit ein paar zusätzlichen Geschützen versehen. Und was ist mit den Depeschen?"

„Sie werden es nicht glauben, Capt'n, aber wir haben einige Dutzend Holländer an Bord der Provence und darunter ist auch der Erste Offizier. Dem wurden die Papiere anvertraut. Die Holländer sind inzwischen ziemlich lustig, denn wir füllen sie gerade mit französischem Wein ab. Hopkins wartet auf eine günstigste Gelegenheit, damit unsere Gäste überrumpelt und zu Gefangenen werden."

„Das läuft ja besser, als man erwarten konnte. Mal seh'n ob wir auch so bequem an unsere Karronaden kommen. Sie sagen, dass wir französische Korsaren mimen sollen und, dass die Übergabe der Geschütze vorbereitet wurde?"

„So ist es, Capt'n! Ich bin gespannt, wie es laufen wird!"

Es hörte sich alles sehr spielerisch an. Trotzdem ließ sich Walker seine letzten Zweifel durch den Kopf gehen, denn nachher würde keine Zeit zum Grübeln bleiben. Konnte der verrückte Plan wirklich so mühelos funktionieren? Oder hatten die Holländer die Lunte schon längst bemerkt und warteten nur darauf, die Falle auszulösen? Denn bei der Übermacht, welche die Besatzung der Alkmaar gegenüber seiner Jaguar hatte, sollte es für diese keine Schwierigkeit sein, den Schoner zu entern. Es drohte die Gefahr, dass sein Schiff von den Holländern in Stückchen geschossen wurde.

Dennoch verspürte Walker keine Angst. In Wirklichkeit war er begierig auf das wahnwitzige Abenteuer und es fehlte ihm nicht an Zuversicht. Dass er sich vor einer Mission dermaßen den Kopf zerbrach, war längst zur Gewohnheit geworden. Vor jedem Kampf, vor jedem Gefecht empfand Walker es als seine Pflicht, auf der Hut zu sein, um mit allen Eventualitäten rechnen zu können. Schließlich würde später nur noch Zeit zum Handeln verbleiben.

Mittlerweile wurde die Jaguar, nun mit dem Heck voraus, zur Alkmaar geschleppt. Der Bug des Schoners sollte aus taktischen Gründen zum tieferem Gewässer ausgerichtet sein und somit in die entgegengesetzte

Richtung zeigen. Inzwischen dauerte es keine Stunde mehr, dann war Hochwasser.

Als der Toppsegelschoner kurz darauf vertäut neben der Korvette lag, verlief alles wie am Schnürchen. Die Holländer hatten zuvor all jene Taljen angeschlagen, welche sonst zum Aussetzen der Barkasse, die ihren Platz auf dem Großdeck hatte, benötigt wurden. Auch die ersten Karronaden waren zur Übergabe vorbereitet worden und standen bereit, um von der angeschlagenen Taljen hochgehievt zu werden. Glücklicherweise gaben die Gezeiten den Takt an, so dass keine Zeit zum Trödeln übrig blieb. Denn das würde das Risiko der Aktion in die Höhe treiben.

Walkers größte Sorge war, dass vor der Übergabe der Geschütze noch lange mit der holländischen Schiffsführung diskutiert werden musste. Doch nun war die Zeit so knapp, dass für längere Gespräche nichts übrig blieb, denn schon bald wäre die Flut bei ihrem Höchststand und bis dahin wollten die Holländer ihr Schiff freibekommen haben. Da jedes aufkommende Misstrauen unbedingt vermieden werden musste, tat man auf der Jaguar alles, um den Anschein zu wahren, dass man aus reiner Hilfsbereitschaft die Mühe gerne auf sich nahm.

Walker hätte sich, wenn Mortimer nicht an Bord gewesen wäre, schon Sorgen gemacht, weil er kein Französisch sprach. So ließ er sich aber von seinem Zweiten vertreten und hatte sich zur Sicherheit auch einen Mann ausgeschaut, der im Bedarfsfall den Korsarenkapitän mimen sollte, um als Ansprechpartner für den Kommandanten der Alkmaar zur Verfügung zu stehen. Zum Glück war kein großes Palaver notwendig geworden. Der holländische Kommandant hatte von oben nur einen Gruß von sich gegeben, dann war er wieder verschwunden. Walker vermutete, dass für den Holländer ein Korsar unter der Würde eines ehrbaren Korvettenkommandanten war. Jetzt fühlte sich Walker sichtlich erleichtert.

Nacheinander schwebte eine Karronade nach der anderen aufs Deck des Schoners. Die Besatzungen beider Schiffe schufteten wie die Ochsen. An Deck der Jaguar wurde kaum ein Wort gewechselt, und wenn doch, dann ausschließlich auf Französisch. Jedes Gespräch, insbesondere auf Englisch, war strikt untersagt worden.

Quietschende Blöcke und ein klägliches Ächzen im Rigg der Alkmaar kündigten das vierte Geschütz an, das gerade angeschwebt kam. Unter der einseitigen Last krängte die Alkmaar inzwischen ein wenig und das bedeutete, dass sie nicht mehr allzu fest im Schlick festsaß. Die Reduzierung des Gewichtes zeigte nun Wirkung und das ansteigende Hochwasser tat den Rest. Mit einem schmatzenden Geräusch kam Bewegung in den schweren Rumpf, der sich verzweifelt aus den zähen Klammern des Schlicks lösen wollte.

Als nun die fünfte, und damit das vorletzte Geschütz übers Schanzkleid gekrant wurde, krängte sich die Korvette plötzlich zur Seite. Denn die einseitige Last, die in ihren Taljen hing, zerrte an dem freikommenden Rumpf. Gerade war die vierte Karronade auf dem Deck des Schoners abgesetzt worden, da zogen die Toppen der Alkmaar tänzelnde Kreise am teilweise bedeckten Nachthimmel. Lautstarke Jubelschreie tosten auf dem Deck der Korvette auf. Sie war tatsächlich aufgeschwommen.

Walker blickte auf seine Taschenuhr. Es war sieben Minuten nach drei Uhr. Vor sechs Minuten war die Tiede gekentert. Noch lag die Alkmaar nicht im tieferen Fahrwasser. Die ohnehin knappe Zeit raste dahin. Soeben kamen die beiden Kutter der Alkmaar mit ein paar Männern an den Riemen zurück. Sie hatten zur Gewichtsreduzierung einen Teil ihrer Besatzung an die Lugger abgegeben. Jetzt sollten sie ein zweites Mal bemannt werden, um zusammen mit der holländischen Barkasse, die nun steuerbords neben der Korvette lag, das Mutterschiff in Schlepp zu nehmen.

Noch zwei Karronaden, dann haben wir, was wir wollen, dachte sich Walker in freudiger Erwartung.

Ein Problem gab es allerdings noch. Die Jaguar hatte nun wegen der einseitigen Beladung eine zur Alkmaar geneigte Schlagseite. So mussten zwangsläufig zwei Geschütze eine Steigung nach Steuerbord geschoben werden, um wieder in eine aufrechte Lage zu kommen und um backbords Platz für zwei weitere Karronaden zu schaffen. Doch das geneigte Deck erschwerte die Arbeit ungemein. Aber die hilfsbereiten Holländer hatten die Lage erkannt. Zwei Dutzend muskulöse Leute kamen aufs Deck des Schoners gesprungen und legten eifrig mit Hand an. Plötzlich geschah etwas Merkwürdiges. Kaum war mit vereinten Kräften die eine Karronade nach Steuerbord geschafft worden, da verließen die holländischen Matrosen wieder die Jaguar – etwas zu schnell und ließen dazu das zweite Geschütz stehen. Und dann enterten sie ihr eigenes Schiff so blitzartig, dass man meinen könnte, Beelzebub wäre persönlich hinter ihnen her. Verdutzt blickte Walker den Flüchtenden hinterher. Er ahnte Schreckliches.

Schon ging das Geschrei an Bord der Alkmaar los. Ein wüstes Durcheinander an Rufen und Getrampel folgte. Walker hatte nur ein einziges Wort verstanden, aber das machte die Situation klar.

„Engländer!"

Irgendwie hatten die Holländer mitbekommen, dass die Jaguarcrew nicht aus französischen Korsaren bestand. Doch es verblieb keine Zeit sich den Kopf zu zerbrechen. Jetzt war es an der Zeit sich aus dem Staub zu machen.

Nun musste nach dem Plan vorgegangen werden, den sich Walker aufgrund seiner Skepsis – und die beruhte auf langjähriger Erfahrung – ausgedacht hatte.

Obwohl keine Möglichkeit zum Einüben des Plans durchgeführt wurde, wusste jeder an Bord, was zu tun war. Ein paar Seeleute kappten die Festmacherleinen und andere holten blitzschnell die Leine des zuvor seitlich ausgebrachten Warpankers ein, sodass sich der Bug des Schoners unverzüglich von der Korvette weg bewegte. Eine dritte Gruppe stemmte sich schnellen Schrittes in das Tau des weit vorn ausgebrachten Ankers. So konnte die Jaguar langsam vorwärts treiben. Das ging schneller als mit Hilfe des Bratspills. Doch das Heck der Jaguar lag noch immer direkt neben dem Rumpf der Alkmaar und genau dort versuchten nun eine Unzahl von bewaffneten Holländern den Schoner zu entern. Aber nur knapp zwei Dutzend von ihnen schafften es, auf das Achterdeck des abdriftenden Schoners zu springen. Die Verhältnisse hatten sich urplötzlich geändert. Nun war die Crew der Jaguar in der Defensive, nun mussten sie ihr Schiff verteidigen.

Captain Walker riss seinen Degen aus dem Gürtel und parierte in der gleichen Sekunde den Angriff eines stämmig gebauten Holländers. Er musste seine ganze Technik gegen die Kraft seines Gegners einsetzen. Trotzdem konnte er einen kurzen Blick auf Bolton werfen, der mit seinem Degen gleichzeitig zwei Holländer abwehren musste. Darüber hinaus tobten noch mehrere Zweikämpfe im Bereich des Achterschiffs, wobei die Anzahl der verteidigenden Jaguars mit jeder Sekunde zunahm. Das Säbelgeklirr durchdrang die Nacht und einzelne Schüsse krachten.

Gerade wollte Walker einen zweiten Angreifer mit seiner doppelläufigen Pistole abwehren, als die Holländer erkannten, dass sie keine weitere Unterstützung erhielten. Die Lücke zwischen beiden Schiffen hatte bereits eine Breite von über zehn Metern eingenommen. Eine der letzten Karronaden, welche immer noch zur Übergabe an ihrem Geschirr gehangen hatte, platschte nun an ihrer ausrauschenden Talje ins schwarze Meer und hinterließ eine prächtige Fontäne. In der Hektik war den Männern an Bord der Alkmaar ein Missgeschick geschehen. Panisch suchten nun die Enterer, die sich ihrer Chancenlosigkeit bewusst wurden, ihr Heil in der Flucht.

Walker zog gerade den Abzug seiner Pistole, als er feststellte, dass sich sein zweiter Angreifer auf und davon machen wollte. Im Bruchteil einer Sekunde zog er den Lauf seiner Pistole nach oben, denn es war nicht mehr notwendig den Mann zu töten. Doch der Schuss krachte bereits auf und eine Feuerzunge zischte aus dem Lauf der Pistole. Und schon schrie der getroffene Holländer vor Schmerzen auf. Mit einem Streifschuss in der Schulter hechtete der Verwundete mit einem kühnen Sprung über das Schanzkleid des Schoners. Die anderen vermeintlichen Eroberer versuchten es ihm nachzutun.

„Verschont sie!", brüllte Walker seinen Männern zu.

Ein Holländer nach dem anderen sprang ins kalte Wasser. Aber nun lieferten sich die Musketen ein Kreuzfeuer. Zwar waren alle Waffen an Bord der Jaguar in kluger Voraussicht geladen worden, doch inzwischen hatte die von der Anzahl weit überlegene Besatzung der Korvette eine Menge an geladenen Waffen zur Verfügung.

Beide Seiten erzielten Treffer, auf beiden Schiffen brachen Männer tot oder verwundet zusammen. Walker sah das Entsetzen in den Augen von Joshua Bernstein, der gerade eine Kugel direkt in die Kehle bekommen hatte. Ein grässliches Gurgeln war das letzte Geräusch, was der sterbende Matrose von sich geben konnte, bevor er tot auf das Deck stürzte. Walker sah einen kurzen Augenblick zu ihm hinab, dann bellten die Drehbassen der Jaguar auf und beharkten das Deck der Alkmaar mit Schrapnells.

Die grauenhaften Schreie von Verwundeten und Sterbenden waren die Antwort darauf, aber Walker hatte keine Zeit, sich mit der Wirkung der Waffen, die auf der kurzen Distanz viel Schreckliches anrichten konnten, zu befassen. Nun musste er sich der Frage stellen, wann die tödlichen Geschütze der Korvette antworten würden, um aus seinem Schiff Kleinholz zu machen. Schon vorher war das laute Rollen der zu ladenden Geschütze zu hören gewesen.

Doch die Frage des Stückmeisters riss Walker aus seinen Gedanken: „Was ist mit den 12-Pfündern, Capt'n?"

Walker erinnerte sich daran, diese Frage schon einmal gehört zu haben. War das vor wenigen Sekunden gewesen oder vor Minuten? Obwohl es ihm zuwider war, musste er zum Wohle der Mannschaft und des Schiffes den entsprechenden Befehl erteilen: „Feuer frei, Watson!"

Dann schrien die vier 12-Pfünder auf der Backbordseite im Stakkato auf, wobei nur die zwei im Bereich des Achterdecks stehenden Kanonen ihre Ladung mit all ihrer Wucht in den Rumpf der Korvette schmettern konnten. Die beiden vorderen Geschosse schossen nutzlos vor den Bug der Alkmaar vorbei, denn die beiden Gegner lagen schon längst nicht mehr nebeneinander. Wie groß die Wirkung der beiden Volltreffer wirklich war, konnte nur erahnt werden, denn bei den 12-Pfünderkugeln handelte es sich um ein verhältnismäßig geringes Kaliber. Allerdings war die Distanz zum Gegner so minimal gewesen, dass die massiven Planken der Alkmaar eingeknickt oder auch durchschlagen werden konnten.

Aufgrund der leichten Schlagseite, die der Schoner wegen der ungleichmäßigen Lastenverteilung auf Deck hatte, waren die Treffer zu allem Überfluss im Bereich der Wasserlinie erzielt worden. Falls die Holländer Wassereinbrüche zu beklagen hatten, musste auf der Korvette ein verzweifelter Kampf geführt werden. Eine Niederlage konnte sich die Besatzung nicht leisten, denn dann würde ihr soeben freigekommenes Schiff bald wieder im Schlick festsitzen. Zu allem Überfluss kündigte starker Rauch, der senkrecht über der Alkmaar aufstieg, ein ausgebrochenes Feuer an.

Mittlerweile schlich der Schoner, an seinem langen Ankertau gezogen, im toten Winkel der Korvettenbreitseite davon.

Später, als die Jaguar, im sicheren Abstand zur Korvette, neben der Bretagne ihren Anker geworfen hatte, wandte sich Ohlsted an Walker und fragte: „Capt'n? Warum nutzen Sie nicht die Gelegenheit, die manövrierunfähige Alkmaar in Grund und Boden zu schießen?"

Walker schüttelte energisch den Kopf. „Nein, Mister Ohlsted. Ich wiederhole mich nicht gerne, aber ich sagte bereits, dass dies nicht unser Krieg ist. Es ist schon genug geschehen. Wir hatten Robesville versprochen, die Holländer ebenso zu verschonen wie seine Leute. Noch weiß ich nicht, warum die Holländer, die wir an Deck hatten, uns in so kurzer Zeit für vermeintliche Engländer halten konnten. Aber ich werde noch dahinterkommen. Dieser Kampf war jedenfalls nicht vorgesehen. Es reicht!"

„Sie haben Recht, Capt'n", gab Ohlsted zu, der nur an den taktischen Vorteil gedacht hatte.

Inzwischen sah es auf die Entfernung so aus, als ob die Holländer ihren verzweifelten Kampf aufgegeben hätten. Im Mondlicht sah Walker, dass die Beiboote der Alkmaar übervoll bemannt wurden. Dann entfernten sich die Boote von ihrer einst so stolzen Korvette, die wieder im Schlick festlag – dieses Mal mit einer starken Krängung.

Kurz darauf gab es eine ohrenbetäubende Explosion, die selbst den Schoner und die Lugger erschüttern ließ. Ein gewaltiger Feuerball erleuchtete das Szenario. Entweder hatte der Brand das Pulvermagazin in die Luft gesprengt, oder die Holländer hatten absichtlich eine Lunte gelegt, um zu verhindern, dass ihr Schiff in die Hände des Feindes fiel – also ihnen.

Während die Jaguar, die Bretagne und die Provence aufs Meer geschleppt wurden, wütete das Feuer auf der Alkmaar immer noch. Das laute Knistern der Flammen untermalte die Vernichtung des schönen Schiffes wie ein teuflisches Konzert. Das Lichterspiel der pulsierenden Feuerzungen, die gierig nach oben leckten, wirkte dagegen auf eine makabre Art und Weise faszinierend schön. Gebannt beobachteten sie das Zusammenbrechen des Riggs, das im gespenstische Licht des niederbrennenden Schiffes dramatisch in Szene gesetzt wurde. Und so wurde das nächtliche Watt wieder von kriegerischen Rauchschwaden bedeckt.


# Kapitel 8: Böses Blut

Mit dem Morgengrauen war mit der besser werdenden Sicht endlich wieder Wind aufgekommen. Leider kam dieser aus Nord und brachte eisige Kälte mit sich, die direkt vom Pol zu stammen schien. Für die Jaguar, die Kurs auf Helgoland nahm, war zwangsläufig das Kreuzen angesagt. Allerdings betrug die Distanz von Wangerooge bis zu der roten Felsinsel nur 23 Seemeilen, so dass die Überfahrt bei der ungünstigen Windrichtung an einem Tag leicht zu schaffen war.

Unter Deck waren über sechzig gefangen genommene Holländer. Dicht gedrängt und gut bewacht mussten die Ärmsten auf engstem Raum eine Weile ausharren, ohne die Aussicht auf Freiheit zu haben. Auf Helgoland sollten sie an die Briten übergeben werden. Genauso ging es den französischen Luggerbesatzungen, die an Bord der Ewer eingepfercht waren und denen das gleiche Schicksal drohte.

Niemals hätte sich Walker vorstellen können, unter der britischen Flagge zu segeln. Schließlich hatte er Jahre zuvor gegen die Engländer gekämpft. Und nachdem diese seine Frau und seine kleine Tochter getötet hatten, war der Hass unendlich groß gewesen. Der Krieg gegen den damaligen Feind war aber schon vor 25 Jahren beendet worden, denn Amerikas Unabhängigkeit war letztendlich von den Briten anerkannt worden.

Nun sah Walker nach oben und betrachtete mit gemischten Gefühlen den Union Jack, der fröhlich an der Großgaffel wehte. Allerdings sah er den Sinn ein. Bei dem tollkühnen Coup gegen die Alkmaar hatten die Holländer geglaubt, gegen Engländer gekämpft zu haben. Und beim Passieren von Wangerooge, welches nun im Süden langsam aus der Sicht verschwand, war die britische Flagge an der Großgaffel der Jaguar für die einheimischen Inselbewohner und für anwesende französische oder niederländische Soldaten sicherlich erkannt worden. So konnte Hopkins sich, der nun alleine auf einer der leewärtigen Kanonen saß, mit einem britischen Sieg rühmen und die Ostfriesen mussten sich keine Sorgen über eine Vergeltungsaktion der Holländer oder Franzosen machen.

Walker stand währenddessen einsam und grübelnd auf dem Achterdeck seines Schiffes. Da man vorübergehend unter dem Union Jack segelte, musste er sich keine Sorgen wegen der Kriegsschiffe machen, die eventuell am Horizont auftauchen konnten. Allerdings hatte er ein beklemmende Gefühl wegen des sinnlosen Blutvergießens, das es auf beiden Seiten gegeben hatte. Weshalb hatten die Holländer geglaubt, dass es sich bei der Jaguarbesatzung angeblich um Engländer handelte?

Dass die Crew der Jaguars in Wirklichkeit vorwiegend aus Amerikaners bestand, war in diesem Fall unbedeutend. Jemand aus seiner Besatzung musste auf Englisch gesprochen haben. Anders konnte Walker es sich nicht erklären. Er zweifelte längst daran, dass er den Schuldigen ausfindig machen konnte. Die Mannschaften hielten viel zu gut zusammen. Walker überlegte, ob es andere Ursachen für den Fehlschlag geben konnte. Vielleicht gab es an Deck verräterische Kennzeichen?

Walker schlenderte mit offenem Blick nach vorn. Nach einer kurzen Suche auf dem Oberdeck kamen seines Erachtens nur die Messingschilder mit der Aufschrift Cannonfactory Newport / R. I. in Betracht. Diese waren auf den Lafetten der 12-Pfünder aufgenagelt. Gott verdammt! Warum hatte er nicht daran gedacht? Aber es könnte in England auch ein Newport geben – oder nicht? Und dass R. I. für Rhode Island stand, wusste in der Alten Welt wohl niemand. Außerdem war es viel zu dunkel gewesen, als dass jemand die geringste Möglichkeit gehabt hätte, die Aufschrift zu lesen. Also musste sich einer von seiner Crew versehentlich in Englisch ausgedrückt haben und derjenige hatte damit sich, wie das ganze Schiff in Gefahr gebracht. Verdammter Bullshit!

Walker lenkte sein Augenmerk auf die vier erbeuteten Karronaden. Diese standen bereits vertäut an ihren vorgesehenen Plätzen vor den vom Bau vorgesehenen Stückpforten. Jedoch waren sie nicht permanent an Deck montiert. Ben Hurley, der aus Irland stammende Schiffszimmermann, hatte damit angefangen, massive, wie quadratische Podeste, sogenannte Aufklotzungen, anzufertigen. Auf denen sollten die Vorderteile der Lafettengleitblöcke drehbar gelagert werden konnten. Die Höhe der Aufklotzungen – die Originalteile waren anscheinend mit der Alkmaar niedergebrannt – mussten mit der Höhe der Blockräder, die am hinteren Ende der Gleitblöcke angebracht waren, identisch sein.

Walker sah sich die erbeuteten Geschütze an und beobachtete den Schiffszimmermann bei seiner Arbeit. „Alles wohl Ben?" Walker kannte den 48-jährigen Mann schon seit vielen Jahren.

„Natürlich, Capt'n! Tolle Dinger sind das! Die erste Aufklotzung ist bald fertig. Sie braucht natürlich noch Farbe, damit das gute Stück im Seewasser nicht verrottet."

„Ich weiß, dass du das hinkriegst, Ben! Mich ärgert nur, dass wir die zwei anderen Karronaden nicht mehr abbekommen haben."

„Aye, Capt'n! Eine davon habe ich in den Bach fallen gesehen. Wirklich schade."

Walker wollte das Gespräch abklingen lassen, um den fleißigen Mann nicht weiter von der Arbeit abzuhalten. McArthur kam aus seinem düsteren Reich, dem provisorischen Schiffslazarett, um ein wenig frische Luft zu schnappen.

Aber anstatt seinem Schiffsarzt eine Verschnaufpause zu gönnen, rief Walker nach ihm: „Hey Kevin! Willst du mir nicht Meldung erstatten? Wie steht es um deine Patienten?"

„Es hätte schlimmer kommen können. Nur gut, dass es Nacht war, denn tagsüber wären bestimmt mehrere Treffer erzielt worden. So sind es acht Verwundete, die ich schon wieder hinkriegen werde. Ein paar Kugeln musste ich schon herausoperieren. Ansonsten gibt's drei Streifschüsse, einen glatten Durchschuss bei Wilkins und ein paar Hiebwunden."

„Also keine weiteren Toten?"

„Nein. Die drei waren schon zu viel. Joshua Bernstein und Jim Rodney hat es böse erwischt. Die werden wir der See übergeben müssen. Und da ist noch der Ostfriese von Baltrum, der Mann der mit Collins im Boot gekommen war, weil er französisch sprechen konnte. Seine Leiche haben wir bereits seinen Landsleuten übergeben, man wird ihn vermutlich auf seiner Insel begraben. Sag mir James, warum ist die Mission schiefgelaufen?"

Walker führte den Schiffsarzt zu einer der Kanonen und zeigte wortlos auf den Messingbeschlag der Lafette.

„Verdammt! Das wäre eine Erklärung", meinte McArthur stirnrunzelnd. „Dennoch muss ich mich ein Weilchen aufs Ohr legen. Wenn du gestattest, Capt'n?"

„Du hast es dir redlich verdient, Kevin, aber warte noch eine Weile."

Während Walker die Kimm nach fremden Schiffen absuchte und die Segelstellung der Jaguar prüfend begutachtete, wartete der Schiffsarzt ungeduldig. Gleich darauf wusste er, warum er warten musste.

Denn nun, nachdem der Kommandant festgestellt hatte, dass der Horizont in allen Himmelsrichtungen frei von Segeln war, ließ er außer den Bewachern unter Deck, die gesamte Crew antreten. Nachdem alle versammelt waren, musste Walker seiner Pflicht nachkommen und eine Ansprache halten. Die Gefallenen mussten ehrenvoll und nach der Tradition der See übergeben werden. Dort – das war die einschlägige Meinung an Bord – gehörte ein toter Seemann, der fern der Heimat gestorben war, hin.

Nachdem die in Segeltuch eingenähten und mit Gewichten beschwerten Leichen in den Fluten versunken waren, musste zum Gedenken an die gefallenen Kameraden angestoßen werden. Dazu wurden vom Smut kleine Mengen Rum ausgeschenkt. Zwar gab es ernste und auch traurige Mienen in den Gesichtern der Besatzung, aber den Rum wollte sich keiner entgehen lassen. Zuerst wurden die Krüge zu Ehren von Joshua Bernstein, Jim Rodney und dem gefallenen Ostfriesen angehoben. Gleich darauf hieß es dann: Besanschot an!

Somit konnten die Jaguars den überwältigende Erfolg der abgeschlossenen Mission feiern.


Am Nachmittag kreuzte die Jaguar auf einen dunklen Klotz zu, der mitten im Meer stand. Je näher sich der Schoner an die einsame Insel näherte, desto deutlicher kristallisierte sich die rote Färbung, welche das steile Felsmassiv aus Buntsandstein so einzigartig machte.

„Da lebt kein einziger Mensch drauf!", meinte Mark Holland, der sich an Ohlsted gewandt hatte.

„Bursche, du täuscht dich gewaltig. Da sind sogar zwei Dörfer. Eines ist unten und ein weiteres Dorf oben auf dem flachen Plateau. Übrigens gehörte diese Insel den Dänen."

„Was heißt gehörte?", fragte Holland neugierig.

„Weil die verdammten Engländer drauf sind! Du bist ja auch einer, gell? Die Hunde haben uns Helgoland weggenommen!" Mark Holland schaute verlegen drein, sagte aber nichts. Deswegen fuhr Ohlsted unbeirrt fort: „Trotzdem kann ich als Däne immer noch dorthin segeln und sogar einträglichen Geschäften nachgehen. Und eines Tages werden wir den Briten die Insel wieder unter ihrem Arsch wegziehen."

„Glaubst du das wirklich, Sven?"

„Wirst du schon sehen, du englischer Jungspund!"

Mittlerweile hatte sich der Toppsegelschoner nahe an die rote Felsbastion, die aus der Entfernung wie eine mächtige Trutzburg gewirkt hatte, gewagt. Es lag in Walkers Absicht, Helgoland westlich zu passieren, um dann raumschots den im Osten liegenden Hafen anzulaufen. Er wollte unbedingt vermeiden in Lee, und damit in der Windabschattung des über 50 Meter hohen Felsmassives, den Hafen mühsam anzusteuern.

Während sich der Toppsegelschoner mit dicht geholten Schoten majestätisch auf Nordostkurs Helgoland näherte, hatte die Crew die Gelegenheit die Insel aus der Nähe zu inspizieren. Der Westen der Insel bot eine wilde und romantische Steilküste mit Grotten, Höhlen und Felsobelisken. Es gab einige Brandungstore, denen der Blanke Hans arg zugesetzt hatte. Das traf besonders auf die Nordwestspitze des Eilands zu, die mittlerweile dwars an Steuerbord lag und nur noch wenige Kabellängen entfernt war. Nahe vor der zerklüfteten Steilwand thronten bizarre, steinerne Bögen auf vier, von den Fluten angenagten, Säulen. Wenn das Felsmassiv wie eine Festung gewirkt hätte, dann sah das grandiose Machwerk der Natur aus, als wäre es das Eingangsportal zur Burg.

Ohlsted hatte bemerkt, wie fasziniert sein Captain das natürliche Bauwerk betrachtete. Er trat neben Walker und sagte: „Capt'n, ich will Sie nicht stören …"

„Was gibt's?"

„Die Felsformationen schauen toll aus, was?"

„Sie meinen die Torbögen? Ganz gewiss!"

„Die Halunner, so bezeichnen sich die Eingeborenen auf Friesisch, nennen das Gebilde den Hengst. Wohl deshalb, weil der Körper auf vier Beinen zu ruhen scheint."

„Dann befürchte ich, dass eines Tages die Brandung das Pferd zum Sturz bringen wird."

Walker konnte nicht ahnen, wie recht er hatte. Die Gewalten der Natur sollten aber noch beinahe fünfzig Jahre kämpfen, um das Monument zum Einsturz zu bringen.[2]

Nachdem der Hengst ein Stück achteraus lag, machte die Jaguar eine Halse, wobei der lange Baum des Großsegels im weiten Bogen

---

[2] Die Lange Anna, das Wahrzeichen von Helgoland, ist die einzige Felsnadel, die vom Hengst bis heute übrig geblieben ist.

herumschwang. Nun zeigte die Spitze des Klüverbaums auf eine dünenartige Landschaft, die von den Hallunnern einfach nur als Düne oder nach wie vor als Witte Kliff bezeichnet wurde. Vor Jahrhunderten, so sagten die Alten, soll es als Gegenstück zum roten Buntsandstein-Felsmassiv auch ein Weißes aus Muschelkalk gegeben haben, wobei beide mit einer Landzunge miteinander verbunden waren. Wie jetzt deutlich zu sehen war, hatten die Naturgewalten nicht mehr viel davon übrig gelassen.

„Fallen Anker!", brüllte Radcliff, der Bootsmann war. Die Jaguar dümpelte zwischen einer ganzen Flottille von kleineren Schiffen in der Nähe des Hafenstädtchens, das geschützt unterhalb des roten Felsens lag.

„Macht den Kutter klar!", befahl Walker einer Gruppe von Matrosen, die auf dem Achterdeck standen und zum Land glotzten, so als ob sie nichts Besseres zu tun hätten.

„Lassen Sie das lieber, Capt'n", meinte Hopkins, der an Walker herangetreten war.

„Warum, Sir? Auf welchen anderen Weg soll ich Sie an Land bringen lassen?", fragte Walker missbilligend.

„Sehen Sie das Boot, das auf Ihren Schoner zuhält?"

„Natürlich, die scheinen es ziemlich eilig zu haben", entgegnete Walker.

„Die Einheimischen haben nicht allzu viele Einnahmequellen. Heutzutage ist wegen der Kontinentalsperre mit dem Lotsen nicht mehr viel zu machen. Von England oder aus anderen Ländern kommende Schiffe werden zur Elbe und weiter bis nach Hamburg gebracht. Das war einmal ihr tägliches Geschäft. Aber mit den sogenannten Börtebooten die Leute oder Ware der ankernden Schiffe zum Städtchen zu bringen, wollen sich die Halluner für sich behalten. Die Leute wären nicht gut auf Sie zu sprechen, Sir, wenn Sie ihren Dienst ablehnen."

„Verstehe, Mister Hopkins."

Kurz darauf saß Walker zusammen mit dem britischen Geheimagenten, dem Quartermaster Robinson, sowie ein paar anderen Männern in einem der Börteboote. Albrecht, Ohlsted und einige andere setzten in einem weiteren Börteboot über. Die Strecke zum Land war nicht weit, aber die Zeit reichte, um sich ein wenig umzusehen. Im südlichen Unterland waren eine Menge bunter Fischerschuppen und daneben gab es eine ganze Reihe weißer Häuschen mit roten Dächern, die allesamt von dem roten Felsplateau überragt wurden.

Als die Männer wieder festen Boden unter den Füßen hatten, schickte Walker Robinson los, um Handelspartner zum Verkauf der Ladung, die immer noch unter Deck gestaut war, zu finden. Außerdem wollte man nicht mit leerem Bauch den Atlantik westwärts überqueren. Hopkins zeigte auf einen der großen Lagerschuppen und gab Robinson gute Ratschläge zum Ankauf diverser Waren. Schließlich war aus Helgoland ein riesiges Warenlager für Schmuggelware geworden. Kolonialwaren und anderes wurden auf der Insel Tag für Tag umgeschlagen.

Die Männer trennten sich vorübergehend und Walker schritt zusammen mit Hopkins durch verwinkelte Gassen des Städtchens. An einer Stelle, wo die rote Klippe in eine arkadenförmige Mauer überging, gab es eine parallel verlaufende hölzerne Treppe. Die zwei Männer machten sich an den Anstieg und ließen dabei die letzten Häuser hinter sich.

„Oben ist unser Hauptquartier", sagte Hopkins mit unverkennbarem Stolz.

Das hatte sich Walker beinahe gedacht, denn er sah am Kliff stattliche Häuser, die nichts mit der Bescheidenheit der Fischerhäuschen zu tun hatten. Es gab mehrstöckige Verwaltungsgebäude und sogar Villen. Ein Kirchturm durfte auch nicht fehlen.

Oben angekommen, sah er abseits des Ortes auf dem flachen, grasüberwucherten Plateau einen alten Leuchtturm. Bevor Walker dem weiter gehenden Hopkins folgte, warf er einen schnell Blick auf die See. Der Ausblick auf die vor Anker liegenden Schiffe war unglaublich.

Kurz darauf gingen die Männer auf ein Gebäude zu, das von rotberockten Soldaten bewacht wurde. Der Union Jack, der an einem Flaggenmast vor dem Eingang wehte, unterstrich die Wichtigkeit des Gebäudes. Es war das Hauptquartier des Geheimdienstes.

Der Geheimagent führte Walker in sein bescheidenes Büro und ließ von einer Sekretärin chinesischen Tee zubereiten. Währenddessen schenkte Hopkins schottischen Whisky in zwei Gläser. Nebenbei wurde ein paar Worte gewechselt.

„Gentlemen, Ihr Tee!", sagte die adrett gekleidete Angestellte, als sie den Tee servierte. „Ein bisschen Gebäck konnte ich auch noch auftreiben. Lassen Sie es sich schmecken, meine Herren!"

„Danke, Miss Dalton. Tun Sie mir einen Gefallen?"

„Gerne, Mister Hopkins. Welchen denn?"

„Stellen Sie unserem Gast einen Passierschein aus. Ausgestellt auf Captain James Walker und gültig für den Toppsegelschoner Jaguar. Gültig bis zum Ende diesen Monats. Ich werde das Papier selber unterzeichnen."

„Natürlich, Mister Hopkins. Wird sofort erledigt, Sir."

Walker stutzte ein wenig, aber da ihm gerade der Whisky gereicht wurde, musste er zuerst nach dem Glas greifen.

„Auf unseren gemeinsamen Erfolg, Capt'n!"

„Auf unsere Leute, Mister Hopkins!" Walker ließ sich erst den herben Geschmack auf der Zunge zergehen, bevor er seine Frage stellte: „Wozu der Passierschein, Sir?"

„Gegen die Franzmänner nützt Ihnen der natürlich nichts. Aber die werden Sie wohl kaum aufhalten, nicht wahr?" Hopkins grinste verschlagen. „Wenn Sie mit Ihrem Schiff der Royal Navy in die Quere kommen sollten,

115

brauchen Sie sich auf nichts einlassen. Im Bedarfsfall den Schein einfach vorzeigen. Mit diesem Papier sind Sie gegen jede unerwünschte Durchsuchung Ihres Schiffes gefeit. Leider kann ich Ihnen kein unbefristetes Dokument aushändigen, allerdings glaube ich, dass es sich als nützlich erweisen könnte."

„Vielen Dank, Mister Hopkins. Kann ich damit auch Guernsey anlaufen?"

„Guernsey? Was wollen Sie denn da?"

„Nun, George Ripleys Bruder Edwin lebt in St. Peter Port. Ich wollte Kontakt zu ihm aufnehmen."

„Mit dem Dokument wäre das durchaus möglich, Capt'n. Aber ich bitte Sie inständig, dass Sie das unterlassen."

„Inwiefern, Sir?"

„Wie gesagt, ich werde meine Bestes tun, um Ihren Freund zu retten. Natürlich kann ich keinen Eid leisten, dass es gelingt, aber der Geheimdienst hat dazu etliche Möglichkeiten. Allerdings möchte ich auf keinen Fall mit der Sache in Verbindung gebracht werden. Und da Ihr Schiff inzwischen bekannt ist und, weil Sie darüber hinaus hier mit mir gesehen wurden, wäre es zu offensichtlich. Es könnte sich später herausstellen, dass Sie auch mit Ripley in Verbindung stehen. Das Risiko kann ich mir nicht leisten. Sie verstehen?"

„Selbstverständlich! Dennoch wäre es gut, wenn der Bruder von George über den Ausgang der Geschichte informiert werden würde. Dazu braucht man einen Kontaktmann."

„Ich schau, was ich machen kann."

Hopkins griff nach dem dampfenden Tee und Walker tat es ihm gleich. Er hob die Tasse und genoss den Duft und dann den wohltuenden Geschmack. Er wusste, dass es während der nächsten Wochen auf See kein wohlschmeckendes Getränk geben würde.

Nachdem Walker sein Versprechen gegeben hatte, Guernsey nicht anzusteuern, veranlasste Hopkins die Zustellung der versprochenen Kopfgelder für die Jaguars. Dass ein paar Soldaten den Geldtransport sicher bis zum Schiff geleiten sollten, verstand sich von selbst. Dann wurden die letzten Worte gewechselt und die Hände zum Abschied gedrückt.

„Vielen Dank für Ihr erfolgreiches Intervenieren, Capt'n Walker. Machen Sie's gut und Mast und Schotbruch bei all Ihren Reisen!"

„Ich danke Ihnen, Mister Hopkins. Ich hätte mir niemals träumen lassen, je mit dem britischen Geheimdienst zu kooperieren. Alles Gute und viel Glück bei der Abschaffung der Kontinentalsperre!"

Helgoland, das bereits weit achteraus lag, war nur noch ein kleiner Punkt über dem Wasserspiegel. Im Osten lag die Halbinsel Eiderstedt, die sich momentan als flacher Streifen am Horizont offenbarte. Der Übergang vom Meer zum jütländischen Festland schien fließend ineinander überzugehen. Südlich davon war die Eidermündung. Dank des morgendlichen Hochnebels war die Sicht immer noch leicht getrübt. Rundum zeigte sich kein einziges Segel und die Jaguar wagte es noch einmal ihr Versteck bei Tönning anzulaufen. Unter vollem Zeug, mit auf Halbwind gebrassten Rahsegeln, arbeitete sich der Schoner durch die kurzen, steilen Nordseewogen.

Walkers Sorgen über seinen Freund George bestanden nach wie vor, jedoch überwog längst die Zuversicht. Der Durchbruch in den Atlantik sollte in Kürze wieder auf der Route zu den Shetlands erfolgen und nicht durch den Kanal. Mit dem Dokument von Hopkins in den Händen machte weder die klare Sicht Kopfzerbrechen, noch musste mit britischen Kriegsschiffen auf ein Versteckspiel betrieben werden.

So waren der Kommandant der Jaguar, als auch sein Quartermaster mit dem Stand der Dinge zufrieden. Robinson hatte auf der Felsinsel den restlichen Tabak aus dem Bauch des Schoners gegen einige britische Chronometer, sowie einer Anzahl nützlicher Werkzeuge eingetauscht, die demnächst auf den Antillen gegen bare Münze wieder verkauft werden sollten. Somit war der halbtägige Zwischenstopp auf Helgoland nicht überaus einträglich gewesen, hatte sich aber aus der Sicht des Quartermasters gelohnt.

Sven Ohlsted konnte sich über das erzielte Ergebnis auch nicht beklagen. Nun beobachtete er den Captain, wie der sinnierend, die Hände in die Hüften gestemmt, auf dem Achterdeck hin und her schlenderte. In einem günstigen Moment trat er an Walker heran und meinte mit echtem Bedauern: „Ich befürchte, dass dies meine letzte Fahrt auf der Jaguar sein wird, Capt'n. Sie können sich stolz schätzen, Eigner eines solchen Schiffes zu sein. Offen gesagt, ich beneide Sie."

Walker nickte verständnisvoll und sagte auf Deutsch: „Für alle von uns war es ein großer Erfolg, Herr Ohlsted. Trotzdem befürchte ich, dass sich in nächster Zeit nicht viel auf dem europäischen Kontinent ändern wird. Von einem solchen Mückenstich lässt sich ein Riese nicht aufhalten."

Ohlsted wusste, wer mit dem Riesen gemeint war. Da er Walkers Meinung nicht teilte, meinte er: „Durch viele solcher Stiche kann man einen Riesen nicht aufhalten, ihn aber langsam in eine andere Richtung drängen. Nichts für ungut, Capt'n, aber zumindest für die Jaguars hat sich die das Segeln gelohnt. Die Beute, über die Aufteilung werden wir uns sicherlich einigen, ist beträchtlich: Zwei Lugger, zwei Truhen voller Taler, eine Kiste mit wertvollen Gemälden, vier Karronaden, sowie das Kopfgeld für über 140 Gefangene."

Walker nickte. Allein der Brandereinsatz hatte knapp 100 Gefangene eingebracht. Und dann waren die Holländer auf den üblen Trick, zwei Kutterladungen an Männern an die Lugger abzugeben, um die Alkmaar leichter zu machen, hereingefallen. Dann waren sie wieder mit über 40 Gefangenen bereichert worden. Ahnungslos und kaum bewaffnet waren sie an Bord der Lugger überrumpelt worden.

Walker war für einen Wimpernschlag in seinen Gedanken versunken, dann antwortete er: „Zum Teufel, wir haben wirklich ein paar dicke Fische ins Netz gelockt. Jetzt müssen wir nur noch aufpassen, dass sie uns nicht von irgendwelchen Franzosen, Holländern oder gar von dänischen Soldaten abgenommen werden. Deswegen werden wir an der Eider nur sehr kurz bleiben. Wir müssen unser Schiff verproviantieren, Frischwasser bunkern und dann machen wir wieder uns auf die Reise."

„Wird schon gut geh'n, Capt'n."

„Geit auf die Toppsegel!", brüllte der Erste der Segelwache zu. „Schlaft nicht ein, Jungs! Die halbe Meile schafft ihr noch!"

Die Jaguar hatte nur noch ein kurzes Stück zu ihrem Versteck im Seitenarm der Eider zurückzulegen. Nun holten die Matrosen am Schonermast die Geitaue und Gordinge der Rahsegel dicht und nahmen damit den Wind aus den Toppsegeln.

Auch das nächste Kommando ließ nicht lange auf sich warten. Diesmal bellte der Bootsmann: „Klar zum Ankern!"

Bald darauf machten sich die Männer daran, den Schoner unter Mithilfe der Einheimischen zu dem versteckten Platz zwischen den zwei Windmühlen und den aufgespannten Fischernetzen zu verholen. Der Vorgang sollte naturgemäß eine Weile dauern, war aber der Jaguarcrew inzwischen nicht mehr allzu fremd wie beim ersten Mal. Allerdings wunderten sich die Männer, dass neben dem für den Schoner freigehaltenen Liegeplatz fast die Hälfte der Dithmarscher Bevölkerung stand. Seltsamerweise winkten nur ein paar Kinder dem erfolgreichen Schiff zu. Die Erwachsenen dagegen standen wie festgewachsen am Wasser und warteten. Etwas schien nicht in Ordnung zu sein.

Auch Walker hatte das bemerkt. Er wandte sich an Albrecht, der zu seiner Linken stand, und fragte: „Sollen wir wieder abdrehen? Da stimmt etwas nicht, oder?"

Albrecht verneinte. „Es sieht fast so aus. Allerdings droht uns bestimmt keine Gefahr, man hätte uns auf jeden Fall rechtzeitig gewarnt. Außerdem ist kein einziger Soldat zu sehen und für eine Flucht wäre es sowieso schon zu spät. Wir können bedenkenlos anlegen, auch wenn ich noch nicht weiß, warum die Leute sich so merkwürdig verhalten. Vielleicht ist während unserer Abwesenheit etwas vorgefallen? Wir werden's bestimmt gleich erfahren."

„Nun gut", meinte Walker mit Skepsis in der Stimme. „Mal sehen."

Jeder an Bord hatte mit mehr Begeisterung gerechnet. Schließlich war die Mission nicht leicht gewesen. Noch während der Schoner verholt wurde, zeigten die Männer im Beiboot, die sich um die Leinen kümmerten, wenig Interesse an den Unternehmungen der letzten Tage. Irgendetwas lag in der Luft.

Während Captain Walker seinen Blick über das Deck schweifen ließ, stellte er – wohl eher zufällig – bei einem der Matrosen eine verdächtige Bewegung fest. Brewster hatte in seinen beidseitig ausgebeulten und halb aufgeknüpften Wettermantel gegriffen und fingerte darin herum. Im ersten Moment hatte sich Walker nichts dabei gedacht, aber als er den Schweiß auf der Stirn seines Matrosen bemerkte, wusste er, dass mit ihm etwas nicht stimmte. So hantierte jemand, der seine Pistolen vor einem Kampf überprüfte. Aber warum? Jetzt erinnerte sich Walker, dass er Brewster im Auge behalten wollte, denn gleich nach dem Auslaufen aus Tönning, war ihm die Nervosität auch schon aufgefallen. Nun war er sich sicher, dass von dem Mann eine Gefahr ausging – obwohl er nicht den blassesten Schimmer einer Ahnung hatte, warum das so war.

„Mortimer?", flüsterte Walker seinem Zweiten Offizier zu, der in der Nähe stand.

„Capt'n?"

„Sind Sie bewaffnet?"

„Ja, warum?"

„Ich habe keine Zeit für Erklärungen. Ich glaube, Brewster hat Pistolen bei sich. Und beim Henker, mein Gefühl sagt mir, dass der damit etwas vorhat. Wir werden ihn möglichst unauffällig entwaffnen. Nehmen Sie sich einen zweiten Mann und bringen Sie Brewster in Gewahrsam."

„Aye Capt'n! Und falls er gar keine Waffen bei sich trägt?"

„Dann habe ich mich getäuscht. Trotzdem sollte man ihn auch dann noch im Auge behalten."

Walker hatte sich nicht getäuscht. Tatsächlich hatte Brewster zwei geladene Pistolen bei sich gehabt. Aber zum Glück war man ihm zuvor gekommen, diese auch zu benützen. Unklar war, warum er diese bei sich trug, denn Brewster hatte sich geweigert, eine Erklärung abzugeben. Das konnte aber warten, denn soeben hatte die Jaguar an ihrem alten Liegeplatz vor den Mühlen festgemacht.

Walkers Interesse galt der wartenden Menschenmenge. Was war vorgefallen? Wie sicher war man an diesem Ort? Seine berechtigte Neugierde drängte nach Antworten.

Während die Stelling ausgebracht wurde, wandte sich Walker wieder an Albrecht: „Versuchen Sie herauszubekommen, was los ist. Die Leute sehen nicht so aus, als wäre ihnen nach Feiern zumute. Eigentlich hatten wir uns alle einen freudigeren Empfang vorgestellt."

„Da stimme ich Ihnen zu, Capt'n. Ich sag gleich Bescheid."

Nach einem kurzen Wortwechsel mit ein paar Leuten, sprach Albrecht in leisem Ton zu Captain Walker: „Der Dorfälteste und der Bäcker wünschen an Bord zu kommen und bitten um ein Gespräch mit Ihnen."

„Der Dorfälteste … ja, natürlich! Aber warum der Bäcker?" Walker hielt kurz inne. Dann forderte er Albrecht, der als Vermittler zu fungieren hatte, auf, die beiden an Bord zu bringen, um sich gemeinsam in seine Kajüte zu begeben.

In der Kapitänskajüte war man bald zur Sache gekommen. Die beiden Besucher gaben sich größte Mühe, ein klares Deutsch zu sprechen, denn mit ihrem Platt hätte Walker größte Verständigungsprobleme gehabt.

Der Dorfälteste, der Jens Hansen hieß, hatte höfliches Interesse am Geschehen der vergangenen Tage gezeigt, machte aber deutlich, dass er sich mit dem Thema später beschäftigen wollte. Im Moment hatten die zwei Einheimischen etwas anderes auf dem Herzen, deshalb sagte er: „Wir sind Ihnen für den großartigen Erfolg, den wir ohne Ihre Hilfe nicht in diesem Maße erzielt hätten, zu großem Dank verpflichtet, Capt'n! Trotzdem kann ich es Ihnen jetzt nicht ersparen, Sie mit weniger Erfreulichem belästigen zu müssen."

„Um was geht es, Herr Hansen?", fragte Walker vorsichtig.

„Unser Bäckermeister, der Herr Marten, hat schwerste Vorwürfe gegen einen Ihrer Männer vorzubringen. Aber das soll er selber erklären."

„Dann schießen Sie los, Herr Marten", forderte Walker den Bäcker auf.

Dem war die Wut leicht anzusehen. „Astrid, meine Tochter, sollte hier an Bord jeder kennen. Sie hatte das Schiff jeden Morgen mit frischem Brot versorgt. Zum Dank dafür ist einer Ihrer Matrosen über sie hergefallen und hat sie beinahe vergewaltigt!"

Jetzt war Walker, der unschöne Dinge gewohnt war, blass geworden. „Von einem…"

Der Bäcker fiel Walker ins Wort. „Das ist nicht alles, Capt'n Walker! Beinahe wäre meine Tochter dabei gestorben. Sie wurde nach der Schandtat in der Mühle über die Brüstung gestoßen und fiel solange, bis sie auf dem Boden aufschlug. Meine Astrid ist wahrscheinlich nur noch deshalb am Leben, weil das Schwein geglaubt hatte, dass sie tot ist. Zumindest hatte ich das im ersten Augenblick gedacht, als ich meine blutende und bewusstlose Astrid in der Mühle gefunden hatte. Und das kurz nachdem ihr fortgesegelt seid. Da meine beiden Esel bereits festgebunden vor dem Stall standen, dachte ich, dass meine Tochter längst zurück wäre. Erst später, nachdem mir mein Nachbar erzählt hatte, dass er es gewesen sei, der sich um die Tiere gekümmert hatte, machte ich mich auf die Suche nach meiner Tochter."

Walker brauchte Zeit, um sich zu fassen. Er ließ den Blick von einem Mann zum anderen schweifen. Nun war ihm bewusst, warum die wartende Menschenmasse düster dreingeschaut hatte – als ob jemand gelyncht werden sollte. Er ahnte auch schon, wer der Täter sein konnte.

„Aber Ihre Tochter hat überlebt? Ist sie verletzt?"

„Ja! Sie hat mehrere Prellungen, eine Gehirnerschütterung mit einer Platzwunde am Kopf und einen gebrochenen Arm! Auf die Schande, die man ihr beinahe angetan hatte, brauche ich wohl nicht näher einzugehen, oder?"

„Nein, natürlich nicht. Ich weiß nicht, was ich dazu sagen soll. Es tut mir schrecklich leid. Weiß Ihre Tochter, wer der Übeltäter war? Ich verspreche Ihnen, dass er zur Rechenschaft gezogen wird."

„Staney, oder so etwas in der Art! Es muss ein ziemlich hässlicher Kerl sein, ein Kerl, der sie schon am Tag zuvor belästigt hatte."

„Stanley Brewster … Ich habe was geahnt", sagte Walker mit gesenktem Kopf. Die Angelegenheit war ihm peinlich. Er musste nichts weiter dazu sagen, denn der Bäcker hielt sich nicht mehr zurück: „Hängen soll das verfluchte Schwein! Und das bevor euer Schiff wieder ausläuft! Meine Astrid und ich möchten mit eigenen Augen sehen, wie ihm die Möwen die Augen auspicken."

„Langsam, langsam!", mischte sich Albrecht ein. „Ich bin auch dafür, dass der Mann eine Strafe bekommt. Aber wollen wir wirklich Lynchjustiz zulassen, Herr Hansen?"

Der schüttelte nach einer kurzen Denkpause den Kopf. „Nein, das nicht!. Aber wir werden den Schandtäter vor ein Schnellgericht stellen müssen. Und darüber möchte ich mit dem Capt'n sprechen. Wir werden eine gerechte Lösung finden. Wo steckt der Kerl überhaupt?"

Jetzt war Walker froh, dass er so aufmerksam gewesen war. Brewster, der wohl mit Schwierigkeiten gerechnet hatte, war bereits entwaffnet und eingesperrt. Nun konnte er die zugespitzte Situation ein wenig entschärfen: „Der Mann, das kann ich Ihnen versprechen, wird morgen vor einem Gericht stehen, das wir zusammen bilden werden. Über die Zusammenstellung und über das vorgesehene Strafmaß möchte ich jetzt mit dem Dorfältesten diskutieren."

Der Bäcker sprang entrüstet von seinem Stuhl auf und zischte: „Was gibt's denn da zu diskutieren? Sterben muss der! Es fragt sich nur, ob schnell oder langsam?"

„Ich verstehe Ihre Wut, Herr Marten. Aber so einfach ist das nicht", meinte Walker beschwichtigend. Dem schossen eine Menge Gedanken durch den Kopf. Gerechtigkeit zu üben war eine Sache, aber als Kommandant musste er sich mit der künftigen Moral an Bord auseinandersetzen. Eine Diskussion mit dem Vater des Opfers machte wenig Sinn, denn der hatte – aus verständlichen Gründen – nur Rache im Sinn. Deshalb wandte sich Walker an den Dorfältesten, den er für weitsichtiger hielt: „Wollen wir das nicht besser unter uns ausmachen, Herr Hansen?"

Der nickte und versuchte den Bäcker zu beruhigen: „Herr Marten, ich verspreche Ihnen, dass wir eine Lösung finden werden. Sie und Ihre Tochter werden Genugtuung bekommen. Aber überlassen Sie das besser mir, ich bitte Sie!"

Der aufgebrachte Bäcker war schwer zu überzeugen, aber letztendlich erhob er sich von seinem Stuhl.

„Herr Albrecht? Könnten sie bitte Herrn Marten von Bord bringen?"

„Natürlich, mache ich!"

Unter Protest verließ der Bäckermeister in Begleitung von Albrecht den Schoner. Dennoch machten sich Walker und Hansen unter vier Augen daran, eine Lösung unter der Voraussetzung zu finden, dass die Schuld Brewsters bewiesen werden sollte. Da das Opfer überlebt hatte, eine Tatsache, die Brewster vermutlich nicht wissen konnte, sollte die Überführung des Täters nicht das Schwierigste sein.

Größeres Kopfschmerzen bereitete Walker der Umstand, dass sich die Männer an Bord der Jaguar bewusst waren, von ihrem Kommandanten für Verstöße gegen die Bordstatuten bestraft zu werden –nicht aber für Vergehen an Land. Das war die Angelegenheit der örtlichen Gerichte. Und so etwas gab es nur unter der Obrigkeit der Dänen. Was noch schlimmer wäre, war eine Verhandlung unter der Gerichtsbarkeit der französischen Besatzungsmacht. Somit würde ein ordentliches Gericht ausscheiden.

Das Einfachste wäre es gewesen, den Delinquenten an die Einheimischen auszuliefern und seinem Schicksal zu überlassen. Nun verfluchte sich Walker dafür, Kommandant eines Schiffes zu sein, dessen Besatzung nicht aus Gesetzestreuen bestand. Diese setzten sich nicht nur bei illegalen Aktivitäten für ihn und sein Schiff ein, sondern erwarteten in einem solchen Fall, dass ihr Kommandant hinter ihnen stand und versuchte, sie aus dem Schlamassel zu holen. Nicht zum ersten Mal war es vorgekommen, dass er Besatzungsmitglieder gegen Schmiergelder aus Gefängnissen freigekauft hatte. Es war sogar schon vorgekommen, dass er seine Leute in einer Nacht und Nebelaktion aus einem Gefängnis geholt hatte. Das war ein Grund, warum seine Crew oft eisern hinter ihm stand.

Brewsters Gewaltakt passte überhaupt nicht in Walkers Bild. Das Ergebnis der gelungenen Mission war aufs Höchste gefährdet. Eigentlich hätte der errungene Erfolg als kleines Fest gefeiert werden sollen. Das war nun gründlich vermasselt worden. Außerdem waren Beute und Kopfgelder bis jetzt noch nicht gleichmäßig aufgeteilt. Auf die zwei gekaperten Lugger konnte freilich verzichtet werden, denn zum Ausgleich dafür wollte Walker die vier 18-Pfünder-Karronaden behalten. Auch die Zuteilung der kostbaren Gemälde war noch nicht endgültig geregelt.

Sollte eine faire Aufteilung der Beute gefährdet werden, nur weil man sich schützend vor einen Bastard stellte, der junge Frauen vergewaltigen und umbringen wollte? Sollte man sich deswegen die Verbündeten zu Feinde machen? Nein, auf keinen Fall! Aber hier ging es um die Todesstrafe.

Wie würde es sich auf die künftige Moral an Bord auswirken, wenn man ein Besatzungsmitglied der Lynchjustiz überließe, ohne einen Finger zu rühren?

Während Walker versuchte, gemeinsam mit dem Dorfältesten zu einer Lösung zu kommen, zermarterte er sein Gehirn mit bleiernen Gedanken. Zum Glück war Hansen früher Kapitän gewesen und hatte Verständnis für Walkers Sorge gezeigt. Die Lösung konnte nur in einem Kompromiss liegen: Die Strafe musste so hart wie möglich sein, der Delinquent sollte aber am Leben bleiben und nicht an die Einheimischen ausgeliefert werden.

Mit einer ziemlich außergewöhnlichen, aber auch fragwürdigen Idee wandte sich Walker an Hansen: „Herr Hansen, darf ich Ihnen einen Kompromiss vorschlagen?"

„Wie soll der aussehen?"

Dann unterbreitete Walker seinem Gegenüber seine Lösung.


Die Bestrafung Brewsters sollte regelrecht zu einem Volksfest werden. Ein Großteil der Dorfbewohner war vor den Windmühlen angetreten, während die gesamte Besatzung der Jaguar an Deck angetreten war. Dass der Vollzug des Urteils dermaßen in Szene gesetzt werden sollte, war Absicht und entsprach somit Walkers Lösung für das Problem wegen Brewster. Damit konnte der angestauten Wut und den dadurch entstandenen Rachegelüsten der Leute entgegengekommen werden. Andererseits konnte der Jaguarcrew ein Exempel statuiert werden. Gleichzeitig sollte das Schauspiel sehr viel beeindruckender werden als eine schnelle Hinrichtung – und die sollte unbedingt vermieden werden.

Weniger beeindruckend war die kurze Verhandlung vor dem Schnellgericht gewesen. Im Glauben, sein Opfer wäre ums Leben gekommen, hatte sich Brewster ziemlich sicher gefühlt. Er war leichtsinnig geworden, konnte die Fragen nicht durchschauen und war umso schockierter, als er sein Opfer lebend vor ihm stehen sah. Er ließ sich leicht überführen und hatte schnell verstanden, dass es um Hals und Kragen ging.

Nun hing der Delinquent bäuchlings an einem der vier Windmühlenflügel. Brewsters Oberkörper war trotz der Kälte entblößt und er war an seinen Hand- und Fußgelenken so straff an die Sprossen des Flügelrahmens festgeschnallt, dass er sich kaum rühren konnte. Auf das Leder zwischen den Zähnen, wie es bei solchen Strafen sonst üblich war, wurde obligatorisch verzichtet. Sollte der Unhold doch schreien, sollte er sich seine eigene Zunge durchbeißen.

Unterhalb des Flügels stand ein kräftiger Matrose, welcher durch ein Los dazu bestimmt worden war, mit der Neunschwänzigen Katze bereit.

Die Segeltuchbespannung der vier Mühlenflügel war zu dem Anlass extra gesetzt worden und auch der Wind, der für das geplante Spektakel notwendig war, verweigerte seine Dienste für das makabre Vorhaben nicht.

Nun gab Walker ein Zeichen. Während im Inneren der Mühle die Feststellvorrichtung des Mühlenantriebs gelöst wurde, schoben ein paar Einheimische den untersten Flügel an, so dass dieser in Schwung kam. Schon kurz nachdem die erste Trägheit überwunden war, übernahm der Wind die Arbeit.

Langsam, aber beständig versetzten sich die Mühlenflügel in Bewegung und nahmen den Verurteilten mit sich. Kopfüber, auf einer beachtlichen Höhe angekommen, starrte Brewster mit angstgeweiteten Augen, die voller Wut und Hass waren, nach unten. Dort standen sie: Die nach Rache dürstenden Fremden und die neugierigen Bordkameraden. Und dann ging es auch schon wieder abwärts und mit jeder Sekunde kam der Angeschnallte der wartenden Peitsche näher.

Unten angekommen fetzte die Neunschwänzige über Brewsters Rücken und hinterließ die ersten Risse auf der entblößten Haut.

Gebannt starrte das neugierige Publikum dem Schandtäter hinterher, der wieder nach oben schwebte und zur zweiten Runde ansetzte. Die Mühle stellte nicht nur den Ort des schrecklichen Verbrechens dar, sondern diente auch als überdimensionaler Pranger dem Strafvollzug. Dementsprechend war die Wirkung auf die Zuschauer.

Zunehmend erhöhte sich die Drehzahl der Flügel und damit kürzte sich der Intervall der Peitschenschläge. Da klatschte die Katze erneut auf Brewsters Rücken, ließ Blut aus den tiefer werdenden Wunden spritzen und den Gequälten wie ein wildes Tier aufschreien.


„Das hätte mit dir auch passieren können, Bruce", flüsterte der Matrose Rick Foster seinem neben ihm stehenden Bordkameraden zu. Sie waren schon lange gut befreundet. Er deute auf Brewster. Beide saßen als einzige auf der Saling des Schonermastes und waren somit ungestört.

„Wieso mir?", fragte Bruce Gordon entrüstet.

„Frag nicht so blöd! Wegen dir ist die Sache mit der Alkmaar schiefgelaufen. Wenn der Capt'n wüsste, dass uns wegen deiner Dummheit die Holländer darauf gekommen sind, dass wir keine französischen Korsaren sind, dann hätte er dich gemeinsam mit Brewster Kreise drehen lassen. So hätte man sich sogar die Gegengewichte am gegenüberliegenden Mühlenflügel sparen können!"

„Na, hör mal! Du bist ein echt toller Freund", meinte Gordon erbost.

„Ist doch wahr, Kamerad. Beinahe wäre auch ich von einer Kugel getroffen worden. Ich habe sogar den Luftzug gespürt, so nah ist die Kugel vor meinem Schädel vorbeigezischt."

„Aber du wirst mich hoffentlich nicht verpfeifen?"

„Wenn ich das vorgehabt hätte, dann würdest du nicht gemütlich mit mir zusammen auf der Saling sitzen, du Dummkopf! Aber sag mal, wie konnte dir so etwas rausrutschen?"

„Mensch, ich hab doch vorher an 'ner Buddle Rum genippt. Die hab ich mir vorher klammheimlich auf die Seite geschafft. Und da hatte einer der Holländer auf das im Mondlicht schimmernde Messingschild von einer der 12-Pfünderlafetten gezeigt. Dann hatte er auch noch irgendwas auf Französisch gefragt. Ich hatte mich kaum umgedreht und ich wusste auch nicht genau, was ich antworten sollte, da hab' ich einfach gesagt: Ich versteh kein Wort, du Idiot! Du sprichst ja wie ein Froschfresser!"

„Also Bruce, ich muss schon sagen: Wenn einer ein Idiot war, dann gewiss nicht der Holländer. Der hat schneller begriffen, als du deinen Kautabak ausspucken kannst, auch wenn er uns irrtümlich für Engländer gehalten hatte. Aber du hast wohl vorher nicht nur an deiner Rumflasche genippt, du hast eher gesoffen!"

„Na ja … Ein halbes Fläschchen war's wohl."

„Allein das hätte dem Capt'n gereicht, dich auspeitschen zu lassen! Aber wegen dir sind sogar ein paar gestorben und noch mehrere sind verwundet worden. Aber keine Angst! Wegen unserer alten Freundschaft halte ich den Mund. Trotzdem vergiss es nicht, du bist mir jetzt was schuldig."

„Ich werd's schon wieder gut machen können!"


In der Zwischenzeit war der Rücken des Verurteilten blutüberströmt. Das schaurige Spektakel, welches durch die relativ langsamen Umdrehungen der Mühlenflügel abstrakt in die Länge gezogen wurde, tat mittlerweile seine Wirkung. Und das nicht nur bei der Besatzung des Schoners, sondern auch bei den Einheimischen, die ein solches Strafzeremoniell nicht gewohnt waren. Längst hatten sie bemerkt, dass das Schauspiel durch Mark und Knochen ging. Einigen Einwohnern, die noch vor kurzem Tod dem Schandtäter gerufen hatten, konnte man ansehen, dass sie genug vom Anblick des blutigen Strafvollzugs hatten.

Auch der Vater des Opfers war vor den Augen seiner Tochter in den Genuss des Privilegs gekommen, die Peitsche zu schwingen. Nun hatte er feststellen müssen, dass es einen Unterschied zwischen dem Wunsch nach Rache und deren Ausführung gab. Nach einem Dutzend Schlägen hatte der Bäcker die Neunschwänzige Katze wieder aus den Händen gegeben. Nur im Gesicht von Astrid konnte keinerlei Regung festgestellt werden. Mit ihrem geschienten, eingebundenen Arm stand sie reglos an einem Fleck und beobachtete mit starrem Blick und unbeweglicher Miene die

Bestrafung ihres Peinigers. Ob ihr der Anblick wirklich Genugtuung verschaffte, war eine andere Frage.

Die Schreie des Delinquenten wurden nun immer schwächer und die Reaktionen des geschundenen Körpers ließen mit jedem Peitschenhieb nach. Der Verurteilte stand kurz vor der Bewusstlosigkeit.

Stanley Brewster fühlte, wie ihm langsam die Sinne schwanden. Die bestialischen Schmerzen, die Angst vor weiteren Schlägen, die in einem grauenhaften Rhythmus auf sich warten ließen, die eisige Kälte und die Kreisbahnen auf dem Mühlenflügel, die ihn vollends verwirrten, wollten ihm das Bewusstsein rauben.

Jeder andere Mensch hätte sich eine Bewusstlosigkeit herbeigesehnt, aber Brewster, der dem Tod schon sehr nahe stand, gab sich Mühe einen Gedanken zu fassen, Eines Tages wirst du mir dafür büßen, Walker!

Die letzten Hiebe nahm Brewster nicht mehr wahr. Erst viel später, unter der Obhut des Schiffsarztes, kam der Schmerz wieder. Spätestens dann wusste Brewster, dass er noch lebte und damit die Chance hatte, sich an seinem Captain zu rächen. Es stellte sich nur noch die Frage, wann es geschah und auf welche Weise.


Im Laufe der nächsten Tage herrschte neben den Mühlen rege Emsigkeit. Manche der Einheimischen halfen dabei, den Schoner für eine lange Reise auszurüsten. Auf Pferdefuhrwerken wurden Fässer mit Pökelfleisch, Räucherfisch und eine ausreichende Menge an Brennholz angekarrt.

Aufgrund der spektakulären Bestrafung, die Brewster über sich hatte ergehen lassen müssen, hatte sich die Stimmung der aufgebrachten Bevölkerung gebessert. Langsam überwog bei den Sympathisanten der Triumph, den man in der gemeinsamen Aktion gegen die Franzosen und die Holländer erzielt hatte. Jetzt gab es genügend Anlass, den Erfolg mit dem Ausschank von Grog und Bier zu feiern und daran konnten auch die Jaguars teilhaben, denen im Dorf die Türen der Spelunke und der zwei Wirtshäuser aufgehalten wurden.

Trotzdem gab es einige Männer an Bord des Schoners, die das Gefühl hatten, dass sie auf dem Dithmarscher Koog nicht wirklich willkommen waren, was aber wegen des schändlichen Vorfalls nicht verwunderlich war. Da aber dar Aufbruch schon kurz bevor stand und jedes Besatzungsmitglied der Jaguar mit einem üppigen Beuteanteil rechnen konnte, freute sich mittlerweile jeder über die bevorstehende Reise zurück in die Neue Welt.

# Kapitel 9: Begegnungen

Die Jaguar zog ein lange weiße Bahn durch die pechschwarzen Atlantikwogen. Die Wetterlage war dermaßen stabil, dass sich Captain Walker nicht gescheut hatte, über Nacht die Segel so stehen zu lassen wie am Tage. So trug der raumschots dahinjagende Toppsegelschoner beinahe alle Segel, die er zu tragen vermochte. Der polare Wind aus Nord war beständig und war auf dem 41. Breitengrad nicht mehr allzu kalt wie in den Tagen zuvor. So kam der Toppsegelschoner seit einer Weile prächtig voran. Etmale von über zweihundertfünfzig Seemeilen waren ein paar Mal in Folge erreicht worden. Irgendwo voraus, in einer nicht allzu großen Entfernung, lagen die Azoren. Im Gegensatz zu der Inselgruppe schienen die unzählige Sterne, die über den Toppen am Firmament funkelten, zum Greifen nah zu sein.

Es war kurz vor Mitternacht und der Erste Offizier machte sich bereit seinen Kommandanten bei der Schiffsführung abzulösen. Er trat, in dicke Kleidung eingepackt, an Walker heran und meinte kühl: „Gott sei Dank lassen wir langsam das Nordmeer hinter uns. Mhm … bei dem eisigen Polarwind, den wir die letzten Tage hatten, war es fast noch kälter, als es während der letzten Wochen an der verdammten Nordsee schon gewesen war. Ich freue mich jetzt schon auf wärmere Breiten. Ich hoffe nur, dass wir auf den Azoren problemlos Proviant und Frischwasser bunkern können."

„Das wird sich zeigen, Mister Bolton. Jedenfalls sind Sie nicht der Einzige, der sich auf wärmere Gefilde freut. Aber warten Sie's nur ab, denn wenn wir in ein paar Wochen wieder bei den Westindischen Inseln angekommen sind, wird mancher Matrose wieder über die schwüle Hitze klagen."

„Sicher, Capt'n. Trotzdem freu' ich mich schon auf die heißblütigen Weiber auf den Antillen!"

„In der Beziehung sind Sie wohl nicht der einzige Mann, der so denkt, Mister Bolton. Aber irgendetwas hält mich bei dem Gedanken zurück, wieder in die Karibik zu segeln."

Bolton ahnte warum. Er betrachtete den prächtigen Sternenhimmel, dann fragte er vorsichtig: „Vermutlich weil Sie dort Ihre Cougar verloren haben. Ist es das, Capt'n?"

Walker seufzte. „Nicht nur das, Mister Bolton. Nicht nur das!"

Walker versank in seinen Gedanken. Alte Wunden brachen wieder auf. Damals – es war schon fast zwei Jahre her – hatte er seine angeschlagene Korvette vor Hispaniola auf ein Riff gesetzt. Nur so hatte er seine Besatzung vor der Vernichtung durch eine dänische Fregatte bewahren können. Aber das war längst nicht alles gewesen. Da war auch noch diese wunderbare Frau gewesen, an die er Herz und Verstand verloren hatte. Serafina war ihr Name gewesen. Auf Hispaniola hatte er auch sie verloren. Und das hatte er bis heute nicht überwunden.

Erst jetzt bemerkte Walker, dass sein Erster immer noch in der Nähe war. Es war nicht seine Absicht gewesen, das Gespräch mit Bolton zu unterbrechen, aber er hatte das Gefühl gehabt, als ob ihn die Vergangenheit einholen wollte. Nun versuchte Walker wieder an das vorher Gesprochene anzuknüpfen: „Sie werden es mir wohl nicht krumm nehmen, Mister Bolton, dass ich gerade so abwesend war. Sie wissen längst, was damals vorgefallen ist. Ich muss zugeben, dass ich froh bin, dass wir weder nach St. Croix noch nach Hispaniola segeln."

„Was hat es mit St. Croix auf sich, Capt'n?"

„Dort hat das Drama seinen Anfang genommen."

„Und nun segeln wir stattdessen nach St. Thomas. Die Inseln liegen sich aber direkt gegenüber, nicht wahr?" Bolton erwartete keine Antwort auf die offensichtliche Frage. Er sah prüfend ins Rigg, bevor er fortfuhr: „Und wenn ich mich nicht täusche, Sir, dann gehört St. Thomas den Dänen wie St. Croix. Ist das ein Problem für Sie, Capt'n?"

„Zum Teufel, nein! Warum denn? Westindien liegt günstig, wenn man den Atlantik von Ost nach West überqueren will. Und auf St. Thomas kennt man weder mein neues Schiff, noch mich persönlich. Was soll's, wenn diese Insel rein zufällig auch dänisch ist."

„Mhm, dann wollen wir hoffen, dass Ohlsteds Empfehlung etwas taugt, so dass es sich auch wirklich lohnen wird St. Thomas anzulaufen", meinte Bolton nachdenklich.

„Sie sprechen unser Vorhaben wegen dem Verkauf unserer erbeuteten Gemälde an? Haben Sie Bedenken in Bezug auf den dänischen Zwischenhändler?"

„Wenn Sie diesen Lars Rostrop als Zwischenhändler sehen, sollte es keinen Anlass zum Zweifeln geben. Ich sehe aber in der Person nichts anderes als einen Hehler."

Da brauste Walker kurz auf: „Zwischenhändler, Hehler, das ist doch scheißegal! Zum Teufel mit Ihnen, Bolton, was soll ich mit Ihnen nur machen? Manchmal habe ich das Gefühl, dass Sie auf dem falschen Schiff sind. Sollten Sie sich nicht doch besser auf einem Handelsschiff anheuern lassen, um der Crew am Anfang jeder Wache ein paar Zitate aus der Bibel vorzulesen?"

„Ich habe mir bloß den Kopf darüber zerbrochen, ob wir uns auf Ohlsteds Rat verlassen können. Nur weil er Däne ist, heißt das noch lange nicht, dass seine Ratschläge für uns tauglich sind."

„Ich vertraue Ohlsted. Er und Albrecht haben, als sie Richtung Amerika unterwegs waren, auch auf St. Thomas Station gemacht, um Schmuggelware loszuwerden. Der Hehler soll halbwegs akzeptable Preise bieten. Anschließend verschiebt er die Ware wieder und verteilt sie über ganz

Westindien. Schließlich soll es dort genügend Großgrundbesitzer geben, die durch Sklavenhaltung stinkreich geworden sind."

„Dann hoffen wir, dass wir mit unseren Kunstwerken auch stinkreich werden!"

Jetzt lachte Walker. „Sehen Sie, Bolton? So gefallen Sie mir! Vielleicht werden Sie eines Tages doch zu einem ordentlichen Captain eines Schmuggler- oder Kaperschiffes!"

Jetzt musste sogar der Erste schmunzeln. „Das werd' ich mir noch verdammt gut überlegen, Capt'n. Oder sollte ich besser Ihrem vorherigen Rat folgen?"

„Das heißt?"

„Vielleicht werde ich mich irgendwo als Bordprediger anheuern lassen, um Piraten, also Leute wie Sie, zu missionieren. Natürlich gegen die Hälfte des Beuteanteils, die dem Capt'n zusteht."

Walker nickte lächelnd. „Sehen Sie? So könnte doch noch was aus Ihnen werden, Mister Bolton."


Einige Wochen später, nach einer unspektakulären Atlantiküberquerung, kreuzte die Jaguar mit dichtgeholten Schoten gen Norden und hielt auf den idyllischen Naturhafen von Charlotte Amalie zu. Der Hafen lag südlich zur Hauptstadt der dänischen Karibikinsel St. Thomas gelegen. Kraftvoll, die Segeln sinnlich blähend, arbeitete der Toppsegelschoner Schlag auf Schlag gegen den anherrschenden Wind. Der Klüverbaum schien bereits die Südspitze von Hassel Island, einer vorgelagerten Insel, aufspießen zu wollen. Doch die nächste Wende stand unmittelbar bevor. Dwars an Backbord lag die gut einhundert Meter hohe Insel Water Island. Steuerbords bot der Leuchtturm auf dem winzigen Kap unterhalb von Frenchmans Bay einen markanten Punkt für die Navigatoren.

Nun musste alles Hand in Hand gehen. Die eingespielte Mannschaft brachte ihr Schiff auf den neuen Kurs, den ihr Kommandant befohlen hatte. Schon knatterten die killenden Vorsegel, bähende drehte sich der Bug nach Steuerbord und schon legte sich die Jaguar auf die andere Seite. Schon beschleunigte sie wieder ihre Fahrt.

Schon kurz darauf wurde nach einem geeigneten Ankerplatz gesucht. Die erforderlichen Manöver boten weder der Schiffsführung noch der Crew viel Zeit, den Anblick des Hafens zu genießen. Charlotte Amalie selbst, wie die sie umgebenden Inseln und die grün bewaldeten Höhen von St. Thomas, welche sich bis auf 470 Metern Höhe erstreckten, boten einen wahrhaft königlichen Anblick. So war es nicht wunderlich, dass die Hauptstadt, welche im Jahre 1692 entstanden war, den Namen einer dänischen Königin bekommen hatte.

Captain Walker sah sich aufmerksam um. Der Schiffsverkehr war zur Mittagszeit verhältnismäßig gering. Jedoch ankerten um die Jaguar mehr als zwei Dutzend kleinere und mittelgroße Schiffe, welche den Raum zum Manövrieren beträchtlich einschränkten. Marketenderboote mit emsigen Händlern, Schiffsbeiboote mit pendelnden Besatzungen, sowie einige voluminösere Leichter- und Bumboote, welche zum be- oder entladen der Frachtsegler dienten, erschwerten das anstehende Ankermanöver. Ein direktes Festmachen an einer der Kaimauern war mangels verfügbarem Platz leider nicht möglich.

Konzentriert beobachtete Walker hin und wieder sein Schiff und die Mannschaft. Nachdem er sich für eine geeignete Stelle entschieden hatte und rasch die erforderlichen Maßnahmen an seine Offiziere und den Bootsmann weitergeleitet hatte, folgte das, wie es nach einer langen Überfahrt üblich war, das heiß ersehnte Kommando: „Anker fallen lassen!"

Nachdem auch das letzte bisschen Fahrt über den Achtersteven von der ausgelaufenen Ankertrosse genommen war, dümpelte der Toppsegelschoner vor beschaulicher Kulisse in der Long Bay, dem östlichsten Ausleger des Hafengewässers. Genau voraus, also in nördlicher Richtung, thronte eine hübsche, kleine Kirche auf einem Hügel, welche von weitaus höheren Erhebungen umgeben war. An den Hängen klebten die Hütten und die bunten Häuschen der Einheimischen wie Schwalbennester an Steilhängen. Unterhalb der Stadt, die Reede sichernd, stand das Fort Christian, welches mit seinen rot getünchten Mauern einen eher friedlichen als bedrohlichen Eindruck hinterließ. Und von ganz oben brannte die Sonne erbarmungslos auf die ausgelaugten Jaguars herab.

Jedermann an Bord lechzte nach Abkühlung der trockenen Kehlen und keiner konnte es erwarten, an Land zu kommen und den Durst schnellstmöglich in den Tavernen der Stadt zu stillen. Auf den Uferstraßen tummelten sich ein paar Leute und die Männer der Jaguar bekamen seit langer Zeit endlich die ersten Röcke zu sehen. So klein die Gestalten am Ufer zu wirken vermochten, so sehr wurde die Phantasie der Seeleute an Bord angeheizt. Übereifrig und aufgeregt wurde nun auf der Jaguar Klarschiff gemacht.


Mit noch leicht schwankenden Schritten trotteten Captain Walker und der Quartermaster Robinson die Uferstraße entlang. Der Gang war für Seeleute, die nach einer langen Seereise immer noch ein schwankendes Deck unter den Füßen verspürten, typisch. Zusammen hatten sich die beiden Männer auf den Weg gemacht, um Kontakt mit dem dänischen Hehler namens Lars Rostrup aufzunehmen. Der Herr war von Sven Ohlsted empfohlen worden, wobei es im Grunde genommen fraglich war, ob jemand aus diesem zwielichtigen Geschäft empfehlenswert sein konnte.

Inzwischen hatte der Quartermaster in Erfahrung gebracht, wo der Wohnsitz von Rostrup zu finden sei. Eine ockerfarbene Villa, welche nur einen knappen Kilometer westlich von der Kings Wharf über dem Meer lag, sollte nicht allzu schwer zu finden sein. Die Männer waren froh, bei der schwülen Hitze keinen steilen, ermüdenden Anstieg zu einem der hübschen Häuschen oder einer der schäbigen Hütten zu machen.

Bald darauf kamen Walker und Robinson an dem Anwesen des Hehlers an. Es war von einer mannshohen Mauer umgeben, welche durch ein mit Marmorsäulen umrahmtes Portal unterbrochen wurde. Soeben war aus dem Portal ein knochig aussehender Mann mit tief nach unten gezogenem Hut herausgekommen. Der Kleidung nach konnte es sich um einen mittelamerikanischen Haziendiero handeln.

Walker und Robinson hatten ihr Augenmerk zu sehr auf das Anwesen gerichtet, so dass sie den Fremden, der ursprünglich auf den Hafen zugehalten hatte, nicht bemerkten, als er die Richtung änderte und nun bergan schritt. Kaum standen der Captain und sein Begleiter vor dem reich verzierten Gitter aus stählernem Eisen des Eingangsportals, kamen zwei schwarze Jagdhunde angerast. Als sie geifernd am Tor angekommen waren, bellten sie aus vollstem Temperament.

Walker betrachtete die Villa genauer, die sich in einem auffälligen Mix aus dänischen und spanischen Stilelementen präsentierte und von mediterranen Arkaden umrahmt wurde. Das Gebäude war in leichter Hanglage errichtet worden und war von einem prächtigen, vermutlich von Sklavenhand, gepflegten Grundstück umgeben. Da sich außer den beiden Kläffer niemand zeigte, betätigte Walker den Klöppel der kleinen Schiffsglocke, welche in Augenhöhe des Gittertors hing.

Unmittelbar erschien ein schwarzer Diener im roten Livree und fragte mit vornehmen Ton: „Ihr Begehren, meine Herren?"

Walker ging gleich auf die künstlich wirkende Frage ein. „Wir begehren deinen Herrn zu sprechen. Wir möchten zu Herrn Rostrup, falls das möglich ist."

„Haben Sie einen Termin, meine Herren, oder haben Sie irgendwelche Referenzen vorzuweisen?"

„Ja, Sven Ohlsted gab uns die Empfehlung bei deinem Herrn vorzusprechen."

Der Diener verneigte sich andeutungsweise. „Wen darf ich melden?"

„Captain James Walker vom Toppsegelschoner Jaguar, sowie meinen Adjutanten Jack Robinson."

„Sehr wohl meine Herren, ich komme sofort zurück-" Sprach er, machte auf dem Absatz kehrt und verschwand.

Der Quartermaster meinte kopfschüttelnd: „Wenn der Diener schon so arrogant ist, wie wird dann wohl sein Herr sein?"

Walker zuckte nur die Achseln und erwiderte: „Lassen wir uns überraschen."

131

Kurz darauf erschien der Diener, scheuchte die Hunde auf die Seite und machte eine fast einladende Geste in Richtung des Hauses. „Darf ich die Herren bitten mir zu folgen?"

„Sie dürfen", konterte Walker.

Dann folgten er und sein Quartermaster dem Schwarzen ins Innere der Villa. Der Eindruck von außen wurde sogar überboten: Ein Kunterbunt an Mobiliar unterschiedlicher Epochen und Stilrichtungen, wobei ein Einrichtungsgegenstand den anderen an Wert übertreffen wollte, fanden sie vor.

Vom Diener stilvoll seinem Herrn gemeldet, betraten sie einen geräumigen, gut durchlüfteten Salon, der mit übergroßen und wertvollen Gemälden geschmückt wurde. Im Raum standen wuchtige Sitzmöbel, welche um einen riesigen Mahagoni-Tisch platziert wurden. Darüber hing ein gewaltiger Kronleuchter an einer Kette, der ein kleines Schiff zum Ankern hätte gebrauchen können. An der Stirnseite des Tisches thronte der Hausherr in seinem Sessel.

Lars Rostrup war für diese Breiten relativ blass, seine Augen strahlten in einem hellen Blau und strohblondes Haar umrahmte wie ein Kranz seine Glatze. Der Hehler konnte seinen Schmähbauch nur mühsam unter seinem weiten, seidigen Morgenmantel verbergen. Im Mund hielt er eine übergroße Zigarre, an der er besinnlich sog.

Er musterte seine unerwarteten Gäste mit bedächtigen Blicken. Erst dann nahm er seine Zigarre aus dem Mund. Gönnerhaft eröffnete er das Wort, den Quartermaster beachtete er dabei nicht. „Sie wünschen Capt'n Walker?"

Walker zögerte mit seiner Antwort, ließ aber seinen Blick auffällig über die Gemälde an den Wänden gleiten. Damit hatte Walker eine passende Einleitung gefunden. „Ich bewundere diese prächtigen Gemälde. Eben deshalb glaube ich, dass Sie an der Ware, die sich an Bord meines Schiffes befindet, Interesse haben könnten. Zumindest war Sven Ohlsted davon überzeugt, als er Sie mir empfahl. Übrigens soll ich Ihnen schöne Grüße von ihm ausrichten. Er sagte mir, dass Sie mit solchen Sachen handeln."

Plötzlich änderte sich der Gesichtsausdruck des arroganten Hehlers. Ein beinahe freundliches Lächeln erhellte sein Gesicht. „Sachen?" Er hüstelte künstlich. „Sie sprechen von Gemälden?"

Walker nickte. „Unter anderem." Freudige Erwartung blitze in den Augen des Dicken auf und nun wurde sogar der Quartermaster von ihm wahrgenommen. „Und Sie Herr Quartermaster … Wie war doch gleich Ihr Name? Moment! Ich erinnere mich! Mister Robinson, Sie begleiten also Ihren Capt'n wegen der geschäftlichen Angelegenheiten? Nun, wenn Ihre Ware diesem Niveau entspricht …" Stolz grinsend deutete Rostrup auf seine kostbar dekorierten Wände. „… dann könnten sich durchaus Verhandlungen zwischen uns ergeben."

132

Der Hehler richtete seinen Blick wieder auf Walker, zog an seiner Zigarre und war nun neugierig geworden. „Woher kommt die Ware, Capt'n? Erzählen Sie mir jetzt aber bloß nicht, wo und wie Sie sie erstanden haben. Das sind allein Ihre Angelegenheiten, denn das kümmert mich überhaupt nicht. Sagen Sie mir aus welchem Land sie stammen, oder wo sie hingen, und falls Sie das nicht können, sagen Sie mir, wer der Vorbesitzer der Gemälde war. Ein Lord? Ein Baron oder Graf? Vielleicht eine Königin?" Er gluckerte vor Freude.

Walker erzählte dem Hehler das Notwendigste. Eine Weile später, bevor die Gespräche zum Abschluss kamen, versuchte er Rostrup an Bord seines Schiffes einzuladen, um die kostbare Ware in Augenschein zu nehmen.

Der machte aber gleich eine abwehrende Handbewegung, deutete lächelnd auf seinen Bauch und ließ den Blick in seinem Salon schweifen. „Aber ich bitte Sie, Mister Walker! Verlangen Sie nicht von mir, dass ich meine Füße auf schwankende Bretter setze. Ich schicke Ihnen eine Kutsche."

Dann verabschiedeten sich Walker und Robinson von ihrem Gastgeber und ließen sich vom Diener aus dem Haus leiten. Im Gehen nahmen sie noch den Ruf von Rostrups wahr: „Sie sind jederzeit als meine Gäste willkommen, meine Herren!"

Von den Hunden nochmals beschnüffelt, vom Diener wohlwollend verabschiedet, ließen Walker und Robinson das ins Schloss fallende Eingangstor                           hinter                           sich.


Schon am nächsten Morgen saßen Walker und Robinson zusammen mit Rostrups Kutscher und zwei seiner schwarzen Dienstboten auf einer Kutsche, welche von zwei dürren Kleppern zum Anwesen des Hehlers gezogen wurde. Auf der Ladefläche stand eine massive Kiste. Kein Zöllner hatte sich für die Ladung interessiert, denn die waren von Rostrup längst geschmiert worden. Walker hätte gerne zwei kräftige Männer seiner Crew zum Schutz der kostbaren Ladung mitgenommen, aber Robinson hatte davon abgeraten. Zu viel Misstrauen sei keine Basis für ein gutes Geschäft. Sicherheitshalber trugen die zwei Männer ihre Degen offen mit sich und dazu noch einige versteckte Pistolen.

Knarrend ging es voran und schon bald hielt das Gefährt direkt vor der überdachten Veranda von Rostrups Villa. Die beiden Hunde kamen wieder angelaufen, wirkten dieses Mal aber nicht mehr ganz so bösartig. Der Hausherr stand mit gespannter Neugierde vor der Tür und trug ein edles Gewand.

Die Begrüßung fiel beinahe herzlich aus, während vom uniformierten Personal die Kiste abgeladen und in einen geräumigen Nebenraum des Gebäudes getragen wurde.

Alle Anwesenden standen kurz darauf in einem Kreis um die Kiste. Rostrup beobachtete gebannt, wie der Deckel vorsichtig angehoben wurde. In der Kiste standen dreizehn gut verpackte Gemälde. Während zwei Diener den kostbaren Inhalt Stück für Stück entnahmen und vorsichtig abstellten, läutete der Hausherr nach seinen Dienstmädchen. Diese eilten unverzüglich herbei und machten einen höflichen Knicks vor ihrem Herren. Die zwei schwarzen Mädchen –es handelte sich um ausgesprochen hübsche, junge Dinger in wallenden weißen und mit Volants verzierten Kleidern – machten sich gleich daran, das erste Gemälde auszupacken. Walker bemerkte wie die Augen des Hehler herausquellten, während Schweißperlen seine Glatze feucht schimmern ließen.

Das erste Gemälde zeigte ein Gewimmel aus Reitern in einer Schlacht der preußischen Kavallerie gegen die französische Streitmacht. Das zweite präsentierte einen stolzen Husaren hoch zu Ross. Das dritte verbildlichte Gardereiter vor einem Wasserschloss, welche eine im Damensitz reitende, schöne Frau im prächtigen Kleid fokussierte. Und so ging es weiter.

Die Augen von Rostrup leuchteten. Robinson, der Quartermaster, erdachte sich eine Verhandlungsstrategie und Walker war sich sicher, dass sich die Mission an der Nordseeküste gelohnt hatte. An Bord der Jaguar war noch etwas Handelsware geblieben, die aus britischen Chronometern und mechanischen Werkzeugen bestand. Die Ware, die Walker auf Helgoland erstanden hatte, wurde im Angesicht der kostbaren Gemälde, die allesamt mit silber- oder goldfarbenen Rahmen aufgewertet wurden, zur unbedeutenden Nebensache. Trotzdem hoffte Walker auch diese Fracht für gutes Geld an Rostrup verkaufen zu können. Mit den Gemälden hatte man den persönlichen Geschmack des Hehlers getroffen. Da war nun zu erhoffen, dass der Geldbeutel des Reichen locker sitzen würde.

Laut grölend machten sich am späten Nachmittag einige angetrunkene Jaguars auf den Rückweg zum Schiff. In einer verkommenen Spelunke hatten sie sich gemeinsam vergnügt, wobei der Rum ihrer Stimmung nicht gerade abträglich gewesen war. Doch leider waren die sieben Kerle zur mitternächtlichen Ankerwache eingeteilt worden und so trotteten sie fröhlich, wie missmutig zugleich durch eines der steilen Gassen des Städtchens und zur Uferstraße hinab.

Auch Brewster war unter ihnen. Seine meist schlechte Laune hat sich unter der Einwirkung des Alkohols nochmals verschlechtert. Und da Brewster auch etwas mehr als die anderen geschluckt hatte, war es nicht weiter verwunderlich, dass er beim torkelnden Abstieg über eine Wurzel stolperte und in voller Länge auf den Boden knallte. Während seine Wachkameraden vor Lachen schrien, kochte Brewster innerlich vor Wut. Die Lust am Quatschen mit seinen schadenfrohen Begleitern war ihm vergangen.

Das Rauschen der Wellen dämpfte ein wenig das Geplärr der lautstarken Gruppe, welche nun am Ufer entlang ging. Sie hatten nur noch vierhundert Meter zurückzulegen, denn dann gab es einen Bootsanlegesteg, wo Einheimische mit ihren Booten lagen, um die Fremden gegen gutes Geld zu ihren Schiffen zu bringen.

Fritz Hollmann, der Vollmatrose war, bemerkte ein Stück voraus einen hageren Mann mit tief nach unten gezogenem Hut, welcher ein wenig abseits der Straße am Strand auf einem Fels hockte und scheinbar eine Skizze des Naturhafens oder einem der dort liegenden Schiffe anfertigte. Hollmann konnte aus seinem Blickwinkel nicht genau erkennen, was der Kerl in der Hand hatte. Den Bewegungen nach konnte es sich durchaus um einen Zeichner bei seiner Arbeit handeln. Im Vorbeigehen zweifelte Hollmann aber daran, einen Künstler vor sich zu haben. Irgendwie hatte er den Eindruck, den Menschen schon einmal gesehen zu haben. Aber wo? Und wann?

Trotz des leichten Nebels in seinem Schädel, den der Rum ausgelöst hatte, konnte sich Hollmann urplötzlich wieder entsinnen. Aufgeregt teilte er seine Erkenntnis seinen Kameraden mit. „Hey Jungs! Hat einer von euch den Finsterling gerade gesehen? Ich meine den, der dauernd zu unserer Jaguar gekuckt hatte. Den muss doch noch jemand von euch bemerkt haben?"

Ernest Collins, ein weiterer Vollmatrose konterte gleich abwertend: „Mensch Fritz! Ich hab' zwar keinen bemerkt, aber lass den doch gucken! Und wenn dem unser Toppsegelschoner so gut gefällt, was soll's? Was kümmert uns das? Ja, wenn es sich um ein prall geformtes Mädel gehandelt hätte … So 'was kannst du uns immer gleich sagen! Aber so?" Fünf der Burschen lachten hämisch.

Hollmann ließ nicht locker. „Den müssten doch einige von euch auch kennen. Hat denn wirklich keiner von euch Blindgängern hingeschaut?"

Collins entgegnete verärgert: „Fritz, lass uns in Ruhe mit deinem Weibergewäsch! Keiner von uns interessiert sich dafür und basta."

Doch Collins irrte sich, denn ausgerechnet Brewsters Interesse war nun geweckt worden. Auch er hatte den finsteren Kerl bemerkt, obgleich er sich absolut sicher war, diesen noch nie gesehen zu haben. So lange war er noch nicht an Bord der Jaguar. Außerdem war er nicht, so wie Hollmann es war, schon zuvor auf der Cougar unter dem Captain gefahren. Brewster wusste selbst nicht warum, aber nun war er neugierig geworden.

Er zog Hollmann am Ärmel ein wenig zur Seite und fragte: „Fritz, lass die doch! Aber ich würde es gerne wissen, woher du den kennst. Ich habe ihn nämlich auch bemerkt."

Hollmann war froh wenigsten einen Matrosen gefunden zu haben, der Gehör für ihn hatte. Und so erzählte er Brewster, den er im Grunde genommen gar nicht leiden konnte, was er alles von damals noch wusste.

Kurz bevor die Gruppe am Steg ankam, machte sich nochmal jemand über Brewster lustig. „Heute hat wieder kein einziges Weib einen Blick auf dich geworfen! Aber bei deinem Gesicht ist es wirklich am besten, wenn du dich mit uns an Bord begibst, um die Hundewache zu schieben. Im Dunkeln sieht man dich wenigstens nicht so deutlich."

Alle krümmten sich vor Lachen, obwohl sie nur zu gut wussten, dass ein aufgebrachter Brewster zum Zuschlagen neigte. Diesmal fauchte der aber nur: „Schnauze, Jungs!" Ansonsten reagierte Brewster äußerst gelassen. Ruhig fügte er noch hinzu: „Ich glaube, wir haben noch ein bisschen Zeit. Ich komm' später nach. Hab' noch was vergessen." Und schon verschwand er in die Richtung, aus der er gekommen war.

Brewster bebte vor Wut. Keiner konnte ihn wirklich ausstehen und deswegen hasste er die meisten seiner Kameraden beinahe so sehr wie den Captain. Er dachte jeden Tag an seinen Racheschwur. Nur allzu oft musste er sich daran erinnern, wie er vor den eigenen Bordkameraden und den fremden Leuten an der Nordseeküste bloßgestellt worden war. Vom Mühlenflügel herumgewirbelt zu werden und der schmerzhaften Auspeitschung abgesehen. Und alles nur wegen dem billigen Flittchen.

Nach allem, was Hollmann erzählt hatte, scheint es so, dass ich einen Verbündeten gefunden habe, dachte sich Brewster und grinste bösartig. Der Zeitpunkt zum Rache nehmen war näher gerückt.

Rechtzeitig vor Mitternacht meldete sich Brewster an Bord der Jaguar als anwesend. Selbstzufrieden, ein lang ersehntes Ziel vor Augen, störte es ihn nicht weiter, nach seiner Ankunft von seiner Backschaft wieder aufs Korn genommen zu werden. Auch dass er reichlich übermüdet zur Hundewache antreten musste, machte ihm nicht das Geringste aus. Normalerweise hätte er sich, wie die Kameraden, die mit ihm an Land gewesen waren, für ein paar Stunden in die Hängematte geworfen. In Vorfreude auf sein eingefädeltes Vorhaben fühlte sich Brewster viel zu aufgeregt, um an Schlaf zu denken.

# Kapitel 10: Zwischenfälle

Die aufgelockerten Wölkchen, die rastlos am Himmel tanzten, boten einen herrlichen Kontrast zu dem strahlenden Blau, welches sich bis zum südlichen Horizont erstreckte. Die See bildete ein beinahe perfektes Spiegelbild. Ein Vogelschwarm flog über die Längsrichtung des Schiffes.

Walker warf einen Blick zu Vögeln, die eine schier endlose Weite nur für sich zur Verfügung hatten. Dann sah er achteraus, betrachtete die quirligen Sauerstoffperlen des Kielwasser, welche eindrucksvoll die schnelle Fahrt des Schoners bezeugten. Auch die Kulisse, die das kleiner werdende

Charlotte Amalie mit den Bergen von St. Thomas bot, konnte eine Weile genossen werden. Kurz erinnerte er sich an das Geschäft, das man dort gemacht hatte und welches zur besten Zufriedenheit verlaufen war. Dass der schwer zu bändigende Brewster in der Nacht vor dem Auslaufen verschwunden war, war Walker sogar noch lieber, als wenn dieser abgeheuert hätte.

Viel Heuer oder gar Gewinnanteile hätte er an Brewster allerdings nicht auszuzahlen gehabt, denn das Meiste war an das Dithmarscher Mädchen, das Opfer des skrupellosen Frauenschänders als Entschädigung zugesprochen worden. Nun hatte Walker sogar etwas gespart, denn jeder Pennie, jeder Cent an Brewster hätte ihn zutiefst gereut. Auf diesen Mistkerl zu warten, oder gar nach ihm suchen zu lassen, kam nicht in Frage.

Schon bald, nachdem die Jaguar die Reede von Charlotte Amalie hinter sich gelassen hatte, frischte die Stärke des Nordwinds auf, da die Windabschattung von St. Thomas an Wirkung verlor. Die Stadt lag drei Meilen achteraus und auch die vorgelagerten Inseln konnten keine Gefahr mehr darstellen. Um bald wieder auf dem offenen Meer zu segeln und die Inseln weit hinter sich zu lassen, befahl Walker eine Kursänderung von Süd auf West. Er prüfte den Trimm der Segel, die im Moment noch keine befriedigende Wirkung zeigten, dann erließ er den entsprechenden Befehl zum Nachtrimmen. Erst nachdem das Manöver vollendet war, setzte Walker sein Teleskop wieder an. Dwars lag nun Water Island, während Backbord voraus ein weißer Schoner unter Vollzeug der Jaguar auf Gegenkurs entgegengestürmt kam.

„Capt'n?", fragte der Erste und deutete nach vorn. „Ist das nicht genau das Schiff, das zwei Stunden vor uns seinen Anker gelichtet hat?"

„Darauf können Sie wetten, Mister Bolton", erwiderte Walker bestimmt. „Ich verstehe nur nicht, warum die wieder gewendet haben."

Walker war beunruhigt und er schwor sich, nicht leichtfertig zu werden. Da es aber derzeit keinerlei Anlass für eine Kursänderung gab, konnte er wieder ein Auge auf seine Crew werfen, welche die Segel inzwischen korrekt nachgetrimmt hatte. Der munter gewordene Toppsegelschoner nahm stetig an Fahrt zu, rollte aber wegen der seitlich einfallenden See ziemlich heftig. Ständig ging Gischt über und bot der Crew eine erfrischende Abkühlung, denn die feuchte Hitze an diesem späten Nachmittag, welche immer noch das Klima der tropischen Inseln verspüren ließ, war alles andere als angenehm.

Doch schon wurde die schwüle Luft zur unbedeutendsten Nebensache, weil nämlich der Ausguck vom Vortopp einen zweiten Schoner ausrief, der hinter Water Island gelegen haben musste, und nun mit rauschender Fahrt seewärts stampfte. Es schien ganz so, als ob sich die Kurse von der

Jaguar und jenem Schoner schneiden würden. Aber noch drohte keine Kollisionsgefahr.

Aufgrund von bösen Erinnerungen, welche in Walker wach wurden, stieg sein Puls merklich an und er erhöhte seine ohnehin schon angespannte Aufmerksamkeit. Schiffe dieser Art gab es zwar oft, aber noch war sich Walker nicht sicher, ob es ausreichen würde, sich den Kopf aus der Perspektive des Nautikers zu zerbrechen. Die Instinkte einer Raubkatze warnten den Captain der Jaguar, aber noch beließ er es damit, ein Ausweichmanöver einzuleiten.

Da aber der auslaufende Schoner gerade anluvte, war es nun für die Jaguar ein Leichtes ein wenig abzufallen, um dem anderen genügend Raum zum Manövrieren zu geben. Sehr schnell war jede Kollisionsgefahr gebannt, aber nach wie vor fühlte sich Walker unwohl. Nervös lugte er durch sein Teleskop und betrachtete das Schiff, das nun dem seinen auf Westkurs, wie Steuerbords achteraus hinterherlief. Dabei war ihm entgangen, dass der von vorn kommende Schoner urplötzlich eine Wendung einleitete und somit der Jaguar backbords voraus segeln konnte.

Nervös machte sich Bolton bemerkbar: „Sehen Sie, Capt'n? Recht voraus! Die haben jetzt gewendet. Was hat das zu bedeuten?"

Walker war einer Antwort verlegen und zupfte nervös an seinem Bart. Böse Vorahnungen ließen es heiß und kalt über seinen Rücken laufen. Stellten die Schiffe, die schon seit Tagen friedlich in Sichtweite von Charlotte Amalie geankert hatten, eine Gefahr für die bewaffnete Jaguar dar? Walker war sich bewusst, dass sein Schiff jedem der beiden Schoner, die mit Sicherheit nicht unbewaffnet waren, alleine überlegen war. Aber nun befand er sich i in einer taktisch ungünstigen Lage.

Chris Bolton schien die Gedanken seines Kommandanten lesen zu können und bemerkte unverblümt: „Die Hunde wollen uns in die Zange nehmen. Sollen wir die Jaguar gefechtsklar machen? Für alle Fälle?"

Walker nickte und Bolton brüllte lautstark den bekannten Befehl aus: „Klar Schiff zum Gefecht!"

Jetzt kam Bewegung in die Crew. Die noch nicht aufgeklarten Leinen mussten schnellstens auf ihren Nägeln festgemacht werden, denn auf Deck durfte nicht eine Stolperfalle die Geschützmannschaften bei ihrer Arbeit behindern. Diese machten sich eiligst daran, die seefest gezurrten Kanonen und Karronaden gefechtsklar zu machen. Außerdem wurden Vorbereitungen getroffen, Sand auf dem Deck zu verstreuen und Eimer mit Löschwasser bereitzustellen.

Bolton zog eine nervöse Grimasse. „Capt'n, was meinen Sie? Was hat das zu bedeuten?"

„Wenn ich das nur wüsste", bemerkt Walker grimmig.

„Und was gedenken Sie zu tun?"

„Noch weiß ich nicht, ob die Schoner auf eine Konfrontation aus sind. Aber eine Wende ist bei den luvseitigen Untiefen nicht mehr zu machen und bei einer Halse sind wir unserem Verfolger schutzlos ausgeliefert, falls er es wirklich auf uns abgesehen haben sollte, dann …" Walkers Gedanken rasten und suchten nach einer Lösung für den Fall, dass es zu einem Kampf mit zwei fast ebenbürtigen Gegner kommen konnte. Dann fuhr er fort: „Ich setze auf die Schnelligkeit der Jaguar und auf unsere Geschütze. Ansonsten hoffe ich, dass wir ungeschoren das Ende von St. Thomas passieren können. Dann könnten wir uns luvwärts in die einbrechende Nacht absetzen. Ich bin überzeugt, dass wir unseren Kontrahenten hart am Wind davonlaufen können."

Nun war keine Zeit zum Quatschen. Walker übernahm für eine Weile eigenhändig das Steuer und versuchte mit allerlei Manövern, sich aus der Zange der vermeintlichen Gegner zu befreien. Keiner der Schoner führte eine Flagge.

Nicht eine Kursänderung führte zum Erfolg, denn die beiden Schoner reagierten ebenso spontan und mühten sich, in Feuerposition zu kommen. Und schon nahm das vorauslaufende Schiff seine Toppsegel weg, wurde langsamer und ließ die Jaguar aufkommen. Im Teleskop war nun der spanisch lautende Name des Schoners zu lesen: Destino – Schicksal.

Konnte die Destino wirklich das Schicksal der Jaguar bestimmen? So einfach wollte es Walker seinen Gegnern nicht machen. Aber die Idee sich südwärts, platt vor dem Wind, abzusetzen, gefiel ihm gar nicht, obwohl dies eine gute Chance bieten würde. Bald wäre sein Schiff innerhalb der gegnerischen Kanonenreichweite und dann zwischen den beiden Schonern.

So gab er, nachdem er einen Entschluss gefasst hatte, seine Befehle: „Wir fallen gleich etwas ab! Mister Bolten! Lassen Sie die Schoten dichtholen!"

Der Erste war ein wenig verwirrt. „Sagten Sie dichtholen, Sir? Nicht etwa fieren?!"

„Nein, dichtholen! Klar zum Setzen der Gaffeltoppsegel!", fauchte Walker. Aber dann fügte er ruhig und klärend hinzu: „Sobald die Destino unserer Kursänderung folgt, um uns das Ausbrechen nach Süden zu vereiteln, luven wir sofort an und versuchen denen mit optimal getrimmten Segeln davonzukommen. Die haben ihre Gaffeltoppsegel schon weggenommen und unsere stehen. Wir werden zwar für einen kurzen Zeitraum ihrer Breitseite ausgesetzt sein, aber die Jaguar ist dem Schiff überlegen. Der zweite Schoner wird uns dann nicht mehr einholen können und mit der Destino werden wir schon fertig werden!"

Walker, der es sich bei solchen Gelegenheiten nicht nehmen ließ, selbst am Steuer zu stehen, wirbelte das Rad herum und ließ sein Schiff auffällig nach Süden zu abfallen. Wie es nicht anders zu erwarten war, reagierte der Schoner sofort und beinahe synchron auf das Manöver. Dann warf

Walker einen schnellen Blick achteraus. Auch dort hatte man reagiert: Der Bug des Verfolgers drehte prompt auf das perlende Kielwasser der Jaguar zu. Walker grinste.

Behutsam drehte er das Ruder wieder nach Steuerbord, um sein Schiff langsam wieder auf den ursprünglichen Kurs zurückdrehen. Mit einem routinierten Blick nach oben überprüfte er den korrekten Trimm der zwei stehenden Segel. Nun wurden von der durchtrainierten Mannschaft die Gaffeltoppsegel eifrig und mit größter Eile gesetzt.

Jetzt konnte die Jaguar zeigen, was in ihr steckte. Wie ein junger Hengst jagte sie durch die Wogen und konnte sogar noch härter an den Wind gebracht zu werden. Walkers Zuversicht wuchs. Zu spät hatten die Gegner auf der Destino bemerkt, dass sie auf eine Finte reingefallen waren. Der Abstand nach Lee, welcher zuvor gerade mal eine Kabellänge betragen hatte, war nun größer geworden. Aber schon wurden auf der Destino, welche bereits zuvor langsamer geworden war, die Kanonen ausgerannt. Mal zeigten vier gefährlich drohende Mündungen wegen der Rollbewegungen steil himmelwärts und mal richteten sie sich nutzlos in die azurblaue See.

Jetzt war Captain Walker ganz der Alte und Zuversicht brannte in ihm auf. In wenigen Minuten konnte er die überlegene Feuerkraft seines Schiffes zur Wirkung bringen. Aber noch bevor er tief durchatmen konnte, folgte schon die Hiobsbotschaft: Mit knallrot angelaufenem Kopf hastete der Stückmeister auf Walker zu.

Der Mann war vollkommen aufgelöst und tat sich sichtbar schwer, auch nur ein einziges Wort herauszubringen. Er stammelte: „V... ver... verflucht, verdammt, Captain! Ich muss Ihnen melden, dass ... dass ..."

So aufgeregt hatte Walker Watson noch nie erlebt. „Beruhigen Sie sich. Was zum Teufel ist denn los?"

„Das Pulver ist feucht, Capt'n! Es scheint so, als ob der gesamte Pulvervorrat unbrauchbar gemacht worden ist!"

Jetzt war Walker sprachlos und sah zuerst seinen Stückmeister mit weit aufgerissenen Augen an, dann sah er schockiert zu den feuerbereiten Gegnern. Bald würden sie bereit sein, um das Kanonenfeuer zu eröffnen. Nun durfte keine weitere Zeit mehr verloren werden und deshalb fasste sich Walker kurz: „Haben wir ein Leck?"

„Nein! Es gibt keinen Wassereinbruch im Magazin. Die Pulverkammer ist trocken. Viel Zeit hatte ich nicht, alles genau zu überprüfen, aber ich bin mir ziemlich sicher, dass es sich um Sabotage handelt."

Walker war blass geworden. Kraftlos wiederholte er das schreckliche Wort: „Sabotage? Verdammter Bullshit!"

Aber es verblieb keine Zeit, um sich den Kopf über die Ursache oder den Täter zu zerbrechen. Wichtiger war es, dass ein Ausweg aus dem Desaster gefunden wurde. Die zuvor eingeleiteten Manöver boten derzeit die größten Chancen. Immerhin rollten alle drei Schiffe, parallel zu den Wogen laufend, beträchtlich. Trotz der relativ geringen Distanz war es unter diesen Bedingungen schwer Treffer zu erzielen. Und dem derzeit einzig gefährlichen Gegner, der Destino, welche nach wie vor Backbord voraus lief, blieben bei jeder Rollbewegung immer nur wenige Sekunden zum Feuern.

Nach wenigen Minuten wird mein Schiff einen relativ sicheren Abstand gewonnen haben, sinnierte Walker.

Er stand eisern und fest zu seinem Entschluss, obwohl es ein Risiko gab, luvwärts an dem Gegner vorbeizulaufen. Das westliche Ende von St. Thomas rückte näher und würde der Jaguar die Möglichkeit geben ihre Geschwindigkeit ausspielen zu können.

Walker drehte nochmal behutsam am Ruderrad und brachte sein Schiff auf den bestmöglichen Kurs. Dann übergab er es wieder an den Rudergänger und erteilte den Befehl: „Kurs zwei, acht, fünf!"

„Aye, aye, Capt'n! Zwo-acht-fünf!"

Nur wenige Sekunden nachdem die Jaguar die Destino eingeholt hatte, standen sich im Abstand von anderthalb Kabellängen die Mündungen von feuerbereiten und nutzlos gewordenen Geschützen gegenüber. Die vier an der Nordsee erbeuteten Karronaden, welche der Jaguar zu einer nicht zu unterschätzenden Schlagkraft verholfen hätten, waren nun zum nutzlosen Zierrat geworden.

Und dann brüllte auch schon die erste Kanone auf der Destino auf. Backbords, in unmittelbarer Nähe, zog eine aufspritzende Furche durch die Wogen. Das war knapp! Erleichterte Mienen zeigten sich in den Gesichtern der Jaguars.

Unaufhaltsam schob sich der scharfe Steven des wehrlos gewordenen Toppsegelschoner nach vorne und zerriss jede Welle, die sich ihm entgegenstellte. Während die etwas langsamere Destino direkt auf die kleine Insel Savana Island zuhielt, konnte die Jaguar in knappen Abstand daran passieren. Bald musste die Destino ihren Kurs ändern. Aber noch war die Gefahr für die Jaguars nicht vorüber.

Jetzt folgten hintereinander zwei weitere Kanonenschüsse. Die erste Kugel pfiff in über zwanzig Metern Höhe zwischen den beiden Stengen hindurch, aber ohne Schaden anzurichten. Doch die zweite ließ die Reling lautstark zersplittern. Kleine Holzfetzen prasselten rundum auf die Besatzung hinab und ließen ein ganzes Dutzend Jaguars aufschreien. Blutige und schmerzverzerrte Gesichter zeugten von der Wirkung. Aber auf den ersten Blick schien es keine größeren Verluste gegeben zu haben.

Walker betrachtete durch das Teleskop die Crew der Destino. Neugierig starrten bösartige Gesichter zur Jaguar herüber. Die schienen sich vor keiner Gegenwehr zu fürchten. Woher wusste die Crew, dass das Pulver unbrauchbar war? Wer steckte hinter der Sabotage? Tief in seinem Inneren schien Walker, die Antwort auf die Fragen zu kennen. Aber nun hatte er keine Zeit, sich Gedanken darüber zu machen, denn auf dem anderen Schiff drohte eine vierte Kanonenmündung.

Er schätzte die Risiken ab: Bei den Rollbewegungen des Schiffes einen Treffer zu erzielen, bedeutete, dass die Kanoniere der Destino mehr Glück als Verstand hatten. Ein weiterer Treffer war unter den Umständen eher unwahrscheinlich. Ein baldiger Kurswechsel auf der Destino war ohnehin erforderlich und bis die Kanonen einmal nachgeladen wären, konnte die Jaguar ein gutes Stück voraus sein.

Captain Walker war nicht der Einzige der den Gedanken hatte. Aber mit dem Optimismus der Jaguars war es bald dahin. Nun feuerte die vorderste der Destinokanonen.

Obwohl die einzelne Feuerzunge des vermeintlichen 12-Pfünders nicht sehr furchteinflößend gewirkt hatte, folgte nach dem Donner ein grässlich krächzender Ton. Alle an Deck blickten hinauf und mussten hilflos ansehen, wie sich langsam ein unaufhaltsamer Riss durchs Großsegel fraß. Zuerst waren es nur wenige Meter vom Einschussloch bis zum Vorliek. Dann weitete sich das Tuch, flatterte und knatterte immer mehr und schon hatte der Riss das Achterliek erreicht. Auf der Jaguar war das größte aller Segel so gut wie nutzlos geworden.

Auf dem gegnerischen Schiff brüllte und tobte die Besatzung der Destino vor Begeisterung.

Trotz seiner Niedergeschlagenheit und, obwohl wichtigeres zu tun war, setzte Walker sein Teleskop an und blickte zum Feind. Und während er kurz die boshaften Fratzen betrachtete, fiel ihm eine ganz besonders auf: Die von seinem desertierten Matrosen.

Das Gesicht von Brewster.

„Hätte ich den Schandtäter doch lynchen lassen", tadelte sich Walker laut. Er musste ein paar Mal tief durchatmen. Beinahe mutlos sah er seine Offiziere an, wie sie dringend notwendigen Tätigkeiten delegierten. Aber schon holte die Destino auf und auch der andere Schoner kam unaufhörlich näher.

Weil auf ein Unglück meist ein weiteres folgte, brüllte der Ausguck vom Vortopp mit panischer Stimme: „Schiff in Sicht! Eine Fregatte unter Vollzeug! Drei Strich Steuerbord voraus!"

„Bullshit!" Eilig hastete Walker zum Vorschiff.

Im Vorbeirennen erließ er an den Stückmeister den Befehl, dass die Geschütze eingerannt werden sollten. Die waren ohnehin nutzlos und vielleicht hatte man so die Chance sich zu ergeben, ohne zusammengeschossen zu werden.

Chris Bolton stand geschützt hinter dem Schanzkleid am Bug und zog sein Fernrohr aus dem Köcher. Und nun sah auch Walker durch die geschliffenen Gläser seines Teleskops eine schlank gebaute, mittelgroße

Fregatte. Ein schwarzer Pfortengang zierte den schwarzen Rumpf. Ungefähr 36 Geschütze. Gekrönt wurde das stolze Schiff mit einer riesigen Wand aus hellem Segeltuch, sogar die Leesegel waren gesetzt.

In voller Fahrt kam sie wie eine Wolke zwischen den Inseln Salt Cay und Savana Island herangetrieben. Wegen der steilen Küste von St. Thomas war das große Schiff vor wenigen Minuten dem Ausguck verborgen geblieben. Aber nun war die stark armierte Fregatte gerade mal eine Seemeile entfernt.

Hoffnungslos setzte Walker sein Teleskop ab. Mehr wollte er nicht mehr sehen. Obwohl die Nationale aus dem Blickwinkel nicht zu erkennen war, wusste er, dass es der Danebrog, die dänische Nationale, sein musste. Er kannte auch den Namen des Schiffes.

Leise, eigentlich zu sich selbst, murmelte Walker vor sich hin: „Die Najaden."

Bolton, der ebenso die Vernichtung der Jaguar kommen sah, blickte in das bleichgewordene Angesicht seines Kommandanten. „Sie kennen das Schiff, Captain?"

Walker nickte traurig.

„Und was gedenken Sie zu tun? Werden wir uns den Gegnern ergeben?"

Noch wusste Walker keine Antwort. Den Blicken seines Ersten ausweichend, sah er ratlos in alle Richtungen. Dann bemerkte er zu seinem Erstaunen, dass die Destino abdrehte, während auf ihr einige Signalflaggen hochgingen. Eine dänische Nationalflagge war auch jetzt nicht zu sehen. Und nun drehte der Schoner achteraus nach Süden ab. Seltsam.

„Zum Ergeben ist es zu früh", antworte Walker seinem Ersten und deutete mit ausgestrecktem Arm auf die abdrehenden Gegner. „Wir versuchen auch unser Heil in der Flucht."

„Wie die beiden Piraten?"

„Wie die beiden Piraten", murrte Walker bejahend. „Aber in die entgegengesetzte Richtung."

Er war zu der Überzeugung gekommen, dass die zwei Schoner, die keine Flagge gezeigt hatten, Reißaus vor dem dänischen Kriegsschiff genommen hatten. Mit einer sehr vagen Hoffnung ließ er die amerikanische Flagge setzen und blickte auf das zerrissene Großsegel, welches von seiner routinierten Mannschaft vorläufig gerefft wurde. Glücklicherweise war die oberste Reihe der drei vorhandenen Reffbahnen noch intakt geblieben. Nicht so gut war die Tatsache, dass das Reffen am überlangen Großbaum noch ein wenig Zeit in Anspruch nehmen würde.

Währenddessen kamen sich die Najaden und die Jaguar unaufhörlich näher. Es den beiden Schonern gleichzutun und das Heil in einer seewärts gerichteten Flucht zu suchen, war im Moment wegen des zerschossenen Segels für die Jaguars unmöglich geworden. Jeder an Bord rechnete damit, dass aus den bereits ausgerannten Kanonen der Najaden im nächsten Augenblick das tödliche Feuer einer vollen Breitseite speien würde. Der seitliche Abstand zu dem weit überlegenen Kriegsschiff belief sich nur noch auf eine Kabellänge.

Gebannt und mit geweiteten Augen sahen die Jaguars dem Tod ins Auge.

Aus Sekunden schienen Minuten zu werden – aber nichts geschah. Die Geschütze der Najaden schwiegen. Stattdessen richteten sich vom Achterdeck mehrere Teleskope auf den Toppsegelschoner und beäugten sowohl das fremde Schiff als auch die Crew der Jaguar. Das eingebundene Großsegel und den harmlosen Eindruck, aufgrund der nicht ausgerannten Kanonen, war der Schiffsführung der Najaden wohl kaum entgangen. Sicherlich hatten sie den Beschuss der Jaguar vom weißen Schoner gesehen – und genau diesem jagte die Najaden nun hinterher.

Ein erleichtertes Aufatmen ging durch die Reihen der Jaguars. Bolton, der sich unbewusst den Angstschweiß von der Stirn wischte, sagte lapidar zu dem neben ihm stehenden Kommandanten: „Mhm … Es gab eigentlich auch keinen vernünftigen Grund uns anzugreifen. Außer ein bisschen Schmuggelware zu verscherbeln, haben wir uns nichts zu Schulden kommen lassen."

Mit einem Schlag hatte sich die Anspannung der Umstehenden gelöst. Auch Walker war ein Stein vom Herzen gefallen. Traditionsgemäß ließ er für die sich entfernende Fregatte, zum Dank für die unerwartete Rettung, die Flagge dippen. Obwohl er es eigentlich nicht erwartet hatte, ging auch auf der Najaden einmal die rote Flagge mit dem weißen Kreuz nieder und wieder hoch.

Das Schiff stellte in Walkers Erinnerungen eigentlich einen Alptraum dar. Aber derzeit ging von der Fregatte keine Gefahr aus. Niemals hätte er es für möglich gehalten, dass er sich eines Tages über den Anblick des mächtigen dänischen Kriegsschiffes freuen würde. Ohne ihr Erscheinen wäre die Jaguar von den Schonern vernichtend geschlagen worden. Aber was hatte es mit den zwei weißen Schonern, die nun von der Najaden gejagt wurden, auf sich?

Walker zermarterte sich das Gehirn. Handelte es sich um zwei kooperierende Piratenschiffe? Und was hatte der verfluchte Brewster an Bord der Destino zu suchen? Er musste in Erfahrung bringen, wer oder was dahinter steckte. Koste es, was es wolle. Und wo konnte er die Antworten auf die quälenden Fragen erhalten? An welchem Ort war man derzeit völlig sicher vor den zwei kriegerischen Schonern? Die Antwort lautete: Charlotte Amalie.

Walkers Entschluss stand fest und schon erteilte er den Befehl: „Klar zur Wende!"

Noch bevor die Dämmerung einsetzte, hielt der Bug des Toppsegelschoners direkt auf Water Island zu. Walker beabsichtigte, die Passage zwischen Water Island und St. Thomas zu nehmen. Einer der beiden gegnerischen Schoner war von dort gekommen. Jetzt ließ die unmittelbare Nähe zu den Bergen den Wind spürbar abflauen. Die Fahrt reichte aber noch aus, um vor Einbruch der Nacht einen geschützten Ankerplatz in der Nähe der Stadt aufzusuchen. Bald darauf, noch bevor die Dunkelheit das Ankern hätte erschweren können, rauschte der Anker ins schwarzblaue Wasser.

Noch während die Crew Klarschiff machte, fand der Schiffsarzt endlich Zeit, seinem Kommandanten Meldung zu erteilen. Nicht nur, dass er das aus Pflichtgefühl zu tun gedachte, er teilte auch seine schrecklichen Erinnerungen mit dem Captain.

So ging er schnurstracks auf Walker zu, der auf dem Achterdeck neben dem Ersten stand. Aber noch bevor er das Wort eröffnen konnte, wurde er von diesem gefragt: „Na, Kevin? Wie siehst's aus? Alle versorgt?"

„Ja Capt'n! Es ist glimpflich ausgegangen. Es gab einige Splitterverletzungen, sodass es einiges zum Nähen gab. Insgesamt waren neun Mann zu versorgen. Jeff Daniels hat's ganz schön erwischt. Der kann von Glück reden, wenn ich seinen Unterschenkel retten kann. Sonst müsste ich den Schenkel amputieren und zu den Fischen geben. Und um den Kleinkram kümmern sich nun meine zwei Sanitätsgasten."

Die rüde Sprechweise war für einen hartgesottenen Chirurgen nichts Außergewöhnliches und Walker nahm keinen Anstoß daran.

McArthur setzte aus, bevor er das Thema wechseln wollte. Zunächst räusperte er sich. „Die Fregatte, Capt'n. Irgendwie kam mir die bekannt vor. Sollt' ich mich denn täuschen? War das denn nicht die, die … Na, wie hieß sie noch?"

„Najaden. Genau die war's Kevin!"

Jetzt mischte sich der Erste ins Gespräch ein. Zuvor war keine Zeit zum Reden geblieben. „Ihr habt also schon Bekanntschaft mit der Fregatte gemacht. Wollt ihr mich nicht endlich in euer Geheimnis einweihen? Lasst mich nicht schmoren!"

Die sanften Bewegungen vor Anker ließen die Dramatik, welche noch vor kurzem an Bord geherrscht hatte, schnell vergessen. Es war die Zeit gekommen, über den glücklichen Ausgang des Ereignisses und über die Vergangenheit zu sprechen.

Zögernd begann Walker: „Nun … In diesen verfluchten karibischen Gewässern hatten wir etwas Ähnliches bereits erlebt. Auch damals, es ist schon zwei Jahre her, sind wir verfolgt worden. Und zwar von genau dieser Fregatte und von einem dänischen Kriegsschoner."

Boltons Neugier stieg. Seine Blicke wanderten zwischen dem Captain und dem Schiffsarzt hin und her. Dann schlussfolgerte er: „Ich gehe davon aus, dass Sie damals entkommen konnten, nicht wahr?"

„Ja, so ist es. Aber wir hatten einen hohen Preis zahlen müssen. Dabei ging meine Korvette Cougar auf einem Riff vor Hispaniola verloren."

McArthur war sich bewusst, dass ein Captain nur widerwillig bereit war, über die Sache zu sprechen. Deshalb ging er dazwischen und bemerkte: „Hätte heute die Schiffsführung der Najaden gewusst, dass ein Teil der damaligen Cougarbesatzung in unmittelbarer Reichweite ihrer Breitseite vorbeisegelt, dann wären wir nicht ungeschoren davongekommen."

Inzwischen war Bolton klar geworden, dass er in alten Wunden stocherte. Trotzdem fuhr er fort unbequeme Fragen zu stellen und vermied es, dem Captain direkt in die Augen zu sehen: „Darf ich fragen, warum und weshalb ihr damals von den Dänen verfolgt worden seid?"

„Es scheint sich alles zu wiederholen. Diesmal ist es Brewster. Aber auch damals hatten wir einen Verräter an Bord gehabt. Brannigan war sein Name. Der hat damals die Dänen auf uns gehetzt. Aber glauben Sie mir, Bolton, für den Verrat, aber auch noch für andere Taten, hatte das Schwein büßen müssen."

„Was hatten Sie mit ihm gemacht, Capt'n?"

„Wir hatten ihn an die Haie verfüttert!"

Sprachlos senkte Bolton seinen Blick. Aber schon nach einer kurzen Denkpause stellte er die Konsequenz zur Frage: „Und jetzt sind wir zurückgekehrt, um Brewster wieder einzufangen? Glauben Sie wirklich, dass er wieder auf St. Thomas zurückkehrt?"

„So schnell sicherlich nicht", bestätigte Walker verneinend. „Aber ich werde herausbekommen, wem die Schoner gehören. Und dann werden wir Jagd auf sie machen. Bei der Gelegenheit werden wir dann den verdammten Brewster erledigen!"


# Kapitel 11: Gewitter über Charlotte Amalie

„Schönen guten Abend Capt'n Walker! Schon wieder zurück? Haben Sie wieder etwas Interessantes für mich, um erneut ins Geschäft zu kommen?"

Walker versuchte gegenüber dem freundlichen und kaum erstaunt wirkenden Hehler einen gelassenen Eindruck zu wahren.

„Guten Abend, Mister Rostrup. Eigentlich wollte ich auf hoher See sein, aber manchmal kommt es anders als man denkt. Und deshalb habe ich mir erlaubt, nochmals bei Ihnen vorbeizusehen. Ich hoffe doch, dass ich Sie nicht allzu sehr störe?"

„Aber nicht doch! Sie wissen, dass Sie bei mir jederzeit willkommen sind." Rostrup zog betont an seiner Zigarre und sah dann der davonschwebenden Rauchschwade hinterher. Erst dann wandte er sich seinem unerwarteten Gast zu. „Nun … was kann ich für Sie tun, Capt'n?"

Unauffällig versuchte Walker den Mann einzuschätzen. Er traute seinem Gegenüber nicht über den Weg. Schließlich ging dieser ungestört seinen leisen Geschäften nach und war damit ziemlich reich geworden. Sicherlich besaß der verschlagenen Hehler auf St. Thomas, vielleicht auch auf anderen Antilleninseln, ebenso viel Macht und Ansehen wie hier. Walker war sich ziemlich sicher, dass der Mann in Erfahrung bringen konnte, wer hinter den seeräuberischen Attacken der beiden Schoner steckte. Aber wäre sein Gastgeber bereit, ihm, dem fremden Schmugglerkapitän, zu helfen? Könnte es nicht sein, dass genau er dahinter steckte? Aber es war einen Versuch wert, einen einflussreichen Partner auf seiner Seite zu haben. Das Risiko musste eingegangen werden.

Sicherheitshalber hatte Walker eine kleine doppelläufige Pistole im Rock. Und für den Fall, dass ihm etwas zustoßen sollte, war sein Erster angewiesen, die Villa niederzubrennen. Vorsicht und Misstrauen konnte nie schaden.

Bei einer Flasche Wein, welche der generöse Gastgeber von seinem Diener servieren ließ, schilderte Walker ausführlich die Geschehnisse des vergangenen Tages. Dass ein verschwundenes Besatzungsmitglied auf dem angreifenden Schoner gefahren war, verschwieg Walker aus taktischen Gründen.

Rostrup hörte aufmerksam zu. Sinnierend, ohne Walker zu unterbrechen, sah er immer wieder zur Decke und verfolgte den davonziehenden Qualm seiner Zigarre. Aber für Walker war es unmöglich aus seiner Mimik auch nur die geringsten Rückschlüsse zu ziehen.

Nachdem Walker mit seinem Bericht am Ende war, drückte Rostrup den Stummel seiner Zigarre aus und begann zögerlich zu sprechen: „Nun … wegen dem feuchten Pulver ist es so, dass Sie den Übeltäter bei sich an Bord zu suchen haben. Das ist ganz alleine Ihre Angelegenheit, Capt'n. Aber ich kann Ihnen natürlich jederzeit Ersatz beschaffen. Da komme ich gern mit Ihnen ins Geschäft." Wieder sah Rostrup dem abziehenden Dunst seiner Zigarre hinterher. „Ich bin jedenfalls froh, dass Sie keine Verluste zu beklagen haben, Capt'n Walker. Ihr Glück, dass die Najaden auf der Bildfläche erschien."

„Der Name sagt Ihnen etwas?"

„Aber sicher doch, Capt'n! Die Fregatte segelt beinahe jedes Jahr in unseren Gewässern. Hauptsächlich tut sie das, wenn es in Dänemark so kalt ist, dass nicht einmal ich als Däne nicht einmal meine Hunde auf die

Straße schicken würde. Ein prächtiges Schiff unserer königlichen Marine und zum Präsentieren hervorragend geeignet! Da wird gerne mal die Flagge gezeigt, sowohl vor unseren Verbündeten, den Holländern und Franzosen, als auch vor dem gemeinsamen Feind … den Engländern. Hier in den karibischen Gewässern treibt sich viel herum, dazu gehören auch Piraten und Schmuggler. Und so wie Sie es mir erzählt haben, sind die Einen auf die Anderen gestoßen." Rostrup lachte süffisant, hielt sich die Hände vor seinen Wanst und hustete künstelnd. Beschwichtigend fügte er hinzu: „So simpel ist die Angelegenheit."

Da auf einmal eines der Fenster zu klappern angefangen hatte, schaute Rostrup über seine Schulter, um nach dem Rechten zu sehen. Aus dem flauen Lüftchen war mittlerweile ein heftiger Wind geworden. Unverzüglich klingelte der Hausherr mit einem bereitstehenden Glöckchen nach seinen Dienstmädchen. Schon kurz darauf erschienen sie. Für Walker war das Erscheinen der zwei hübschen Mädchen in ihren sinnlich schwingenden, weiten Röcken eine angenehme Abwechslung, wären da nicht seine instinktiven Sorgen um sein Schiff, die ebenso plötzlich wie der Wind aufgekommen waren.

„Maria! Isabella! Muss man euch denn alles sagen? Merkt ihr denn nicht, dass ein Sturm aufkommt? Sputet euch und macht die Fensterläden dicht!", befahl der Herr des Hauses. Dann richtete er sein Wort wieder an seinen Besucher: „Verzeihen Sie mir, dass ich unterbrochen habe. Wir sprachen von den beiden Schonern und der Fregatte. Die Najaden ist wohl rein zufällig ins Spiel gekommen. Das war eben Ihr Glück, mein Lieber. Ich kann mir gut vorstellen, dass sie gerade von einer Patrouille zurückgekehrt war und dann, aufgrund des Geschützdonners aufmerksam geworden, Jagd auf das Pack gemacht hatte. So war's!"

Von einer Sekunde auf die andere prasselte ein heftiger Tropenschauer gegen die Fensterscheiben, aus der mäßigen Dunkelheit war urplötzlich tiefschwarze Nacht geworden. Aber schon wenige Augenblicke später erhellte schon der erste, grelle Blitz den Himmel – fünf Sekunden vergingen, dann grollte der Donner wie ein wuchtiger Paukenschlag. Dazu kam auch noch das Heulen und Pfeifen eines plötzlich einsetzenden Sturmes. Obwohl solch ein tropisches Gewitter überhaupt nichts Ungewöhnliches darstellte, wurde Walker unruhig. Am liebsten hätte er sich an Bord seines Schiffes befunden. Aber sein Erster hatte genug Erfahrung, um sein Schiff auch bei diesen Sturmböen sicher am Ankerplatz halten zu können.

Deshalb wandte er sich wieder seinem Gastgeber zu: „Da haben Sie gewiss Recht, Mister Rostrup. Dennoch würde ich gerne wissen, wem die Schoner gehören. Es muss doch herauszubekommen sein, wer der Eigner der Destino ist. Sie haben doch sicherlich genug Einfluss, um etwas in Erfahrung zu bringen. Kann ich auf Ihre Unterstützung zählen?"

War das ein nervöses Zucken im Augenwinkeln des Dicken gewesen? Walker war sich nicht sicher.

Zögernd, beinahe ein bisschen geistesabwesend, kam stimmte er zu. „Gewiss, gewiss!" Ein wenig mürrisch ergänzte er: „Ich schau, was sich tun lässt. Wenn ich demnächst etwas Nützliches erfahre, dann gebe ich Ihnen die Information weiter. Sie bleiben also noch ein paar Tage?"

Als Walker bejahend nickte, bot Rostrup, schon wieder mit einem freundlichen, seinem Gast ein weiteres Glas Wein an. „Auf Ihr Wohl, Capt'n! Solange es vom Himmel schüttet, brauchen Sie sich wirklich nicht beeilen. Ich lasse von meinem Diener gerne eine weitere Flasche aufmachen."

Der Mann war wirklich schwer zu durchschauen. Eigentlich hatte Walker von seinem Gegenüber genau das erwartet – der Weg hierher war sicherlich umsonst gewesen.

Nachdem er noch ein paar Gläser in schnellen Zügen geleert hatte, was dem genießerischen Gastgeber sicherlich missfallen hatte, erhob sich Walker aus seinem Sessel. Der Regen hatte beinahe aufgehört und es war an der Zeit zum Schiff zurückzukehren: „Vielen Dank für Ihre Gastfreundschaft und Ihre Bemühungen, Mr. Rostrup. Aber ich sollte besser gehen. Guten Abend!"

„Den wünsche ich Ihnen auch, Capt'n Walker. Mein Diener wird Sie zur Tür begleiten. Und passen Sie immer gut auf sich auf!."

Im Hinausgehen fragte sich Walker, ob das eine Drohung oder ein Rat war.


So plötzlich wie das Gewitter mit dem Sturm hereingebrochen war, so plötzlich hatte es wieder aufgehört. Walkers Rock war auf dem Rückweg von den letzten Regentropfen gerade mal etwas feucht geworden und nun waren nur noch wenige Meter zu seiner Gig zurückzulegen. Aber wo lag das verdammte Boot? Walker sah sich genau um. Hinter ihm lag das schmale, etwas schief stehende Häuschen und zu seiner rechten Seite war ein Haufen verrottender Fischernetze. Für ihn gab es keine Zweifel, dass er genau an der richtigen Stelle stand. Aber wo war die Gig? Wo waren seine Bootsgasten?

Weder das Boot, noch seine Leute waren am vorgesehenen Ort.

Angestrengt versuchte Walker seine Jaguar, die er in geringer Entfernung geankert hatte, zu erspähen. In der Dunkelheit ankerten einige mehr oder weniger gut beleuchtete Schiffe. Welches davon war nun sein Schiff? Ein ungutes Gefühl kam in ihm auf. Langsam wurde Walker nervös. Aber schon zuckte der Himmel mehrmals hintereinander taghell auf – das abziehende Gewitter verabschiedete sich mit einem Wetterleuchten.

Blitzschnell versuchte Walker, die in der Nähe ankernden Schiffe zu identifizieren. Und die wenigen Sekunden gleißender Helligkeit machten Walkers Vorahnung zu Gewissheit: Die Jaguar war verschwunden.

Walker kochte vor Wut. Was war geschehen? Wer war für das Verschwinden seines Schiffes, sowie seiner Gig verantwortlich? Wem sollte er an die Gurgel gehen? War sein Erster Offizier verantwortlich? Hatte Bolton sein Schiff gestohlen? Oder war es seine eigene Besatzung gewesen? Hatte es eine Meuterei gegeben? Vielleicht steckte auch der dicke Hehler dahinter. Zu viele Fragen, für die es keine Antworten gab. Und vor allem: Was war nun zu tun?

So hilflos hatte Walker sich schon lange nicht mehr gefühlt. Nicht einmal, als sein Schiff von den Schonern attackiert worden war und kein brauchbares Schießpulver zu Verfügung gestanden hatte.

Ratlos und nervös zupfte sich der Capt'n ohne Schiff am Bart. Alle angestrengten Blicke waren vergebens: Die Jaguar war weg.

Ich brauche dringendst eine Flasche Rum, dachte sich Walker und wollte sich gerade auf den Weg zur nächsten Spelunke machen, als er in unmittelbarer Nähe ein wimmerndes Geräusch hörte.

Zunächst konnte er niemanden ausmachen, aber ein deutliches Stöhnen führte Walker direkt zu dem faulig stinkenden Haufen Fischernetze. Und darunter lag etwas – oder besser jemand. Walker bückte sich und tastete nach einem Körper.

„Was ist mit mir passiert? Bist du es, Rick?", fragte der unter dem Netzhaufen liegende Mann. Trotzdem erkannte Walker die Stimme seines Schiffsjungen. Der war gemeinsam mit dem Matrosen Rick Foster für die Gig eingeteilt worden, schoss es Walker durch den Kopf. Die beiden sollten mit dem Boot auf ihn warten, um ihn nach seiner Rückkehr zur Jaguar zurückzubringen.

„Nein, ich bin der Capt'n, Mark."

„Capt'n Walker?"

„Höchstpersönlich. Bist du verletzt, Junge? Kann ich dir helfen?"

„Gut, dass Sie gekommen sind, Sir. Ich glaub' es geht schon wieder. Hab' ne riesen Beule auf meiner Birne. Hab' wohl eine über die Rübe bekommen. Aber wo ist Rick?"


Walker griff nach den glitschigen Netzen und hob sie hoch. Etwas schwerfällig rollte sich der Schiffsjunge auf die Seite. Mit einer Mühe schaffte er es, sich wieder aufzurichten.

„Bleib' noch sitzen, Mark. Erzähl mir lieber, was geschehen ist. In der Zwischenzeit sehe ich mich nach Rick um und schaue, ob er auch unter dem Haufen verborgen liegt."

Der Schiffsjunge war immer noch benommen und rang nach einer Erklärung: „Tut mir leid, Capt'n, ich kann mich kaum erinnern! Wir wollten auf Sie warten und haben auf die Gig aufgepasst. Und dann ist das Sauwetter losgegangen! Was dann passiert ist, weiß ich nicht und eben hatten Sie mich hier rausgeholt."

Während der Schiffsjunge mit Mühe seinem Captain Bericht erstattete, hatte Walker auch den zweiten Mann gefunden. Auch er lag unter den Netzen versteckt. Das Handgelenk von Foster fühlte sich ein wenig zu kühl an und ein Pulsschlag war nicht mehr zu spüren. Stattdessen ertasteten Walkers Finger geronnenes Blut an der Schläfe des Opfers.

Rick Foster war tot.

Schlaflos und unruhig, eine Flasche Rum neben sich, lag Walker in einem schäbigen Bett eines nicht minder schäbigen Gasthauses. Aber das mindere Niveau der Unterkunft störte ihn nicht, denn er hatte andere Sorgen.

Wenigstens hatte er seinen Schiffsjungen nur zweihundert Meter auf seinem Rücken tragen müssen, um die nächste Bleibe mit freien Betten zu finden. Mark Holland lag im anderen Bett und wimmerte gelegentlich. Die Beule auf seinem Schädel war dick angeschwollen. Es gab eine kleine Wunde, aber zum Glück lebte der Schiffsjunge noch – ganz im Gegensatz zu Rick Foster.

Der Täter musste Mark um ein paar Zentimeter verfehlt haben, denn sonst wäre auch er mit ziemlicher Sicherheit tot. Während der letzten zwei Stunden hatte er sich ein paar Mal erbrechen müssen – vermutlich als Folge einer schweren Gehirnerschütterung. Doch nun schlief der Junge tief und fest.

Wenigstens eine Sorge weniger, dachte sich Walker.

Der Polizist, welchen der Gastwirt aufgrund von Walkers Meldung herbeigerufen hatte, hatte wegen des Mordanschlages, des Diebstahles und des Verschwindens des Toppsegelschoners nur wenig Aufheben gemacht.

„Darum kümmern wir uns morgen. Vielleicht finden wir etwas heraus. Jetzt kann ich sowieso nichts unternehmen, es ist ja mitten in der Nacht", hatte der Wachtmeister mit nur leichtem Bedauern gemeint, bevor er sich wieder entfernt hatte. Die Leiche des Matrosen war zwar entfernt worden, aber das war alles gewesen.

Walker war wütend. Das Verschwinden seines Schiffes konnte er nur schwer verkraften, selbst der Rum konnte ihm nicht zur Ruhe verhelfen. Die Frage, wer hinter dem gemeinen Mord und dem Diebstahl der Gig und seines Schiffes steckte, konnte er sich beinahe selbst beantworten: Womöglich der desertierte Brewster, der den Sabotageakt am Schießpulver begangen hatte. Aber dann müsste die Destino nach der Verfolgung durch die Najaden wieder zurückgekehrt sein und irgendwo in der Nähe liegen, denn alleine konnte Brewster die Jaguar nicht entführt haben. Dahinter mussten mehrere gefährliche Verbündete stecken. Aber wer? Vielleicht der Hehler?

Inzwischen war die Flasche neben Walkers Bett vollends geleert. Der Schiffsjunge hatte mit dem Wimmern aufgehört und kurz vor Sonnenaufgang war auch Walker eingeschlafen.


„Aufmachen, Polizei!"

Nur unklar nahm Walker, dessen Sinne noch immer vom Rum benebelt waren, den lauten Ruf und das heftige Klopfen an der Tür war. Ein Blick zur Seite ließ ihm die Erinnerungen an die dramatischen Geschehnisse der vergangenen Nacht bewusst werden: Sein Schiffsjunge lag mit einer gewaltigen Beule am Schädel im selben Zimmer. Foster war tot. Seine Gig und sein Schoner waren weg.

„Machen Sie auf!", brüllte jemand auf der anderen Seite der Tür. Das starke Hämmern an der der zugesperrten Tür, ließ Walkers Brummschädel schmerzhaft pochen. Ein Blick zum Fenster und plötzlich arbeiteten seine geschulten Sinne wieder: Die Sonne stand hoch – es war helllichter Tag. Und draußen vor der Tür stand die Polizei.

„Verzeihung! Ich komme schon!" Hastig sprang Walker aus dem Bett und hüpfte beinahe genauso schnell in seine Hosen. Dann eilte er, so rasch es bei gleichzeitigem Ankleiden möglich war, zur Tür und öffnete sie.

Davor stand der gleiche hagere Polizist von vergangener Nacht. Wieder war er in Begleitung von seinem Untergebenen, der in seiner ausgewaschenen Kleidung nicht viel von einer Amtsperson an sich hatte. „Endlich! Wurde ja auch Zeit", murrte der Polizist und besah den wie bewusstlos wirkenden Schiffsjungen.

„Tut mir leid, Herr Wachtmeister, ich war noch nicht ganz wach."

„Verstehe, verstehe." Ein auffälliger Blick auf die leer getrunkene Rumflasche erübrigte jedes weitere Wort.

„Was ich nicht verstehe, Walker, ist die Geschichte, die Sie mir letzte Nacht auf die Nase gebunden hatten. Mir ist es gestern Nacht nicht aufgefallen, aber scheinbar waren Sie zu dem Zeitpunkt bereits ziemlich betrunken."

Der hinterlistige Blick des Polizisten, das dümmliche Dreinschauen seines Begleiters und der um die Ecke grienende Gastwirt versetzten Walker beinahe in Rage. Und dann noch die lächerlichen Beschuldigungen!

„Was soll das heißen?", fragte Walker scharf. „An meiner Geschichte gibt es nichts zum Zweifeln und zweitens hatte ich gestern einen absolut klaren Kopf gehabt!"

„Meinen Sie?" Der Polizist blickte Walker arrogant ins Gesicht. „Ich bezweifle alles! Vielleicht sind sogar Sie der Mörder? Ich komme schon dahinter!" Wichtigtuerisch legte die Amtsperson eine Pause ein. „Wir haben nämlich Ihr Beiboot gefunden. Es liegt nicht genau dort, wo Sie die Leiche gefunden hatten, sondern eine Meile nördlich." Walkers benebelte Sinne wurden schlagartig schärfer. „Außerdem liegt Ihr schönes Schiff nirgends vor Anker ..."

Walker hatte gehofft, dass die Jaguar wieder an ihrem Ankerplatz liegen würde. Aber das Glück war ihm doch nicht gegönnt.

Aber der Polizist, der Walkers ratloses Antlitz beobachtete, hatte noch nicht ausgeredet. „... sondern es liegt sicher vertäut an der Kaimauer. Und Ihre Männer würden gerne wissen, wo Ihr steckt."

Jetzt war Walker sprachlos. Er war so irritiert, dass er sich über das Wiedererscheinen seines Schiffes nicht freuen konnte.

„Vielleicht sollten Sie mir nochmal alles ganz genau erzählen, was heute Nacht vorgefallen ist", forderte der Polizist ihn auf.

Walker versuchte tief durchzuatmen. Im Moment konnte er sich nichts erklären.

„Ich bleibe bei dem, was ich Ihnen heute Nacht gesagt hatte, Herr Wachtmeister. Wort für Wort. Aber dafür, dass mein Schiff und mein Boot wieder da sind ... Nun, dafür habe ich nicht die geringste Erklärung. Vielleicht sollten wir meine Offiziere fragen."

„Guter Vorschlag, Walker! Dann begleiten Sie mich auf die Polizeistation. Ihre Waffen stecke ich solange ein." Dann wandte er sich seinem Untergebenen zu und befahl ihm in barschem Ton: „Und du, Miguel, gehst jetzt zur Jaguar und geleitest einen oder mehrere der Offiziere aufs Revier. Im Interesse von uns allen werden wir in Erfahrung bringen, was sich wirklich heute Nacht zugetragen hatte."

Das Innere der Polizeistation zeigte sich genauso unfreundlich wie die zwei Polizisten, die Walker auf der Insel bereits kennengelernt hatte. Ein unangenehmes, schimmlig wirkendes Grün zierte den Raum, wo er von zwei bewaffneten Männern bewacht wurde. Ein massiver Holztisch mit abgenutzten, teils leicht schief stehenden Stühlen stellten die einzigen Einrichtungsgegenstände dar. Ein Bild einer Königin im weißen Kleid und rotweiß-gestreifter Schärpe war das einzige Licht, was die trübe Atmosphäre ein wenig milderte.

Das war wohl Charlotte Amalie, die Namensgeberin der ach so friedlichen Stadt, sinnierte Walker zynisch.

Olaf Swenson und Mischling Miguel, der Wachtmeister und sein Gehilfe, waren im Moment nicht im Raum. Walker erfuhr im Nachhinein, dass Mortimer währenddessen, getrennt von Bolton, verhört worden war, um seine Version über das Verschwinden der Jaguar zu erklären. Die zwei Aufpasser im Raum, welche im Gegensatz zu dem Mischling ordentliche Uniformen trugen, wirkten gelassen und waren nicht so missmutig wie Swenson. So wurde wenigstens Walkers Unmut, der ungeduldig auf seine Offiziere wartete, nicht noch weiter gesteigert.

Ich bin verdammt gespannt darauf zu hören, was heute Nacht abgelaufen war – ich habe mir jedenfalls nichts vorzuwerfen, dachte er sich und zermarterte sich das Gehirn über die unerklärlichen Vorfälle. Nervös zupfte er an seinem Bart. Wo bleiben meine Leute denn so lange?

Schließlich, nach einer schier endlosen Zeit, welche in Wirklichkeit nicht länger als eine Viertelstunde gewesen war, hörte Walker Stimmen, sowie Schritte vor der Tür. Schon ging diese auf und der Wachtmeister führte Bolton herein. Misstrauisch musterte Walker seinen Offizier.

„Schön Sie zu sehen, Capt'n! Es hätte aber nicht unbedingt hier sein müssen." Der Gruß des Ersten ging mit einem beinahe feindseligem Blick einher.

Da hält mich doch mein eigener Erster für einen Mörder, dachte sich Walker. Schließlich erwiderte er mit einem harten Unterton: „Die Freude ist ganz auf meiner Seite, Mister Bolton. Ich war mir nicht mehr sicher, ob ich mein Schiff …"

„Ruhe hier!", dröhnte Swenson. „Damit das von Vornherein klar ist: Hier bestimme ich, wer redet und wer nicht. Also … zunächst einmal die Namen, dann sagen Sie mir, wer oder was Sie sind. Ich fange mit Ihnen an."

Selbstherrlich deutete der Wachtmeister auf den Captain, der solche Umgangsformen kaum gewöhnt war. Trotzdem wollte Walker vermeiden, dass sich das alberne Verhör unnötig in die Länge zog. Dazu war er viel zu gespannt auf die Erklärungen seines Offiziers. Nachdem auch Bolton gehorsam seinen Namen genannt hatte, forderte Swenson Walker auf, das zu wiederholen, was er über Holland und Foster wusste.

Während des Berichts wirkte Swenson, als hätte er an dem Bericht kein Interesse. Trotzdem beobachtete der Wachtmeister unauffällig die Mimik der beiden Fremden. Währenddessen schrieb Miguel eifrig ein Protokoll und die zwei bewaffneten Aufpasser hörten den Worten mehr oder weniger zu.

Nachdem Walker geendet hatte, sah Swenson, der seine Rolle sichtlich genoss, Bolton fordernd an und fragte schroff: „Nun, Mister Bolton. Können Sie mir und Ihrem Captain eine Erklärung für das angebliche Verschwinden des Schiffes liefern?"

Bolton nickte, sah seinem Captain prüfend in die Augen und begann seine Schilderung. „Natürlich, Mister Swenson. In Abwesenheit meines Kommandanten, ich meine natürlich Capt'n Walker, war ich als Erster Offizier für die Sicherheit der Jaguar verantwortlich. Als ich vor Einbruch der Nacht bemerkte, dass ein Gewitter im Anzug war, ließ ich augenblicklich die Buganker überprüfen und zusätzlich einen Draggen als Heckanker anbringen. Das war schnell erledigt. Schließlich war eines unserer Beiboote bereits am Schiff festgemacht."

Miguel schrieb eifrig mit und Swenson hörte gelangweilt zu. Maritime Einzelheiten schienen der Mann wenig zu imponieren. Dagegen stieg Walkers innerliche Spannung. Bisher war es nichts Neues gewesen. Aber was war dann geschehen?

Schon fuhr Bolton nach einer kurzen Sprechpause fort: „Plötzlich war alles stockfinster gewesen. Aber zu dem Zeitpunkt, als der heftige Regen in Verbindung mit den Gewitterböen hereingebrochen war, lag unser Schiff sicher vor Anker. Den Umständen entsprechend habe ich die Ankerwache verdoppeln lassen."

„Und als Erster Offizier? Was haben Sie dann gemacht?", wollte Swenson wissen.

„Ich war unter Deck gegangen. Sollte ich mich bei dem Gewitter an Deck setzen? Die Ankerwache bestand schließlich aus erfahrenen Männern, und die haben mir regelmäßig Meldung erteilt. Zunächst schien alles in bester Ordnung gewesen zu sein. Schließlich war es für uns nichts Neues, während eines Sturmes vor Anker zu legen!"

„Verstehe … Und weiter?"

„Aber später, ausgerechnet zu dem Zeitpunkt, wo der Sturm am stärksten war, gaben meine Männer Alarm. Ich stürzte sofort an Deck, peilte ein paar markante Lichter an Land an und stellte mit Entsetzen fest, dass unser Schoner direkt auf die Küste zutrieb. Dann gab ich den Befehl: Alle Mann an Deck!"

Langsam konnte sich Walker vorstellen, was während des Gewitters passiert war und deshalb konnte er sich auch seine Frage nicht verkneifen: „Sind denn beide Anker aus dem Grund gerissen worden?" Die grimmige Fratze Swensons war ihm nicht entgangen.

„Nein, Capt'n. Das hatte ich sofort überprüft. Auf beiden Ankertrossen war kein Zug drauf."

Der Wachtmeister fuhr dazwischen: „Was bedeutet das im Genauen, Mister Bolton?"

„Bei schlechtem Ankergrund kann es vorkommen, dass ein Anker über den Grund geschleift wird. Dann würde das Schiff langsam abdriften, aber auf der Ankertrosse wäre dann immer noch ein sehr hoher Zug. Nicht so wie heute Nacht, denn beide Trossen waren lose und ließen sich mühelos einholen."

„Hatten Sie sofort die Trossen überprüft?", fragte Swenson, der inzwischen wirklich neugierig geworden war.

„Dafür war keine Zeit mehr. Unser Schiff trieb mit dem Heck voran auf die Küste zu und wäre dort sicherlich zerschellt. Ich ließ unverzüglich das Beiboot bemannen, um eine Ankertrosse als Schlepptau zu übernehmen. Die Männer im Boot pullten wie die Ochsen gegen den Sturm, um die Abdrift wenigstens zu verlangsamen. Aber ein Auflaufen hätten sie auf Dauer nicht verhindern können. Mit den wenigen Männern, die ich noch zur Verfügung hatte, die Hälfte der Crew hatte Landgang, setzten wir den Innenklüver und das Schonersegel. Trotzdem schien die Zeit nicht auszureichen, wir waren schon kurz vorm Stranden."

Mit Grauen dachte Walker an das, was hätte passieren können. Noch vor Kurzem hatte er seinem Ersten gegrollt, doch jetzt war er stolz auf ihn. Irgendwie hatte er ein Desaster vermeiden können. Die Frage, wie das verhindert werden konnte, brannte ihm auf der Zunge: „Wie haben Sie es noch geschafft, Bolton?"

„Wir hatten einfach nur Glück, Capt'n! Wie das bei solchen Gewittern manchmal so ist: Plötzlich hatte Wind und Regen nachgelassen. Und bis der Wind wieder eingesetzt hatte, diesmal aus Ost und nicht aus Südsüdost, standen die Segel. Wir konnten sogar den Draggen bergen, bevor wir uns vorm Stranden freisegeln konnten."

„Bravo, Bolton! Ich bin Ihnen zu Dank verpflichtet", lobte Walker seinen Ersten.

„Aber das Schiff war angeblich die ganze Nacht weg. Können Sie uns das erklären, Mister Bolton?", fragte der Wachtmeister nicht mehr ganz so streng.

„Aber sicher! Wir hatten nur noch den lausigen Draggen. Das ist eigentlich ein Hilfsanker. Verstehen Sie? Mit dem Ding war mir das Ankern, besonders unter den Bedingungen, zu riskant. Und da es die Sichtverhältnisse nach dem Gewitter zugelassen hatten, war ich bei halben Wind, das heißt ohne zu kreuzen, nach Süden auf See gelaufen. Dort ist man bedeutend sicherer aufgehoben als ohne Anker in unmittelbarer Küstennähe. Und erst bei Tagesanbruch steuerten wir zurück nach Charlotte Amalie."

Walker nickte seinem Ersten anerkennend zu.

Inzwischen hatte auch Swensons Misstrauen erheblich nachgelassen. Schließlich deckten sich die Aussagen von Walker und Bolton. Das Verschwinden des Toppsegelschoners war somit geklärt. Aber es gab noch einige Merkwürdigkeiten.

„Ich verstehe immer noch nicht, warum die Ankerseile, oder wie ihr Seeleute das Zeugs nennt, plötzlich ihren Halt verloren hatten. Ich hatte sie mir vorhin angesehen. Glauben Sie nur nicht, dass ich mir darum keine Gedanken gemacht hätte, Mister Bolton. Aber ich würde gerne von Ihnen eine Erklärung hören", forderte Swenson.

Walker konnte sich kaum noch zurückhalten. Auf die Erklärung war er um ein Vielfaches gespannter als der wichtigtuerische Kleinstadtpolizist. Trotz der stickigen Hitze im Raum lief es ihm kalt über den Rücken, während ihm heißer Schweiß auf der Stirn stand. Walkers Nerven waren gereizt.

Da hat sich irgendetwas Übles zugetragen, dachte er sich ungeduldig. Aber was?

Gebannt wartete er auf die Erklärungen des Ersten. Die Zeit schien angehalten zu haben, wie einer Sanduhr, die ins Stocken gekommen war.

Nach nicht enden wollenden Sekunden fing Bolton, einen fragenden Blick auf seinen Kommandanten werfend, zu sprechen an: „Mhm … Nachdem wir eine Strandung mit knapper Not vermieden hatten, mussten wir zunächst unser Schiff bei dem Gewitter von der Küste freisegeln. Erst dann, als ich endlich Zeit gefunden hatte, mir die eingeholten Trossen genauer anzuschauen, wurde mir sofort klar, dass diese nicht zerrissen waren. Und Sie, Herr Wachtmeister, haben die Trennstellen mit eigenen Augen gesehen. Die waren eindeutig durchschnitten worden, und das Kardeel für Kardeel."

Swenson nickte. Walker kochte innerlich. Steckte schon wieder der gottverdammte Brewster dahinter? Den Gedanken hatte auch Swenson, denn schon richtete er die entsprechende Frage an Walker: „Sie haben mir von einem desertierten Matrosen erzählt, nicht wahr? Wie hieß der noch?"

„Stanley Brewster", entgegnete Walker.

„Ich vermute, dass der Bursche dahintersteckt. Hat der eine Rechnung mit Ihnen offen?"

Walker nickte und schilderte kurz den schmählichen Vorfall an der Nordseeküste und von einer harten Bestrafung.

„Sehen Sie, Sie hätten besser daran getan, den Verbrecher der Justiz zu übergeben. Trauen Sie diesem Brewster zu, seine eigenen Kameraden umzubringen?"

Walkers Antwort war knapp: „Ja, das ist möglich."

„Damit wäre die Sache vorerst für mich geklärt."

Chris Bolton schüttelte energisch den Kopf. „Nein, Mister Swenson! Ganz so einfach ist es nicht. Stanley Brewster ist vielleicht, oder sehr wahrscheinlich einer der Täter. Aber er kann es nicht alleine gewesen sein. Er muss Verbündete gehabt haben, die stark und gefährlich sind."

Der Wachtmeister wirkte plötzlich unsicher, ja beinahe nervös. „Erklären Sie mir Ihre Vermutung, Mister Bolton."

„Meine Ankerwache hatte mich erst später darauf aufmerksam gemacht. Zu einem Zeitpunkt, als wir noch sicher vor Anker gelegen hatten, sah einer meiner Männer im Licht eines Blitzes ein sich näherndes Boot. Er war der Meinung, dass es sich um unsere Gig handelte, die mit drei Männern besetzt gewesen war. Er meinte, eine Meldung wäre nicht nötig, solange er sich noch nicht sicher war, dass das Boot bei uns am Schiff festmachen wollte. Fast zehn Minuten später hatte derselbe Mann das Boot erneut gesehen. Zu dem Zeitpunkt steuerte es wieder das Ufer an. Außerdem sah mein Matrose nur noch einen Mann an den Riemen."

Walker hörte gespannt zu. Mit starrem Blick verfolgte er den Bericht seines Ersten wie ein scheinbar unbeteiligter Zuhörer. In Wirklichkeit rasten seine Gedanken und er überlegte verzweifelt, was er unternehmen sollte, nachdem er die Polizeistation verlassen konnte.

„Warum hatte Ihr Matrose die merkwürdige Beobachtung nicht unverzüglich gemeldet?", fragte Swenson mit finsterer Miene.

Bolton konterte mit fester Stimme: „Ganz einfach, weil unmittelbar darauf das Schlammassel anfing und unser Schiff auf die Küste zutrieb! Ich vermute, dass unsere Gig im Dunkeln zwei Männer zu den Trossen gebracht hatte, diese dort ins Wasser gegangen waren, um die Trossen zu zerschneiden und anschließend in den auflandigen Wogen ans Ufer zurückzuschwimmen."

Der Wachtmeister nickte, meinte aber: „Vorausgesetzt, dass es gute Schwimmer waren. Möglich ist es, aber wer sollte dahinterstecken?" Swensons Augen wanderten zu Walker. „Haben Sie Feinde auf St. Thomas, Sir?"

Bedächtig nickte Walker. „Es scheint so, obwohl ich es mir beim besten Willen nicht erklären kann. Warum sollte auch der verdammte Deserteur Brewster so viel Einfluss haben, dass man mit zwei Schonern Jagd auf mein Schiff machen würde? Können Sie mir das erklären, Mister Swenson?"

Der Wachtmeister machte große Augen. „Davon weiß ich noch gar nichts, die ganze Geschichte wird ja immer schlimmer! Erzählen Sie."

Also erzählte Walker von der Verfolgung, dem Beschuss durch die Destino und dem unbrauchbar gemachten Pulver. Selbst die Bewacher fanden langsam Interesse an dem Verhör, während sich Swenson in seiner Rolle immer weniger wohl zu fühlen schien. Unruhig ließ der Wachtmeister seine Finger schnipsen und es war ihm anzusehen, dass von seinem autoritären Gehabe nicht mehr viel übrig geblieben war.

Tatsächlich drängte er Captain Walker endlich zum Ende zu kommen. Dann erhob er sich hastig von seinem Stuhl und sprach: „Ich glaube, dass ich das Nötige gehört habe. Entschuldigen Sie mich für einen Moment, meine Herren, ich muss kurz mit meinem Vorgesetzten sprechen. Bleiben sie solange hier sitzen."

Ohne auf eine Antwort zu warten ging der Wachtmeister aus dem Raum hinaus. Walker hätte gerne noch einige Fragen mit seinem Ersten besprochen, jedoch wurde das von dem Polizeigehilfen unterbunden. Doch nach weniger als zehn Minuten ging wieder die Tür auf. Breitbeinig stellte sich der Wachtmeister in Position.

Wieder hinterließ er den wichtigtuerischen Eindruck. „Gentlemen, wir werden alles unternehmen, um den Hauptverdächtigen, diesen Brewster, in die Zange zu nehmen. Obwohl St. Thomas eine kleine Insel ist, kann das natürlich eine Weile dauern, denn in den Bergen kann man sich wochenlang verstecken. Außerdem kann Brewster schon auf den Planken eines Schiffes das Weite gesucht haben. Natürlich werden wir versuchen dahinterzukommen, wer seine vermeintlichen Verbündeten sein könnten."

Während Swenson im Sprechen aussetzte, warfen sich Walker und Bolton zweifelnde Blicke zu. Das Misstrauen der Männer wurde Sekunden darauf bestätigt, als Swenson die Amtsperson herauskehrte: „Sie, meine Herren, stehen nicht mehr unter Verdacht. Dennoch stehen Ihnen leider nur noch 24 Stunden zur Verfügung, um Ihr Schiff mit allem Nötigen auszustatten und seeklar zu machen. Ihr Aufenthaltsrecht auf St. Thomas erlischt nach dieser Zeit. Desgleichen gilt das für das dänische St. Croix. Die königliche Marine wird ein strenges Auge auf euer Schiff werfen. Habe ich mich klar ausgedrückt, meine Herren?"

Walker kochte innerlich und Bolton hinterließ einen sprachlosen Eindruck.

„Mit welchem Recht verbieten Sie uns einen weiteren Aufenthalt?", fragte Walker scharf.

Selbstherrlich deutete Swenson auf das Bild der Königin: „Befehl Ihrer Majestät. Vielleicht sollte ich überprüfen lassen, ob mit der Ladung, die Sie auf Ihrem Schiff tragen, alles in bester Ordnung ist. Und was hat es mit der starken Bewaffnung Ihres Schoners auf sich, Mister Walker?" Hämisch sah der Wachtmeister auf den Captain und auf Bolton hinab. „Wenn Sie auf ein Bleiberecht bestehen, Gentlemen … das lässt sich gerne einrichten." Swenson deutete mit seinem Daumen über seine Schulter. „Wir hätten in unserem Gefängnis noch ein paar Plätzchen frei. Für die Schiffsführung eines Schoners reichen unsere Zellen!"

„Kommen Sie, Mister Bolton, wir gehen!" forderte Walker seinen Ersten auf. Ohne ein Wort zu verlieren gingen die Männer mit schnellen Schritten aus der Wache, um die schäbige Polizeistation mit der korrupten Belegschaft hinter sich zu lassen.


Wieder war eine Nacht hereingebrochen – so unaufhaltsam und plötzlich wie es in diesen Breiten üblich war. Der bedeckte Himmel ließ nicht einen der unzähligen Sterne durch die Wolken schimmern. Und das kam Captain Walker mehr als recht. In der Gewissheit unbeobachtet zu sein, schlich er sich in Begleitung von seinem muskulösen Vollmatrosen Mike Steel und dem schlanken, aber athletisch gebauten Fritz Hollman im Schutze der Nacht um das Gemäuer von Rostrups Anwesen.

Außer dem zarten Rascheln der Bäume und Sträucher war es ausgesprochen ruhig. Nur ab und zu kläffte in einiger Entfernung ein Straßenköter. Zu Walkers Zufriedenheit bellten wenigstens Rostrups Wachhunde nicht, obwohl anzunehmen war, dass diese auf dem Grundstück unterwegs waren. Aber genau die Hunde machten Walker die größten Sorgen. Zur Vorsorge hatte er zwei größere Happen Schweineschenkel mitgebracht, so dass die Hunde mit den Knochen eine Weile beschäftigt werden konnten.

Außerdem hatte er zur Sicherheit seinen im Messerwerfen talentierten Matrosen dabei. Schließlich konnte Hollmann seine Wurfmesser schneller werfen, als ein Köter bellen konnte.

Schon bald war eine günstige Stelle zum Übersteigen der Mauer gefunden worden. Ein Avocadobaum, der in geringem Abstand vor der Mauer stand und dessen Äste zum Erklettern der Mauer aufforderten, machte das Klettern zu einem Kinderspiel. Mit einem Messer und dem Degen in den Händen sprang Walker allen voran die Mauer hinunter. Beinahe zeitgleich rasten zwei großen Hunde heran, wobei der kraftvolle Lauf die Köter am Bellen hinderte. Mike Steel sah sie im Dunkeln wie Phantome aus dem Nichts erscheinen und warf ihnen schon die schweren Schweineschenkel entgegen, während Hollmann in jeder Hand ein Messer zum Wurf bereithielt.

Mit beiden Stichwaffen in der Hand ging Walker langsam auf die Hunde zu und redete leise auf sie ein. Doch nun zeigte sich, dass es sich gelohnt hatte, vorher mit den Biestern Bekanntschaft gemacht zu haben. Während der eine Hund unbekümmert am Fleisch seines Schenkels zerrte, unterbrach der zweite für wenige Sekunden das Kauen, beäugte und beschnüffelte die Fremden und machte sich dann wieder gierig über seinen Knochen her. Erleichtert wandte sich Walker um und holte seine wartenden Männer.

Dicht beisammen näherten sich die drei Eindringlinge mit ihren scharfen Waffen den Wachhunden, die nun, doch etwas misstrauisch geworden, im Fressen innehielten. Aber Walkers ruhige Stimme und sein dem Tieren vertrauter Geruch beruhigte sie.

Immer wieder einen sichernden Blick nach hinten werfend, drangen die drei Männer bis zum Haus vor. Nur noch wenige Lichter brannten im Inneren. Walker schlich vorsichtig an der Hauswand entlang. Er duckte sich neben einem Fenster eines beleuchteten Zimmers. Es handelte sich um den Salon in dem sich Walker schon zweimal als Gast aufgehalten hatte. Doch diesmal würde er als unerwarteter Einbrecher kommen.

Da die Zeit drängte, war kein Spielraum für weitere Ermittlungen vorhanden. Der Verdacht war zu groß, dass der Hehler mehr wusste, als er zugeben wollte. Walker sah sich gezwungen, auf Gedeih und Verderb Rostrup Informationen zu entlocken. Seine Menschenkenntnis gab ihm die Gewissheit, dass es da jemanden gab, der hinter ihm her war – jemanden, der selbst Rostrup und Swenson um den Finger wickeln konnte.

Vorsichtig lugte Walker aus dem Dunkeln ins Innere. Und da sah er den dicken Hehler mit einer Zigarre zwischen den Fingern im Sessel sitzen. Sogleich duckte sich Walker wieder, prüfte die Lage und schlich auf seine Männer zu. Wie es zu erhoffen war, fand sich schnell ein offenes Fenster in einem der dunkleren Zimmer.

Walker stieg zuerst hinein und schaute sich vorsichtig um. Die Luft war rein. Er zog seine Pistole und kontrollierte sie. Dann forderte er seine Männer auf, ihm leise zu folgen.

Trotz der Dunkelheit war der Weg zum Salon nicht schwer zu finden. Zum Glück war vom Personal niemand in der Nähe. Und schon drückte Walker die Klinke nach unten, öffnete langsam die massive Tür und betrat mit der schussbereiten Pistole in der Hand, wie einem entwaffnenden Grinsen den Raum. Rostrups Staunen war grenzenlos und raubte ihm jedes Wort.

Mit zynischen Ton begrüßte Walker seinen Gastgeber: „Hier bin ich schon wieder, Mister Rostrup. Es ist mir eine Ehre erneut Ihr Gast zu sein. Ich war so frei noch zwei weitere Begleiter mitzubringen. Ich hoffe, dass wir Sie zu der später Stunde nicht stören. Also bitte nicht laut werden, wir möchten doch niemanden wecken." Ein kurzes Zeichen ließ Walkers Männer vor den Türen des Salons Position beziehen.

Der Hehler bebte, seine Hände zitterten und der Rauch seiner Zigarre wirbelte in lustigen Kreisen. Das Gesicht Rostrups lief rot an und aus seinen Augen sprachen Wut und Zweifel. „Was erlauben Sie sich, Mister Walker? Sie waren mein Gast, wir hatten miteinander gehandelt und ich bot Ihnen meine Hilfe an. Und jetzt überfallen Sie mich in meinem eigenen Haus wie ein gemeiner Halunke! Was zum Teufel bedeutet das?"

Auge in Auge stand Walker seinem Gastgeber gegenüber. Spielerisch fuchtelte er mit seiner Waffe vor dem Gesicht des Dicken. Sein Blick machte deutlich, dass es sein Ernst war und, dass er nicht mit sich spaßen ließ. „Es tut mir wirklich leid, Mister Rostrup. Aber die Zeit läuft mir davon und ich möchte endlich die Wahrheit erfahren. Wer hat mir die Schoner hinterher gejagt? Wer steckt hinter der Ermordung meines Matrosen und dem Mordversuch an meinem Schiffsjungen? Wer hat den Anschlag auf mein Schiff verübt und die Ankertrossen kappen lassen? Und wer hat es so eilig, dass ich mit meinem Schiff so schnell verschwinden soll?"

Inzwischen hatte sich Rostrup wieder gefasst. Bösartig und feindselig entgegnete er: „Verfluchter Bandit! Wie kommen Sie darauf, dass ich etwas damit zu tun habe? Ich bin ein angesehener und unbescholtener Bürger! Und Sie? Ein schäbiger Kapitän, ein missratener Schmuggler! Was weiß ich, wen Sie sich zum Feind gemacht haben? Mich können Sie von nun an auch dazu zählen! Fragen Sie doch Ihren davongelaufenen Matrosen!"

Walker hinterließ einen zurückhaltenden Eindruck und zupfte verunsichert an seinem Bart. „Sie meinen …?"

Mit einem bösen Lächeln meinte Rostrup: „Na diesen Brew…" Plötzlich stockte er. Und schon verspürte er den schmerzhaften Druck kalten Stahles an seiner Schläfe. Er wusste, dass er einen fatalen Fehler gemacht und sich verplappert hatte. Walkers Waffe am Schädel verdeutlichte das nur allzu deutlich.

„Lieber Freund", meinte Walker mit ruhiger Stimme, aber zunehmenden Druck der Pistole. „Sie wissen doch mehr, als Sie mir als Geschäftspartner anvertrauen wollten. Den Namen Brewster habe ich Ihnen nie genannt. Wie kommt es, dass Sie von ihm wissen?" Walker sah es dem Dicken an, dass er sich verzweifelt den Kopf nach einer Ausrede zerbrach. „Aber Sie können sich Erklärungen sparen. Ich will keine hören. Sagen Sie mir nur, wer hinter dem steckt. Ich zähle nun bis fünf. Genießen Sie also die letzten fünf Sekunden Ihres Lebens, wenn Sie gedenken, mir die Antwort zu verweigern."

Rostrup hörte nur noch Walkers kalte Stimme: „Fünf, vier, drei, zwei und ..." Inzwischen war der Druck des Pistolenlaufes auf seiner Schläfe schmerzhaft geworden. Mit den Nerven am Ende, stammelte er: „Rodriguez!"

Selbst Steel und Hollmann horchten auf. Irgendwann hatten die Männer den Namen schon einmal gehört. Und Walker, der braungebrannte Kapitän mit den stählernen Nerven wurde blass. Hastig zog er seine Pistole zurück. Kalter Schweiß lief ihm den Rücken hinab und er fühlte einen heftigen Stich in seinem Herzen. Er wusste in der selben Sekunde, dass der Hehler die Wahrheit gesprochen hatte.

„Rodriguez", wiederholte Walker mit kraftloser Stimme.

Traurige Erinnerungen wurden wach. Erinnerungen an seine wunderschöne Geliebte, die Mestizin Serafina, Erinnerungen an seine Korvette Cougar. Beide hatte er vor Hispaniola verloren. Der schmerzliche Verlust hatte ihm vor weniger als zwei Jahren beinahe den Verstand gekostet. Walkers Gedanken rasten. War das nicht auf einen Verrat seines Matrosen, diesem Donald Brannigan, zurückzuführen gewesen? Aber all das hatte seinen Anfang genommen, nachdem er dem schäbigen Sklavenhändler Rodriguez seine Serafina, die auf dem Markt von Christiansted als Sklavin zum Verkauf angeboten worden war, weggenommen hatte. Verfluchter Rodriguez! Der Name war für Walker ein Synonym für den Teufel in Menschengestalt geworden.

Rostrup bemerkte die Veränderung im Gesicht seines unwillkommenen Besuchers. Langsam gewann er wieder die Fassung und ignorierte die Mündung der Pistole, welche immer noch auf ihn gerichtet war. Vorsichtig nahm er das Wort auf: „Sie wissen also, wer hinter allem steckt. Aber glauben Sie mir, Capt'n Walker, ich habe mit diesen Angelegenheiten nichts zu schaffen. Absolut nichts!"

Walker sah dem Hehler in die Augen. Obwohl er dem zwielichtigen Gesellen nicht viel Vertrauen schenkte, glaubte er ihm. Dennoch gab es gewisse Zweifel und die mussten geklärt werden. „Aber Sie kennen Rodriguez, nicht wahr?"

Der Dicke nickte, eine Schweißperle tropfte ihm von der Stirn auf die füllige Wange. „Sicher! Wer kennt Rodriguez auf St. Thomas oder St. Croix nicht? Schließlich handelt es sich um einen der reichsten und einflussreichsten Männer auf den Inseln. Ich gebe zu, Geschäfte mit ihm zu machen. Ich kann es mir nicht leisten, Rodriguez zu meiden, denn ich möchte mein Geschäft nicht ruinieren. Verstehen Sie das? Aber nehmen Sie endlich dieses verteufelte Ding vor meiner Nase weg!"

Walker war sich nicht bewusst, dass er seine Waffe immer noch auf den Hehler richtete. Schließlich steckte er seine Pistole zurück in den Gürtel.

Rostrup fuhr fort: „Und damit Sie mir glauben, sage ich Ihnen sogar, dass Rodriguez am selben Tag, als Sie zum ersten Mal bei mir waren, geschäftlich bei mir im Hause war. Eigentlich hätten Sie sich begegnen müssen, denn nur eine Minute, nachdem er gegangen war, hatte mir mein Diener Ihre Ankunft gemeldet."

Walker überlegte, denn an die Begegnung hätte er sich erinnern müssen. Aber nun konnte er es sich vorstellen wie es gewesen sein müsste: Er war von Rodriguez erkannt worden, als er auf die Villa zugegangen war und hatte sich rechtzeitig irgendwo verstecken können. Da er sich auf St. Croix den Rodriguez zum Feind gemacht hatte, gab es eine Erklärung für all die merkwürdigen Vorkommnisse.

Die einzige Unklarheit war nur noch, wie sein verräterischer Matrose an Bord der Destino gekommen war. Irgendwie musste Brewster in Kontakt mit Rodriguez gekommen sein. Zwei Männer, welche noch eine Rechnung mit ihm begleichen wollten, hatten sich also gegen ihn verbündet. Langsam begriff Walker den Zusammenhang.

Dennoch gab es noch ein paar offene Fragen. „Sagen Sie mir, Mr. Rostrup, woher kannten Sie den Namen von Brewster?"

„Man hat eben so seine Informationen. Geschäftsgeheimnis sozusagen! Das sollte Ihnen genügen."

Während der Hehler langsam seine Selbstsicherheit zurückgewann, keimte Walkers Groll wieder auf und seine Augen funkelten. Auffällig griff er mit der rechten Hand in seinen Rock. „Wollen Sie, dass ich meine Pistole wieder auf Sie richte?"

„Sparen Sie sich das. Was soll's? Wie Sie wissen habe ich auf der Insel Einfluss und es gibt kaum etwas, das mir nicht zu Ohren kommen würde. Aus diesem Grund ließ Swenson bei mir nachfragen, wo der Kerl stecken könne. Als Gegenleistung für meine gelegentlichen Dienste, drückt man gerne bei meinen Geschäften ein Auge zu. Sie verstehen?"

„Nur zu gut!" Walkers Ton wurde schärfer. „Aber über die Destino wussten Sie überhaupt nichts, was?"

„Bedaure, der Name war mir kein Begriff. Aber als alter Schmuggler, wie Sie es sind sollten Sie doch wissen, dass man den Namen eines Schiffes mühelos ändern oder wechseln kann. Und Schoner, ja … die guten

Schoner gibt es genug. Ich kann die Dinger sowieso kaum auseinanderhalten und weiß gar nicht, welches Schiff welchem Eigner gehört. Da verlangen Sie eindeutig zu viel von mir, Capt'n Walker! Übrigens habe ich langsam genug von Ihnen, Sie sollten langsam gehen und mich in Ruhe zu Bett gehen lassen."

Walkers Begleiter grinsten amüsiert. Fritz Hollmann brachte es auch folgerichtig zum Ausdruck: „Der Mann träumt wohl, Capt'n. Bevor wir mit unserem Schiff auslaufen können, haben wir die Polizei am Hals. Mit denen würden wir locker fertig werden, aber dann kriegen wir es mit der dänischen Marine zu tun. Das muss nicht sein."

Nun mischte sich auch Mike Steel ein: „Der Dicke hält uns alle für blöd, was? Was meinen Sie Capt'n?"

Walker griente den sprachlos gewordenen Hehler an. „Sie haben es gehört, Mister Rostrup. Ganz so einfach ist es nicht. Wir wollen doch alle keine Schwierigkeiten, nicht wahr? Besonders Sie nicht, so wie ich Sie kenne?"

„Was schlagen Sie vor?", fragte Rostrup.

„Sie begleiten uns zu unserem Schiff. Bei Tagesanbruch laufen wir aus. Und bei der nächsten Gelegenheit, bei der Sie uns nicht mehr schaden können, sind Sie wieder ein freier Mann. Was sagen Sie dazu?"

Ein neuer Feind sah dem Kapitän aus hasserfüllten Augen entgegen.


# Kapitel 12: Die Jagd

Der Tag war längst angebrochen aber die östlichen Stadtviertel von Charlotte Amalie lagen immer noch im Schatten des 250 Meter hohen Flagg Hill. Die Hitze des erwachten Tages hielt sich bescheiden zurück, aber bereits wenige Stunden später würde der Marktplatz unter der brennenden Sonne verweist wirken.

So schwirrten zu dieser frühen Stunde die Hausfrauen der Eingeborenen, oder die Hausmädchen der Privilegierten emsig zwischen den Marktständen umher, um die Haushalte mit frischem Fisch, Obst, Gemüse oder anderen Lebensmitteln zu versorgen. Die Marktweiber priesen mit schrillen Stimmen ihre Waren an und warben um Kundschaft. Auch zwei Dutzend Jaguars fanden sich derzeit unter dem feilschenden Volk, das zur Freude der zur See fahrenden Männer überwiegend aus weiblichen Wesen bestand. Die Männer waren beauftragt worden, Jack Robinson, der nun in die Funktion des Proviantmeisters übernahm, zu unterstützen, um ihr Schiff vor der Abfahrt zu verproviantieren. Währenddessen lag die Jaguar immer noch vertäut an der Kaimauer.

Der Toppsegelschoner, dessen Crew auf den nächsten Befehl wartend auf dem Deck stand und dessen Segel schon längst zum Setzen bereit waren, hätte unverzüglich auslaufen können – wenn der dahintrödelnde Trupp vom Markt mit dem Proviant schon zurück an Bord gewesen wäre.

Captain Walker saß auf heißen Kohlen, seine Nerven waren gespannter als eine dichtgeholte Schot. Der Grund war die elegante Brigantine, der ihm mit einer Seemeile Abstand vor der Nase davonlief und auf Halbwindkurs südwärts rauschte. Eigentlich war es nur Zufall gewesen: Wie üblich, wenn sich die Möglichkeit ergab und es die Zeit erlaubte, hatte sich Walker die Schiffe im näheren Umkreis genauer angesehen. Und da gerade ein besonders schöne Brigantine am Auslaufen war, hatte er es sich nicht nehmen lassen, es mit dem Teleskop unter die Lupe genommen. Und siehe da: Ein großer, schlanker Mann im dunklen Mantel und einem ebenso dunklen Hut stolzierte auf dem Deck umher.

Walkers Puls begann kräftig zu pochen. Der Kerl war niemand anderes als der gottverdammte Rodriguez. Und nun wollte, nein, musste Walker dem Schiff hinterher. Koste es, was es wolle. Der Markt lag in unmittelbarer Nähe, und dorthin hatte er schon längst seinen Läufer geschickt, um Robinson und seinen Gehilfen den Befehl zum sofortigem Aufbruch zu erteilen.

„Sie kommen, Capt'n!", meldete Mortimer. „In zehn Minuten haben wir den letzten Mann und die letzte Kiste an Bord."

„Das ist gut", erwiderte Walker erleichtert. „Das Zeug wird vorerst zwischen den Geschützen abgestellt. Zum Verstauen bleibt keine Zeit mehr. Sind alle Stationen klar?"

Zu Walkers Befriedigung wurden die Positionen an den Leinen, am Ruderstand, am Vormast und am Großmast gemeldet. Seine geübte Crew würde das Schiff schnell in Fahrt bringen können. Inzwischen entfernte sich die Esmeralda, das war der Name der Brigantine, auf der sich Rodriguez befand, immer weiter von Charlotte Amalie.

Nach einer nicht enden wollenden Weile war es schließlich so weit. Die Jaguar war im Begriff abzulegen. Die zwei Achterleinen, sowie die Achterspring lagen nur noch lose über den Pollern und konnten jederzeit eingeholt werden. Die Vorleinen und die Vorspring wurden eingezogen und der Bug des Toppsegelschoners schwoite mit backstehendem Außenklüver langsam von der Kaimauer weg. Auch die Stelling, welche als letzte Verbindung zum Land gedient hatte, war bereits an Deck gehievt worden und die Gaffel des Schonersegels war mit ihrer Klau am höchstmöglichen Punkt angekommen. Jetzt musste nur noch das Piekfall durchgesetzt werden.

Alles lief routiniert und reibungslos ab, bis die Jaguarcrew abgelenkt wurde. Zwei Pistolenschüsse peitschten zwischen Häuserreihen auf und die Leute auf den Straßen, wie auf dem Markt rissen ihre Köpfe herum – nichts ahnend, was vor sich ging.

„Macht eure Arbeit, Männer!", rief Walker erbost, dem aufgefallen war, dass sich seine Leute mehr für das Ereignis an Land interessierten als für das eigene Schiff. „Schert euch den Teufel um die Spielchen an Land, wer Mist baut, bekommt die Katze zu spüren!"

Das half. Widerwillig fuhr die Mannschaft mit ihrer Arbeit fort, obwohl allen die aufregende Ablenkung gelegen kam. Ein Mann stürmte aus der Gasse, aus der die Schüsse gekommen waren. Er lief geradewegs auf den ablegenden Schoner zu. Selbst Walker, der zuvor noch geglaubt hatte, dass ihm das nichts anging, ließ sich nun von dem Geschehen ablenken.

Das Heck der Jaguar war bereits frei von der Kaimauer, die Achterleine, die noch vollends eingeholt werden musste, klatschte ins Hafenwasser, als der Flüchtende mit unvermindertem Tempo auf die Jaguar zu raste. Trotz Walkers Drohungen verfolgte die Crew den Fremden mit Blicken. Auch die Leute an Land beobachteten gespannt die Flucht, die in einem gewagten Sprung von der Kaimauer auf das Achterdeck der Jaguar ein vorzeitiges Ende fand.

Der Fremde stolperte direkt vor die Füße von Walker auf das glatte Deck. Mit panischen Blicken und schweißnasser Stirn richtete er sich unbeholfen auf. „Sie sind el Capitano, Senor?"

Ohne eine Antwort abzuwarten, schoss es aus dem verschwitzten Kerl heraus: „Sie mich müssen mitnehmen! Bitte nehmen mich mit, Sir! Die mich sonst umbringen, die haben kein Erbarmen!"

„Langsam! Jetzt lass uns zuerst das Ablegemanöver beenden. Oder willst du, dass ich dich auf der Stelle ins Wasser schmeiße? Pack gleich dort mit an und hilf das Großsegel zu heißen!" Walker deutete mit strenger Miene auf die Männer, die mit vereinten Kräften auf beiden Seiten des Großmastes an Piekfall und Klaufall zerrten. „Ich lasse es dich wissen, wann du mir den Grund deines unangemeldeten Besuches erklären darfst." Sarkastisch ergänzte er: „Ich kann dich auch noch auf hoher See ins Meer werfen."

Achtlos wandte sich Walker von dem jungen Fremden ab und ergötzte sich daran, dass seine Leute wegen der Drohung lautstark grölten. Nachdem er festgestellt hatte, dass auf der Jaguar alles seinen routinierten Lauf nahm, spähte er auf den kleiner werdenden Kai zurück. Etwaige Verfolger waren nicht zu sehen und das Volk auf den Straßen machte sich wieder daran, das übliche Treiben fortzusetzen.

Walker wandte seine Aufmerksamkeit wieder seinem Schiff zu. Der Wind stand günstig, die vor Anker liegenden Schiffe erforderten mäßige Manöver und der Toppsegelschoner bebte wieder mit ungestümer Energie und ächzte geradezu nach mehr Fahrt.

Er blickte auf die perlende Bahn des immer länger werdenden Kielwassers. Allein das Rauschen der Heckwelle und das Knarren des arbeitenden Riggs gab ihm ein Gefühl der Erleichterung. Die Meldung des Ausgucks, dass die Esmeralda weit voraus, aber immer noch in Sichtweite war, machte in zuversichtlich. Die Zeit der Abrechnung mit Rodriguez war in greifbare Nähe gerückt.

Nachdem die Jaguar mit prall stehenden, korrekt getrimmten Segeln durch die Hafenausfahrt gezischt war, lenkte Walker seinen Blick auf den Neuankömmling, der ratlos auf das Meer blickte. Er gab ihm einen Wink und schon stand der Fremde auf dem Achterdeck.

„Und nun erzählst du mir, wer du bist und wer dir auf den Fersen ist?"

„Ich … ich sein Emilio Sanchez. Ich nur weglaufen wegen Hochzeit. Nicht wollen heiraten junges Mädel."

„Und deswegen schießt man auf dich? Es steckt sicher mehr dahinter. Raus damit!"

„Wirklich da nichts war … außer …" Der Kerl zögerte.

„Dass du deine Verlobte schon längst zu dir ins Bett gezerrt hast, um sie auszuprobieren, oder? Wie alt bist du?"

Erleichtert sprang es Sanchez von der spanischen Zunge: „22 Jahre, Capitano! Kann so was leicht vorkommen, Sir! Aber Brüder sind sehr katholisch. Nicht finden das komisch."

„Und warum heiratest du dein Mädel dann nicht?"

„Ach, die nichts haben. Außerdem will fahren zur See sowieso."

„Und jetzt glaubst du, dass du einfach so bei mir an Bord springen kannst, all deinen Problemen davonläufst und dafür auch noch eine fette Heuer kassieren kannst?" Walker lachte amüsiert. „Da hast du dich aber geschnitten. Du wirst all das tun, was man dir aufträgt und dafür bekommst du so viele Mahlzeiten wie alle anderen. Aber von mir bekommst du nicht einen Penny. Im nächsten Hafen seh'n wir dann weiter. Und nun kusch dich in die Kombüse, die ist vorne unter Deck, und greif dem Smutje unter die Arme."

Walker hatte den Eindruck einen geschlagenen Hund davonschleichen zu sehen. Chris Bolton, der sich bis jetzt ein wenig im Abseits gehalten hatte, trat an Walker heran und fragte unverblümt: „Was halten Sie von dem Kerl, Capt'n?"

„Da uns dieser Hurensohn von Brewster entwischt ist, könnten wir einen Mann als Ersatz gut gebrauchen und der Junge fährt vorerst ohne Heuer. Warten wir's mal ab, was soll er uns schaden?"

Walker achtete kaum darauf, als sein misstrauischer Erster entgegnete: „Mhm … ich weiß nicht warum, aber ich trau' dem nicht."


Eigentlich graute Walker davor, aber er musste sich ein wenig um seinen unfreiwilligen Passagier kümmern. Anstatt jede Minute der Verfolgung der Esmeralda auf Deck zu genießen, zwang er sich dazu, nach unten, in die Offiziersmesse zu gehen, um sich nach dem Befinden von Lars Rostrup zu erkundigen. Als er die Messe betrat, konnte er sich das Lachen kaum verkneifen. Bewacht von einem Matrosen, saß der Dicke am Tisch vor einem vollen Teller Brotsuppe und überwand sich verzweifelt zum Essen. Sein Gesicht, das bereits ein blasses Grün angenommen hatte, verfärbte sich augenblicklich ins Rote, als er Walker, der nun noch stattlicher wirkte, vor sich stehen sah.

Walker beeilte sich, das Wort zu eröffnen, denn er rechnete mit einer heftigen Schimpftirade. Glücklicherweise hatte sein Gast gerade den Löffel im Mund. „Heute sind Sie mein Gast, Mister Rostrup. Sie sollten aber lieber essen, denn ansonsten werden Sie in kürzester Zeit seekrank sein. Anschließend gehen wir gemeinsam an Deck, dann wird es Ihnen bald besser gehen." Mit verhaltener Miene beobachtete er die Reaktion des Hehlers.

Er würgte mit sichtlicher Überwindung den Inhalt seines Löffels hinunter. Dann brach der ganze Hass des Entführten hervor: „Sie verdammter Pirat! Sie haben mir versprochen, mich bei der ersten Gelegenheit wieder freizulassen. Und jetzt sitze ich in diesem Loch auf diesem verfluchten Boot und setzt mir dieses Futter vor! Ich werde Sie bei der nächsten Gelegenheit hängen lassen, das verspreche ich Ihnen!"

„Sie sollten froh sein, Mister Rostrup, dass ich Sie nicht den Haien zum Fraß vorwerfen lasse. Ich könnte mit Ihnen aber auch das machen, was ich mit Ihrem lieben Freund Rodriguez vorhabe. Seien Sie also lieber vorsichtig!"

Rostrup wurde noch blasser. Im fahlen Licht der Messe, die Fenster im Heckspiegel des Schoners waren nicht besonders groß, glitzerten und funkelten die Schweißperlen auf seiner Glatze. „Nur weil wir geschäftlich miteinander zu tun haben, ist Rodriguez noch lange nicht mein Freund. Was haben Sie eigentlich mit ihm vor?"

„Aber Sie kooperieren mit ihm, nicht wahr?" Walker zögerte absichtlich. Die Augen des Hehlers weiteten sich vor Angst. „Nun, ich werde gezwungenermaßen mit dem Burschen abrechnen müssen. Vielleicht finde ich bei ihm auch meinen entlaufenen Matrosen wieder. Auch mit dem Bastard werde ich endgültig abrechnen. Ich kann mir keine Feinde leisten, die mein Schiff zerstören wollen. Ich warne Sie also, Mister Rostrup!"

„Und wann lassen Sie mich endlich frei?"

„Wenn ich weiß, wohin Rodriguez segelt und wenn Sie mir, ohne mich zu belügen, genau sagen, wo sein Anwesen auf St. Croix zu finden ist. Dann lasse ich Sie so bald wie möglich auf freien Fuß. Das verspreche ich Ihnen."

„Warum haben Sie mich nicht kurz vor dem Auslaufen wieder an Land gelassen?", fragte Rostrup mit verzweifeltem Blick. Seine blauen Augen boten inzwischen einen starken Kontrast zu seinem farblosen Gesicht. „Ich hätte Ihnen nicht mehr schaden können!"

„Da bin ich mir nicht so sicher. Vielleicht hätten Sie die Najaden, die zur Zeit vor Reede liegt, auf mein Schiff angesetzt. Nein, darauf kann ich gerne verzichten!"

„Das werde ich Ihnen nie verzeihen, Kapitän Walker!", fauchte Rostrup feindselig.

Gelassen erwiderte Walker; „Aber, aber … Lassen wir unser Geplänkel ruhen. Essen Sie lieber noch von der Suppe. Danach empfehle ich Ihnen an Deck zu gehen. Die Meeresluft, wie ein wenig Bewegung werden Ihnen gut tun."

Ohne auf Rostrups Reaktion zu warten, erhob Walker sich mit ernster Miene. Dann wandte er sich dem Matrosen zu und befahl: „Pass gut auf unseren Passagier auf, bevor er uns noch über Bord geht. Soll angeblich bei den Landratten gelegentlich vorkommen."

Der Matrose grinste hämisch, öffnete sein vor dem Bauch gebundenes Hemd und deutete auf seine tätowierte, spärlich behaarte Brust. Dort zeigte sich ein Hai mit einem weit aufgerissenen Maul. Dann meinte er mit einem Funkeln in den Augen: „An dem Fettsack …" Er deutete mit dem Zeigefinger verächtlich auf Rostrup und dann mit dem Daumen auf seine Tätowierung. „… hätten meine Freunde einiges zu knabbern."

Während sich Rostrups Aufpasser vor Lachen kaum einkriegen konnte, verließ Walker die Messe, um zurück an Deck zu gehen.

Der Hehler fühlte sich mit der aufkommenden Seekrankheit und in seiner Wut dermaßen geschwächt, dass ihm die Worte fehlten. Dann presste er die Stirn auf die Tischkante, vergrub sein Gesicht unter den Armen und schluchzte wie ein Kind.


Kevin McArthur beobachtete seinen Kommandanten, der wie ein einsamer Wolf – obwohl sich der Begriff der Raubkatze besser eignete – auf dem Vorschiff stand. Er schützte seine Augen mit der Hand vor der bereits hoch stehenden Sonne und blickte verbissen der Esmeralda hinterher. Die Brigantine war das einzige Objekt, das sich im Süden von der Kimm abhob.

McArthur fuhr schon lange genug unter Walkers Kommando und für ihn galt er nach wie vor als der Kommandant und nicht einfach nur als Captain oder Kapitän. Damals, vor drei Jahren, hatte sich Captain Walker der U.S. Navy verbunden gefühlt – die militärische Rolle eines Kommandanten hatte Walker aus patriotischer Verbundenheit für sich behalten. Damals hatte noch die militärische Disziplin an Bord der Korvette Cougar geherrscht, obwohl zu jener Zeit der Kaperbrief gegen die Franzosen seine Gültigkeit verloren hatte.

Zum Glück war der Freibeuterei, die im Laufe der Zeit zur reinen Piraterie verkommen war, ein Ende gemacht worden.

Allerdings konnte man immer noch mit Schmuggel sehr gut leben, dachte sich McArthur.

Er fühlte sich mit Walker verbunden und war sich durchaus bewusst, dass er das uneingeschränkte Vertrauen seines Kommandanten genoss. Da jener im Moment allein an Deck stand, entschloss McArthur sich dazu, zu ihm zu gehen, um sich ungestört unterhalten zu können. Damit nahm er das Risiko auf sich, seinen Captain zu stören, wenn er eigentlich alleine sein wollte.

Vorsichtig trat er auf Walker zu und sagte leise: „Störe ich, James? Ich glaube, du kannst es nicht lassen mit deinen Feinden abzurechnen, was?"

„Kevin, wenn du mich so direkt fragst, dann sage ich dir auch ins Gesicht: Du störst!"

Vorsichtig musterte McArthur Walkers Mimik. Er wusste, dass er böse Mienen zum freundlichen Spiel benutzte. Somit bohrte er nach: „Dann verpisse ich mich jetzt wieder, bevor du mich auf der Stelle kielholen lässt."

Walker entgegnete brummend: „Erzähl mir erst, was dir auf dem Herzen liegt, Kevin. Ich kann's mir dann immer noch überlegen, ob ich dich kielholen lasse!"

McArthurs Brille glitzerte in der Sonne, sein Gesicht strahlte.

Mein Captain ist immer noch der Alte, dachte er sich.

Wieder einmal hatte er den Captain richtig eingeschätzt. Obwohl Walker oft distanziert wirkte, war der oft froh, sich jemandem anvertrauen zu können. Doch dafür gab es nur sehr wenige Menschen und McArthur war einer davon.

„Seh' ich das richtig, James. Du willst endgültig mit Rodriguez abrechnen?"

„Muss ich. Ich glaube immer noch, dass Rodriguez dafür gesorgt hatte, dass die Najaden Jagd auf unsere Cougar machte, und …"

„Moment! Darf ich unterbrechen? Bevor wir den Aufrührer Brannigan an die Haie verfütterten, hatte er zugegeben, dass er uns an die Dänen verraten hatte."

„Ich weiß es. Dennoch habe ich das Gefühl, dass er nicht alleine war. Und genau das will ich jetzt herausfinden. Ich muss es einfach! Kannst du das verstehen, Kevin?"

McArthur nickte und verbarg das traurige Schimmern in seinen Augen, das durch die Gläser seiner Brille verstärkt wurde.

Ohne auf eine weitere Antwort zu warten, fuhr Walker fort: „Außerdem ich kann mir keine einflussreichen Feinde leisten. Nicht nur, dass wir Rick Foster verloren hatten, es gab auch zwei Gelegenheiten, in der wir beinahe das Schiff verloren hätten. Zweimal hatten wir Glück gehabt! Wird es uns auch ein drittes Mal treu bleiben?"

McArthur starrte wie geistesabwesend ins Leere, aber dann nickte er bedächtig. Nach einer Weile antwortete er: „Ich verstehe dich, James. Irgendwie hast du Recht, denn mit Rodriguez ist nicht zu spaßen. Vielleicht ist es besser, sich solche Feinde vom Hals zu schaffen. Aber was nützt es dir, wenn du einen Gegner gegen einen anderen ersetzt? Ich erinnere an den Hehler, der in der Offiziersmesse hockt. Willst du ihn beseitigen?"

Beide Männer sahen sich direkt in die Augen. Walker war einer Antwort nicht verlegen: „Es wäre am vernünftigsten. Die Landratte wird mir mit Sicherheit kein Freund sein. Ich glaube ihm sogar, dass er keine Schuld an den Vorkommnissen auf St. Thomas hatte. Deshalb werde ich mein Versprechen einhalten und, sobald er keine unmittelbare Gefahr darstellt, ihn wieder auf freien Fuß lassen. Ich möchte mir nicht die Hände schmutzig machen und ihn einfach beseitigen, nur um in Zukunft jedes Risiko zu vermeiden. Allerdings wäre es zu gefährlich, ihn zu früh laufen zu lassen."

„Ich akzeptiere deine Entscheidung, James. Hoffentlich bekommen wir dadurch keine neuen Schwierigkeiten."

Mit einem schlechten Gefühl im Bauch ließ McArthur seinen Kommandanten, der erneut sein Teleskop ans Auge setzte, alleine hinter sich zurück.


„Neuer Kurs: Zwei, Sechs, Null, aber erst auf mein Kommando", befahl Walker dem Rudergänger, nachdem er zum wiederholten Male sein Teleskop abgesetzt hatte.

„Aye, aye, Capt'n! Zwo, Sechs, Null! Ich warte auf Ihren Befehl", erwiderte der Mann am Ruder.

Der anstehende Kurswechsel kam für Chris Bolton, der erleichtert aufatmete, ziemlich unerwartet. Walker hatte wohl aufgegeben, die Esmaralda einzuholen. Ihm kam die Jagd auf den mysteriösen Rodriguez, von dem er nicht einmal den Vornamen kannte, sowieso ungelegen. Damit wollte er auch absolut nichts zu tun haben. Trotzdem wunderte er sich, denn zunächst musste der befohlene Kurswechsel durchgeführt und ordnungsgemäß abgeschlossen werden.

Während die Jaguar bisher auf Halbwindkurs gesegelt war, mussten nun die Segel auf raumen, beinahe achterlichen Wind aus Ost, getrimmt werden. Auch er, als der Erste Offizier des Schiffes, hatte seine Rolle bei dem Vorgang zu spielen. „Fiert die Großschot auf, und das aber dalli!", rief er. „Und macht die Bullentalje klar!"

Während das Schonersegel am Vormast beinahe auf den neuen Kurs nachgefiert worden war, bewegte sich der gewaltige Großbaum mit dem riesigen Großsegel immer noch leewärts nach außen. Es quietschte und knarrte in den wuchtigen Blöcken der Großschot, deren Spannungen zunehmend nachließen. Dadurch, dass das Groß erst mit zeitlicher

171

Verzögerung zu den Vorsegeln gefiert worden war, war die Ruderwirkung erheblich verbessert worden. Warum sollte der Wind dem Rudergänger die Arbeit nicht ein wenig leichter machen? Die Jaguar richtete sich langsam auf und formte hinter ihrem stolzen Heck einen prächtigen Bogen im Kielwasser. Gleichzeitig widmeten sich die ersten Matrosen dem Schonermast, um die Toppsegel zum Setzen vorzubereiten.

Nach getaner Arbeit und einem prüfenden Blick auf die straff durchgesetzte Bullentalje, die ein versehentliches Überschlagen des Großbaums bei einem etwaigen plötzlichen Wind- oder Kurswechsel verhinderte, konnte sich Bolton seine Frage nicht weiter verkneifen: „Capt'n, segeln wir doch nach Amerika zurück? Haben Sie es sich anders überlegt?"

Walker grinste verschmitzt und deutete auf die Brigantine an der Kimm. „Sehen Sie, Mister Bolton. Wenn Sie das glauben, dann glauben es die auch."

„Sie meinen, dass sie unseren Kurswechsel bemerkt haben?"

Walker schnaufte abfällig. „Manchmal muss ich mich über Sie wundern! Was glauben Sie? Natürlich wird auf dieser Distanz unser Kurswechsel kaum wahrzunehmen sein, aber das Aufstellen der Toppsegel, wird denen sicherlich nicht entgehen."

„Und dann?", bohrte Bolton nach.

„Dann hoffe ich, dass sich Rodriguez in Sicherheit wiegen wird", meinte Walker mit zuversichtlicher Miene.

„Und was glauben Sie, wäre gewesen, wenn wir unseren Kurs beibehalten hätten?"

„So wie es aussieht, segelt die Esmeralda direkt nach Christiansted. Also zu der Insel St. Croix, welche schon zu sehen ist. Es ist unmöglich, sie auf offener See einzuholen. Wenn die Esmeralda erst im Schutze des Forts vor Christiansted ist … Was bleibt uns dann noch übrig? Die dänische Marine ist sicherlich in der Nähe des Forts."

Bolton grübelte. Er konnte einfach nicht glauben, dass sein Kommandant so leicht klein beigeben würde. „Verzeihen Sie, Capt'n, wenn ich neugierig geworden bin. Aber was haben Sie vor?"

„Ich bin mir sicher, dass mein Erzfeind wieder auf seiner Insel anzutreffen sein wird, weshalb ich ihm einen Höflichkeitsbesuch abstatten werde."

„Sie sagten mir, dass Sie wissen, dass er eine Plantage oberhalb von Christiansted hat. Wo soll der Überraschungsbesuch stattfinden? Sicherlich nicht im Hafen, dann könnten wir ja gleich neben der Esmeralda festmachen."

Walker lächelte milde. „Sehen Sie, Bolton? Das mag ich an Ihnen. Sie haben's erfasst. Das fällt nicht in Betracht, da ich mich bereits entschieden habe. Zunächst will ich nördlich von Buck Island vor Anker gehen, um von dort mit unseren Booten einen Landfall zu machen. Wenn Sie sich die Seekarte ansehen, stellen Sie fest, dass nördlich des Ostkaps vor St. Croix eine Insel liegt. Wenn Rodriguez vorsichtig ist, wird man uns an Land bald entdecken."

Bolton kombinierte: „Also wollen Sie die Insel runden und von der Südseite zuschlagen?"

„So ist es! Kommen Sie, ich zeige Ihnen die Karte. Ich will die Jaguar an der Südküste, südöstlich von Christiansted ist eine Lagune, verstecken."

„Was geschieht, wenn das nicht möglich sein sollte?"

„Dann müssen Sie das Schiff für eine Weile führen und auf See kreuzen, bis Sie mich und meine Männer, die mich begleiten werden, zu einem vereinbarten Zeitpunkt wieder abholen kommen. Doch zuerst kommen Sie mit mir unter Deck, damit wir einen gemeinsamen Blick auf die Karte werfen können. Später werde ich die Offiziere rufen lassen, wir haben schließlich genug Zeit für eine Missionsbesprechung. Kommen Sie, Bolton!"

Wenig erpicht auf Walkers neue Mission, aber irgendwie neugierig geworden, folgte Bolton seinem Kommandanten unter Deck.

In der Zwischenzeit verschmolz in der Ferne die Esmeralda langsam mit der Silhouette von St. Croix, die über dem Horizont zu schweben schien. Und schon kurz darauf hatte es den Anschein, als ob sich die Brigantine im Nichts aufgelöst hätte.


„Zugleich!" Auf Walkers Befehl kam Bewegung in die Riemen des Kutters.

Sekunden später schnitten sich die Blätter der Riemen fast gleichzeitig in das überaus klare Wasser. Auf dem nur wenige Meter tiefen Meeresgrund konnte man Muscheln liegen sehen, die viel zu groß und ein wenig verzerrt wirkten. Kleine Fische zischten mit kräftigen Schwanzschlägen über sie hinweg. Aber auch die Schultern der Männer an den Riemen wippten kraftvoll vor und zurück, die Bizeps der muskulösen Oberarme spannten sich im Takt. Und schon nahm das erste Beiboot Fahrt auf und entfernte sich von der Jaguar, die beigedreht hatte, um die zwei Kutter auszusetzen.

Vor einigen Stunden hatte die Jaguar St. Croix im Westen gerundet um dann begonnen, sich gegen den anhaltenden Ostwind zu kreuzen. Nun lag sie unter der brütenden Mittagssonne vor der Südküste von St. Croix.

Noch bevor Walker in den Kutter gestiegen war, hatte er eine letzte Peilung gemacht. In nördlicher Richtung lag Christiansted. Vier Seemeilen im Westen war die Lagune, die er auf der Seekarte gesehen hatte. Dort konnte Bolton mit der Jaguar in einem idyllischen Einschnitt, den er zuvor beim Vorüberkreuzen im Teleskop genauer betrachtet hatte, sicher vor Anker gehen. Die Lagune war lang und tief genug, um ein Schiff mühelos im Verborgenen halten zu können.

Walker atmete tief durch. Die Zeit der Abrechnung war gekommen. Doch es waren nicht nur reine Rachegelüste, die ihn dazu bewogen hatten,

Rodriguez aufzusuchen. Nein, die Ungewissheit zwang ihn förmlich dazu. Er musste herausfinden wer ihm damals, als er mit seiner Korvette Cougar von Christiansted fortgesegelt war, die dänische Marine auf den Hals gehetzt hatte. Und dann gab es noch den Schoner, der seinem Schiff den Klüverbaum zerschossen hatte. Das Ganze konnte nicht nur von Brannigan ausgegangen sein.

Er war wie besessen von der Idee, dass Rodriguez irgendwie damit verstrickt gewesen war. Damals konnte er der Fregatte nur über die Untiefen der Küste von Hispaniola ausweichen, um einer etwaigen Vernichtung, einer Verfolgung bis auf den letzten Mann, oder dem Kerker der Dänen zu entgehen. Doch der Versuch war gescheitert und die Cougar verloren, als sein schönes Schiff auf das Riff stieß. Noch schlimmer als der Verlust der Cougar war es, seine Serafina bei der Flucht auf Hispaniola sterben zu sehen.

Walker ballte die Fäuste. Ohne die Verfolgung der Dänen wäre die Cougar nicht gestrandet. Die Ereignisse auf Hispaniola hätten nie stattgefunden und Serafina wäre immer noch am Leben. Und nun war es an der Zeit herauszufinden wer die Jagd auf seine Cougar veranlasst hatte.

Schon glitten die Kutter mit sanften Bewegungen über das kristallklare, beinahe unnatürlich hellblaue Gewässer. Bei minimaler Tiefe und einer Breite von drei Kabellängen zog es sich wie ein kontrastreiches Band zwischen Strand und Meer. Erst in größeren Tiefen, färbte sich die See dunkler. Der nahezu weiße Sandstrand stach dagegen mit seiner blendenden Helligkeit unangenehm in Walkers Augen. Die Rudergasten, die mit ihren Rücken dem Strand zugewandt waren, bemerkten die angestrengt zugekniffenen Augen ihres Captains und wanden ihre Blicke unauffällig ihrem majestätisch schwebenden Schiff zu.

Walker lenkte seine Aufmerksamkeit auf das Land. Der schmale Sandstreifen hinter dem Wasser ging in Gestrüpp, wie Buschwerk und dann in üppigen Regenwald über. Egal, wo er hinsah, überall gab es grüne Pflanzen. Und schon zweifelte er an seinem Vorhaben.

Aufgrund von Rostrups Angaben lag die Zuckerrohrplantage von Rodriguez zwei Kilometer südlich des Marktplatzes von Christiansted. Genau dort hatte er die schöne Serafina, die wie eine Sklavin zum Verkauf gestanden hatte, Rodriguez entrissen. Er erinnerte sich an die Entfernung vom eigentlichen Hafen und der Stadt zurück, so dass er sich sicher war, dass es nicht mehr als lächerliche vier Kilometer Fußmarsch waren. Wenn nicht der Regenwald wie ein undurchdringliches Hindernis vor ihm stand.

Ob wir lange brauchen werden, bis wir uns durch das Grünzeugs durchgeschlagen haben, fragte sich Walker.

An Macheten hatte er vorsorglich gedacht. Säbel hatten er und seine Männer sowieso dabei. Auch Pistolen und Enterpieken durften nicht fehlen, aber die waren für einen anderen Zweck gedacht.

Nun stellte sich Walker die Frage, von welcher Stelle er den Marsch ins Innere der Insel beginnen sollte. Plötzlich wurde er sich bewusst, dass selbst das Finden der Plantage inmitten des Regenwaldes mehr als schwierig werden wird.

Knirschend und den letzten Schwung nutzend, liefen die Kutter auf den flachen Strand auf. Schon sprangen die ersten Männer aus den Booten, die Waffen waren griffbereit. Aber der einzige Gegner war das undurchdringbare Dickicht.

Menschen gab es weit und breit nicht. Palmen sprossen in den Himmel, wobei sich einige der Dinger zur See streckten. Erst unmittelbar über dem Wasser schienen die Bäume es sich anders überlegt zu haben, denn erst dann richteten sie sich in Bögen wieder auf. Jeder der Kutter wurde so weit wie möglich auf den Strand gezogen und parallel neben einem der Stämme, den Schatten der Baumkrone nutzend, abgestellt. Dann wurden die restlichen Waffen aus den Booten entnommen, bevor diese unter Palmwedeln und verdorrtem Astwerk versteckt wurden.

Walker sah sich prüfend um. Hinter den Palmen blockte ein Gestrüpp aus Coccolobasträuchern und Meerwicken die Erhebung des Regenwaldes.

Nur vier Kilometer, erinnerte er sich.

Auf freier Strecke schaffte er die Distanz mit Leichtigkeit. Aber wie sollte er in den Wald eindringen? Die einzige Möglichkeit bot der Strand. Irgendwo musste es eine Schneise ins Innere des Grünen geben, ansonsten würde er Tage brauchen, um sich bis zur Plantage durchzuschlagen. Verfluchter Rodriguez!

Allein der Gedanke gab Walker einen eisernen Willen, um sein Vorhaben durchzusetzen. Intuitiv wandte er sich nach Osten und marschierte los. Der heiße Sand des Strandes brannte unter den blanken Fußsohlen einiger Matrosen, die barfuß liefen.

„Lasst uns gehen, Männer!", befahl Walker hitzig. Allein die Hoffnung auf Beute ließ die wilde Meute dem Captain willig folgen.

Wortlos und mit gesenktem Blick schritt Walker vor seinen Leuten. Wie lange sollte er in die falsche Richtung marschieren? Bis um das Ostkap von St. Croix und nach Christiansted? Ohne jedes Hindernis sollten dreißig Kilometer durchaus zu schaffen sein. Aber dann? Sollte er mit seiner Truppe in die Stadt marschieren? Er hätte gerne eine bessere Möglichkeit zur Auswahl. Oder doch besser umkehren? Doch die Blöße konnte er sich nicht antun.

„Capt'n?"

Walker hätte beinahe die Stimme von Mike Steel, der oft bei abenteuerlichen Landausflügen dabei war, überhört.

„Capt'n?", wiederholte Steel eindringlich. „Hören Sie das? Vor uns muss ein Bach sein!"

„Du hast recht, Mike", entgegnete Walker. Ein Bach? Das könnte eine Möglichkeit sein, um in den Wald zu dringen, schoss es ihm durch den Kopf.

Erst jetzt nahm er das Plätschern wahr. Ein gutes Stück vor ihnen schimmerten mehrere wässrige Furchen im Sand. Das gab ihm neue Hoffnung. Als der Trupp an der Stelle angekommen war, zeigte sich, dass es gar kein Bach war, sondern mehrere Rinnsale, die sich ihre Bahnen durch den Sand suchten. Das Wasser kam von einem Abhang mit schönen Kaskaden getröpfelt. Unter dem Abhang hatte sich ein tiefes Becken mit klarem Süßwasser gebildet. Ohne zu zögern stürzten die ersten Männer ins frische Nass und kühlten ihre trockenen Kehlen.

Bevor Walker einige Schlucke trank, richtete er seinen Blick zum Abhang. Die Schneise barg keine unüberwindbaren Hindernisse. Auch die Höhe und Steilheit der einzelnen Kaskadenstufen stellten für die Seeleute, für die das Ersteigen von schwankenden Riggs Alltag war, keine Schwierigkeit dar.

Die Jaguars kamen triefend nass am oberen Plateau an. Bei der drückenden Hitze kam ihnen die Erfrischung nicht ungelegen, weshalb die nasse Kleidung ein Geschenk war. Das Ersteigen der Stufen war geschafft.

Walker warf einen Blick zum Grund des Abhanges. Aus ungefähr 100 Metern Höhe sah er, wie das Meer in den verschiedensten Farben schillerte. In westlicher Richtung verschwand nun die Jaguar aus seinem Blickfeld. Doch das war nicht sein Belang.

Aufatmend stellte er fest, dass der weitere Weg kaum Schwierigkeiten bieten würde. Einige seiner Männer schritten bereits wacker voran. Manche von ihnen wateten gegen die leichte Strömung des Baches, andere nutzten an Land jeden freien Weg oder setzten ihre Macheten ein. Nun gab es kein Halten mehr.

In gieriger Erwartung auf das Rendezvous mit seinem Widersacher sah sich Walker nach einem geeigneten Pfad um. Bevor er losging, zog er den Taschenkompass aus seiner Weste und verglich den Verlauf des Bächleins mit seiner Einschätzung der Richtung.

Der Weg scheint richtig zu sein, dachte er sich erleichtert.

Ein weiterer Blick auf die Taschenuhr gab ihm die Hoffnung, das Anwesen im Laufe des Nachmittags zu finden. Wenn alles gut ging, konnte er vor Einbruch der Nacht zurück bei den Booten sein. Walker strich sich schnell das nasse Haar aus dem Gesicht, dann ging er forschenden Schrittes seiner Meute hinterher. Mit ihren bunten Tüchern oder schäbigen Hüten, die einige Männer zum Schutz vor der hohen Sonne nutzten, um den Kopf vor der Sonneneinstrahlung zu schützen, sahen sie aus wie die vertrauenswürdigsten Menschen. Der Eindruck wurde auch noch verstärkt, wenn man ihre verfilzten Bärte und die von Narben verunstalteten Gestalten betrachtete.

Unaufhaltsam trotteten sie voran, umgingen oder kletterten über jedes Hindernis und kämpften sich mit ihren Macheten durch das Buschwerk. Der Kampf gegen die Natur dauerte nicht lange an. Sie waren kaum eine Stunde unterwegs gewesen und Walker stampfte atemlos einigen seiner Männer hinterher. Auch er wurde nicht jünger.

Plötzlich kam ihm Bruce Gordon, einer seiner Matrosen, in hastigen Sprüngen entgegengerannt. Er sah ihn atemlos an und berichtete: „Eine Lichtung, Capt'n! Wir sind auf eine Lichtung gestoßen!"

„Und weiter?, fragte Walker neugierig.

„Wir haben uns durch diesen Wald geschlagen und da drüben …" Gordon deutete grinsend nach Osten. „… da ist Grasland. Baumlose Hügel und kein Baum in Sichtweite."

„Was willst du damit sagen?"

„Vielleicht hätten wir es leichter haben können."

Ziemlich frech, dachte sich Walker.

Aber das konnte nicht der wahre Grund für die atemlose Meldung sein. Deshalb formulierte er eine andere Frage: „Und du bist deswegen so schnell zu mir gerannt?"

Bruce Gordon nickte irritiert.

„Von der verdammten Zuckerrohrplantage sieht man noch nichts?"

Gordon hob verunsichert die Schultern. „Was weiß ich denn, was die anpflanzen. Aber es sieht nach kultivierten Land aus."

Jetzt tadelte sich Walker, seinen Leuten nicht vorangegangen zu sein. Mit unverkennbarer Neugier bohrte er nach: „Wo genau?"

„Im Norden …"

„Wie weit?", fragte Walker ungeduldig.

„Ungefähr einen Kilometer."

Walker wusste nicht, wie er reagieren sollte. Er war sich gewiss, die Plantage seines Erzfeindes gefunden zu haben. Genug Anlass zur Freude. Doch der redestutzige Matrose? Gerne hätte Walker seinen Matrosen vor Freude umarmt und gleichzeitig vor Wut gewürgt.

Nach wenigen Minuten hatte Walker die Vorhut seiner Männer, die am Waldrand auf ihren Anführer gewartet hatten, eingeholt. Als er sich umsah, sah die Landschaft so aus, als ob jemand eine Grenze zwischen zwei Klimazonen gezogen hätte. Tatsächlich erinnerte der Osten von St. Croix mit seinen grünen Hügeln an England und nicht an eine tropische Antilleninsel. Ganz im Gegensatz zur Mitte und zum Westen der Insel, welche von dem feuchten Tropenwald geradezu verschlungen wurde. Walker sah gen Westen. Ein Stück tiefer schlängelte sich ein kleiner Fluss zwischen die Hügel hindurch. Und im Norden, nur von flachen grasbewachsenen Hügeln umgeben, war eine unübersehbare Plantage.

In gleichmäßigen Reihen wucherte das Zuckerrohr auf einer Fläche, die sich über mehrere Hektar weit erstreckte. An beiden Enden des

Anbaugebietes standen primitive, aus Holzstangen fachwerkartig zusammengefügte Wachtürme. Das einzige sichtbare Gebäude war eine Zuckerrohrmühle, die wie ein würfelförmiger Klotz wirkte, und am östlichen Rande stand. Aber weder das Herrenhaus, noch die Unterkünfte der freien oder versklavten Arbeiter waren zu sehen.

Trotzdem war Walker sich sicher, das Anwesen von Rodriguez aufgespürt zu haben. Jetzt musste der Kerl nur noch zu Hause sein. Walker hoffte, nein, er brannte darauf, ihn zu treffen. Stand die Zeit der Abrechnung endlich unmittelbar bevor?

Walker konnte sich nicht vorstellen, dass zu dieser Stunde auf der Plantage nicht gearbeitet wurde. Trotzdem waren außer ein paar Schwarze, die gerade zwei Fässer von der Mühle wegrollten, keine Leute zu sehen. Bis er auf einem der Wachtürme eine Bewegung wahrnahm.

Aus seinem Versteck deutete Walker auf den Klotz und richtete sich dann an Steel und Hollmann, die direkt neben ihm hockten und auf Befehle warteten: „Seht ihr? Die haben Wachen. Ich denke nicht, dass sie wegen etwaiger Eindringlinge postiert worden sind, sondern wegen weglaufenden Sklaven. Auf jeden Fall ist es unmöglich unbemerkt in das Gelände einzudringen. Deshalb müssen wir uns vorerst versteckt halten, weshalb wir uns im Buschwerk für die Nacht einen geeigneten Lagerplatz suchen müssen."

„Aye, Capt'n! Aber wann schlagen wir zu?", fragte Fritz Hollmann stirnrunzelnd und die Augen erwartungsvoll aufgerissen.

Mike Steel grunzte ungeduldig. Sein Kampfgeist war erwacht und weiteres Warten schien ihm nicht zu gefallen.

„Gegen Ende der Nacht, Fritz." Walker drehte sich zu dem Regenwald. Beim Anblick seiner Leute, die sich hinter ihm im Verborgenen zurückhielten, bekam er den Eindruck, dass die meisten Männer vom Eroberungsfieber befallen waren. „Ich sehe, dass ihr wie ein ungeduldiger Piratenhaufen vorrücken wollt, aber ich will kein unnützes Morden. Wir wissen nicht einmal, wie viele bewaffnete Leute Rodriguez besitzt."

„Vielleicht ist es wirklich besser, Capt'n", stimmte Steel grimmig zu. Selbst er hatte erkannt, dass es viel zu riskant wäre, einen Kilometer über eine Graslandschaft zu marschieren, die im Sichtfeld von zwei Wachtürmen lag. „Sie haben es allein auf diesen Rodrigo, oder wie der Scheißkerl heißt, abgesehen, was Capt'n? Aber wir können uns doch trotzdem holen, was uns gefällt, oder?"

„Solange ihr die Beute tragen könnt, könnt ihr meinetwegen sein ganzes Haus leerräumen. Vorausgesetzt, dass ihr unschuldige Mitbewohner in Frieden lasst. Dabei denke ich besonders an die mit Röcken, dass das klar ist! Ihr kennt die Statuten. Wer dagegen verstößt, kriegt von mir persönlich eine Kugel zwischen die Augen." Mit lauterer Stimme marschierte

Walker in den Wald. „Los Männer, lasst uns aufbrechen! Wir suchen einen geeigneten Lagerplatz!"

Ungeduldig, teils missmutig erhoben sich die kampfeswilligen Männer. Tatenloses Warten war nicht nach ihrem Geschmack. Walker kannte schließlich seine Horde. Auch für ihn würden die kommenden Stunden voller brennender Ungeduld schrecklich werden. Doch die Verantwortung über seine Crew zwang ihn zur Vernunft. Ein nächtlicher Überfall mit einem Rückzug im Morgengrauen konnten nur zum Vorteil sein.

So gab er verzweifelt Mühe vor, gelassen auf seine Männer zu wirken. Lässig schlenderte Walker seinem Trupp voraus. Dann hielt er Ausschau nach einer Lichtung im Waldesinnere, die bald gefunden wurde. Aber für die Seeleute, die es gewohnt waren in Hängematten oder, wenn tropische Hitze herrschte, gar auf harten Decksplanken zu schlafen, stellte der flauschig weiche Waldboden kein Problem dar. Auch für Proviant und Wasser war gesorgt – sie hatten sich vor der Reise reichlich eingedeckt.

Langsam senkte sich die Nacht über den versteckten Lagerplatz. Von Ungeduld zerfressen sah Walker immer wieder zum Blätterdach hinauf und zwischen die winzigen Lücken gen Himmel. Einzelne, noch wahrnehmbare Wolkenfetzen zogen über sie hinweg und bedeckten den Sternenhimmel, der an Land ganz anders war als auf offener See. Das Rauschen in den Wipfeln der Bäume klang nicht wie das sanfte Flüstern des Windes im Säuseln der Rigg. Wenigstens erinnerte es ihn daran. Ganz anders als die ächzenden Planken und die rauschenden Wogen klangen die lästigen Schreie von Brüllaffen und Papageien, die in einiger Entfernung um den Preis des lautesten Tiers wetteiferten. Die Zeit blieb stehen und Walker bemühte sich verzweifelt um Schlaf. Doch seine Träume sollte er erst nach Stunden finden.

# Kapitel 13: Der Erzfeind

Gegen Ende der Nacht näherte sich Walkers kampfstarke Bande dem Anwesen von Rodriguez. Sie marschierten unbemerkt und unaufhaltbar auf den begehbaren Pfaden zwischen den wuchernden Zuckerrohreihen vorwärts.

Ein kleiner Spähtrupp hatte bereits die Lage ausgekundschaftet. Eine Wachmannschaft schien Rodriguez nicht für notwendig zu befinden. Wozu auch? Vor wem musste sich ein solch wohlhabender und einflussreicher Plantagenbesitzer und Sklavenhändler schützen? Die Wachtürme, das hatten die Späher herausgefunden, waren derzeit unbesetzt. Sicherlich waren die Sklaven über Nacht in ihrer Wohnbaracken eingesperrt worden, die im Dunkel wahrgenommen worden war. Das Wohngebäude, sowie die dazugehörigen Wirtschaftsgebäude hinterließen den Eindruck einer großen, mexikanischen Hazienda: Niedrige Bauten mit flach angewinkelten Dächern und teils auf Pfosten oder Säulen ruhenden Vordächern vor den Eingängen. Es brannten nur wenige Lichter zu dieser Stunde und sicherlich gab es auf dem gesamten Anwesen niemanden, der nicht schlief.

Der sternklare Himmel machte das Vorankommen für Walkers Trupp zwischen den Zuckerrohrhainen einfach. Noch gab es kein Risiko entdeckt zu werden. Trotzdem war er vorsichtig und so leise wie möglich. Als man am Rande des Anbaugebietes und somit in der Nähe des Gebäudekomplexes angekommen war, teilten sich die Männer in vier Trupps auf, von denen jeder seinen eigenen Anführer besaß. Dieser musste den geeignetsten Weg zum zugeteilten Gebäude auswählen und alles unter Kontrolle halten. Eine koordinierte Verteidigung von Rodrigues' Leuten musste unterbunden werden.

Nun stand Walker mit seinen Männern am Rande der Bepflanzung, wie vor der freien Fläche des Gehöftes mit guten Blick auf das Herrenhaus – das Wohngebäude seines Erzfeindes. Dass er die stärkste Gruppe führen würde, um dort, wo Rodriguez zu vermuten war, einzudringen, stand für alle Anwesenden fest.

Das Haus hatte auf der gesamten Gebäudefront zum Schutz vor der heißen Sonne eine überdachte Veranda, die auch zu dieser Stunde mit Öllampen beleuchtet wurde. Anhand des Lampenscheines konnte er die Fassade gut erkennen und schätzte die Entfernung von ihm zum Haus auf 200 Meter. Die Distanz musste unbemerkt hinter sich gelassen werden. Nun zeigte sich, dass sich das Warten gelohnt hatte.

Eine stille Annäherung bei Tage wäre so gut wie unmöglich gewesen, wenn Personal und Wachen an jeder Ecke zu vermuten waren. Und Walker wollte seinem Widersacher keine Zeit der Verteidigung gönnen. Schließlich sollte jeder sinnlose Kampf und jedes unnötige Blutvergießen vermieden werden. Aber ein Zweikampf mit dem verfluchten Rodriguez wäre ihm willkommen. Wieder hoffte Walker, dass Rodriguez anwesend war.

Sein Herz raste wie wild. Nicht wegen des geplanten Überfalls, sondern wegen der ersehnten Zusammenkunft mit dem Erzfeind.

Jetzt war es endlich soweit. Die mitgeschleppten Enterpieken, die nicht zum Kampf, sondern zum Abtransport von Beute gedacht waren, wurden neben dem Zuckerrohrhain abgelegt. Stattdessen wurden die Schusswaffen angelegt und die Hieb- und Stichwaffen zur Hand genommen. Eine Gestalt nach der anderen huschte über die freie Fläche und nahm sofort eine Position neben einem der vielen Fenster ein.

Walker, Steel und zwei weitere Männer hetzten zur Tür. Aber wie zu erwarten war, war diese verschlossen und machte dazu einen massiven

Eindruck. Mike Steel hob seine Axt zum Schlag. Rasch packte Walker sein Handgelenk und hielt Steel rechtzeitig davon ab, die Tür zu zerstören.

„Nein", hauchte Walker seiner ungestümen Kampfmaschine ins Ohr. „Zu laut", ergänzte er flüsternd. „Vielleicht gibt es eine andere Möglichkeit."

Und die gab es tatsächlich. Bob Wilkins, ein kleine und ebenso schmächtige Matrose, huschte zu ihnen und zeigte in die Richtung aus der er gekommen war. „Dort. Tisch, offenes Fenster. Ich klettere hinein und mache von innen auf", flüsterte er in zischelnden Lauten. Lautlos hastete er davon, stieg auf den Tisch und kletterte durch das hoch angebrachte Fenster. Zwei weitere Männer kletterten ihm hinterher.

Für Walker, der nicht jünger wurde, kam der Einstieg nicht in Betracht und der korpulente Steel wäre allein mit seinem Stierrücken in der Öffnung stecken geblieben. Aber es war auch nicht notwendig, denn schon nach wenigen Sekunden öffnete Wilkins von innen die schwere Tür. Das knarrende Geräusch der Angeln war unvermeidbar und er zuckte augenmerklich zusammen.

Eilig betrat Walker den Vorraum, gefolgt von seinen Leuten. Viel konnte er in der Dunkelheit nicht sehen. Er orientiere sich mit dem Licht des Sternenhimmels, dass durch die Fenster schien. Angespannt spitze er seine Ohren. Hatte jemand den Einbruch bemerkt? Tatsächlich hörte er Schritte, die sich der nächsten Tür näherten.

Walker und Steel hasteten zur Wand und pressten sich beidseitig neben den Türstock. Und schon ging die Tür quietschend auf.

Jemand trat mit einer Kerze in der Hand in den Raum und stellte fest, dass die Haustür offen stand. Auch die im Raum stehenden Männer konnte ihm durch den schwachen Kerzenschein nicht entgangen sein. Aber noch bevor der Verblüffte zum Schrei ansetzen konnte, presste ihm Steel mit der Kraft eines Gorillas den Mund zu und setzte ein Messer an die Kehle. Vor Schreck ließ der Ärmste die Kerze auf den Boden fallen.

Walker hob schnell das feste Wachsstück vom Boden auf und war froh, dass das kleine Feuer nicht erloschen war. Als er dem vor Angst bibbernden, dunkelhäutigen Mann ansah, fragte er: „Ist Rodriguez im Haus?"

Steel lockerte seine Pranke, damit der Mann sprechen konnte. „Si!" Er würgte das Wort aus seiner Kehle.

Rodriguez war im Haus.

Walker strahlte über das ganze Gesicht. Im flackernden Kerzenschein wirkte sein Grinsen auf den Verängstigten eher furchteinflößend als freundlich. Er bemerkte die vor Angst geweiteten Augen des Mannes und sprach mit leisem Ton beruhigend auf ihn ein: „Dir geschieht nichts, Mann. Führe uns nur zu deinem Herren."

Der ratlose Blick sprach Bände. Walker zweifelte, dass der dunkelhäutige Mann Englisch verstand, aber mit Dänisch würde er auch nicht weiter kommen – keiner seiner Männer sprach die Sprache. Der Mann schien ein Mischling zu sein und Walker wusste, dass auf den karibischen Inseln viele des Spanischen mächtig waren. Bei der ersten Frage hatte der Mischling nur den Namen seines Herrn verstanden und mit Si geantwortet.

Also wiederholte Walker seine Frage in kurzen Worten, da er selber kaum Spanisch sprach: „Donde esta Señor Rodriguez? Quedes tranquillo, por favor! Guiarme a Rodriguez!"

„Si, si! Es en la cama", stöhnte der vor Angst schlotternde Kerl.

Mike Steel lockerte seinen Griff, fuchtelte noch ein wenig mit seinem Messer herum und hielt sein Opfer dann nur noch am Hemdkragen fest, um sich führen zu lassen.

Walker fühlte seinen hämmerndem Puls an seiner Halsschlagader. Wegen dem erwarteten Wiedersehen erregt, folgte er den zwei Männern. In der Zwischenzeit hatten einige Männer ein paar Öllampen entzündet. Nun wirkten die Räume mit den weiß getünchten Wänden und den dunklen Holzbalken an der Decke beinahe einladend. Trotzdem war höchste Vorsicht geboten, schließlich musste jederzeit mit dem Erwachen anderer Leute im Haus gerechnet werden. Somit schlich sich Walkers kampfbereiter Trupp durch das Haus und vermittelten nicht den Eindruck von willkommenen Gästen.

„Aqui", flüsterte der Mischling beinahe tonlos. Dann kauerte er sich neben der Tür auf dem Boden und vermied es, von seinem Herrn gesehen zu werden.

Jetzt ist es also so weit, schoss es Walker durch den Kopf.

Abrupt drückte er die Türklinke hinab, doch die Tür zum Schlafraum war verschlossen.

Dieses Mal hinderte Walker Steel nicht daran, dass er die Axt benutzte. Mit brachialer Gewalt krachte die stählerne Klinge ins splitternde Holz. Ein kräftiger Tritt genügte und die Tür flog auf. Die Tür krachte wie Donner gegen die Wand und brachte die Wände zum Zittern.

Ein schriller, markerschütternde Schrei einer Frau ließ die Eindringlinge zusammenzucken. Damit hatten sie nicht gerechnet. Neben dem nackten Rodrigues saß eine ebenso nackte Mulattin, die aussah, als wären ihr alle Geister der Hölle gleichzeitig begegnet. Nur langsam ebbte der Schrei der Frau ab und ging nun in ein ängstliches Gewimmer über. Steel und Walker starrten den Hausherr fassungslos an.

Trotz der schlechten Beleuchtung wusste Walker, dass er von Rodriguez in der ersten Sekunde erkannt worden war. Die Mimik seines Feindes änderte sich rasch. Aus dem erschreckten, angsterfüllten Blick war plötzlich Hass geworden. Nun sah Rodriguez nicht mehr in den Lauf der auf ihn gerichteten Pistole, sondern blickte dem Mann, den er am wenigsten in seinem Haus erwartet hatte, mit funkelnden Augen ins Gesicht.

„Sie, Walker! Mios Dios! Was Sie suchen in meinem Haus?" Der Sklavenhändler – oder wie auch immer man ihn nennen sollte – sprach relativ gutes Englisch, das aber von einem spanischen Akzent geprägt wurde.

Der Augenblick war endlich gekommen, doch Walkers Erregung klang schnell wieder ab. Nun gewann seine typische Selbstbeherrschung die Oberhand. Er kostete einen Moment die würdelose Situation seines nackten Gegners aus, dann meinte er milde: „Ich, Señor Rodriguez … Ich stelle hier die Fragen. Da gibt es viele Dinge, die ich gerne von Ihnen wissen würde."

Die braune Schönheit zur Rechten von Rodriguez hielt schon längst die Hände vor ihren vollen Brüsten. Vorher hatte sie sich ihr hüftlanges Haar schützend vor den Oberkörper geworfen, so dass ihre zierliche Gestalt von wallenden Locken bedeckt wurde. Dagegen wurde sich Rodriguez erst jetzt seiner Blöße bewusst. Anstelle seinen Feind vernichtet zu haben, saß er diesem nun nackt und hilflos gegenüber – und das im eigenen Haus. Diese Schmach war das Schlimmste an der Sache.

Hastig griff er nach der dünnen Decke, mit der seine Gespielin ihren Unterleib bedeckt hielt und riss daran, um sein Glied zu verhüllen. Zum Wohlgefallen Steels wurde nun der Unterleib der Frau entblößt, die nun hektisch an der Decke zerrte und mitleidserregend zu schluchzen begann.

Die Situation war komisch geworden. Walker hatte Erbarmen mit der schönen Frau und brachte ihr das rüschenverzierte Unterkleid, das über einer Stuhllehne hing. Dabei hielt er seine zweiläufige Pistole auf seinen jämmerlich wirkenden Feind. Mitleid regte sich in seiner Brust, als er an seine gestorbene Geliebte dachte, die wie die arme Frau eine Geliebte – wie ein Objekt der Begierde behandelt – von Rodriguez gewesen war. Aber schon bald, so hatte Serafina gesagt, wurden die Gespielinnen von Rodriguez wie räudige Hunde zurück auf die Straße gejagt, um durch andere ersetzt zu werden.

Bei dem Gedanken an Serafina erinnerte sich Walker wieder daran, warum er eigentlich hier war. Aber jetzt, wo er diesen Hundesohn so peinlich verschämt, so erbärmlich hilflos und wehrlos wie ein Kind im Bett sitzen sah, wusste er nicht mehr, was er mit dem Kerl anfangen sollte.

Rodriguez schien Walkers Gedanken lesen zu können. Er hatte langsam seine Fassung zurück gewonnen und der Mut zur Frechheit spiegelte sich in seinen dunklen, boshaft blitzenden Augen. Der äußerliche Eindruck wurde unterstrichen von einer herrisch, zynischen Art mit der er in einem verächtlichen Tonfall das Wort ergriff: „Und nun, Capitano? Sie mich haben bis auf mein Grundstück verfolgt, sind eingedrungen in mein Haus und in meinen Schlafraum und jetzt Sie mich sicherlich wollen töten. Worauf Sie noch warten, sie Held? Drücken Sie doch endlich ab! Oder Sie überlassen solche Drecksarbeit immer Ihrem Gorilla?"

Steel erbebte und hob drohend seine Axt. Die Wut stand ihm förmlich ins Gesicht geschrieben, was zur Folge hatte, dass die verängstigte Frau im Bett laut aufkreischte. Dies wiederum entlockte bei Steel nur ein hämisches Grinsen. Er ließ die Axt drohend wippen und warf einen kurzen Blick zu Walker. „Capt'n, den Dreckskerl sollten Sie wirklich mir überlassen. Es wäre mir ein Vergnügen, kleine Stücke aus ihm zu machen."

Für den Bruchteil einer Sekunde funkelte pure Angst in den Augen von Rodriguez auf, aber plötzlich peitschten draußen Schüsse auf und ein Fünkchen Hoffnung zeigte sich im Gesicht des Hausherrn. Inzwischen musste ein Kampf zwischen Walkers und Rodriguez Leuten entbrannt sein.

Walker wollte sich auf kein langes Gerede einlassen. Auch im Haus war es schon längst zu laut geworden. Menschen schrien vor auf, Türen schlugen, tiefe Männerstimmen brüllten Kommandos und die ersten Waffen klirrten. Von weiterer Entfernung hörte man ebenfalls vereinzelte Schüsse. Zu viele Fragen brannten auf Walkers Zunge, aber keine Zeit zu verschwenden …

„Ich könnte Ihnen ein Chance auf einen fairen Zweikampf einräumen, Señor Rodriguez." Auffällig schwenkte Walker seinen Blick auf die zwei Degen, die gekreuzt an der Wand hingen. „Ich hätte noch ein paar Fragen. Beantworten Sie mir diese ehrlich, dann kämpfen wir wie zwei Männer. Sie dürfen sich sogar vorher ankleiden. Falls Sie mir die Antworten verweigern, dann …" Walker, der einen Zweikampf geradezu herbeisehnte, hatte keine Geduld mehr. Deshalb deutete er auf Steel, der kampfeslüstern mit der Axt spielte. Ans Befehlen gewöhnt und die Ernsthaftigkeit seiner Absichten unterstreichend sah Walker seinem Erzfeind wie einen meuternden Matrosen an. „Nun liegt es ganz bei Ihnen. Aber Zeit zum Überlegen haben Sie nicht mehr. Also?"

Rodriguez, der solch schroffen Ton sicherlich nicht gewohnt war, wirkte überrascht. Verunsichert schweifte sein Blick von seinem verhassten Widersacher auf den mit der Axt spielenden Hünen. Wieder wurde er sich seiner Nacktheit bewusst. Allein diesen Zustand empfand er erniedrigend genug und gab ihm, seinem Gegner gegenüber, das Gefühl von Unterlegenheit.

Geschlagen stimmte er zu: „Meinetwegen Sie mich fragen, was auch immer! Aber ich kann mich jetzt endlich ankleiden?"

„Nur zu", entgegnete Walker. „Machen wir es kurz. Wer hatet in Charlotte Amalie meinen Matrosen erschlagen?"

„Ihr Matrose. Dieser Stanley …"

„Stanley Brewster?"

„Genau der! Der hatte auch Einfall, die Ankertrossen zu zerschneiden bei Ihrem Schiff, während des Gewittersturms", gab Rodriguez, der sich gerade seine Hose anzog, bereitwillig zu.

„Aber das konnte er nicht alleine bewerkstelligt haben. Da stecken natürlich Sie dahinter. Aber wie kommt es, dass Brewster mit Ihnen unter einer Decke steckt?"

„Sie wohl haben ein Talent sich Feinde unter Mannschaft zu machen, nicht wahr?" Rodriguez grinste. „Einer Ihrer Leute mich hat erkannt am Hafen und hat erzählt diesem Brewster von unserer alten Geschichte. Dieser gute Mann mir hat dann wieder seine Dienste angeboten. Da ich konnte nicht ablehnen!"

Walker horchte gebannt auf. Wieder? Rodriguez hatte wieder gesagt? Das hörte sich geradezu so an, als ob sein Verdacht in Bezug auf die Vorfälle vor zwei Jahren begründet wäre. Genau diese Frage musste endgültig geklärt werden. „Kann es sein, dass Ihnen vor zwei Jahren schon einmal einer meiner Matrosen seine Dienste angeboten hatte?"

Rodriguez grinste. „Na, ich schon sagte: Sie haben Talent Feinde sich zu machen. Wie hieß der Kerl noch?"

„Donald Brannigan!"

Rodriguez lächelte. „Ich mich erinnere. Der war mit bei Ihren Leuten. Damals, als Sie mir haben gestohlen das Weibsstück, das ich angeboten hatte zum Verkauf. Die gehörte mir! Ich konnte machen mit ihr, was ich wollte. Das ging ihnen feuchten Dreck an. Warum Sie haben sie nicht ersteigert? Sie hätten sie mir ja abkaufen können! Ich frage Sie: Hat es sich denn gelohnt, mich machen zu Ihrem Feind? Ausgerechnet mich? Und nur das wegen diesem Luder." Rodriguez schüttelte ungläubig den Kopf und lachte verächtlich.

Weibsstück ... Luder ...

Walker kochte innerlich und versuchte sich unter Kontrolle zu halten. Er hatte Lust diesem Schwein eine Kugel durch den Kopf zu jagen. Schon damals, als er dem Fiesling begegnet war, – das war Ende des Jahres 1806 – war der Sklavenhandel auf den dänischen Inseln aufgrund eines königlichen Erlasses längst verboten gewesen. Er hatte Serafina, diese wunderschöne, stolze Mestizin aus den Fängen des verruchten Sklavenhändlers befreit.

Walker wollte sich nicht dazu herablassen, mit diesem Unmenschen eine Diskussion zu führen. Er wollte nur noch eine Sache wissen: „Wer hatte die dänische Marine dazu veranlasst, Jagd auf meine Korvette zu machen? Sie oder Brannigan?"

„An Einfluss mir hat sicherlich es nicht gefehlt, dies alleine zu veranlassen. Aber fehlten mir leider die Beweise, dass Sie sind ein elender Pirat. Brannigan mir gab alle notwendigen Details und Informationen. Mit ihm als Zeugen, Marine war leicht zu überzeugen gewesen. Leider etwas zu spät. So Sie konnten noch rechtzeitig fortsegeln von Christiansted, noch vor der Fregatte. Ich so hatte gehofft, dass Sie werden lebend gefangengenommen. Ich wollte zusehen Ihrer Hinrichtung als räudiger Pirat. Leider

Ihnen ist gelungen die Flucht und Sie haben nur verloren Ihr Schiff. Was ist geworden aus diesem Miststück Serafina eigentlich?"

Walker antwortete nicht. Den Triumph gönnte der dem Sklavenhalter nicht und das hämische Grinsen, den die Verkündung von Serafinas Tod im Gesicht seines Feindes unweigerlich auslösen würde, wollte er sich ersparen. Da gab es aber noch etwas, das ihn brennend interessierte. „Eines wundert mich. Warum haben Sie mir diesmal nicht die Dänen hinterhergejagt? Die Najaden hat mich sogar noch vor dem feigen Angriff auf mein Schiff durch das ihre beschützt. Sie wissen was ich meine. Unser Pulver war von Brewster unbrauchbar gemacht worden."

Rodriguez konnte sich ein teuflisches Grinsen nicht verkneifen. Er drehte mit einer beinahe entschuldigenden Geste die Handflächen beider Hände nach oben und meinte: „Bedauerlicherweise ich mir habe verloren Gunst bei der dänischen Marine ... wegen gewisser Geschäfte."

Walker verschwand in seinen Gedanken. Endlich hatte er alles gehört, was er hören wollte. Alle seine Vermutungen waren bestätigt worden. Die Zeit der Abrechnung war endlich gekommen.

Jetzt nur den Abzug der Pistole durchziehen, dachte Walker. Aber das wäre zu schnell, zu einfach.

Mit jedem Kleidungsstück das Rodriguez in der Zwischenzeit anlegt hatte, war seine Überheblichkeit zurückgekommen. Auch Steel war das nicht entgangen. Er konnte sich kaum zurückhalten. „Warum lassen Sie mich den Kerl nicht einfach erledigen, Capt'n? Schließlich war Rick Foster mein Freund und der da ..." Er deutete verächtlich auf Rodriguez. „... ist schuld an seinem Tod. Noch lieber wäre es mir, wenn ich Brewster zwischen meine Finger bekomme. Wo ist er eigentlich? Treibt er sich bei Ihnen auf der Plantage herum, Mister?"

Eine gute Frage, dachte sich Walker. Mit diesem Mörder musste auch noch abgerechnet werden.

Vielleicht hatte Steel recht. Deshalb wiederholte er die Frage mit scharfem Ton: „Antworten Sie! Wo steckt Brewster? Ist er auf Ihrem Anwesen?"

Mit spöttischem Grinsen erwiderte Rodriguez: „Den ihr müsst euch schon selber suchen."

„Mach das Steel! Such ihn und sag den anderen Bescheid, dass sie nach dem Verräter Ausschau halten sollen!"

„Aye, Capt'n! Und was ist mit dem da?"

„Mit dem werde ich alleine fertig. Die Rechnung möchte ich persönlich begleichen."

„Capt'n, aber ..."

„Verschwinde, Mike! Das ist ein Befehl!"

In den Augen von Rodriguez, der nun vollständig bekleidet war, blitzte Hoffnung auf. Seine Wut und sein Hass auf Walker entfachten geradezu die Lust auf einen Zweikampf, den er nicht im Geringsten fürchtete.

Walker konnte nicht wissen, dass er auf St. Croix im Duell ein gefürchteter Gegner war.

Inzwischen hatte sich die Frau ihr Unterkleid angezogen und war zaghaft aus dem Bett aufgestanden. Nun stand sie abwartend in der dunkelsten, von der Öllampe am wenigsten ausgeleuchteten Ecke des Zimmers. Die Furcht stand ihr nicht mehr allzu stark auf ihr anmutiges Antlitz geschrieben. Als Walker die braune Schönheit mit ihrem langen, wallenden Haar betrachtete, wie sie nach Schutz suchend in die Ecke gedrückt stand, musste er an Serafina denken.

Er erinnerte sich, wie sie angebunden und gedemütigt auf dem Podest gestanden hatte, um dem geifernden Publikum zum Kauf angeboten zu werden. Er sah, wie sie hasserfüllt auf Rodriguez geblickt hatte, als dieser ihr vor den Augen der gierigen Zuschauer die Bluse herunterreißen wollte, damit ihre nackten Brüste die Kauflust anheizten. In diesen Sekunden hatte er eingegriffen. Er hatte Rodriguez vom Podest gestoßen und Serafina, ohne sich um die lauten Proteste des Pöbels zu kümmern, aus ihren Fesseln befreit und zu sich an Bord seiner Korvette geholt.

Die erweckte Erinnerung stachelte Walkers Kampfgeist an. Der lang ersehnte Augenblick war gekommen. Er steckte seine Pistole in den Gürtel und zog seinen Degen aus der Scheide.

Noch in derselben Sekunde erkannte Walker, dass er einen Fehler begangen hatte. Er konnte sich nicht vorstellen, wie es möglich war, dass Rodriguez urplötzlich eine Pistole in der Hand halten konnte. Aber eigentlich hätte er mit einer solchen Verschlagenheit rechnen müssen. Die Waffe, dessen Mündung sich direkt auf Walkers Herz richtete, war zwar ziemlich klein, aber auf eine Distanz von zwei Metern nicht zu unterschätzen. Walker hätte damit rechnen müssen, dass ein Schurke wie Rodriguez in Griffweite seines Bettes eine Waffe parat hatte.

Er sah im Gesicht seines Gegners die funkelnden Augen und bemerkte wie dieser mit einer bösartigen Grimasse den Hahn der Pistole spannte. Gleichzeitig warf sich Walker mit dem Reflex einer Raubkatze nach vorne und riss seinen durchgestreckten rechten Arm nach oben. Die Degenspitze schmetterte die Pistole durch die Luft und ließ diese fast lautlos auf dem Bett landen.

Walker grinste hämisch. Aber anstelle seinen Feind mit der Klinge im selben Augenblick zu durchbohren, eiferte er nach einem Zweikampf. Damit beging Walker seinen nächsten Fehler. Gelassen sah er Rodriguez zu, wie er seine Chance nutzte und selbstsicher nach einem der beiden Degen, die an der Wand hingen, griff. Und schon sprang dieser behände nach vorne und setzte zur ersten Attacke an.

Augenblicklich parierte Walker und schon kreuzten sich klirrend die Klingen. Erst jetzt, beinahe schon zu spät, versuchte er seinen Gegner einzuschätzen. Dieser war in fast gleichaltrig, ziemlich schmächtig und bei weitem nicht so muskulös wie er, aber verdammt schnell. Viel zu schnell!

Die Frau, die immer noch in die Ecke gekauert stand, beobachtete gebannt das entbrannte Duell der ungleichen Gegner. Während ihr Bettgenosse wieselflink mit versierter Kampftechnik die Klinge schwang, nutzte der fremde Kapitän jeden freien Raum im Zimmer und drosch kraftvoll, aber mit gewiefter Abwehr dagegen. Stahl auf Stahl schlugen aufeinander, die Klingen sprühten Funken. Das Gesicht von Rodriguez hatte sich längst in eine siegessichere Fratze verwandelt, während Walkers Blick starr und angestrengt wirkte. So ging es Hieb auf Hieb.

Erneut wehrte Walker einen raffiniert angesetzten Stoß verbissen ab. Aber schon längst war er sich bewusst, dass er sich in ständiger Defensive befand und sein ganzes Können, seine ganze Kraft und sämtliche Energie einsetzen musste, um einen lähmenden Hieb oder gar einen tödlichen Stoß abwehren zu können. Nun rächte sich die beinahe schlaflos verbrachte Nacht. Der Kampf zehrte an seinen Kräften. Kurzatmig geworden gelang es ihm noch, eine gezielte Attacke zu parieren.

Da! Rodriguez hatte seinen exzellenten Takt verloren. Walker ließ seine Klinge blitzschnell vorschnellen. Daneben! Und schon fühlte Walker den Luftzug des gekonterten Hiebes auf seiner Wange. Beinahe wäre er auf eine gekonnte Finte hereingefallen und deshalb war er einer Verwundung nur knapp entgangen.

Der auf St. Croix gefürchtete Duellant hatte seinen Takt keineswegs verloren. Ganz im Gegenteil. Walker, der sich als erfahrener Fechter bezeichnen konnte, war aus seinem Rhythmus gekommen und noch weiter ins Hintertreffen gekommen. Rodriguez wehrte mit einer ruckartigen Drehung seines Handgelenkes Walkers verbissene Attacke nicht nur ab, sondern setzte gleichzeitig den Schwung seines Degens ein, um die ungeschützte Flanke seines Gegners zu durchbohren.

Walker schaffte es gerade noch, den vorschnellenden Degen, dessen Spitze sich zwischen seine Rippen bohren wollte, weitgehendst zu parieren. Aber schon brannte seine Hüfte wie Feuer und er spürte etwas Warmes an seinem Oberschenkel rinnen.

Er wusste, dass die Wunde den Anfang seines Endes bedeuten würde und er tadelte sich, dass er Rodriguez nicht mit einem Schuss getötet hatte. Mit dem Mut eines Verzweifelten drosch Walker auf seinen Gegner ein. Jedoch ohne einen Treffer erzielen zu können. Langsam verließen ihn seine Kräfte, als er plötzlich polternde Tritte wahrnahm. Das konnte nur Mike Steel in seinen schweren Seestiefeln sein.

Gott sei Dank, dachte sich Walker. Auch Rodriguez war abgelenkt gewesen und hatte damit Walker eine Chance auf einen Seitenhieb gegeben. Vergebens.

„Schön Sie zu sehen! Capt'n Walker höchstpersönlich!"

Die Stimme ist nicht die von Steel, schoss Walker durch den Kopf.

Das diabolische Grinsen von Rodriguez untermalte den tödlichen Irrtum und raubte somit Walkers letzte Hoffnung. Er spürte einen leichten Stich im Nacken und ahnte, dass es sich um die Spitze einer zum Stoß angesetzten Stichwaffe handeln konnte. Während Rodriguez in Abwehrhaltung einen Schritt zurückwich und das Duell unterbrach, wurde sich Walker bewusst, dass die Zeit des Sterbens gekommen war.

Er hatte nicht einmal die Wahl, wer von beiden Dämonen sein Ende bereiten sollte: Sein Erzfeind oder ein Verräter? Wo waren all seine Leute, die sämtliche Gebäude auf dem Anwesen einnehmen sollten? Rundherum war schließlich lautes Getümmel zu hören. Wo steckten sie? Warum hatte er Mike Steel weggeschickt?

Lauter sinnlose Fragen, auf die ich keine Antwort mehr bekommen werde, dachte sich Walker.

Langsam ließ er die Klinge seines Degens sinken.

„Jetzt werd' ich's Ihnen heimzahlen!", sagte Brewster mit erregter Stimme. Er war direkt hinter ihm.

„Sie wissen, Sie jetzt sterben müssen, Capitano?", fragte Rodriguez mit zufriedener Miene.

„Den lassen wir langsam sterben, was Señor Rodriguez? Langsam und qualvoll!"

Rodriguez zeigte sein freundlichstes Lächeln. „Claro, aber natürlich! Und wenn es das Letzte sein, was wir tun werden in unserem Leben. Nicht wahr, Stanley?"

Der Angesprochene kicherte wie ein Irrer.

Walker rechnete mit allem, auch dass er mit dem Leben abzuschließen hatte. Aber mit dem, was nun folgte, hatte er nicht gerechnet: Die Frau – das letzte Schöne, was er auf der Welt betrachten konnte – hatte, nachdem er von seinen Todfeinden in Schach gehalten wurde, ihre Ängste überwunden. Selbstsicher trat sie aus der dunklen Ecke und setzte sich mit einer anmutigen Bewegung wieder aufs Bett zurück. Dann zog sie sich mit einem verführerischen Blick auf Walker, der vergessen hatte, dass Brewster direkt hinter ihm stand, einen Träger ihres Unterkleides über die Schulter und legte eine ihrer herrlich runden Brüste frei. Das Ganze spielte sich hinter dem Rücken von Rodriguez ab. Der hatte nur noch Augen für sein Opfer.

Und nun sah Walker, der sich von den verführerischen Bewegungen der Mulattin hatte ablenken lassen, dass die Frau plötzlich die kleine Pistole in der Hand hatte, welche er zuvor Rodriguez aus der Hand geschmettert hatte. Ohne Angst, er hatte bereits mit allem abgeschlossen, blickte Walker in die Mündung der Waffe. Die Mündungsöffnung blitze noch im selben Moment auf.

Ein reißender Schmerz durchfuhr ihn. Aber es war nicht der brennende Schmerz einer Schusswunde. Er fühlte, dass er weder tödlich getroffen, noch schwer verwundet war. Stattdessen tat sein Rücken weh und er fühlte warmes Blut. Brewster war zu Boden gefallen und hatte beim Zusammensacken mit dem Säbel seine Haut verletzt.

Noch bevor Brewster gänzlich auf dem Boden lag, sprang er nach vorne, hob die Spitze seines Degens und durchbohrte die Rippen seines Gegners. Die Augen von Rodriguez zeigten Fassungslosigkeit, während ihm der beinahe ebenso überraschte Walker den Degen ruckartig wieder herauszog. Bevor er zu Boden stürzte, riss er eine abgestellte Öllampe mit sich, deren Glas in tausend Scherben zersplitterte. Das auslaufende Öl verteilte sich rasch auf dem Teppich und beinahe genauso schnell verteilten sich die züngelnden blauen Flämmchen über den Boden.

Die Szene im Schlafraum hatte sich vollends verändert. Sie wurde von einem grandiosen Getänzel untermalt, welches das sich ausbreitende Feuer in einer grotesken Art und Weise als Spiel aus Licht und Schatten auf die vier Wände projizierte. Nichts mehr war wie vorher. Walker hatte eine schmerzende Fleischwunde an der Hüfte, sowie einen nicht erwähnenswerten Schnitt am Rücken erlitten – aber er war am Leben. Stattdessen lagen seine Todfeinde blutend am Boden. Die Frau, die zuvor ängstlich gewesen war, wirkte nun gelassen.

Es schien beinahe so, als ob sie an dem Feuer Gefallen fand. Sie zog sich zwar hektisch ihr Kleid über, erwiderte aber Walkers ratlosen Blick mit Erleichterung. Der Brand, der sich auf der ihr gegenüberliegenden Seite des Bettes ausbreitete und sich bereits den am Boden liegenden Körpern näherte, stellte noch keine unmittelbare Gefahr dar. Der Fluchtweg zur Tür war von den Flammen unberührt.

Walker war immer noch verblüfft. Gerade noch hatte er gedacht, dass er durch die Hand der Mulattin sterben würde. Aber nun hatte sich die Frau als seine Verbündete erwiesen. Er sah sie dankend an und sagte: „Muchas Gracias." Dann fügte noch mit fragendem Blick hinzu: „Warum – porque?"

„Porque?", erwiderte sie ebenso kurz. Ihre schwarzen Augen funkelten im flackernden Licht böse auf. Trotzig warf sie ihren Kopf nach links, stierte auf den vom anrückenden Feuer bedrohten Körper von Rodriguez und spuckte verächtlich in diese Richtung. Dann hastete sie ohne sich noch einmal umzublicken aus dem brennenden Zimmer und ließ eine anhaltende Schimpftirade zurück.

Walker eilte ihr hinterher, ohne auch nur ein spanisches Wort verstanden zu haben. Aber Hass und Verachtung waren deutlich zu hören gewesen. Im Hinausgehen warf er noch einen schnellen Blick auf seine einstigen Feinde, die inzwischen von Flammen umzingelt waren. Er sah noch, wie das Feuer das Betttuch erfasste und wusste, dass in Kürze das ganze

Zimmer, wahrscheinlich sogar das ganze Haus, den Flammen zum Opfer fallen würde. Dann ließ er den brennenden Raum achtlos hinter sich.

Walker sah von seiner Retterin nur noch einen Rockzipfel, der durch die Tür gezogen wurde.

Inzwischen hatte der anbrechende Tag die Schwärze der Nacht verdrängt. Hastig sah sich Walker kurz im Haus um. In jedem der Räume war gründlich geplündert worden. Die Schränke waren aufgerissen, vieles lag achtlos hingeworfen, beschädigt oder umgestürzt auf dem Boden verstreut.

Seine Männer hatten gute Arbeit geleistet, dachte sich Walker.

Dann verließ er das Haus, wo es inzwischen ziemlich ruhig geworden war.

Vor der Eingangstür erspähte Walker seine Leute. Diese waren in der Zwischenzeit nicht untätig gewesen. Sie hatten die geplünderten Gegenstände auf einem Haufen gesammelt. Alles, was nicht niet- und nagelfest gewesen war, lag hier zum Abtransport bereit. Darunter waren kleine Einrichtungsgegenstände, eine Standuhr, Lampen, einige Truhen, diverse Waffen und eine ganze Menge an nutzlosen Gegenständen. Auch ein Kunterbunt an Kleidungsstücken lag zerknäult unter den Lampen. Selbst vor Frauenkleidern, die wohl als Mitbringsel für irgendwelche Weibsleute oder als Geschenke für zukünftige Liebschaften gedacht waren, hatten seine Leute keinen Halt gemacht.

Das war wohl unvermeidlich, dachte sich Walker beschämt.

Jetzt sah er auch die Mulattin, wie sie von einem Matrosen an der Taille gepackt wurde.

„Lass sie sofort los, du Hund!", brüllte Walker wütend.

Enttäuscht ließ der Matrose die Frau wieder los. Er trug eine vornehme Weste und einen gar nicht zu ihm passenden Hut – beides geplünderte Gegenstände.

Die Frau sah Walker erleichtert an. „Los esklavos, los esklavos!", rief sie aufgeregt und raste mit wehendem Haar, so schnell es ihre langen, weiten Röcke erlaubten, davon.

„Du kommst mit mir!", befahl Walker genau dem Matrosen, den er gerade gerügt hatte. „Und ihr …" Im gewohntem Befehlston richtete Walker sich an den Rest der Anwesenden: „… packt das Wertvollste zusammen! Und zwar so, dass man es auch tragen kann!"

Deshalb hatten wir ja auch die Enterpieken mitgebracht, dachte er sich. Daran können sich je zwei Mann mit Leichtigkeit einige Beute auf die Schultern laden.

„Alles, was zu schwer zum Schleppen ist, bleibt hier!", fügte er noch hastig hinzu. Dann eilte er zusammen mit dem bunt gekleideten Matrosen der Mulattin hinterher.

Walker wusste, was sie vorhatte. Die Sklaven, die über Nacht immer in ihrer Baracke eingesperrt waren, sollten befreit werden. Den Gefallen würde er seiner Retterin gerne erweisen. Und Sklaven brauchte der zur Hölle gefahrene Rodriguez sowieso nicht mehr.

Die feuchte Hitze des anbrechenden Tages begrüßte die gut gelaunten Plünderer, als sie mit ihrer vielfältigen Beute, welche sie auf ihren Schultern schleppten, am Rande des Regenwaldes ankamen. Das freie Gelände, auf dem noch eine morgendliche Brise geweht hatte, lag nun hinter ihnen. Auch von Verfolgern war nicht das geringste Anzeichen zu sehen.

Die Jaguars hatten saubere Arbeit geleistet: Die meisten Wachleute, die Rodriguez zur Beaufsichtigung der Sklaven oder zum Schutz seines Anwesens beschäftigt und in einem Nebengebäude untergebracht hatte, waren entwaffnet, niedergeschlagen oder bei zu heftiger Gegenwehr sogar getötet worden. Nur wenige hatten entfliehen können, aber die meisten waren in der Sklavenbaracke eingesperrt worden. Irgendwer würde sie später schon wieder herausholen. Dagegen hatten sich die befreiten Sklaven jubelnd in alle Winde zerstreut. Sie genossen ihre unerwartete Befreiung. Bisher machten sich nur wenige von ihnen ernsthafte Gedanken darüber, wo und wie sie ihre Zukunft verbringen wollten.

Walker sah sich nochmal um. Hinter dem Zuckerrohrfeld stieg qualmender Rauch auf. Das Haus seines Erzfeindes wird vermutlich bis auf den letzten Stein niederbrennen und von seinen Todfeinden würde nicht einmal ein Aschehaufen übrigbleiben. Sicher war, dass die Vorkommnisse der Vergangenheit nun gerächt und seine gefährlichen Gegner für immer beseitigt waren. Tatsächlich fühlte sich Walker ein wenig erleichtert, wie von einer schweren Last befreit. Trotzdem fehlte das erhebende Gefühl von Genugtuung.

Irgendwie befiel ihn der Schatten einer Ahnung – vielleicht war es auch sein sechster Sinn – dass der gelungene Überfall eines Tages noch böse Folgen haben könnte. Der Rauch am Himmel, der sich im schwachen Wind nur langsam verzog und sich in einzelne Schwaden auflöste, gab Walker doch nicht die Befriedigung, die er sich erhofft hatte. Außerdem schmerzte bei jedem Schritt seine frisch verbundene Wunde an seiner Hüfte, wobei der Schnitt am Rücken nebensächlich war. Aufgrund des erlittenen Blutverlusts fühlte sich Walker geschwächt und es stand noch ein anstrengender Marsch bevor. Entschlossen löste Walker seinen Blick. Er kehrte der Rauchfahne den Rücken, biss die Zähne zusammen und ging mit schmerzverzerrtem Gesicht seinen Leuten hinterher, die schon längst im Grün des Regenwaldes untergetaucht waren.

Gebannt blickten die Männer auf der Jaguar den zurückkehrenden Kuttern entgegen, welche endlich, nach einer nicht enden wollenden Zeit des

Wartens, zu ihrem Schiff zurückkehrten. Dass die Boote auffällig tief im Wasser lagen, war ein gutes Zeichen und ließ die nimmersatten Jaguars auf üppige Beute hoffen. Chris Bolton, der die Unternehmung für höchst fragwürdig gehalten hatte, ließ sich seine gluckenhafte Nervosität nicht ansehen, als er sein Teleskop ansetzte und die Bootsinsassen durchzählte. Danach setzte er das Rohr langsam ab und steckte es in den Köcher zurück. Er nickte langsam.

Sicherlich sind einige der Männer verwundet, aber gibt Verluste? Jemand fehlte auf den Kuttern, dachte er sich besorgt.

„McArthur!", rief Bolton mit lauter Stimme, denn der Schiffsarzt stand nur fünf Meter entfernt von ihm und wartete mit Ungeduld auf die Zurückkehrenden. Schließlich musste mit ärztlichem Einsatz gerechnet werden. Obwohl McArthur einen Schritt auf Bolton zuging, fügte dieser mit kritischem Unterton hinzu: „Wenn Sie sich schon nicht an dem Landfall beteiligt haben, dann richten Sie sich auf ihre Aufgaben als Arzt ein und bereiten alles Notwendige vor!"

„Ich habe schon längst alles veranlasst, Mister Bolton. Und glauben Sie mir, wenn ich jünger wäre, dann wär' ich selbst mit an Land gewesen!"

„Schon gut, schon gut", meinte der Erste beschwichtigend.

Eine viertel Stunde später schoren die Kutter neben dem Toppsegelschoner längsseits.

„Auf Riemen!"

Das war die Stimme von Mike Steel. McArthur konnte seinen Kommandanten nirgends sehen. Erst als er sich übers Schanzkleid beugte, sah er seinen Kommandanten mit blutbefleckter Hose regungslos im Boot liegen.

„Mike! Was ist mit dem Capt'n?", brüllte McArthur Mike Steel an.

„Tiefe Degenwunde, Doc!"

Wäre ich bloß mitgekommen, tadelte sich der Schiffsarzt, der sich schon seit über zwei Jahren seinem Kommandanten verbunden fühlte. Er beobachtete ungeduldig wie die Taljen, die zum Hochhieven des Kutters dienten, von der Bootsbesatzung angeschäkelt wurden.

„Wird er durchkommen?"

„Das fragen Sie mich, Doc?"

Während der erste Kutter langsam aufwärts schwebte, ergänzte Steel prahlerisch: „Der Capt'n hätte das mir überlassen sollen, dann wär' ihm nix passiert!"

Die Neugierde an Bord war inzwischen ins Unermessliche gestiegen. Seltsamerweise wirkte Emilio Sanchez, der Neuling, besonders besorgt. Auch Lars Rostrup wohnte dem Empfang der Plünderer bei und registrierte mit einer Bestürzung, die er sich nicht im Mindesten ansehen ließ, wie die Boote mit Raubgut vollgeladen waren.

Erst als der Hehler den bewusstlosen Kapitän, dessen Hose auf einer Seite völlig blutdurchtränkt war, bemerkte, konnte er sich ein schadenfrohes Grinsen nicht mehr verkneifen. Er trat an Bolton heran und meinte höhnisch: „Das kommt davon. Das hätte ich Ihrem Kapitän gleich sagen können, dass er besser daran täte, die Finger von Rodriguez zu lassen."

Als der Erste die Worte ignorierte und Rostrup achtlos stehen ließ, hob dieser seine Stimme: „Außerdem fordere ich unverzüglich in die nächste Stadt gebracht zu werden, um endlich von diesem wackelnden Schiff runterzukommen. Ihr Kapitän gab mir sein Wort!"

Bolton interessierte sich mehr für den Kutter, der nun in seiner oberen Position in den Davits angekommen war. Trotzdem wurde ihm der lästige Dicke langsam zu bunt. Mit schneidend kalter Stimme erwiderte er: „Hören Sie, wenn es nach mir ginge, dann würde ich Sie eigenhändig über Bord werfen! Man sagt, dass solche Fettsäcke wie Sie es sind, sowieso nicht untergehen. Aber da Ihnen der Capt'n sein Wort gegeben hatte, Sie sicher an Land zu bringen, werde ich Sie als Stellvertreter Walkers in Frederiksted absetzen. Und beten Sie zu Gott, dass uns bis dahin kein Kriegsschiff dazwischen kommt. Bis nach Amerika behalte ich sie jedenfalls nicht an Bord."

„Das werden Sie noch bitter bereuen, Mister Bolton! Sie und der verdammte Walker, falls er denn überleben sollte!"

„Halten Sie endlich Ihre Klappe, sonst überlege ich es mir doch anders!"

Dieses Mal blieb Rostrup ruhig. Mit hochrotem Kopf trottete er langsam zum Vorschiff. Dabei bemerkte er Sanchez, der das Gespräch scheinbar teilnahmslos beobachtet und mitgehört hatte. Er gab ihm einen unauffälligen Wink. Nach einer kurzen Weile folgte der junge Bursche dem Dicken nach vorne.

Bolton hatte den Hehler längst wieder aus seinen Sinnen verloren. Stattdessen wandte er sich wieder dem Schiffsarzt zu: „Doc, Sie kümmern sich zuerst um den Capt'n! Dann schauen Sie sich die anderen Männer an. Sie haben anscheinend nur kleinere Blessuren."

„Aye Mister Bolton!" entgegnete McArthur gereizt. Das hätte ihm niemand sagen müssen.

Als ob sich das nicht von selbst verstehen würde, dachte er beleidigt.

„Radcliff!", brüllte der Erste.

„Aye?"

„Wenn alle an Bord, die Kutter und das Deck klariert sind, gehen wir ankerauf. Ich verlasse mich dabei auf Sie."

„Natürlich, Sir!"

Dann wandte sich Bolton an den Zweiten Offizier: „Und Sie, Mister Mortimer, Sie stecken mir einen Kurs nach Frederiksted. Das liegt am westlichen Ende von St. Croix und damit genau in der richtigen Richtung. Dort setzen wir den Dicken aus und lassen die verdammten Inseln hinter uns."

„Mache ich! Der Südostwind ist uns ziemlich wohlgesonnen, Mister Bolton. Wir müssen uns nur zuerst aus der engen Lagune freisegeln", sprach er und ging unter Deck.

Währenddessen verarztete McArthur den verwundeten Captain in seiner Kajüte. Über ihm herrschte zu der Zeit reges Durcheinander. Bald darauf stach die Jaguar in See und ließ eine verträumt wirkende Lagune hinter sich, die friedlicher nicht hätte sein können.

Das ständiges wogen in der Kapitänskajüte stammte von dem unaufhörlichen Stampfen des Toppsegelschoners, das im Heck des Schiffes entsprechend stark wahrzunehmen war. Die Krängung war im Allgemeinen nur mäßig, doch gelegentlich schüttelte sich die Jaguar und rollte dann energisch, bis sie sich wieder stabilisierte.

Der Schiffsarzt griff erneut an Walkers heiße Stirn. Die Temperatur des verwundeten Kommandanten hatte den Höhepunkt überschritten. Nach wenigen Stunde senkte sich bereits das Fieber und auch McArthurs Sorgen gingen langsam zurück. Sogar das im Delirium ausgesprochene Wirrwarr des Captains war wieder nüchterner Sachlichkeit gewichen.

Mit noch schwächer Stimme fragte Walker: „Welchen Kurs laufen wir gerade, Doc?"

Dieser entgegnete streng: „Na, sieh mal einer an. Kaum dem Tod von der Schippe gesprungen, denkt er schon wieder nur ans Navigieren! Das soll dich aber im Moment nicht kümmern, James. Der Erste kümmert sich darum."

„Stand es so schlecht um mich, Doc?"

„Dieser Marsch wäre noch gegangen, man hat mir davon berichtet. Aber mich wundert es, wie du die Kletterei an den Kaskaden noch geschafft hattest. Das ist dann doch etwas zu viel für deinen Körper gewesen sein. Deine Degenverletzung ist dabei, obwohl sie provisorisch vernäht und gut verbunden worden war, wieder aufgerissen. Dadurch hast du eine ganze Menge an Blut verloren. Aber du bist selber schuld, James! Schließlich hatte man dir angeboten, dich zu tragen."

„Bullshit!", rief er. „Soll das heißen, dass der Kampf nicht heute stattgefunden hatte?"

„So ist es, James."

„Verdammt! Und wo sind wir jetzt, Doc?"

„Wir segeln Kurs Nordwest und verlassen gerade den Windschatten von St. Croix."

„Verstehe, und was ist mit dem dicken Hehler? Ist der immer noch an Bord?"

„Nein, den hat der Erste am äußersten Ende von Fredriksted mit der Gig an Land bringen lassen, wie du es ihm versprochen hattest. Den Mann hättest du dir früher vom Hals schaffen sollen, James! Der Dicke ist dir in Zukunft bestimmt nicht wohlgesonnen."

„Irrsinn! Ich komme sowieso nicht wieder so schnell hierher."

„Gut, dass du das einsiehst, James. Jetzt wurde aber genug geredet, du solltest wieder schlafen."

Walkers vom Wetter gebräuntes Gesicht wirkte immer noch blass und man merkte ihm an, dass ihm jedes Wort viel Kraft kostete. Trotzdem war sein Kopf wieder klar und so ließ er es sich nicht nehmen, eine weiter Frage zu stellen: „Kevin, was ist mit dem Jungen? Ich meine den, der sich vor der Heirat gedrückt hatte."

„Du meinst Emilio?"

Walker nickte knapp.

„Der arbeitet mit der Crew, da er unbedingt mit uns nach Amerika will." Er zuckte die Schultern. „Soll er doch, wenn er will. Warum auch nicht?"

„Warum auch nicht?", flüsterte Walker.

Wenig später war Walker wieder in tiefen Schlaf gefallen. McArthur verließ beruhigt die Kajüte und schloss leise hinter sich die Tür.


# Kapitel 14: Verdachtsfälle

(Einige Monate später)

Wie eine einsame Raubkatze jagte die Jaguar durch die nächtliche See südwärts und nahm Kurs auf Boston. Weiße Schaumkronen spielten neckisch auf den schwarzen, kraftstrotzenden Wogen. Die weiße Bugwelle kontrastiere ebenso mit ihrer Helligkeit und das sprudelnde Kielwasser glitzerte munter in der sternklaren Nacht. Auch die straff stehende Wand der Segel schimmerte im Dunkeln in einem gespenstischen Weiß. Am Firmament funkelten nicht nur die unzähligen Sterne mit einer außergewöhnlichen Intensität, ebenfalls rasten hin und wieder gespenstische Lichter über den nördlichen Himmel. Das sogenannte Nordlicht bot ein grandioses Farbenspiel und manch einer der Crew glaubte Engel in wallenden Kleidern tanzen zu sehen.

Walker hatte einen Rundgang absolviert. Nun stand er weit achtern am Schanzkleid und blickte nach oben. Es sah gerade so aus, als ob sich oberhalb der Großstenge die Sterne in Bahnen, welche die Form einer Acht bildeten, gegenseitig jagten. Natürlich hatte er den Effekt, der durch die Schiffsbewegungen verursacht wurde, schon tausende Male beobachtet. Trotzdem sah er dem Spiel der Sterne gerne zu und fand, dass diese Nacht klarer und schöner war als jede andere. Und das Spektakel, das von den zuckenden Nordlichtern geboten wurde, versüßte allen Männern die Hundewache.

Aber dann legten sich wieder Schatten auf Walkers wechselhaftes Gemüt. Plötzlich erinnerte er sich an die Abschiedsworte vom Kapitän des Walfängers Northstar. Diese waren weniger erfreulich gewesen: Machen sie's gut und passen Sie gut auf sich auf, Capt'n Walker! Ich weiß zwar nicht, was an der Sache dran ist, aber mir ist zu Ohren gekommen, dass ein Schiff auf See unterwegs ist, das genau wie Ihr Toppsegelschoner aussieht …

Die Jaguar hatte während der letzten zwei Monate ein paar Walfängern in den Gewässern südlich von Grönland Schutz geboten. Es hatte dort einige Überfälle gegeben und ein Schiff war spurlos verschwunden. Die Jaguars hatten sich dieses Mal ehrliches Geld verdient, indem sie hin und her patrouilliert waren und auf die zu betreuenden Schiffe aufgepasst hatten. Es war wenig abwechslungsreich, eigentlich ziemlich eintönig und kalt gewesen. Doch dafür waren die Jaguars gut bezahlt worden. Tatsächlich hatte man einmal ein verdächtiges Schiff entdeckt, verfolgt und erfolgreich in die Flucht schlagen können. Das war aber alles gewesen. Als die Resolute, ein weiterer Walfänger, der selber mit acht 12-Pfündern bewaffnet war, zu der kleinen Walfangflotte gestoßen war, konnte sich die Jaguar mit ihrer Crew wieder auf den Heimweg begeben.

Wilbur Snow, der Kapitän der Northstar hatte vom Kapitän der Resolute erfahren, dass ein schwarzer Toppsegelschoner vor der amerikanischen Ostküste seeräuberisches Unwesen trieb, wobei einige Schiffe mit Mann und Maus verschwunden waren. Beim Anblick der Jaguar hatte man auf der Resolute schon die Befürchtung geäußert, dass die kleine Walfängerflotte mit dem Schiff den Bock zum Gärtner gemacht hatten. Für alle Fälle waren die acht Geschütze auf der Resolute gefechtsklar gemacht worden.

Doch Snow hatte den Kapitän der Resolute, dessen Beschreibung des Piratenschoners durchaus auf die Jaguar zutreffen konnte, beruhigen können. Schließlich hatte die Jaguar tadellos und zuverlässig ihre Aufgabe erfüllt. Hätte Snow von Walkers zwielichtigem Vorleben gewusst, wäre diesem wahrscheinlich ein wenig mulmig geworden. Dass Snow davon nichts wusste, kam Walker gelegen und für seine Information fühlte er sich ihm zu Dank verpflichtet. Außerdem war dies ein Grund, sich Gedanken über die Sache zu machen.

Zwar war die Jaguar zu den genannten Zeiträumen tatsächlich in den besagten Gewässern gesegelt, aber schließlich gibt es auch noch andere Toppsegelschoner auf dem Atlantik, dachte sich Walker zur Beruhigung.

Er musste zugeben, dass er mit seinen Schmuggelgeschäften längst nicht einem ehrbaren Beruf nachging. Er war sich auch bewusst, dass von seiner Besatzung nur die wenigsten vertrauenerweckende Burschen waren. Aber der Piraterie hatte er ein für alle Mal abgeschworen. Doch allein der Verdacht, der auf der Resolute geäußert worden war, stimmte Walker nachdenklich. Er warf nochmals einen prüfenden Blick auf den beleuchteten Kompass, dann bewunderte er aufs Neue die fluoreszierende Wellenbewegungen am Polarhimmel.

Zum Teufel! Was soll's, dachte sich Walker. Schließlich hat mein Schiff mit dem nichts zu schaffen.

Erleichtert rieb sich Walker seine steif gefrorenen Hände. Die Nacht war gerade bei diesem sternklaren Himmel als kalt zu bezeichnen. Die polare Eiseskälte und die unheimlichen Nebelbänke nordwestlich von Neufundland hatten die Jaguar schon weit hinter sich gelassen. Nun preschte der Toppsegelschoner wie ein ungestümes Fohlen auf Boston zu, welches weniger als 200 Seemeilen entfernt lag.

Wie ein stolzer Schwan glitt die Jaguar über den Charles River, welcher an der prächtigen Stadt Boston vorbeifloss, bevor er kurz darauf in den Atlantik mündete. Der Toppsegelschoner kreuzte Mithilfe des Hochwassers gegen die Strömung des aus östlicher Richtung kommenden Flusses. Die Jaguar lief den Umständen entsprechend unter gekürzten Segeln. Trotz der vielen Manöver, welche das Navigieren auf fließenden, in der Breite begrenzten und zu allem Überfluss auch noch stark befahrenen Gewässern erforderte, hinterließ bei weitem keinen beschwerlichen Eindruck, wie ihn große Rahsegler in solchen Situationen oft vermittelten.

Boston war eine imposante, wachsende Stadt, wirkte aber eher konventionell europäisch und nicht so neuartig wie manche Leute dachten. Tatsächlich waren auch die Bürger der Stadt, die zum Teil aus Puritanern bestand, eher konservativ. So vermittelten Stadt und Leute beinahe typische englische Züge – und das obwohl die Menschen hier zu den Ersten des nordamerikanischen Kontinents zählten, die für ihre Unabhängigkeit vom Britischen Königreich gekämpft hatten. Im März 1876 hatten die nach Freiheit strebenden Bürger sogar die Engländer so gründlich vertrieben, dass diese Boston evakuieren mussten.

„Klar zur Wende!"

Ein Kommando folgte dem anderen und nun hetzten die Jaguars auf allen Stationen zur Höchstleistung an. Walker wusste, dass sich in einer solch großen Stadt unzählige Augenpaare auf ein- und auslaufende Schiffe richteten. Und neben den vielen erfahrenen Seeleuten und Nautikern gab es natürlich immer besserwisserische Wichtigtuer. Und selbst gegenüber diesen, vor allem aber vor den kritischen Augen der Navy, die hier allgegenwärtig war, wollte Walker einem gekonnten Einlaufen seines Schiffes gerecht werden.

„Bullshit! Belege letztes Kommando!" schrie Walker aufgebracht. „Ruder hart steuerbord!"

Der Rudergänger wirbelte prompt das Rad herum, grinste verächtlich und erwiderte nur: „Blöder Idiot!"

Mit dem Idioten hatte er natürlich nicht seinen Captain gemeint, sondern den vornehmen Dandy, der in unpassend städtischer Kleidung an der Pinne eines sehr gepflegten, kuttergetakelten Bootes stand und meinte, mit dem großen Toppsegelschoner um die Wette segeln zu müssen. Dass dieser dabei ein sehr viel größeres Schiff beim Wenden behinderte, nahm der feine Idiot wohlwollend in Kauf.

„Holt dicht die Schoten!", brüllte der Erste, während Walker dem Rudergänger einen Wink gab. Der erfahrene Mann am Ruder hatte nur darauf gewartet, denn jetzt, nachdem keine Kollisionsgefahr mehr mit der Yacht bestand, konnte die Wende durchgeführt werden.

Nun konnte er auf Walkers Zeichen die Jaguar auf den erforderlichen Kurs bringen. Schwungvoll sausten die Speichen des Ruderrades in die vorgesehene Richtung und die Masten des Schiffes richteten sich zunächst kurz auf, während die schlagenden Klüver auf dem neuen Bug übergeholt wurden. Dann wanderte die Spitze des Klüverbaums seitwärts aus, zeigte auf den neuen Kurs und die Bäume der Gaffelsegel an beiden Masten schwangen knirschend und kraftvoll über den Köpfen der Crew hinweg nach Backbord.

Die Strömung des Charles River half, indem sie kräftig den Bug des Schoners herum drückte. Und schon wurden die Schoten von Vorstagsegel und Außenklüver dichtgeholt, während der Innenklüver schon längst vorher geborgen worden war. Nun krängte sich die Jaguar wieder nach Backbord und die Segel blähten sich straff im Wind. Der lange Klüverbaum zeigte nun schnurstracks zum rechten Flussufer, was bedeutete, dass die nächste Wende bald bevorstand.

Backbord querab lag der Navy Yard, der unzählige Erinnerungen in Walkers Kopf weckte. Dort war er früher schon einige Male gewesen – vor beinahe dreißig Jahren, als er noch ein junger Mann gewesen war. Er hatte bei der U.S. Navy auf diversen Schiffen seine Ausbildung absolviert, um bald darauf im Unabhängigkeitskrieg gegen die Engländer seine ersten Kampferfahrungen zu sammeln.

Gebannt starrte er hinüber. Wie nicht anders zu erwarten war, lagen dort einige Kriegsschiffe. Eine schnittige Brigg mit hohem Rigg erhielt gerade eine neue Karronade, die an einem Kran über ihrem flachen Deck baumelte. Daneben lag eine etwas verkommene Korvette mit kahlen Masten. Sämtliche Rahen, sowie das gesamte Gut fehlten. Walkers Herz schmerzte. Zu sehr erinnerte ihn das Schiff an seine einst so stolze Cougar, die er in einem ähnlichen Zustand, gestrandet auf einem Riff vor Hispaniola, zurückgelassen hatte.

Der rege Schiffsverkehr nahm nun Walkers Aufmerksamkeit voll in Anspruch und lenkte ihn von seinen peinigenden Gedanken ab. Als wenig später sich kein weiteres Objekt dem schnellen Schoner in den Weg stellte, wurde Walkers Blick aufs Neue gefesselt. Ein kurzes Stück weiter ragten die Masten einer Fregatte dermaßen hoch in den Himmel, dass sie den Eindruck erweckten, dass ihre Masttopps an der Wolkendecke zu kratzen versuchten. Walker ahnte bereits, dass es sich hierbei um die altbekannte U.S.S. Constitution handelte, deren Großtopp tatsächlich die unglaubliche Höhe von 67 Metern erreichte.

Die gute alte Old Ironsides, dachte sich Walker schmunzelnd.

So nannte das Volk das ruhmreiche Schiff, von dem jeder sagte, dass Kanonenkugeln von ihrem massiven Rumpf abprallen konnten. Ganz so, als ob der Rumpf aus Eisen gebaut wäre. Am herrlichen Heck der Fregatte konnte Walker nun den weißen Adler, der stolz und mit weit ausgebreiteten Flügeln über den Fenstern der Heckgalerie prangte, bewundern. Aber schon bald war die nächste Wende fällig und Walker musste sich wieder auf sein eigenes Schiff konzentrieren. Und schon passierte die Jaguar die prächtige Fregatte und bald lag der Stolz der amerikanischen Flotte achteraus.

Wenig später wurde es hektisch an Deck. Die ersten Vorbereitungen zum Festmachen im Hafen mussten getroffen werden. Nun war keine Zeit um in Erinnerungen zu schwelgen oder Stadt und Schiffe zu bestaunen – weder für Walker noch für seine Crew. Jetzt musste nach einem geeigneten Liegeplatz gesucht werden. Das war eine nicht immer leicht zu lösende Aufgabe.

Walker sah sich nochmals gewissenhaft um, hielt den regen Verkehr auf dem Charles River im Auge, kontrollierte beide Uferseiten und warf einen kurzen Blick zu den Masten, um den Stand der Segel zu überprüfen. Gerade kurvte eine Schar Seemöwen neckisch über den Toppen und begrüßte die Seeleute des einlaufenden Schiffes mit aufdringlichen Schreien. Als Kommandant trug Walker natürlich die ganze Verantwortung, aber schließlich konnte er sich nicht um alles selber kümmern. Deshalb instruierte er seine Offiziere, die wiederum alles Notwendige an ihre Untergebenen delegierten.

Eine halbe Stunde später lag die Jaguar sicher vertäut an einer Kaimauer vor Charlestown, welches dem Stadtkern von Boston gegenüberlag. Der Stadtkern wurde von den klassizistischen Bauten der Banken, der Geschäftshäuser, der Verwaltung und der Reichen imponiert. Doch in Charlestown standen im Bereich des ganzen Umfeldes überall Backsteingebäude, Lagerhallen, Schuppen, wie Kräne und gaben so das Bild eines typischen Hafens wieder.

Walker ging nach unten zu seiner Kajüte. Er prüfte rasch den Sitz seines wettergebeutelten Rockes, setzte sich einen besseren Hut auf und packte dann die erforderlichen Papiere in seine Tasche. Dann erkletterte er die senkrechte Leiter der Kaimauer und suchte nach dem Gebäude des Hafenmeisters.

Kaum waren die üblichen Formalitäten erfüllt, verabschiedete sich Walker vom Hafenmeister. Forschen Schrittes ging er zur Jaguar zurück. Er hatte gehofft, dass er den Schoner George Ripleys im Hafen von Boston oder Charlestown vorfinden würde. Leider hatte ihm der Hafenmeister die Hoffnung nicht bestätigen können. Trotzdem wollte er nicht glauben, dass sein liebgewonnener ehemaliger Erster hingerichtet worden war. Walker vertraute auf sein Gefühl und das sagte ihm, dass er eines Tages George wiedersehen würde.

Nun beabsichtigte Walker Ripleys Geliebte, die in Boston lebte, aufzusuchen. Er wollte der Frau Mut zusprechen – das machte er sich zumindest vor. In Wirklichkeit erhoffte er sich von ihr, sein optimistisches Gefühl bestätigt zu bekommen. Aber bevor Walker der schönen Lady seine Aufwartung machen konnte, musste er zurück auf sein Schiff, um sich dort gründlich zu waschen und in ordentliche Kleidung zu werfen. So verwittert wie er im Moment aussah, konnte er zwar Walfängerkapitänen auf See gegenübertreten, nicht aber städtischen Bürgern oder gar vornehmen Damen.

Walker war so in seinen Gedanken versunken, dass er den Gruß von dem jungen Sanchez, der in einem gewissen Abstand an ihm vorbeigegangen war, kaum wahrgenommen hatte. Erst jetzt überlegte sich Walker, warum der Kerl nicht wie die anderen Landgänger seiner Crew in Richtung Stadt ging. Stattdessen ging der Kerl genau dorthin, wo er gerade hergekommen war. Merkwürdig …

Das ist nicht der erste Hafen, wo Sanchez den Hafenmeister aufsucht, erinnerte sich Walker. Neugierig sah er sich unauffällig um. Zufällig hatte sich auch Sanchez im selben Moment nach ihm umgesehen. Scheinbar verlegen wandte sich der Bursche wieder ab, änderte dann ganz plötzlich die Richtung und verschwand hinter der nächsten Hausecke.

Das kann ich auch, dachte Walker. Schnell suchte er sich ein geeignetes Hafengebäude hinter dem er sich verbergen konnte, das aber dennoch freien Blick zum Gebäude des Hafenmeisters gewährleistete. Dort wartete er ungeduldig. Aber nichts geschah.

Nachdem einige Minuten vergangen waren, ohne dass etwas Auffälliges geschehen war, entschloss sich Walker dazu, endlich zur Jaguar zurückzugehen. Als er sich gerade auf den Weg machte, bemerkte er gerade noch rechtzeitig, dass sich das Warten gelohnt hatte. Noch einen hastigen Blick achteraus werfend, schritt der Bursche zum Gebäude der Hafenmeisterei.

Was macht der verdammte Hurensohn dort, fragte sich Walker misstrauisch. Schon wieder auf Nachrichten seiner Sippschaft warten?

201

Die Ausrede hatte er sich schon einmal anhören müssen, nachdem er Sanchez zufällig zum ersten Mal in einem Büro eines Hafenmeisters angetroffen hatte. Das war in Philadelphia gewesen.

Eines Tages komm ich dir schon noch auf die Schliche, Bürschchen, dachte Walker.

Andererseits leistete der zurückhaltende Sanchez an Bord gute Arbeit und kam auch mit seinen Kameraden gut zurecht.

Soll ich den Kerl wie ein Zitrone ausquetschen oder geht es um Privatangelegenheiten des Burschen, die für mich absolut unwichtig sind, überlegte Walker, der in der Frage noch unentschlossen war.

Dann beschleunigte Walker seine Schritte und ging zurück zu seinem Schiff.

Mit ehrfürchtigen Blicken schritt Walker allein, mit seinem besten Gehrock in Schale geworfen, durch Beacon Hill, einem hübschen und vornehmen Wohnviertel Bostons. Noble Eingangsportale, messingbeschlagene Türen und edle Vorhänge hinter den Fenstern zeugten von einem gewissen Wohlstand. Walker fragte sich, ob sich all die ehrenwerten Bürger ihr Geld mit ehrlichen Geschäften verdient hatten. Er hatte seine Zweifel. Oder plagte ihn nur sein Gewissen, dass er immer noch nicht bodenständig und gesetzestreu geworden war?

Wie auch immer! Jetzt musste die richtige Straße gesucht werden. Ripleys Geliebte hatte Walker bei ihrem Besuch an Bord der Jaguar, der fast ein Jahr zurücklag, eine Skizze gegeben, auf dem der Weg zu ihrem Haus eingezeichnet war.

Das Orientieren in einer großen Stadt war etwas anders als auf hoher See, dachte sich Walker.

Inzwischen war es spät am Nachmittag und das Licht der niedrig stehenden Sonne ließ die bestrahlten Backsteingebäude glutrot aufleuchten.

Nach einer Weile stand Walker vor dem Haus von Jane Fosset. Wie viele andere Häuser war ihr Haus auch aus Backstein gebaut. Die Ecken und die Gesimse waren hell abgesetzt, während die Rahmen der Bogenfenster weiß gestrichen waren. Die Eingangstür befand sich nicht in ebenerdiger Höhe, sondern in der ersten Etage. So musste Walker die Treppe hinaufsteigen, bevor er den polierten Messingtürklopfer, der die Form eines Fisches hatte, betätigen konnte.

Nach kurzem Warten öffnete ein junges, knapp 20 Jahre altes Hausmädchen in einem schlichten, schwarzen Kleid und einer weißen Schürze die schwere Eichenholztür. Sie hatte halblanges, brünettes Haar und dunkle Augen. Sie sah den Fremden mit einem Gemisch aus Schüchternheit und Misstrauen an.

„Guten Tag! Sie wünschen?", fragte sie mit freundlicher Stimme.

„Mein Name ist Walker. Capt'n James Walker vom Toppsegelschoner Jaguar. Wenn du mich bitte bei Missis Fosset melden würdest?"

„Um was geht es denn bitte, Sir?"

„Sag einfach, dass ein guter Freund von George Ripley an der Tür steht."

„George! Natürlich! Verzeihen Sie, Mister, dass ich Sie nicht sofort hereingebeten hatte. Von George redet meine Herrin jeden Tag. So kommen Sie doch bitte herein! Darf ich Ihnen den Hut abnehmen? Haben Sie gute Nachrichten für uns?", fragte sie neugierig.

Walker war um eine Antwort verlegen. Noch während das Hausmädchen ihn nach innen geleitete und ihm seinen Gehrock abnahm, rief sie aufgeregt: „Missis! Missis Jane! Nachricht von George!"

Walker bedauerte falsche Hoffnungen erweckt zu haben. Er merkte, dass man in diesem Haus äußerst gebannt auf gute Nachrichten wartete – und die konnte er, so gern er sich das auch gewünscht hatte, leider nicht überbringen. Und da stand Ripleys Geliebte auch schon im Flur – so schön wie er sie von der ersten Begegnung auf der Jaguar in Erinnerung hatte. Nur dieses Mal trug sie keine Reisekleidung sondern ein dunkelblaues Samtkleid, das ihren zierlichen Oberkörper mit der zerbrechlich wirkenden Taille betonte. Beinahe wäre Walker auf Ripley neidisch geworden. Er tadelte sich wegen des Gedanken und wurde sich schnell bewusst, dass ein Mann, der so lange auf See gewesen war, bei einem solch betörenden Anblick unmöglich desinteressiert bleiben konnte.

„Mister Walker! Welch eine Überraschung, Sie in meinem Haus begrüßen zu dürfen! Hoffentlich bringen Sie mir gute Nach… Verzeihung, Sir, ich sollte Ihnen erst die Hand geben, bevor ich Sie mit Fragen überschütte."

Walker drückte ihr vorsichtig die zarte Hand und bemerkte gleichzeitig den Zwiespalt im Gesicht der schönen Dame. Freudige Erwartung stritten sich mit purer Angst, eine schreckliche Mitteilung zu erhalten. Walker gab sich Mühe, ihr allein mit seiner zuversichtlichen Miene diese Furcht zu nehmen.

Doch dies hatte Missis Fosset mit weiblicher Intuition schnell durchschaut. Um ihre Ungeduld zu überspielen, wandte sich schnell ab und rief nach ihrem Mädchen: „Josephine, bereite unserem Gast eine Kanne Tee zu! Sie mögen doch sicher Tee, Sir? Und Kuchen?"

„Aber gerne, Ma'am!"

„So kommen Sie doch bitte in meinen Salon und dann machen wir es uns gemütlich."

Walker folgte der Frau mit den goldenen Engelslocken in den Salon.

Was für ein Haar, dachte er sich. Und wie es auf dem dunkelblauen Stoff ihres Kleides leuchtete. George, alleine wegen der schönen Frau musst du am Leben bleiben. Tu ihr und mir das nicht an. Lass dich einfach nicht hinrichten.

Tatsächlich hielt sich die Größe des gediegen eingerichteten Salons in Grenzen. Ihn als klein zu bezeichnen wäre pure Untertreibung. Gemessen an seiner Kajüte war der Raum geradezu riesig. Allein die Standuhr mit Seitenteilen aus Wurzelholz hätte aufgrund ihrer Höhe nicht unter die niedrigen Decksbalken der Jaguar gepasst.

„Setzen Sie sich bitte, Sir", bat sie. Kaum saß er, platzte es aus ihr heraus: „Sagen Sie mir doch bitte, wie es um George steht. Darum sind Sie doch gekommen? Er lebt noch?"

Walker konnte dem ängstlichen Blick der großen, fragenden Augen kaum standhalten. Schließlich musste er den Blick senken.

„Ich glaube, dass er lebt, Missis Fosset. Er muss einfach leben", murmelte Walker leise. Dann wurde er lauter. „Verdammt, wenn ich es nur wüsste! Eigentlich hatte ich darauf gehofft, dass Sie inzwischen von George aufgesucht worden sind."

Die ersten Tränen kullerten an den zarten, rosafarbenen Wangen der Frau herunter. Erneut tadelte sich Walker dafür, in ihr Haus gekommen zu sein. Anstatt Zuversicht und Hoffnung zu schenken, hatte er genau das Gegenteil getan.

Zuerst starrte er sie hilflos an und wusste nicht, wie er sich verhalten sollte. Dann erhob er sich und ging auf die Frau zu, die ihr Gesicht in den Händen versteckte, und legte ihr tröstend die Hand auf das seidenweiche Haar. Sie verstand die Geste und stand langsam auf. Hemmungslos legte sie ihren Kopf an die Schulter des fremden Mannes, ließ sich umarmen und weinte leise.

Walker gab ihr Zeit. Einerseits war er über das, was er angerichtet hatte, zutiefst erschüttert. Andererseits genoss er es, eine solch schöne und tapfere Frau in den Armen zu halten. Wieder beneidete er seinen Freund, diesmal jedoch ohne sich zu tadeln. Plötzlich hatte er das Gefühl, dass alles wieder gut werden würde.

Dann sah er das Hausmädchen mit misstrauischem Blick und einem Tablett in den Händen in der Tür stehen. Erst als sie merkte, dass ihre Herrin weinte, fragte sie: „Ist das Schlimmste wahr geworden, Sir?"

„Nein", erwiderte er, wobei die Antwort eigentlich an Jane Fosset gerichtet war. „So wahr ich hier stehe, George kommt wieder. Ich bin fest davon überzeugt."

Selbst das Mädchen wirkte erleichtert und Georges Geliebte sah nun Walker, wieder ein wenig Hoffnung fassend, mit großen Augen an.

„Warum sind Sie sich so sicher, Capt'n Walker?", fragte sie mit feuchten Wangen.

„George hat gute Freunde. Oder sagen wir es so: Ich habe an der Nordseeküste Verbündete, die auf undurchschaubaren Kanälen bis zu den hohen britischen Militärs ihren Einfluss geltend machen können. Darüber hinaus habe ich unsere Gelder eingesetzt, damit manche Worte mehr Überzeugungskraft gewinnen."

„Oh, Mister Walker. Sie sagen das nicht nur, um mir Hoffnung zu machen?"

Walker sah in die grünen Augen von Fosset. Konnte er lügen?

„Gewiss nicht! Leider kann ich nicht darauf schwören, Ma'am, aber ich bin ganz fest davon überzeugt. Wäre ich sonst hier?"

In Jane Fosset kam die Hoffnung zurück und sie antwortete mit einem dankbaren Lächeln. „Darf ich James sagen, Captain?"

Gerührt nickte Walker und lächelte verschämt. Und schon hatte er einen sanften Kuss auf seiner Wange. Verschämt wie ein Schuljunge sah er zunächst seine Gegenüber an und dann das Hausmädchen, das, während sie den Tisch gedeckt hatte, die Szene beobachtet hatte. Aber auch sie lächelte freundlich.

Soll mich der Teufel holen, weil ich die zwei weiblichen Wesen belogen hatte, dachte Walker bestimmt.

Während das Mädchen Tee einschenkte und Apfelkuchen servierte, fragte Jane Fosset: „Sag mir, James, wie kannst du so sicher sein, dass George ein freier Mann wird? Wie konntet ihr einen solchen Handel erzielen? Du musst mir alles erzählen, bitte!"

Und Walker erzählte, denn abendfüllenden Stoff bot sich genug. Dabei musste er sich Mühe geben, sich auf das Wesentliche zu beschränken: Da war die Einnahme der zwei französischen Lugger mit der Gefangennahme der Besatzungen, das Kapern des holländischen Kriegsschiffes mit dem Erbeuten der Karronaden, sowie der List weitere Gefangene zu machen. Und schließlich hatte man mit den Gefangenen genug Handelsware gehabt, um mit den Briten auf Helgoland ins Geschäft zu kommen.

„… und eben der ranghohe Geheimdienstler gab mir sein Versprechen, George zu befreien oder freizukaufen", erklärte Walker. „Die notwendigen Verbindungen hat der Mann mit Sicherheit."

Jane Fosset nickte verständlich. Trotzdem sprach Zweifel aus ihrem hoffungsvollen Blick. „Aber kann man jemandem, der Spione wie Schachfiguren einsetzt und auf den dunkelsten Kanälen zwielichtigen Geschäften nachgeht, überhaupt vertrauen?"

Walker nickte ebenfalls. „Im Prinzip kann man solchen Leuten niemals richtig trauen. Deine Zweifel sind durchaus berechtigt, Jane. Aber sieh mal, du hast gerade von Geschäften geredet. Tatsächlich kann man das Ganze als solches betrachten. Der Mann braucht für seine Position Handelsbeziehungen und Geschäftspartner. Und je besser das Geschäft läuft, desto stärker ist seine Position. Ein gebrochenes Versprechen wäre gleichbedeutend mit einem Vertrauensbruch gegenüber den Leuten, auf die er auch in naher Zukunft zählen möchte. Also allein im Interesse in Hinblick auf weitere Kooperationen mit meinen dortigen Freunden, wird er alles tun, um sein Wort zu halten. Du verstehst das, Jane?"

Weitgehendst überzeugt nickte sie erleichtert. „Demnach ist für den Mann Georg Ripley ein äußerst billiger Preis. Ein Preis, den er gerne bereit ist zu zahlen."

Jetzt war es Walker, der erleichtert wirkte. „So ist es, Jane. Deshalb sollten wir optimistisch bleiben. Gib deine Hoffnung nicht auf, versprich mir das."

Er schaffte es, Jane mit wenigen Worten zu überzeugen. Nun konnte er mit gutem Gewissen nach dem Kuchen greifen und sich den indischen Tee nachschenken lassen.

Jane Fosset hatte wieder an Zuversicht gewonnen und erst jetzt fand sie sich in der Lage, nach weniger belanglosen Dingen zu fragen: „Nun sag, James, wie war eigentlich deine jetzige Reise gewesen? Wo und auf welchen Meeren wart ihr gesegelt?"

Walker hatte einige Geschichten zu erzählen, um all die Fragen zu beantworten.

Er fasste sich kurz und gab sich redlich Mühe nicht zu sehr auszuschweifen. Das Segeln war auch kein Thema für vornehme Ladies. Zwar wurde er ein paar Mal von beiläufigen Zwischenfragen unterbrochen, aber er merkte, dass sich Janes Interesse in Grenzen hielt. Erst als Walker mit seinem Bericht am Ende war, bemerkte er die zurückgehaltene Anspannung in der sich verändernden Miene der Frau.

Auch der Ton ihrer sanften Stimme hatte sich plötzlich verändert. Mit einem strengen, scheinbar prüfenden Blick fragte sie: „Ging auch alles mit rechten Dingen zu?"

Walker sah sie ratlos an. Sie hatte seine Verunsicherung bemerkt und wandte ihren direkten Blick von ihm ab. Sie senkte die Augenlider und fuhr mit sanfterer Stimme fort: „Habt ihr auf Kämpfe, Kaperungen und andere kriegerische Dinge verzichtet? Du musst mir wirklich alles erzählen, James."

Walker zermarterte seine grauen Zellen. Was zum Teufel hatte der zweifelnde Ausdruck in ihren Augen bedeutet, als sie von rechten Dingen gesprochen hatte? Um was genau ging es ihr? Wie viel wusste sie von seiner Vorgeschichte und wie viel konnte er ihr anvertrauen? Walker überlegte angestrengt. Er wusste nicht, wie viel die feine Dame von ihrem Liebhaber über seine Vergangenheit erzählt hatte. Aber nun wurde es Zeit, um auf ihre Frage einzugehen.

„Du zögerst, James. Hast du etwas zu verbergen?"

Verdammt noch mal! Auf was will diese Frau hinaus, fragte sich Walker.

Scheinbar gelassen erwiderte er: „Nein, wie kommst du darauf?"

„Dass ihr Männer es versteht, uns Frauen immer wieder aufs neue Kummer zu bereiten."

„Warum? Ich verstehe nicht, du meinst wegen George?"

„Nein, ich rede nicht von George. Ich spreche von dir, James."

Verdutzt sah Walker ihr direkt in die grünen Augen. Das Misstrauen stand ihr eindeutig ins Gesicht geschrieben. Warum mussten Frauen immer so kompliziert sein? Nun hatte er genug von dem Versteckspiel. „Verd… Entschuldigung, Jane. Sag's mir einfach offen ins Gesicht. Worauf willst du hinaus?"

Plötzlich wirkte die Frau traurig. Ein wenig verschämt wandte sie den Blick zur Tür und rief nach ihrem Mädchen: „Josephine, kommst du her?"

Da die Küche gleich nebenan war, dauerte es nicht lange und das Hausmädchen stand neben ihr.

„Madam?"

„Bitte hole mir die Zeitung von letzter Woche. Die, die du zur Seite legen solltest."

„Sie meinen den Boston Daily vom Donnerstag?"

„Genau die Zeitung."

„Sofort, Ma'am." Mit einer koketten Drehung wandte sich das Mädchen weg. Ihr Rock wirbelte herum und schon war sie verschwunden.

„Ist sie nicht ein nettes Ding, James? Sie ist so eifrig. Ich hab sie gerne bei mir."

Die hätte ich auch gerne bei mir, dachte sich Walker und nickte gleichzeitig.

Wieder wurde ihm bewusst, dass er schon lange nicht mehr im Bett einer Frau gelegen hatte. Aber solche Gedanken waren unvermeidbar und konnten einem Seemann nicht verwehrt werden. Wichtiger war jetzt der Inhalt der Zeitung.

Um was geht es hier eigentlich, dachte Walker ungeduldig.

Aber da war das Mädchen schon wieder da, machte einen höflichen Knicks und überreichte ihrer Herrin den Boston Daily.

„Hier bitte, ich hab' ihn gleich gefunden!"

„Gut, danke."

Walker beobachtete gebannt, wie die Dame des Hauses nach einem bestimmten Artikel suchte, während Josephine neugierig zusah. Dann wurde Walker die aufgeschlagene Zeitung überreicht.

„Hier James, lies bitte! Es tut mir leid, dass ich dich damit behelligen muss. Eigentlich geht es mich nichts an, aber es beunruhigt mich. Verzeih mir. Vielleicht ist es auch nur ein Zufall."

Ein wenig genervt nahm Walker den Boston Daily zur Hand. Ein kurzer Blick genügte. Eine Skizze eines Toppsegelschoners, welcher der Jaguar sehr ähnlich sah, war von einem zittrig gezeichneten Tintenstrich umrahmt. Ein Artikel in zittriger Schrift wurde beigefugt:

Boston, Massachusetts: Zum wiederholten Male wurde während der letzten Monate vor der amerikanischen Ostküste – zwischen Florida und

Neufundland – ein schwarzer Toppsegelschoner gesichtet, von dem behauptet wird, dass es sich um ein Piratenschiff handelt. Da es sich um einen sehr schnellen Schoner handelt, der bei jeder Sichtung durch größere Schiffe Reißaus nimmt, ist es bis jetzt keinem unserer Kriegsschiffe gelungen, den Seeräubern das Handwerk zu legen. Trotzdem ist man sich inzwischen sicher, dass es sich um den erwähnten Toppsegelschoner handelt, der das Verschwinden von einigen kleinen, meist unbewaffneten Küstenseglern zu verschulden hat. Einige Male wurden sogar angeschwemmte Wrackteile von versenkten Schiffen, Ertrunkene, sowie einige von Kämpfen entstellte Leichen an der amerikanischen Küste gefunden. Da es grundsätzlich keine Überlebenden gibt, können bis jetzt keine näheren Angaben gemacht werden. Einziger Anhaltspunkt ist die Meldung eines Steuermannes, der behauptet, in der Nähe von Neufundland ein Schiff, auf das die genannte Beschreibung passt, gesehen zu haben. Der erfahrene Seemann glaubt, in seinem Teleskop so etwas wie eine Galionsfigur in der Gestalt eines Tieres erkannt zu haben. Nach seinen Aussagen verhielt sich der zunächst raumschots segelnde Schoner auffällig, weil sich dieser bei Annäherung auf sein eigenes Schiff, das einer Korvette nicht unähnlich ist, nach einer hastigen Halse auf Gegenkurs gegangen war und hart am Winde segelnd das Weite gesucht hatte. Merkwürdig ist auch, dass außer Treibgut in all den Monaten nicht ein Stück der verschwunden Handelsware jemals wieder aufgetaucht ist. Niemand weiß, worauf die unmenschlichen Angriffe der Piraten abzielen. Die seefahrende Bevölkerung ist aufgerufen, Augen und Ohren offen zu halten, damit die Mörder der Meere endlich der Justiz übergeben werden können.

Jetzt war der sonnengegerbte Walker blass geworden. Eigentlich war es verhältnismäßig kühl im Raum und trotzdem rann eine Schweißperle über seine Stirn. Plötzlich wurde er sich bewusst, dass er von zwei aufmerksamen Augenpaaren beobachtet wurde. Nun war er derjenige, der mit zweifelnden Blicken auf die beiden Frauen starrte.

„Bullshit! Verdammter Bullshit! Verzeihung meine Damen, wenn ich mich so ausdrücke. Ich muss schnellstens zurück auf mein Schiff. Ich habe keine Erklärung für den Artikel." Walker ließ seinen verzweifelten Blick zwischen den beiden Frauen, die ihn kritisch beobachteten, hin und her schweifen. „Aber glaubt mir bitte, meine Jaguar hat mit all dem nichts zu tun. Dennoch mache ich mir Sorgen. Schon auf dem letzten Törn hatte mich ein Walfängerkapitän auf solche Vorfälle hingewiesen."

Walker beobachtete wie Jane mit sich kämpfte. Er spürte, dass sie ihm glauben wollte. Aber konnte sie das?

„Ich würde dir gerne glauben, James. Aber du sagtest vorhin selber, dass du auf deinem letzten Törn an Neufundland vorbeigesegelt bist."

„Das ist es ja, Jane! Genau das macht mir Sorgen. Ich war auch zu den Zeiten, die mir der Kapitän der Northstar genannt hatte, in den besagten

Gewässern gewesen. Verstehst du, was das bedeutet? Es geht um Kopf und Kragen. Und nicht nur um den meinen Kopf. Ich muss auch an meine Besatzung denken. Ich muss sofort aufbrechen!"

Er sah das Misstrauen im Gesicht des Hausmädchens, bemerkte die Verzweiflung in Janes schönen Augen.

„Sag mir, dass du damit nichts zu tun hast, James", bat sie inständig.

„So wahr ich hier stehe, mein Schiff hat nichts mit der Sache zu tun. Trotzdem weiß ich im Moment nicht, wie ich meine Unschuld beweisen kann. Jetzt stehe ich vor dem gleichen Problem wie George. Ich muss jetzt gehen. Guten Abend meine Damen!" Walker erhob sich hastig, ließ sich seinen Gehrock und seinen Hut geben und verließ fluchtartig das Haus der schönen Frauen.

# Kapitel 15: Kalte Mauern

Walker ging schnellen Schrittes durch die nächtliche Stadt. Das elegante Wohnviertel, in dem Jane Fosset wohnte, wirkte düster. Nur in den wenigsten Fenstern brannte noch Licht. Es war kaum noch ein Mensch auf den Straßen, denn es war schon kurz vor Mitternacht. Außerdem hatte mittlerweile strömender Regen eingesetzt. Walkers Kleidung troff nur so von Nässe, aber sein Dreispitz schirmte seinen Kopf weitgehendst ab. Doch auch ohne diesen hätte Walker den Regen kaum wahrgenommen. Sein Kopf raste.

Misstrauisch beäugte er jeden der wenigen Passanten, die sich um diese Zeit noch auf der Straße trieben. Wem konnte er nach einer solchen Zeitungsmeldung in dieser Stadt trauen? Eigentlich ging es nicht um ihn. Es ging um sein Schiff – und das lag wehrlos im Hafen. Jedermann konnte den Zeitungsartikel in Verbindung mit seinem Schiff bringen.

Solch ein Hafen, solch eine große Stadt, hatte Münder – und davon zu viele. Und der Hafenmeister? Zuvor hatte sich dieser zwar nicht die Mühe gemacht, den Toppsegelschoner mit einem persönlichen Besuch zu beehren, aber vermutlich hatte er das Schiff vertäut im Hafen liegen sehen. Und dann? Hafenmeister waren gut informiert, wussten, was ein- und ausläuft, wussten was sich vor den Küsten abspielte, kannten alle neuen Gerüchte der weit gereisten Seeleute.

Walkers Sorgen stiegen ins Unermessliche. Auf See konnte er sich wehren. Aber an Land? Während er mit schnellen Schritten zurück zu seinem Schiff ging, konnte er sich wieder daran erinnern, dass er während der letzten Monate einige Meldungen über einen Schoner gehört hatte, der so dreist war, direkt vor der Ostküste der Neuen Welt sein Unwesen zu treiben. Obwohl in diesen Gewässern Piraterie selten geworden war – ausgestorben war sie noch längst nicht. Außerdem gab es in Küstennähe

Schoner in Hülle und Fülle: Lotsenschoner, Fischereischoner, Kriegsschoner und vor allem Schmugglerschiffe. Warum musste die Skizze ausgerechnet auf die Jaguar passen? Dass in dem Artikel eine Galionsfigur in Form eines Tieres erwähnt wurde, konnte nun das Fass zum Überlaufen bringen. Nun tadelte er sich dafür, früheren Meldungen zu wenig Aufmerksamkeit geschenkt zu haben.

Bald darauf erreichte Walker das Hafengelände in dem sein Schiff lag. Sein Puls an den Halsschlagadern machte sich mit kräftigem Pochen bemerkbar. Er hatte mit allem gerechnet. Besonders mit Tumult im Umkreis des Liegeplatzes, oder dass sein Schoner nicht mehr an der vorgesehenen Stelle liegen würde.

Walkers Phantasie hatte ihm üble Streiche gespielt, denn vor ihm lag das Schiff. Friedlich und mit kaum merklichen Bewegungen tänzelte die Jaguar an ihren Leinen. Zwischen Kaimauer und Rumpf plätscherten die Wellen im Gleichtakt. Vorsichtig näherte sich Walker dem Rand der Mauer, dessen Kante in der verregneten Nacht kaum zu sehen war.

Aufgrund des Niedrigwassers lag das Deck des Schoners ein paar Meter unterhalb der gepflasterten Fläche, auf der Walker stand. „Hafenwache? Wer da?", rief er nach unten.

„Bob Wilkins, Capt'n!"

„Alles wohl?"

„Aye, Sir. Alles wohl!"

Walker suchte im Dunkeln nach der Leiter und fand sie auch gleich. Dann drehte er sich um und stieg daran hinab. Als er seine Füße aufs Deck seines Schiffes setzte, fühlte er sich ein wenig ruhiger. Dann wandte er den Kopf zur Seite, um nach den Männern zu sehen, die zur Hafenwache eingeteilt waren. Im gleichen Augenblick spürte er einen schweren, heftigen Schlag der ihm zwischen Hals und Schulter fuhr. Dann schwanden ihm die Sinne. Dass er wie ein nasser Sack aufs Deck fiel, hatte er längst nicht mehr wahrgenommen.


Es schaukelte, wippte und rumpelte. Walker glaubte, volltrunken in seiner Kajüte zu schlafen. Und das bei schwerem Seegang. Es war anstrengend klare Gedanken zu fassen.

Jetzt werde ich sicherlich gebraucht, dachte er. Hatte ich mich so volllaufen lassen? Ich kann bei einem solchen Unwetter nicht meinen Rausch ausschlafen.

Nur langsam begannen Walkers Sinne zu arbeiten. Ausgerechnet der heftige Schmerz in seinem Nacken half ihm seine Gedanken langsam wieder zu ordnen. Irgendwo in seinen grauen Zellen dämmerte es bereits. Die Geräusche stammten nicht von einem Sturm. Walker begriff, dass er weder auf See, noch auf der Jaguar war. Die knarrenden und quietschenden

Geräusche stammten auch nicht vom Rigg eines Segelschiffes, sondern von einem Gefährt, das über holprigen Boden rollte.

Langsam öffnete Walker die Augen, aber da es so stockfinster war, konnte er nicht das Geringste erkennen. Trotzdem wurde er sich bewusst, dass er in einem Wagen oder in einer Kutsche lag. Das Knarren und Quietschen stammte von rollenden Wagenrädern. Walker riss sich zusammen. Er wollte sich erheben, fühlte sich aber in seiner Bewegungsfreiheit eingeschränkt. Neben sich spürte er sich windende Leiber. Außerdem gelang es ihm einfach nicht seine Arme zur Hilfe zu nehmen.

Plötzlich nahm er die eisernen Fesseln an seinen Handgelenken wahr und er bemerkte, bei jedem Versuch sich zu bewegen, dass eine Kette klirrte. Jetzt hörte er auch, dass um ihn herum noch weitere Ketten rasselten. Eiseskälte stach durch Walkers Wirbelsäule. Dann lief es ihm kalt den Rücken runter. Nun wusste er, was geschehen war.

„Verdammter Bullshit" murmelte er. Es ging um Kopf und Kragen.

„Capt'n? Hören Sie mich?"

Walker erkannte die Stimme seines Zweiten Offiziers.

„Ja, Mister Mortimer."

„Sie waren lange bewusstlos gewesen, wir haben uns schon Sorgen gemacht, Sir."

„Was meinen Sie mit wir? Wie viele sind wir?"

„Vorerst um die zwei Dutzend, Sir. Also hauptsächlich die Männer, die an Bord gewesen waren."

„Das tut mir leid, Mister Mortimer. Wie jeder, der hier mit mir im Wagen ist."

Mortimer fragte staunend: „Sie wissen, wo wir sind, Capt'n?"

„Ich denke, auf den Weg in die Hölle!"

„So kann' man es auch sagen", brummte einer der Männer verbissen.

„Halt dein Maul, Collins!", schoss Mortimer zurück.

„Er hat Recht", widersprach Walker. „Wir sind wahrscheinlich auf dem direkten Weg ins Gefängnis, oder?"

„Woher wissen Sie das, Capt'n? Man hat Ihnen schließlich direkt eins übergebraten, als Sie an Bord gekommen sind. Die Chance zum Reden hatten Sie gar nicht."

„Aber Ripleys Geliebte hatte mir heute den Boston Daily vom Donnerstag gegeben. Sie hatte mir die Seite mit dem Artikel mitgegeben. Der steckt jetzt in meinem Rock. Dort wird über einen Toppsegelschoner berichtet, der…"

Mortimer unterbrach ihn: „Ich weiß Capt'n. Im Gegensatz zu Ihnen hatte man mit mir noch gesprochen. Gesagt habe ich natürlich nur das Wenigste, also nichts, was uns schaden könnte. Aber gefragt haben die ne ganze Menge. Ich weiß, dass sie uns Piraterie vorwerfen!"

Aufgeregtes Murmeln übertönte das knarrende Rattern im Sträflings-
wagen. Alle wussten, was die Bezichtigung der Piraterie für jeden der
Männer bedeuten konnte. Vielleicht brachte die Fahrt einen Vorge-
schmack für die letzte Etappe des Lebens – die Fahrt zum Schafott.

Die Mauern waren kalt und feucht. Entsprechend modrig war auch der
Geruch, der durch den Fäkalieneimer, der in der dunkelsten Ecke stand,
zusätzlich mit einer eigenen Duftnote angereichert wurde. Durch das winzige, mit massiven Eisenstangen vergitterte Fenster fiel nur wenig Licht.
Es war unmittelbar unter der schimmligen Decke, also hoch über dem Boden der Gefängniszelle, angebracht worden und verwehrte jeden Blick
nach draußen.

Düster war nicht nur das Loch, in dem die inhaftierten Jaguars hockten,
düster wirkte auch jeder Einzelne. Die meisten Gefangenen boten ein klägliches Abbild ihres ursprünglichen Ichs. Es gab resignierende Gesichter,
mutlose, verzweifelte Mienen, glotzende oder versteinert wirkende Fratzen, sowie apathisch dreinblickende Augen.

Die 14 Jaguars, die dicht gedrängt beieinander hockten, wirkten nun
nicht mehr tollkühn und furchtlos, wie man sie sonst kannte.

Die meisten der Inhaftierten hatten schon früher mit den Gedanken gespielt in eine solch finstere Lage kommen zu können. Einige hatten diese
oder jene Schandtat schon hinter sich, waren aber bisher von diesem Unglück verschont worden. Andere hatten schon hinter solchen Mauer gesessen und waren dann irgendwann geflohen oder entlassen worden.
Manch einer war genau aus jenen Gründen früher auf dem Kaper Cougar
oder später auf dem Schmugglerschiff Jaguar untergetaucht.

Nach einem echten Akt der Piraterie wären die Mienen der Gefangenen
sicherlich auch nicht viel fröhlicher gewesen. Jedoch hätte dann jeder mit
einer gewissen Fassung seine Schuld zu tragen gewusst. So waren die Jaguars niedergeschlagen und schockiert. Sie fühlten sich grundlos beschul-
digt und schuldlos eingesperrt.

Der Schiffsjunge Mark Holland wirkte plötzlich wieder unbeholfen und
kindlich. Er saß wie zerknautscht in der Ecke und knetete ständig mit seiner rechten Hand seinen Hals.

Mike Steel, der ansonsten so furchtlose Vollmatrose, fuhr den Jungen
genervt an: „Hör auf damit, Mark! Ich kann's nicht länger ansehen. Was
soll das denn?"

Holland erwiderte trotzig: „Das kann doch so einen harten Kerl wie dich
nicht erschüttern. Ich probiere bloß aus, wie es sich anfühlt, wenn sich die
Schlinge um den Hals zieht!"

Bob Wilkins war klein und schmächtig, aber hartgesotten. Jetzt griff sich
auch dieser mit der einen Hand an die Kehle. Den anderen Arm streckte

er hinter seinem Kopf an der Wand hinauf. Dann machte er einen gurgeln-
den Laut, verzog den Mund und ließ seine Augen hervorquellen.

Nach dem leisen Kichern einiger Matrosen, war es nicht mehr ganz so
dunkel. Wilkins richtete den Blick auf Holland. „So ist das. Hast du's gesehen?"

„Und dann strampelt man noch ne Weile", meinte ein anderer.

Jetzt wusste der junge Holland nicht mehr, ob er nun mit der Crew lachen, oder sich noch mehr Angst machen sollte. Eins war klar: Zum Sterben fühlte er sich mit 17 Jahren nicht bereit.

Ernest Collins sah sein Ziel, eines Tages Offizier zu werden, dahin-
schwimmen. Auch er machte sich Sorgen um seinen Hals. Mit bedauern-
der Miene sah er Holland an und meinte: „Mach dir noch keine Gedanken
Junge. Wie das Gehängt werden wirklich ist, werden wir alle früh genug
sehen. Dich lassen sie wegen deines jungen Alters eher frei als uns. Aber
vielleicht haben wir ja alle noch eine Chance!"

„Welche denn, du Neunmalkluger?", wollte jetzt Wilkins wissen.

Collins versuchte kühl zu bleiben. „Was woll'n die uns denn nachweisen?
Wenn wir Pech haben, sind wir wegen Schmuggel dran. Da müssten sie
aber viele Seeleute von Küstenseglern auflesen, stimmt's?"

Zustimmendes Murmeln gab ihm recht.

„Aber wir sind doch wegen Piraterie angeklagt?", fragte Holland mit
kläglicher Stimme.

„Vielleicht hatten wir ja, oder zumindest einige von uns, damit früher
schon einmal etwas am Hut. Aber wer könnte uns das jetzt noch was nachweisen?", erklärte Collins.

„Vielleicht irgendwelche von der Anklage?", meinte Holland.

„Oder die haben belastende Zeugen", meinte ein anderer Matrose.

Wilkins griff ins Gespräch ein: „Es könnte aber auch sein, dass sich einer
von uns bei einem Verhör verplappert hatte. Besonders wenn die uns se-
parat verhören wollen."

Collins nickte. „Genau das ist der Schwachpunkt! Da sehe ich auch die
größte Gefahr. Also müssen wir uns auf eine Geschichte einigen, die so
nah an der Wirklichkeit ist, wie es geht. Je weniger wir lügen, desto weniger können die uns überführen. Wir müssen also so ehrlich wie möglich
sein. Notfalls ein paar harmlose Schandtaten zugeben. Zum Hängen wir-
d's dann nicht mehr reichen."

Das machte die Jaguars ein wenig zuversichtlicher. Dass sie keine Un-
schuldslämmer waren, musste jeder sowieso zugeben. Aber mit gemeinen
Mördern auf eine Stufe gestellt zu werden, wollten sie nicht zulassen.

Wilkins nickte langsam. „Nun könnten aber auch noch andere von uns,
welche, die von Land kommen, auch noch geschnappt und in anderen
Zellen untergebracht worden sein. Und der Capt'n und seine Offiziere
sind wahrscheinlich sowieso schon alle beisammen. Die sind wohl

gemeinsam in einer anderen Zelle untergebracht. Ob die das Gleiche besprechen wie wir?"

„Wenn wir es nicht schaffen, uns auf eine Version zu einigen, dann haben wir vielleicht doch ein Problem", schlussfolgerte Collins. „Irgendwie müssen wir unsere Version an die anderen weitergeben. Bevor wir uns die Köpfe über eventuelle Neuzugänge machen, sollten wir uns vorerst überlegen, wie wir Kontakt zu unseren Peitschenschwingern aufnehmen."

Jetzt wurde es wieder leise und die Mienen der Gefangenen verdüsterten sich aufs Neue.

„Ich will zu meinem Papa", murmelte der junge Holland.

„Verdammt Mark, mach dir nicht in die Hosen!", schimpfte Wilkins grimmig. „Du bist doch kein kleiner Bub mehr. Auf der Jaguar hattest du immer den tapferen Seeräuber spielen wollen. Und jetzt hast du Schiss, du Memme!"

„Vielleicht lassen die mich aber zu meinem Vater?", entgegnete Holland.

„Jetzt spinnt er!", meinte Steel abfällig. „Dem sein Vater ist doch in England, so hat er uns doch immer erzählt. Außerdem dachte ich, dass er seinen Vater hasst."

„Du sprichst von meinem gottverdammten Stiefvater, Mike!", entgegnete Holland.

„Und von welchem Kerl sprichst du, Mark?", fragte Steel geringschätzig.

Holland stand auf und machte mit seiner Haltung und ein paar eindeutigen Bewegungen eine nur allzu gut bekannte Person nach. Jetzt ging einigen ein Licht auf.

„Der kleine Walker. Natürlich!", rief Collins begeistert.

Jetzt hatte auch Wilkins begriffen. „Der kleine Scheißkerl ist gar nicht so dumm, wie er aussieht. So wie unser Mark könnte Walker als Junge durchaus ausgesehen haben. Jeder Gefängniswärter, der unseren Capt'n kennt, wird es unsrem Mark ohne jeden Zweifel abnehmen, dass er der Sohn von Walker ist. Und so gemein werden die Henkersgesellen schon nicht sein, dass sie den missratenen Sohn eines Piraten nicht zu ihrem Vater lassen."

„Aber der Name passt nicht. Was ist, wenn sie in der Besatzungsliste keinen zweiten Walker finden?", fragte Holland.

Collins beruhigte ihn. „Was soll's? Holland ist eben der Mädchenname deiner Mutter. Also ziehen wir das durch oder nicht? Wer ist dafür? Hand heben!"

„Moment, Moment!", forderte Gordon barsch. „Wenn unser Capt'n von den Wärtern gefragt wird, ob er denn seinen Sohn bei sich haben will oder nicht ... was dann? Wenn der seinen Sohn verleugnet?"

Wieder überraschte Mark Holland: „Dann sag ich dem Wärter, dass ..."

Hollands Zellengenossen staunten nicht schlecht. Schon hatte sich der vorherige Eindruck, dass der Junge eine Memme war, als irrtümlich erwiesen.

„Donnerwetter! So einen Sohn wie dich hätt' ich auch gern", gab Wilkins voller Anerkennung zu. „Also nochmal! Wer ist für den Plan?"

Dieses Mal hoben alle den Arm. Die Männer in der Zelle hatten wieder ein wenig Licht im Dunkel gesehen.

„Jetzt fangen wir damit an, uns Antworten auf Fragen zu überlegen, die später vielleicht einmal gestellt werden könnten", meinte Collins.

Hätte Walker seinen klugen Vollmatrosen jetzt sehen können, dann wäre Collins seinem Ziel, ein Offizier zu werden, schon ein Stückchen näher gekommen.


„Was meinen Sie, Capt'n? Geht den Rattenfängern unser Erster auch in die Falle?", fragte der Quartermaster Jack Robinson seinen Kommandanten, der sich mit ihm und anderen Männern von der Schiffsführung eine Zelle teilten. Diese unterschied sich am gebotenen Komfort nur dadurch von der benachbarten Zelle, dass sie nicht so dicht belegt war.

„Lasst uns hoffen, dass das nicht passiert", erwiderte Walker. „Wir brauchen dringend jemanden, der uns unterstützt. Jemanden, der uns einen Anwalt besorgt."

„Oder jemanden, der uns aus diesem Rattenloch befreit", ergänzte Andrew Watson, der Stückmeister. In der dunklen Zelle wirkte sein pockennarbiges Gesicht noch roher.

„Verdammter Bullshit! Es ist genauso unwahrscheinlich, dass uns jemand hier rausholt, als dass wir die Möglichkeit finden, uns selbst zu befreien."

„Sie machen uns Mut, Capt'n!", meinte Charles Radcliff. So verhalten klang die sonst so kräftige Stimme des Bootsmanns selten.

„Mitgefangen, mitgehangen! So sagt man doch in dieser Lage?" Trotzdem gelang es Walker bei der banalen Aussage nicht, seinen Leuten in die Augen zu sehen. Er tadelte sich und fügte gleich hinzu: „Ich habe keine Erklärung für die Vorfälle. Ihr habt den Zeitungsausschnitt selber gelesen. Jeder von uns weiß, dass wir damit nichts zu tun haben. Trotzdem kann ich mir gut vorstellen, dass derzeit alles so aussieht, als ob unser Schiff dahintersteckt. Nun kommt es darauf an, wie präzise die Indizien sind, die gegen uns verwendet werden."

„Und dann hängt es von uns ab, wie überzeugend wir unsere Unschuld beweisen können. Nicht wahr, Capt'n?"

„So ist es, Mister Mortimer."

Der Bootsmann meinte: „Ich glaube, die kommen uns da nicht ans Zeugs. Nach allem, was wir bis jetzt wissen, haben sich diese Piratenüberfälle in der Zeit der letzten Monate ereignet. Mag's ein glücklicher Zufall sein, vielleicht haben wir uns wirklich gebessert, in diesem Zeitraum hatten wir uns außer ein paar Schmuggeleien nichts zu Schulden kommen lassen."

Erleichtertes Aufatmen und zustimmendes Nicken waren die stillen Antworten der Männer. Die Aussage machte Mut. Denn obwohl die Gefangen im Rang höher waren als die in der Zelle nebenan, die Sorgen um den eigenen Hals waren die gleichen.

„Der Bootsmann hat diesbezüglich sicher recht", meinte Robinson. „Wir sollten unsere Hoffnung nicht aufgeben. Aber was ist mit unserer Vergangenheit, Capt'n? Ich denke besonders an die Leute, die mit Ihnen auf der Cougar gesegelt waren."

„Und natürlich wegen meiner eigenen Vergangenheit. Sie meinen sicher auch mich, was Robinson?"

„Verzeihung, Sir. So genau wollte ich das nicht sagen."

„Wir brauchen uns nichts vormachen. Wichtig ist, dass die uns wegen der Ereignisse der letzten Monate nichts vorweisen können. Und da wir da unschuldig sind, bin ich ziemlich optimistisch. Kopfzerbrechen macht mir genau das, was unser Robinson soeben angedeutet hatte. Also unsere Vergangenheit. Die war vielleicht nicht ganz so ruhmreich und ehrenhaft, wie wir es gerne von uns behaupten würden." Für die sanfte Umschreibung erntete Walker, der verschmitzt grinste, raues Gelächter. Dann fuhr er mit ernstem Gesichtsausdruck fort: „Und nun können wir damit anfangen, uns Gedanken darüber zu machen, wie die Fragen aussehen könnten, mit denen wir auf bei dem Verhör konfrontiert werden könnten. Zunächst spielen wir die Palette von Antworten durch, mit denen wir uns von jeder konkreten oder auch nicht beweisbaren Anschuldigung befreien wollen."

„Sie meinen also, Capt'n …", warf Radcliff ein. „… dass wir uns auf Aussagen, die in im Inhalt übereinstimmend sind, einigen? Also bevor man uns einem Einzelverhör unterzieht?"

„Genau! Ich glaube, dass jeder meiner Mitgefangenen kapiert, um was es dabei geht!"

„Für die Freiheit, was Capt'n?", meinte der Stückmeister.

Mortimer schüttelte energisch den Kopf. „Aber wenn die Männer vor dem Mast ihre Hälse retten wollen, indem sie freiwillig so viel wie möglich aussagen? Wenn die uns belasten wollen, um sich freizukaufen?"

Walker starrte seinen Zweiten stirnrunzelnd an. „Sie meinen, dass meine Leute, die nicht weit von uns in einer anderen Zelle schmoren, uns verpfeifen wollen, um ihre Haut zu retten?"

Mortimer nickte, dann ließ er den Blick schweifen und beobachtete die anderen.

„Dann haben wir ein verdammtes Problem", bestätigte Walker.

„Außerdem müssen wir damit rechnen, dass im Laufe der Zeit auch noch andere Jaguars geschnappt werden. Woher sollen die wissen, dass man in dem Moment, wo man einen Fuß auf die Planken der Jaguar setzt, niederträchtig niedergeschlagen wird? Sie haben's selber erlebt, Capt'n!

Nicht einmal als Captain eines stolzen Schiffes wurden Sie von solch hinterhältigen Methoden verschont", brüskierte sich Watson.

„So ist es, Mister Watson. Die Tatsache mindert meine Sorgen nicht. Trotzdem sollten wir unsere Köpfe nicht hängen lassen und jetzt mit den Fragen und Antworten anfangen. Vorschläge meine Herren?"

Verdrossen starrte Walker an die feuchte Decke seiner Zelle. Im Grau wuchsen winzige Stalaktiten aus Kalk. Gebannt betrachtete er den Wassertropfen, der sich mit all seiner letzten Kraft an das schimmlige Gemäuer krallte. Dann wurde der Tropfen, der sich aufgrund der Feuchtigkeit gebildet hatte, immer länger. Aus der Form einer Halbkugel war eine Birne geworden. Und dann stürzte er zu Boden.

Blubb machte es, als der Tropfen in das kleine Pfützchen tauchte, welches sich unterhalb der feuchtesten Stelle der Decke gebildet hatte. Fast jede Minute wiederholte sich das zermürbende Schauspiel.

Blubb, blubb, blubb.

Das fahle Licht des Tagesanbruches hatte ausgereicht, um dem belanglosen Ereignis zusehen zu können. Die anderen schliefen noch. Waren sie denn alle so tief gefallen? War bald alles vorüber? Hatte das Festkrallen am Leben überhaupt noch Sinn? Das Schicksal stand vielleicht schon unwiderruflich fest. Genauso wie das der Wassertropfen. Ein letzter Fall. Einen Strick um den Hals. Dann wäre alles vorüber.

Aber schon tadelte sich Walker für seine Hoffnungslosigkeit. Es war gerade erst die dritte Nacht, welche er und seine Leute in dem Kerker verbracht hatten, vorüber. Wie viele Tage und Nächte würden noch folgen? Wann würde man wieder aus diesen verdammten Mauern herauskommen? Nach Wochen oder nach Monaten? Und wie? Als freie Männer, als Lebenslängliche oder gar als zum Tode Verurteilte?

Verhöre waren bisher noch nicht durchgeführt worden. Allerdings hatte sich bis jetzt auch noch kein Verteidiger blicken lassen. Präzise Beschuldigungen waren auch noch nicht vorgetragen worden. Die Anklage Piraterie war zwar heftig, aber noch längst nicht konkretisiert worden.

Also gibt es noch Hoffnung, dachte Walker.

Sein Verstand kämpfte stetig gegen böse Ahnungen. Er versuchte ständig, seine Ängste, die er mit all seinen Mitgefangenen zu teilen hatte, mit jedem erdenklichen Optimismus alles zu egalisieren. Bald würden seine Leute aufwachen. Dann musste er als Captain, der nun auch als der Anführer einer mordenden Piratenbande galt, seinen Männern ein Vorbild sein. Dann hatte er, James Walker, die verdammte Pflicht seine Zuversicht an seine Mitgefangenen weiterzugeben. Leider konnte er diese Bemühungen nicht an die Mannschaft, welche in der anderen Zelle schmorte, übertragen. Wenn man doch wenigstens irgendwie miteinander in Verbindung treten könnte. Aber wie?

Walker starrte zum wiederholten Male an die Decke und streckte seine steif gewordenen Gliedmaßen. Als Seemann war er zwar das Schlafen unter widrigen Umständen gewöhnt, aber Tag und Nacht tatenlos und beinahe reglos unter den beengenden Verhältnissen zu verbringen, raubte ihm die gewohnte Energie. Die Zeit wollte einfach nicht vergehen. Walker beneidete seine Mitgefangenen, die immer noch fest schliefen. Ein paar von ihnen schnarchten entsetzlich.

Voller Ungeduld wartete er darauf, dass seine Zellengenossen endlich aufwachten, um wenigstens ein bisschen Leben in das verfluchte Verließ zu bringen. Außerdem regte sich Walkers Magen. Zwar gab es jeden Tag dasselbe trockene Brot und denselben Tee, der wenigstens seinen Magen füllte. Und trotz der Eintönigkeit brachte alleine die Anlieferung von Nahrung etwas Abwechslung in den öden Alltag der Gefangenen.

Bald darauf erwachten Walkers Leidensgenossen langsam. Aber auch hinter der massiven Zellentür wurde es langsam lebendig. Es hallten die Schritte der Wärter durch die Gänge, wobei jedes Vorbeigehen von dem klirrenden Lied der riesigen Schlüsselbunde untermalt wurde. Und dann begann auch schon das tägliche Klappern an den Türen. Zuerst legten die Gefängniswärter die kleine Klappe um, welche als Guckloch zum Beobachten der Inhaftierten diente. Später wurde ein Schieber hoch geschoben, um das Durchschieben der Brotkörbe zu ermöglichen.

Die Zellentür dagegen wurde normalerweise nur einmal am Tag geöffnet. Das geschah mittags. Dann wurde das warme Mittagessen geliefert. Meist nur Brühe oder dicke Erbsen- oder Bohnensuppe. Nur sonntags sollte es etwas Besseres geben – so hatte es der Wärter den Neuankömmlingen am ersten Tag gesagt. Aber der erste Sonntag in Gefangenschaft stand den Jaguars noch bevor. Außerdem wurde der Eimer für das Trinkwasser durch einen mit frischem Wasser ersetzt und der stinkende Fäkalieneimer wurde gegen einen leeren, der aber kaum weniger stank, ausgetauscht.

Walker spitzte die Ohren. Schwere Schritte näherten sich der Tür. Und schon klappte die Beobachtungsklappe nach unten. Walker hasste es, wie ein Tier in einem Käfig beäugt zu werden.

Aber sicherlich werde ich noch genügend Zeit bekommen, um mich an den entwürdigenden Zustand gewöhnen zu können, dachte er.

„Walker!" rief der Wärter mit harter Stimme. Dann fügte dieser mit zynischem Unterton hinzu. „Oder sollte ich Sie, als Anführer einer Piratenbande, als Kapitän Walker ansprechen?"

Walker richtete sich erbost auf und konterte: „Fahren Sie zur Hölle! Sie brauchen mich auch überhaupt nicht ansprechen. Außerdem bestehe ich auf einen Anwalt. Schließlich sind wir hier zu Unrecht eingesperrt worden!"

„Das wird sich zeigen, Mister! Grundsätzlich können Sie in unserer Herberge auf gar nichts bestehen, dass das klar ist. Trotzdem habe ich mich erbarmen lassen, Ihren Jammerlappen von Sohn in ihre Zelle umzuquartieren. Aber natürlich nur, wenn es dem Piratenkapitän genehm ist. Also?“

Jetzt war Walker sprachlos. Welche raffinierte Falle versuchte der Gefängniswärter zu stellen?

Welchen Sohn, fragte sich Walker. Bei allen Teufeln, was soll das bedeuten? Ich habe keinen Sohn und einen, der ein Jammerlappen ist, schon gar nicht.

„Was ist?“, fauchte der Wärter ungeduldig. „Ich frage kein zweites Mal!“

Walker war sich bewusst, dass ihm keine Zeit zum Überlegen blieb. Etwas war daran faul. Wie auch immer, es gab keinen vernünftigen Grund, sich auf das fragwürdige Angebot einzulassen. Deshalb antworte Walker schroff: „Ich habe keinen Sohn! Ich verzichte auf Ihr Angebot!“

Walker konnte nicht wissen, dass der Wärter nur einen Grund hatte, dem Gesuch von der anderen Zelle, Mark Holland zu verlegen, nachgegeben hatte. Der Wärter erhoffte sich, dass dem Piratenkapitän die letzten Wochen vor der Hinrichtung dadurch noch schwerer gemacht wurden. Er wollte, dass dieser so kurz vor seinem Ableben über die Existenz eines unehelichen Bastards erfuhr.

Die Beobachtungsklappe knallte wieder nach unten. Schritte entfernten sich. Aber es dauerte nicht lange, dann ging wieder die Klappe auf.

„Alle nach hinten! Hopp, hopp!“, rief der Wärter mit gereizter Stimme.

Den Befehl kannten sie. So hieß es, wenn die Zellentür geöffnet wurde. Dann mussten sich alle Gefangenen erheben und sich, soweit es die Ketten der Fußfesseln erlaubten, an die gegenüberliegende Wand der Tür zurückziehen. Bevor nicht alle weit weg von der Tür standen, wurde die Tür aus Sicherheitsgründen nicht geöffnet. Bei der Methode war es nicht möglich, aus der Zelle zu schlüpfen. Natürlich hatten sich Walker und seine Mitgefangenen schon längst Gedanken über eine Fluchtmöglichkeit gemacht, aber bis jetzt gab es nicht einmal einen vernünftigen Ansatz für eine Lösung.

Als die Gefangenen dem Befehl des Wärters gehorchten, klirrten ihre Ketten geräuschvoll auf. Misstrauisch und mürrisch zogen sie sich bis zur Mauer zurück und starrten zur Tür.

Walker fragte sich, mit was zu rechnen war. Gab es nur das tägliche Frühstück? Aber das wurde normalerweise unter dem geöffneten Schieber geschoben.

Irgendetwas ist heute im Gange, sinnierte Walker.

Aber schon raschelte ein Schlüssel im Schloss. Der Riegel knackte und die schwere Tür öffnete sich quietschend.

„Hinein mit dir, du Bastard!", schrie der Wärter.

Dann stolperte der junge Holland schwungvoll in die Zelle, überschlug sich beinahe und knallte heftig auf den Boden. Er hatte vom Wärter einen kräftigen Tritt in den Hintern bekommen. Dabei hatte er Glück gehabt, denn Hollands prallte mit dem Kopf nicht auf den steinernen Boden, sondern nur auf die Schuhe von Watson.

Dann erschien der missmutige Wärter und befestigte die Kette von Hollands Fußeisen an der im Boden eingelassene Öse.

„Da ist der Bastard, den Sie verleugnen, Kapitän. Jetzt können Sie sich mit ihm auf ein baldiges Ende einrichten. Viel Vergnügen!"

Schon knallte die Tür zu und der Riegel fiel geräuschvoll ins Schloss.

Die Männer der Schiffsführung starrten ihren neuen Zellengenossen verblüfft an. Am meisten staunte Walker. Er musste sich die richtigen Worte überlegen. „Du bist also mein Sohn, Bursche. Schön das zu wissen, Mark! Was zum Teufel ist in dich gefahren? Du hast uns gerade noch gefehlt! Du erklärst uns auf der Stelle diesen Unsinn."

„Ja, ich bin Ihr Sohn, Capt'n", begann Holland, schüttelte aber gleichzeitig verneinend den Kopf. „Deswegen bin ich auf Ihr Schiff gekommen. Sie konnten das nicht wissen.

Walker verstand sofort. Hollands Gesten waren allzu eindeutig. Dieser blickte zwar in die Richtung seines vermeintlichen Vaters, schielte aber gleichzeitig zur Tür.

„Ich habe also einen verdammten Bastard als Sohn! Und warum erfahre ich das erst jetzt?", sprach Walker mit lauter Stimme.

Längst hatten alle Anwesenden begriffen, dass die Matrosen aus der anderen Zelle einen Plan hatten. Da fiel auch schon die Beobachtungsklappe laut zu. Schritte entfernten sich. Trotzdem setzten Walker und Holland das Theaterspiel fort. Und schon bald wurde belanglos geplaudert.

Erst Minuten später, als sich alle sicher waren, nicht mehr belauscht zu werden, stellte Walker seine Frage an sein jüngstes Besatzungsmitglied: „Nun sag mal, wie hast du es geschafft, einen Zellenwechsel zu arrangieren?"

Holland grinste verschmitzt. „Da einige Männer oft gesagt hatten, dass ich so aussehe, wie Sie vielleicht früher ausgesehen haben könnten, kam mir die Idee, dass es einen Versuch wert wäre, mich umquartieren zu lassen. Wir meinten, dass es gut ist, Informationen auszutauschen. Deshalb hatte ich vor dem alten Wachhund behauptet, dass ich der uneheliche Sohn vom Captain bin. Dass ich mich auf dem Schiff meines Vaters angeheuert hatte, um bei ihm zu sein und, dass dieser bis zum jetzigen Zeitpunkt nichts von seinem Glück weiß."

Alle grölten vor Lachen. So viele bewundernde Blicke hatte Holland von seinen Vorgesetzten noch nie erhalten.

„Mark, du kommst uns wirklich wie gerufen. Willkommen hinterm Mast!"

Holland wusste, was das bedeutete. Reihum begrüßten sie ihn und lobten seine Idee. Mark strahlte vor Stolz.

Walker wurde ungeduldig. „Nun erzähle uns, was ihr drüben beredet hattet. Diesmal müssen wir uns nach den Mannschaften richten. Ob es uns auch gelingen wird, Nachrichten in die andere Richtung zu übermitteln, ist jetzt noch zu ungewiss."

Nun saß Holland im Rampenlicht. Er gab seine beste Redekunst, um eine überzeugende Geschichte zu vermitteln, die auch bei einer Befragung vor Gericht standhalten konnte. Neugierig spitzten die Offiziere die Ohren.

Walker überlegte und nickte. Tatsächlich gab es bei Hollands Darstellung einige Übereinstimmungen mit der Version, die sich die Schiffsführung ausgedacht hatte. Nun mussten nur noch ein paar Details angepasst werden. Immerhin gab es nun Hoffnung, dass sich die Jaguars bei einer Befragung nicht ins Unglück stürzten. Allerdings wunderte sich Walker, warum es bis jetzt noch kein einziges Verhör gegeben hatte.

Tage und Wochen vergingen. Der ständige Wechsel zwischen Hoffnung und Hoffnungslosigkeit war für die Jaguars zermürbend und führte zu Frust. Die Zeit wollte nicht vergehen und kein Lichtblick erhellte den Horizont der Gemüter.

In der ersten Woche der Gefangenschaft waren ein paar weitere Männer von der Jaguarcrew eingesperrt worden. Sie waren nun bei dem Rest der Mannschaf, sodass die Zelle noch enger geworden war.

Die ursprüngliche Befürchtung der Jaguars, dass sie auf zu viele einzelne Zellen verteilt werden würden, hatte sich als grundlos erwiesen. Auch hatte es nur wenige Verhöre gegeben. Und die waren meist kurz und oberflächlich verlaufen. Die Absprachen, die man untereinander getroffen hatte, waren zwar vorteilhaft gewesen, aber die Wichtigkeit war wohl überbewertet worden.

Für Walker war das kein Grund für Optimismus. Im Gegenteil. Das Interesse der Justiz an der Wahrheit war erschreckend gering. Das hatte er selbst, bei dem einzigen Verhör, dem er sich hatte unterziehen müssen, schnell gemerkt. Die Meinung des Vertreters der Anklage stand bereits fest. Walker hatte den Eindruck gehabt, dass der Winkeladvokat bereits so viele Indizien in der Tasche gehabt hatte, dass er nur noch die Bestätigung für diese erhalten wollte. Für die Wirklichkeit hatte der Henkersknecht kein Interesse gezeigt. Auf Einwände Walkers war der Mensch nicht eingegangen. Die einzige Hoffnung, die noch bestand, um einem Todesurteil zu entkommen, war nur noch der Anwalt, der Walker zur Verteidigung erlaubt worden war.

Die einzige Befriedigung, die Walker noch hatte, war die Gewissheit, dass die meisten Männer seiner Besatzung, die derzeit an Land gewesen waren, noch rechtzeitig Reißaus genommen hatten. So reduzierte sich seine schwer zu tragende Verantwortung derzeit auf 28 Mann. Aber auch diese war schwer genug zu tragen.

Dann gab es noch die Gedanken, die sich um das ungewisse Schicksal seines Freundes George Ripley drehten. Hatte er schon alles hinter sich? Oder gab es noch Hoffnung?

Den stolzen Toppsegelschoner Jaguar, hatte Walker beinahe aufgegeben. Die Vorstellung, sein schönes Schiff nicht mehr wiederzusehen und niemals wieder den Ritt über die Wogen genießen zu können, schmerzte. Schon jetzt vermisste er den Blick auf die endlose Weite des Meeres – über sich eine gewaltige Wand geblähter Segel.

Inzwischen wanderten Walkers Gedanken so weit, dass er sich sehnlichst wünschte, inmitten eines dramatischen Seegefechtes zu stehen, um dort wie ein Soldat zu sterben. Ein Hurrikan käme auch gelegen – doppelt so stark wie der, den er und seine Crew auf seiner Cougar durchgestanden hatten. Dann wäre er bereit gewesen den Seemannstod zu sterben und mit Mann und Maus unterzugehen. Schließlich hatte der Tod viele Gesichter. Aber musste er unbedingt am Galgen lauern?

# Kapitel 16: In den Fängen der Justiz

Quietschend öffnete sich die Zellentür. Eine ganze Schar von Aufsehern, die alle mit schweren Knüppeln und Pistolen bewaffnet waren, präsentierten sich vor den Häftlingen. Diese standen in gewohnter Art und Weise an gestreckten Ketten nebeneinander an der Zellenwand. Sie wussten, was ihnen bevorstand. Zwar wurden ihre Ketten von den im Boden eingelassenen Ösen gelöst, zwar bot sich den Gefangenen zum ersten Mal seit knapp drei Monaten die erste Chance die frische Luft zu atmen und den Himmel zu sehen, jedoch bedeutete dies nicht den Weg in die Freiheit.

Denn heute war die Gerichtsverhandlung. Auf den Tag hatten die gefangenen Jaguars schon lange gewartet. Allerdings hatten sich nur die Wenigsten neben einem Quäntchen Zuversicht eine reichliche Portion Optimismus bewahrt. Die meisten waren skeptisch oder sogar hoffnungslos und pessimistisch geworden.

Nun wurden jedem Häftling Handschellen angelegt. Dazu bekam jeder ein Fußeisen, das ihn mit seinem Hintermann verband. Erst dann durften die Gefangenen die Zelle verlassen. Mit klirrenden Ketten trotteten sie bewacht durch die Gänge des Gefängnisses. Dann gingen sie hintereinander durch das eiserne Portal und schritten durch den Schnee. Außer der zunehmenden Kälte und den länger werdenden Nächten hatten die Jaguars bisher nicht viel vom Wintereinbruch mitbekommen. Immerhin war schon später November. Jetzt betrachteten sie den schneebedeckten Gefängnishof und bestaunten die prächtigen Schneeflocken, die idyllisch vom bedeckten Himmel rieselten. Aber den Jaguars blieb nicht viel Zeit, um die wenigen Momente wirklich zu genießen. Nur 30 Schritte entfernt standen nebeneinander zwei Vierspänner, die dem sicheren Transport der Insassen zum Gerichtsgebäude gewährleisten sollten.

Mit Grauen erinnerte sich Walker daran, dass er in einem solchen Gefährt aus massivem, eisenbewehrtem Holz, aus seiner Bewusstlosigkeit aufgewacht war. Und das mit dem Wissen, auf dem Weg in die Gefangenschaft zu sein. Zum rechten Wagen führte bereits eine tiefe, plattgewalzte Spur durch den 30 Zentimeter tiefen Schnee. Walker ahnte, dass darin die Besatzungsmitglieder aus der Nachbarzelle bereits eingepfercht worden waren. Spätestens im Gerichtssaal würde er einige seiner Leute endlich wiedersehen.

Walker füllte gierig die Lungen mit der kalten, reinen Luft. Er wurde vor seinen Männern von den Wärtern mit den Knüppelschlägen in einen der Wagen getrieben. Er fühlte sich wie ein Stück Vieh, das auf dem Weg zum Schlachthof war.

Kurz darauf setzte sich der Wagen, der von vier kräftigen Rössern gezogen wurde, polternd in Bewegung.


Mit erhobenen Hauptes, aber zerknirschter Miene schritt Walker seinen Mitangeklagten voran in den Gerichtssaal. Der mit hellem Holz getäfelte Raum war großräumig gestaltet. Unter anderen Umständen hätte sowohl die hübsche Fassade, als auch das Innere des Gerichtsgebäudes auf Walker freundlich gewirkt. Jetzt wirkte es trist und abweisend.

Walker und seine Leidensgefährten mussten es sich gefallen lassen, von bewaffneten Aufsehern in den Verhandlungssaal getrieben zu werden, um dort vom bereits anwesenden Publikum angegafft und ausgebuht werden. Zu allem Überfluss wurde den Angeklagten auch ein vergitterter Verschlag mit Holzbänken zugewiesen, der dem langgestreckten Richterpult direkt gegenüber lag. In Anbetracht der Bewaffneten sah Walker keinen großen Sinn in dem Gitterkäfig zu sein.

Walker vermied es, sich umzusehen, um in die neugierigen Gesichter des Mobs zu blicken, der dicht gedrängt auf den Zuschauerbänken saß. Ebenso sehr der Anblick seiner verdrossenen Kumpane. Was in deren Köpfen vor sich ging, konnte sich Walker gut vorstellen. Schließlich lautete die Anklage: Piraterie und mehrfachen Mord. Dabei ging es ihnen um jeden Kopf der Besatzungsmitglieder.

Die Zeit schien plötzlich stillzustehen. Erst nach einer schier endlosen Weile kam eine Gruppe Leute durch eine Seitentür herein und nahm auf den seitlich vom Richterpult angeordneten Sitzgelegenheiten Platz. Das waren die Geschworenen. Kurz darauf erschien eine weitere kleine Gruppe, die sich aus Anwälten der Anklage, sowie der Verteidigung zusammensetzte. Erst zum Schluss kamen die Richter herein – angeführt von ihrem Vorsitzenden.

Mit ihren von langen Locken wallenden Perücken und den einheitlichen Roben stachen sie beim Einmarsch in den Verhandlungssaal ihre Wichtigkeit aus. Die Richterschar, die sich aus einem Generalkapitän, dem Vizegouverneur der Provinz, einem Navykommandanten, sowie zwei Personen von der Vizeadmiralität zusammensetzte, stellte sich zunächst hinter ihre Stühle. Erst dann nahmen sie beinahe synchron – fast als ob sie es einstudiert hätten – auf ihren Sesseln hinter ihren Mahagonipulten Platz.

Nun nahm die Zeremonie der Verhandlung ihren Anfang. Es gab die üblichen Prozeduren, die immer mit den gleichen Riten und nach demselben Schema abliefen. Inbegriffen war das Vorlesen der Anklagepunkte.

„Erheben Sie sich!", forderte der vorsitzende Richter autoritär. Ein Blick in die Reihe der Angeklagten genügte. Die wussten, wer mit der Aufforderung gemeint war. Dann wurde vom Staatsanwalt die Anklageschrift vorgelesen: „Die Verbrechen der Piraterie und des Raubes sind ein schändliches und abscheuliches Verbrechen. Sie sind eine der schlimmsten Sünden gegen die von Gott gegebenen Gebote, sie verstoßen gegen die Gesetze unseres Staates und verhöhnen jeden ordentlichen Bürger oder Seemann. Personen, die dieser schwerwiegenden Taten für schuldig befunden werden ..."

Nach einer nicht enden wollenden Einleitung folgte eine Liste von konkreten Beschuldigungen. Und die war lang gewesen – erschreckend lang. Der Gerichtsdiener protokollierte eifrig die Worte mit rasendem Federkiel.

Die Angeklagten hörten gebannt zu. Sie waren ratlos, denn sie konnten die schändlichen und schweren Vorwürfe nicht direkt auf sich beziehen. Obwohl sie sich unschuldig fühlten, konnten sie den Eindruck nicht loswerden, dass das Urteil bereits feststand.

Die Jaguars hatten schon vielen Gefahren getrotzt: Stürme mit haushohen Wellen, Seegefechte gegen überlegene Breitseiten, Kämpfe Mann gegen Mann. Aber hier fühlten sie sich schutzlos – den Fängen der Justiz ausgesetzt.

Diesmal wurde in einem Element gefochten, dem sie nichts entgegenzusetzen vermochten. Weder Mut noch Kraft, kein Säbel und kein 24-Pfünder half weiter. Und das Gefühl der Hilflosigkeit teilten sich alle Jaguars – vom Jüngsten bis zum Captain. Ob Taktik und Können der Verteidigung – trotz deren steten Bemühungen – konnten sie gegen die Vorurteile der Mehrheit bestehen? Die meisten der Angeklagten zweifelten bereits jetzt – zu einem Zeitpunkt, wo das Verfahren gerade erst begann.

„Bekennen Sie sich für schuldig oder unschuldig, Capt'n Walker?"

Der war aufgrund seines Ranges der Erste, der auf die Frage des Richters zu antworten hatte.

„Unschuldig!", lautete Walkers Antwort, die er mit überzeugter Stimme und lautem Ton von sich gab. Dann kamen die Offiziere und Mannschaften an die Reihe.

„Unschuldig!", sagte Mortimer, der als Nächster zu antworten hatte.

„Unschuldig!"

„Unschuldig!"

„Unschuldig!" So lauteten die obligatorischen Antworten der Jaguars.

Nachdem der Staatsanwalt, ein Mann namens Forsyth, mit der Einführung seiner Strategie begonnen hatte, kam als Strafverteidiger der Rechtsanwalt Roger Smith zu Wort. Er war ein mittelgroßer Mann mit einem kräftigen Backenbart und energischen Augen. Schon setzte er zu seinem ersten Versuch an, die Anklagepunkte als reine Indizien zu degradieren: „Welche Beweise hatten die Verhöre im Gefängnis hervorgebracht, Herr Staatsanwalt?", fragte er und sah Forsyth herausfordernd an. „Keine, nicht wahr?"

Aber der Vertreter der Anklage ging nicht auf diese Frage ein. Dieser schien gar nicht hinzuhören. Somit fuhr Smith fort: „Die Aussagen meiner Mandanten decken sogar gut mit dem beschlagnahmten Logbuch der Jaguar. Außerdem war der Schoner das eine mal genau in dem Seegebiet, in dem Wrackteile der zerschossenen Brigg Horizont gefunden worden waren. Allerdings drei Tage nachdem das kleine Schiff gesunken ist. Ich betone: Danach. Das andere Mal befand sich die Jaguar ungefähr 200 Seemeilen entfernt von einem anderen Schauplatz eines weiteren mutmaßlichen Geschehens." Nun sah der Verteidiger den Richter eindringlich an. „Hohes Gericht, erlauben Sie, Euer Ehren." Smith setzte kunstvoll eine Pause. Dann fuhr er fort. „Beweise haben sich durch die Verhöre nicht ergeben. Im Gegenteil! Die Aussagen meiner Mandanten sprechen für ihre Unschuld! Außerdem wurden die Verhöre des Klägers nur oberflächlich und unzureichend durchgeführt. Die Angeklagten hatten den Eindruck, dass das Urteil schon längst gefallen war. Ich möchte, dass das zur Kenntnis genommen wird."

„Lieber Kollege." Forsyth grinste überlegen. „Jetzt darf ich etwas klarstellen! Zuerst: Logbücher können gefälscht werden. Das Logbuch eines Piratenschiffes ist keinen Cent wert. Dann: Ihnen ist aufgefallen, dass wir nicht viel Wert auf die Aussagen der Angeklagten gelegt hatten." Nun erhob Forsyth merklich die Stimme. „Ich sage Ihnen auch gerne warum. Die Aussagen sind wertlos! Die Bande hatte sich untereinander abgesprochen, so sieht es nämlich aus."

„Aber die Gefangenen sind meines Wissens in zwei separaten Zellen eingesperrt worden", warf der vorsitzende Richter ein. „Herr Staatsanwalt, decken sich auch die Aussagen der Inhaftierten beider Zellen?"

Forsyth grinste erneut, seine Augen funkelten höhnisch. „Das ist es, Euer Ehren! Wenige Tage, nachdem die Angeklagten eingesperrt worden waren, hatte Mark Holland von seiner Zelle in jene Zelle, in der die Schiffsführung saß, verlegt. Angeblich ist dieser Matrose ein unehelicher Sohn des Kapitäns. Egal, ob das stimmt oder nicht, die Möglichkeit zur gegenseitigen Absprache war gegeben. Sieben Tage vor dem ersten Verhör!" Mit herausforderndem Blick sah Forsyth die Leute von der Jury an. Die schüttelten erbost die Köpfe. Dann sprach er weiter. „Wir haben in unserem Gefängnis nicht genügend Platz, um jeden der Angeklagten getrennt voneinander unterbringen zu können. Aber die Verlegung des Matrosen hätte unterblieben werden müssen."

Für Mark Holland und für Ernest Collins brach ein Kartenhaus zusammen. Sie waren so stolz auf ihren Plan gewesen. Und nun stellte sich raus, dass sich der erwartete Vorteil zum Nachteil wendete. Langsam verloren die vor Gericht stehenden Jaguars die Hoffnung.

Nun fuhr der Staatsanwalt nach einer kurzen Sprechpause fort: „Die Verantwortung liegt beim Gefängnisdirektor und bei dem Aufseher, der den Wechsel durchgeführt hatte. Das ändert aber nichts an der Tatsache, dass dadurch fast jede Aussage wertlos geworden ist. Dazu muss ich nichts mehr sagen. Sie sind dran, Herr Verteidiger!"

Smith erster Versuch war ein kläglicher Fehlschlag gewesen. Mühsam versuchte er das Missgeschick zu kaschieren. Dabei gelang es ihm nicht, überzeugende Argumente zu liefern. Schon bald trumpfte der Ankläger wieder auf.

Er bat den Hauptangeklagten, Kapitän James Walker, sich zu erheben. Dann erhob er, mit verblüffend weichem Ton seine Stimme und fragte stirnrunzelnd: „Sie kämpften früher als Kapitän eines Kapers gegen die Franzosen. Ist das wahr, Kapitän Walker?"

„Ja, das hatte ich", entgegnete Walker erhobenen Hauptes. „Als Capt'n eines Schiffes, das für unser Land gekämpft hatte, wenn ich daran erinnern darf."

„Vielleicht stand Ihnen damals der Rang eines Captains noch zu, Mister Walker. Jetzt stehen Sie unter dem Verdacht, Kapitäns eines Piratenschiffes zu sein. Ich begnüge mich also damit, Sie hier vor Gericht als Kapitän zu titulieren, damit schenke ich Ihnen mehr Ehre als Ihnen gebührt." Der Spruch erzielte beim Publikum höhnisches Gelächter. Dann wechselte Forsyth wieder zum eigentlichen Thema zurück: „Wann kämpften Sie so ehrenvoll für unser Land, Kapitän?"

Gereizt antwortete Walker: „Wenn Ihnen die Geschichte unseres Landes nicht präsent ist, Sir, dann darf ich Sie daran erinnern, dass der Seekrieg gegen die Franzosen zwischen 1797 und 1801 stattgefunden hatte."

„Ihre spitzen Bemerkungen können Sie sich sparen, Mister Walker. Vergessen Sie nicht, dass Sie auf der Anklagebank sitzen", meinte der

Staatsanwalt mit strenger Miene. Dann fuhr er fort: „Der Seekrieg war formell nie erklärt worden."

Jetzt ging der Verteidiger dazwischen. „Das tut überhaupt nichts zur Sache. Der Kaperbrief, den Capt'n Walker damals besaß, hatte durchaus seine Gültigkeit. Sein Kampf gegen die Franzosen war nicht nur im Sinne unseres Landes, sondern war darüber hinaus vollkommen legitim."

„Aber doch sicherlich nicht ohne Eigennutz. Oder sehe ich das falsch, Herr Verteidiger?"

„Gegen diese Frage erhebe ich Einspruch, Euer Ehren!", widersprach der Verteidiger.

„Stattgegeben!"

Das störte den Staatsanwalt überhaupt nicht. „Dann möchte ich das anders darstellen. Stellen wir uns den Angeklagten als ehrwürdigen, legitimierten Kaperkapitän vor. Stellen wir uns vor, dass er anfangs aus völlig uneigennützigen Gründen für unser Land gefochten hatte. Es ginge zu weit, die ganze Vergangenheit aufzurollen. Das Sammeln an Beweisunterlagen könnte Jahre dauern. Aber könnten nicht Vorkommnisse gewesen sein, die vielleicht weniger ehrenhaft gewesen waren? Ereignisse, die mit Gesetzestreue nicht mehr viel zu tun hatten?" Forsyth sah kurz zum Richter, dann zur Seite – dorthin, wo die Geschworenen saßen. Erst dann ließ er seinen Blick langsam und eindringlich über das sensationslüsterne Publikum schweifen.

„Einspruch, Euer Ehren!", widersprach der Verteidiger.

Der Richter winkte ab. „Fahren Sie fort, Mister Forsyth."

Das gesamte Publikum spitzte die Ohren.

„Wie würden wir Kapitän Walker und seine Sinnesgenossen nennen?" Wieder inszenierte Forsyth den Blick zu allen Anwesenden.

„Piraten!", rief jemand im Saal.

„Freibeuter!", erscholl es aus der anderen Ecke.

Forsyth nickte anerkennend. „Freibeuter! Richtig!" Dann hielt er seine flache Hand hinter sein rechtes Ohr. „Ich hörte auch das Wort Piraten, meine Damen und Herren. Vom Freibeuter zum Piraten ist es kein weiter Weg, nicht wahr?"

Anerkennendes Gemurmel machte sich im Saal breit. Forsyth kostete das gekonnt aus, dann wandte er sich mit sarkastischen Lächeln an Smith: „Und nun frage ich Sie, Herr Verteidiger. Können Sie für Ihre Mandanten Referenzen vorweisen, welche die Zeit vom Kriegsende bis zum Oktober des Jahres 1808, dem Monat der Gefangennahme, lückenlos abdecken?" Die Spannung im Saal stieg spürbar an.

„Nein, das kann ich nicht. Aber genauso wenig können Sie für den Zeitraum Beweise für Piraterie liefern."

„Das ist richtig, Mister Smith. Nicht für den gesamten Zeitraum. Aber für die letzten vier Monate haben wir so viele Beweise, dass es zu einer

Verurteilung wegen Piraterie reichen sollte. Und ganz nebenbei bemerkt, seit die Bande inhaftiert ist, wurden vor der Küste keine weiteren Überfälle dieser Art gemeldet. Außerdem gibt es auch noch die überaus gute Bewaffnung der Jaguar, die beinahe der eines Kriegsschoners gleichkommt. Von einer bescheidenen Defensivbewaffnung kann da nicht mehr die Rede sein. Was sagen Sie dazu, Kollege?"

Walker sah das Richtschwert bedrohlich über seinem Kopf schweben. Es sah nicht gut für ihn und seine Besatzung aus. Der Staatsanwalt hatte schon längst die Zuschauer im Saal auf seine Seite gebracht. Und die Jury? Die war nicht anders einzuschätzen als der Rest des Publikums. Trotz ihrer Bemühungen hatte die Verteidigung nicht mehr viel zum Entgegenhalten. Immerhin konnte die reichhaltige Bewaffnung mit dem söldnermäßigen Einsatz in der Nordsee gegen die Franzosen und Holländer halbwegs glaubhaft gemacht werden. Auch das Erbeuten von Karronaden in dem Zusammenhang wurde damit erklärt. Aber einen wirklicher Beweis für die Unschuld der Angeklagten konnten die zwölf Geschütze des Toppsegelschoners nicht vorbringen.

Inzwischen waren die Zuschauer im Saal vor Aufregung so laut geworden, dass Smith kaum noch zu Wort kommen konnte. Der Richter musste mit seinem Hammer mehrmals auf sein Pult klopfen, um für Ruhe zu sorgen. Aber selbst das, machte es dem Verteidiger kaum leichter.

Man konnte es Roger Smith anmerken, dass er mit seinem Latein so ziemlich am Ende war. Trotzdem versuchte er einen Vorstoß: „Beweise? Meine Damen und Herren, Beweise liegen bis jetzt noch keine vor! Alles nur Indizien. Das Wichtigste ist, dass man nur ein Stück Beutegut von der Horizont an Bord der Jaguar gefunden hatte. Hohes Gericht! Tatsache ist, dass nicht ein einziges Beweisstück, das von einem der vermissten oder versenkten Schiffe stammt, an Bord der Jaguar gefunden wurde!"

Jetzt war der Strafverteidiger in seinem Element. Nun zeigte sich, dass er ein gewandter Advokat war. Für jede Anschuldigung präsentierte er ein gut durchdachtes Gegenargument; jeden angeblichen Beweis deklassierte er zum fragwürdigen Indiz. Doch die Reaktionen des Publikums blieben verhalten, denn der Mob wollte lieber eine Piratenbande hängen sehen. Auch die gelangweilten Mienen der Geschworenen sprachen für sich.

Die Jaguars verloren langsam jeden Mut und fragten sich, ob es ihre Anwälte überhaupt schaffen würden, sie von den schweren Beschuldigungen entlasten zu können. Im Laufe der Zeit wurden verschiedene Zeugen der Anklage, sowie ein paar Zeugen der Verteidigung in den Gerichtssaal gerufen und befragt. Letztendlich sah es so aus, als ob die diversen Aussagen den Verlauf der Verhandlung grundsätzlich in keine neue Richtung lenken würden. Zum Schluss wurde von Forsyth noch ein Zeuge gerufen, welcher die Jaguars zum Staunen brachte. Mit ihm hatte keiner gerechnet: Emilio Sanchez.

Nun kam der junge Mann in den Saal. Dabei gönnte er seinen Bordkameraden, welche auf der Anklagebank saßen, einen höhnischen Blick. Die Jaguars sahen den Galgen vor Augen. Die letzte Hoffnung, falls einige von ihnen überhaupt noch welche gehabt hatten, war verpufft. Insbesondere Walker hatte plötzlich das ungute Gefühl, dass dieser Zeuge, den er besser niemals auf sein Schiff gelassen hätte, hier und jetzt nur von Nachteil sein konnte. Er wusste nicht warum, aber dennoch war er sich absolut sicher.

Dann folgte das inzwischen nur allzu bekannte Spiel. Der Zeuge wurde dazu befragt, wer er sei und warum er in der Lage sein wolle, eine Aussage in diesem Prozess machen zu können. Nach der üblichen Einleitung, die es bei jedem anderen Zeugen zuvor auch gegeben hatte, kam die Befragung. Die Aussagen von ihrem verräterischen Kameraden war für die Jaguars von besonderer Bedeutung. Allein die Tatsache, dass Sanchez als Zeuge in die Anklage gerufen worden war, machte allen klar, dass dessen Aussagen nur belastend ausfallen konnten.

Und so begann Sanchez mit seinem spanisch klingenden Englisch zu berichten: „Mein Herr, Señor Rodriguez, schon längst haben Verdacht gehabt, dass Capitano Walker Seeräuber sei. Mein Herr schon vor Jahren böse sein auf Walker. Und Señor Rodriguez mehrere Schiffe haben, deshalb hatte Angst Schiff verlieren später. Wegen Walker. So Señor Rodriguez mich dafür bezahlen, Auge auf Piraten werfen."

„Wie sollte das vor sich gehen?", fragte der Staatsanwalt.

„Señor Rodriguez hatte Plan wie ich kommen auf Jaguar. Wir Flucht haben vorgespielt. Also extra. Ich meine … Sollte Walker glauben, ich mich drücken wollen vor einer Heirat und mich Brüder von Braut töten wollten."

„Erzähl uns das genauer!", forderte der Richter.

Nun erzählte Sanchez – soweit es seine sprachlichen Fähigkeiten zuließen – wie er im Hafen von Charlotte Amalie an Bord der auslaufenden Jaguar gekommen war. Die Angeklagten hörten gebannt zu. Walker und seine Besatzungsmitglieder kochten innerlich vor Wut.

„Du willst sagen, dass die Flucht nur inszeniert worden war?", fragte der Staatsanwalt.

„Inszeniert? Si, si! Genau. Das wollte sagen! Perdone, verzeihen bitte, Ihre Sprache nicht so gut beherrsche."

„Schon gut, schon gut! Erzähl weiter!", meinte der Vorsitzende beschwichtigend.

„Schon bald ich war auf Jaguar, wurde Casa von Walker, ich meine Haus, geplündert und brennen nieder. Dabei Señor Rodriguez gestorben.

„Haben Sie das mit eigenen Augen gesehen?"

„Ich nicht selbst dabei, die anderen von Crew haben mir gesagt."

„Das ist jetzt eine eigene Geschichte, der wir später nachgehen können.
Was wir jetzt wissen wollen, wie lautete der Auftrag, den dir Herr Rodriguez gegeben hatte?"

„Immer Augen offen. Aufschreiben wo Jaguar segeln. Dann in alle amerikanische Häfen gehen zu Hafenmeister. Gebe Brief für Señor Rostrup."

„Wer ist denn nun dieser Señor Rostrup?", fragte der Richter ungeduldig.

„Sein Freund von Señor Rodriguez. Sagen Auftrag weiter machen. Auch
wenn Señor Rodriguez tot."

„Kannst du dem Gericht endlich erklären, wofür das gut sein sollte?"

„Schiffe von Señor Rodriguez viel unterwegs. Oft auch in Hafen von
Amerika. Dann Capitano fragen den Hafenmeister, ob Brief da von Sanchez für Rostrup. Dann Capitano von Schiff meines verstorbenen Herrn
Rodriguez immer wissen, wann Jaguar wo gewesen und was haben gemacht."

Jetzt sah Walker plötzlich klar. Nun erinnerte er sich wieder daran, Sanchez schon einige Male in der Nähe der Hafenmeisterei gesehen zu haben.
Nun verfluchte er sich dafür, den verdammten Spion an Bord seines Schiffes gelassen zu haben und seinem merkwürdigen Verhalten nicht näher
nachgegangen zu sein. Aber er hatte immer noch keinen blassen Schimmer, wofür das letztendlich gut sein sollte.

„Liegen solche Briefe dem Gericht als Beweismittel vor?", fragte der
Verteidiger der Jaguars den Richter.

„Nein, leider haben wir derzeit noch keinen Brief vorliegen."

„Ich bitte Sie, Euer Ehren, das Gericht zu vertagen, bis diese Beweismittel vorliegen", forderte der Verteidiger.

„Abgelehnt! Aber ich glaube, dass es auch nicht notwendig ist, wegen
solchen Briefen das Gericht zu vertagen. Das Vorgehen der Beschaffung
könnte Monate dauern."

Der Staatsanwalt gab sich zufrieden. Leise murmelte er zu seinem Kontrahenten, den Rechtsanwalt, hinüber: „Die Menge an Indizien, die bis
jetzt dem Gericht vorliegt, reicht sicherlich vollkommen aus." Dann
wandte sich Forsyth wieder an den Richter: „Hohes Gericht. Darf ich den
Zeugen ins Verhör nehmen? Der kann uns direkt erzählen, was an Bord
der Jaguar geschehen ist."

„Natürlich, Herr Staatsanwalt. Das erspart uns das Warten auf die Briefe,
von denen wir sowieso nicht wissen, wann wir sie erhalten werden, und
ob wir diese überhaupt jemals zu sehen bekommen. Fangen Sie an!"

Und nun nahm ein Kreuzverhör seinen Lauf, welches allen Anwesenden den Atem raubte. Alle unterstellten Vorkommnisse, für die es bisher
nur vage Anhaltspunkte gegeben hatte, wurden von dem Zeugen detailliert geschildert. Dass Sanchez nicht jede Frage auf Anhieb richtig verstand und dass seine Antworten sprachlich ziemlich unbeholfen wirkten,

war ohne Belang. Wichtiger war für die Verhandlung die Tatsache, dass man endlich einen Augenzeugen der Freveltaten zur Verfügung hatte. Sanchez war auch gerne bereit, sowohl dem Staatsanwalt, als auch dem Strafverteidiger, Rede und Antwort zu stehen. Es zeigte sich aber schnell, dass seine ausführlichen Schilderungen über die schändlichen Taten der angeklagten Piraten nur deren Weg zum Schafott ebneten. Seine Aussagen deckten sich hervorragend mit den Zeitungsmeldungen, waren aber sehr viel ausführlicher. Die verzweifelten Versuche der Verteidigung diese Beschuldigungen anzuzweifeln, versickerten so kläglich im Gehör der Masse wie Wasser im Wüstensand.

Walker sah sprachlos zu seinen Besatzungsmitgliedern. Er und seine Mitangeklagten waren zutiefst schockiert. Selbst die wildesten Kerle waren blass geworden. Manche erwiderten zaghaft den leeren Blick ihres Kommandanten – den nahenden Tod bereits in den Augen.

Walkers Gehirn raste verzweifelt. Woher wusste Sanchez so viel über die Angriffe auf wehrlosen Schiffe? Wie konnte der Kerl so präzise Angaben über die Versenkung der Horizont machen? Nicht etwa, dass Walker an den geschilderten Vorkommnissen zweifelte. Ganz im Gegenteil. Inzwischen war auch er überzeugt worden, dass es diese seeräuberischen Untaten wirklich gegeben hatte. Aber der verräterische Sanchez war die ganzen Monate mit ihm auf der Jaguar gefahren. Und auf seinem Schiff hatte es die Vorfälle nicht gegeben. Keinem der Jaguars konnten die Taten zur Last gelegt werden. Und trotzdem fühlte Walker, dass inzwischen jeder im Gerichtssaal – außer ihm und seinen Männern – von der Schuld der Jaguars überzeugt war.

Walker stockte der Atem. Er fühlte bereits die Schlinge um seinen Hals. Plötzlich lief die Zeit davon und die Verhandlung war weder vertagt worden, noch gab es Aussichten, dass das zu erwartenden Urteil angefochten werden konnte. Inzwischen waren auch Anklage und Verteidigung mit dem abschließenden Plädoyer zu Wort gekommen. Jetzt erhoben sich auch der Richter und all die Leute der Jury. Gemeinsam zogen sie sich in ein Nebenzimmer des Gerichtsaales zurück. Dort würden die Geschworenen den Richtern ihren Entscheid mitteilen. Walker und seine Leute konnten sich vorstellen, wie das in Kürze zu erwartende Urteil lauten würde.

Inzwischen war jeder der Angeklagten mit sich und seinen Gedanken beschäftigt. Jeder versuchte mit sich ins Reine zu kommen und keiner sprach ein Wort. Ganz anders das sensationslüsterne Publikum. Das murmelte und plauderte aufgeregt.

Walker war sich gewiss, dass Sanchez die präzisen Information von jemandem erhalten haben musste. Aber er musste sich auch eingestehen, dass es jetzt nichts mehr nützen würde, die Wahrheit zu erfahren. Die Zeit, die Unschuld der Jaguars zu beweisen, war abgelaufen und die

Möglichkeit, sich an Sanchez und seinen Hintermännern zu rächen, würde es nicht geben.

Walker drehte sich um und sah die geifernden Zuschauer, die schon den Tag herbeisehnten, ihn und seine Männer hängen zu sehen. Darunter bemerkte er auch das Hausmädchen von Jane Fosset. Sekunden darauf sah er auch Jane selbst, die von ihrem Vordermann beinahe verdeckt worden war. Jetzt erhaschte er auch einen traurigen Blick von ihr. Walker sah auch, wie sie ihre Hand, die sie zu einem kurzen Wink erheben wollte, kraftlos wieder sinken ließ. Er wusste nicht, wie er reagieren sollte und so wandte er sich beschämt von ihr ab.

Walker wollte nicht undankbar sein, denn er wusste, dass sich Jane Fosset bemüht hatte, ihm und seinen Männern gute Anwälte zukommen zu lassen. Roger Smith hatte ihm sogar gegen ihren Willen gestanden, dass die Dame eigene Mittel zur Verfügung gestellt hatte, um ihn bezahlen zu können. Auch bei der Auswahl von weiteren Pflichtverteidigern hatte sie mitgewirkt. Aber nun war trotz aller Bemühungen alles umsonst gewesen. Vielleicht sollte ein Exempel statuiert werden und vermutlich hatte das Urteil von Anfang an bereits festgestanden.

Walker machte sich nun Sorgen, dass auch Jane Fosset von seiner Schuld überzeugt war. Er tadelte sich, dass die Frau wegen ihm und seinen Leuten sinnlos Geld ausgegeben hatte. Nun wünschte er sich, dass er von ihr vielleicht doch noch erfahren würde, dass wenigstens ihr gemeinsamer Freund George in Sicherheit war. Aber auch daran konnte Walker inzwischen nicht mehr glauben. Trotzdem sah er sich nochmals nach ihr um – ohne zu wissen, was er sich von ihr erhoffte.

Jane Fosset war hinter ihrem Vordermann wieder kaum zu sehen und ihr Hausmädchen wandte sich wie zufällig ab. Nun aber bemerkte Walker eine merkwürdige Gestalt in einer der hintersten Sitzreihen. Sie hielt, selbst hier im geschlossenen Saal, ihr Gesicht unter einer dunkelgrauen Kapuze verborgen. Als Walker offensichtlich in die Richtung sah, zog sich die Person die Kapuze noch tiefer ins Gesicht. Walker wunderte sich. Er hatte nicht die geringste Ahnung, wer die Person sein konnte. Er war sich nicht einmal sicher, ob es sich um einen Mann oder um eine Frau handelte. Trotzdem beschlich ihn das Gefühl, die Person zu kennen.

Vielleicht lag es auch nur an dem dunklen Umhang, dachte Walker. Da wartet wohl der Sensenmann auf mich.

Walkers angestrengten Überlegungen wurden unterbrochen, denn plötzlich wurde die Tür, die sich in unmittelbarer Nähe der merkwürdigen Person befand, schwungvoll geöffnet. Forschen Schrittes betraten ein Offizier der U.S. Navy mit zwei Unteroffizieren im Gefolge den Gerichtssaal. Unverzüglich schritten diese so eilig auf das unbesetzte Richterpult zu, dass der begleitende Wachmann, der den Zutritt zum Saal zu kontrollieren hatte, kaum Schritt halten konnte. Alle drei Offiziere trugen schmucke, sehr gepflegte Uniformen, die mit Epauletten verziert worden waren.

Die haben sich aber ordentlich in Schale geworfen, dachte sich Walker.

Er bemerkte, dass das keine von Seeluft verwitterte Kleidung war, wie sie an Bord von Kriegsschiffen üblicherweise getragen wurde. So adrett kleidete man sich meistens nur, wenn man formelle Angelegenheiten an Land zu erledigen hatte.

„Die können uns auch nicht mehr schaden", meinte Walker an Mortimer gewandt, der zu seiner Linken saß.

Melvin Mortimer, dessen Zuversicht schon längst beim Nullpunkt angekommen war, nickte gleichgültig. Dann sagte er grimmig: „Was wollen die denn noch von uns? Die sind sowieso schon zu spät. Aber was soll's? Uns kann das sowieso gleichgültig sein."

Walker achtete nicht darauf, wie die anderen Mitangeklagten auf den frustrierten Ausspruch des Zweiten reagierten. Vielmehr wunderte er sich, dass sich die drei Offiziere nach einer äußerst kurzen Absprache mit den Gerichtshelfern tatsächlich Zugang zum Besprechungszimmer verschaffen konnten – wo sich Richter und Jury zur Beratung zurückgezogen hatten.

Das entsprach nicht den üblichen Gepflogenheiten einer ordentlichen Gerichtsverhandlung. Walker schüttelte verwundert den Kopf und bemerkte die verblüfften Gesichter seiner Besatzungsmitglieder. Die staunten nicht weniger, denn jetzt wurden auch die Anwälte der Anklage und der Verteidigung ins Besprechungszimmer gelassen.

Eine halbe Stunde lang tat sich nichts. Eine Zeit, die nicht nur den Angeklagten unendlich lang erschien, sondern auch für das sensationslüsterne Publikum kaum vergehen wollte. Aber irgendwann war auch dieser Zeitraum verstrichen und die Tür vom Besprechungszimmer ging wieder auf. Nun strömte die ganze Schar aus Richtern, Anwälten und Jurymitgliedern eifrig schwatzend auf ihre Plätze zurück.

Nach heftigem Stühlerücken und nicht enden wollendem Tumult im Saal pochte der vorsitzende Richter mit seinem Holzhammer energisch auf seinen Pult. „Ruhe bitte! Bitte setzen sie sich, meine Damen und Herren!", forderte der Richter mit erhobener Stimme. Trotzdem dauerte es immer noch eine Weile und erforderte noch weitere Hammerschläge, bis wirklich Ruhe in den Saal eingekehrt war. Erst dann fuhr der Richter mit gemäßigtem Ton fort: „Die Gentlemen von der Navy konnten im letzten Moment Tatsachen aufdecken, welche die ganze Angelegenheit, die heute hier verhandelt wurde, in einem ganz anderen Licht erscheinen lässt. Ich kann und möchte hier und jetzt nichts dazu sagen. Ich erkläre die Verhandlung für vertagt. Sie wird erst nächste Mittwoch um neun Uhr fortgesetzt werden. Die Sitzung ist geschlossen!"

Die Stimmung der Gefangenen im rumpelnden Wagen, der sich auf der Rückfahrt zum Gefängnis befand, war deutlich besser als bei der Fahrt zum Gerichtsgebäude. Das überraschende Ende der Verhandlung ließ bei den Jaguars die wildesten Phantasien aufkommen. Jede einzelne Theorie wurde eifrig vertreten. Dies führten zu den hitzigsten Diskussionen. Aber nicht ein Mann hatte eine vernünftige Erklärung dafür, warum die Navy sich plötzlich zwischen sie und den Galgen gestellt hatte.

Da kurz vor Verhandlungsschluss jeder der Jaguars mit seiner Verurteilung und somit mit einer baldigen Hinrichtung gerechnet hatte, keimte wieder Hoffnung. Natürlich gab es von einigen Männern auch skeptische Einwände gegen den überschwänglichen Optimismus, den manche der Mitgefangenen wieder besaßen. Trotzdem sahen die Jaguars der kommenden Woche in ihrem düsteren Gefängnis eher gelassen entgegen.


# Kapitel 17: Das Dunkle hinter dem Licht

Das siebentägige Warten auf die vertagte Gerichtsverhandlung war für die Jaguars trotz geschöpfter Hoffnung entsetzlich langsam verlaufen. Diese Woche im Gefängnis war den Häftlingen wegen der grenzenlosen Neugier an den geänderten Tatsachen und der erbarmungslosen Ungewissheit unendlich lang erschienen. Seltsamerweise hatte sich während dieser Zeit nicht einer der Anwälte im Gefängnis sehen lassen.

Letztendlich war die Woche doch vergangen und nun saßen die Jaguars wieder in ihrem Gitterverschlag im großen Verhandlungssaal des Gerichtsgebäudes. Jetzt warteten sie gebannt auf das, was nun auf sie zu kommen würde. Wieder saß ihnen eine ganze Reihe Richter mit gleichfarbigen Perücken und Roben gegenüber. Und wieder saß die fremde Gestalt mit der Kapuze ganz hinten im Publikum.

Diesmal hatte Walker den unheimlichen Fremden in den hintersten Sitzreihen schnell erspäht und das, obwohl heute sehr viel mehr Zuschauer im Raum. Der Verhandlungssaal war überfüllt. Jeder im Saal wartete ungeduldig auf eine Sensation. Auch Jane Fosset und ihr Mädchen waren anwesend, wirkten aber erstaunlich gelassen. Beide hatten Walker sogar freudig zugewunken, als dieser seinen Blick übers anwesende Publikum hatte schweifen lassen.

Wenn das kein gutes Zeichen ist, dachte Walker erleichtert.

Plötzlich sah er wieder Licht im Dunkeln. Er kannte das Gefühl. Es erinnerte ihn an nicht enden wollende Nächte voller Stürme und Regen auf See. Der erste Lichtschimmer des nächsten Tages brachte immer die Erleichterung mit sich, heil über die Nacht gekommen zu sein. Und das gab Hoffnung und Zuversicht, alle weitere Hürden schaffen zu können.

Obwohl Walker sich vorgenommen hatte, die Verhandlung so gelassen wie möglich auf sich zukommen zu lassen, raste sein Herz vor Aufregung. Sein Puls pochte energisch und machte sich deutlich spürbar an seiner Halsschlagader bemerkbar. Inzwischen zerrte die Neugierde über den folgenden Verlauf der Verhandlung an seinen Nerven. Ein Blick zu seinen Leidensgenossen zeigte Walker, dass es ihnen ebenso erging. Schließlich gab es im Gegensatz zu einem anstehenden Kampf, wo man hinterher die Möglichkeit hatte, sich abzureagieren, im Saal nicht. Jetzt war Geduld und weiteres Warten angesagt.

Schließlich wurde das Verfahren eröffnet und nahm seinen Lauf. Schon kurz darauf wurde der erste Zeuge vorgeladen. Es war ein ungefähr 35 Jahre alt, tadellos gekleidet und ein Offizier der U.S. Navy. Er war vermutlich noch einen Rang höher als derjenige, der vor einer Woche in den Saal gestürmt kam, um eine wichtige Meldung zu überbringen.

Sein Gang und seine Haltung wirkten hochmütig. Der verwegene Gesichtsausdruck des Offiziers vermittelte eine Mischung aus jugendlichem Draufgängertum und reifer Erfahrung. Die schmucke Uniform, welche mit üppigen Epauletten verziert war, machte einen besonderen Eindruck, der von einem makellosen Dreispitz, der auf dem Kopf des ohnehin ziemlich großen Mannes saß, verstärkt wurde. Die Anwesenden mussten nicht lange rätseln, wer oder was der Offizier war, denn der Zeuge musste sich sowieso dem Gericht vorstellen.

„Capt'n Donald McCartney, hohes Gericht. Ich bin der Kommandant der Kriegsbrigg U.S.S. Niagara", antwortete er, nachdem er vom Vorsitzenden nach seinem Namen und Rang gefragt worden war.

Walker erinnerte sich daran, dass er das schöne Schiff am Aussrüstungskai des Navystützpunktes liegen gesehen hatte, als die Jaguar beim Einlaufen in Boston über den Charles River geglitten war. Nun konzentrierte er sich auf das Geschehen, denn jetzt war nicht die Zeit um Erinnerungen der Art nachzugehen.

„Erzählen Sie dem Gericht, was sich vor elf Wochen vor der Küste Floridas zugetragen hatte, Capt'n McCartney", forderte der Richter.

Nachdem dieser kurz die Mission seines Kriegsschiffes und den Zeitpunkt des Geschehens geschildert hatte, ging er ins Detail. „Wir kreuzten gegen die anherrschende Windrichtung auf nördlichem Kurs. Grand Bahama und die Abaco-Inseln lagen über 50 Seemeilen achteraus und waren längst außer Sicht. Im Westen, weit hinter der Kimm lag Florida. Backbord voraus, hatte unser Ausguck in der Ferne zwei Schoner gesichtet und ausgepriesen. Also mit einem Ausruf gemeldet. Diese zwei Schiffe, die sich aneinander annäherten, haben mich zunächst nicht interessiert. Warum auch? Solche Schiffe gibt es besonders in Küstennähe in Massen."

„Aber dann ist Ihr Interesse plötzlich erweckt worden, nicht wahr, Capt'n McCartney?", fragte nun Smith.

„So ist es, Sir!"

„Wie kam es dazu? Können Sie das dem Gericht ausführlich erzählen, Capt'n?"

McCartney nahm eine selbstsichere Haltung ein, während nicht nur die Jaguars, sondern alle Anwesenden vor Neugierde platzten.

„Sicher kann ich das, Sir!"

„Dann schießen Sie los", forderte Smith.

„Mit Schießen geben Sie mir das richtige Stichwort, Sir." Er setzte eine kurze Pause, sah zu den Richtern und warf einen kurzen Blick in die Jury. Dann legte er los: „Plötzlich nahmen wir aus der Richtung der beiden Schoner Kanonendonner und Pulverrauch wahr. Da dort geschossen wurde, sah ich mich zu einer Wende veranlasst."

„Capt'n McCartney, was haben Sie sich zunächst gedacht, als dort geschossen wurde? Haben Sie in Erwägung gezogen, dass Piraten ein wehrloses Schiff aufbringen wollen?", fragte der Vorsitzende neugierig.

„Weniger! So etwas kommt zwar gelegentlich vor, aber ich hielt es, so nah vor der Küste Floridas, für unwahrscheinlich."

Während sich Forsyth im Gegensatz zum letzten Verhandlungstag zurückhielt, dominierte heute der Strafverteidiger. „Aber Sie wussten von den Vorfällen, die sich vor unseren Küsten während der letzten Monate ereignet hatten? Ich spreche von den seeräuberischen Untaten, die hier verhandelt werden."

„Natürlich. Es gehört zu meinen Aufgaben, für die Sicherheit unserer Küste zu sorgen. Aber nachdem alle Zeitungen voll davon waren, von der Festnahme und baldigen Verurteilung der betreffenden Piraten zu berichten, halte ich einen Akt der Piraterie für ausgeschlossen. Ich war davon ausgegangen, dass sich ein bewaffneter Zollschoner ein Gefecht mit einem Schmuggler lieferte. Solche Ereignisse gibt es heutzutage sehr viel öfter als Piratenüberfälle."

Viele im Saal nickten verständnisvoll. Gleichzeitig platzte Walkers Hoffnung wie eine Seifenblase. Wollte man bei dem Verfahren nun den Schwerpunkt der Beschuldigungen auf Schmuggel legen? Gab es konkrete Beweise, welche zu den Indizien für Piraterie addiert werden würden? War letztendlich die Zuversicht der Jaguars umsonst gewesen? Walker hätte sich mit den Fragen befassen wollen, musste sich aber wieder auf die Aussagen des Kommandanten konzentrieren. Der hatte schon längst mit der Schilderung der Ereignisse fortgefahren.

„… hatten unsere Brigg im Eifer des Gefechts scheinbar gar nicht wahrgenommen. Wir näherten uns stetig und dann brach auch schon der Großmast des leewärtigen Schoners, der auch noch die Stenge des Vormastes mit sich riss. Das Schiff war so ziemlich manövrierunfähig."

„Was machte das andere Schiff?", fragte Smith beiläufig.

„Das wendete rasch und manövrierte sich in eine Position, aus der es das Heck des Gegners gefahrlos beharken konnte, ohne selbst in Gefahr zu laufen, eine Breitseite abzubekommen."

„Haben Sie interveniert, Capt'n? Wenn ja, wie?", fragte einer der Richter.

„Natürlich, Sir. Meine Niagara, die in der Zwischenzeit gefechtsklar gemacht worden war, feuerte ein paar Warnschüsse ab. Darüber hinaus ließ ich Signalflaggen setzen, welche Schoner dazu aufforderte, unverzüglich das Feuer einzustellen."

„Wie haben die zwei Schiffe daraufhin reagiert?", fragte der Rechtsanwalt.

„Auf dem entmasteten Schoner gingen die Leute fluchtartig in die Boote, welche schnellstmöglich mit Mast und Segel aufgeriggt wurden. Natürlich wurden die Flüchtenden eine Weile später von meiner Brigg aufgelesen worden. Zunächst aber wurden auch auf dem unversehrten Schiff die Boote ausgebracht und bemannt. Es zeigte sich schnell, dass sie sich bereit machten, dass gegnerische Schiff als Prise zu beschlagnahmen. Unter bestimmten Voraussetzungen ist das ein legitimes Recht. Jedenfalls ging dort unsere Nationalflagge hoch, die ausgerannten Kanonen wurden rasch binnenbords geholt, während die Stückpforten wieder geschlossen wurden."

„Wie haben Sie daraufhin reagiert, Capt'n?", wollte ein anderer Richter wissen.

„Auch ich ließ zwei Boote bemannen, Euer Ehren. Eines zum Besetzen der Dragonfire ..."

Die Dragonfire ist der Schoner meines Freundes George Ripley, schoss es Walker aufgeregt durch den Kopf.

Jetzt machte sich wieder Hoffnung breit, dass sein Freund am Leben war. Aber vielleicht steckte der schon wieder in der nächsten Patsche. Doch jetzt war leider keine Zeit, solchen Gedanken nachzugehen. Gebannt spitzte Walker die Ohren, um der Aussage des Navykommandanten zuzuhören.

„... und ein weiteres mit einer Entermannschaft für die manövrierunfähige El Azor, was auf Spanisch Habicht bedeutet. Noch vor einer Weile hatte der Schoner aber noch Jaguar gehießen."

McCartney war sich durchaus bewusst, wie bedeutend die Aussage in dieser Verhandlung war. Bedacht ließ er seinen Blick im Saal schweifen. Dort machte sich lautstark Verblüffung breit. Besonders die angeklagten Jaguars blickten sich gegenseitig ratlos an. Den meisten Männern fehlte es an den passenden Worten. Sie waren regelrecht sprachlos geworden. Endlich bot sich ihnen die lang ersehnte Chance, dem Tod von der Schippe zu springen.

Da im Saal keine Ruhe mehr einkehren wollte, musste der vorsitzende Richter wieder seinen Hammer zum Einsatz bringen. Erst als es wieder

ruhiger wurde fragte er: „Aber wir alle wissen doch, dass der Piratenscho-
ner Jaguar unter strengstem Verschluss im Hafen von Charlestown liegt.
Können Sie uns das erklären, Capt'n McCartney?"

Beinahe atemlos wartete Walker auf die Antwort.

„Hohes Gericht! Ich bin stolz darauf, etwas zur Aufklärung dieses Falles
beitragen zu können. Ein gewisser Verdacht ließ es für sinnvoll erscheinen
die Namenstafel mit der Aufschrift El Azor unverzüglich entfernen zu lassen. Tatsächlich kamen darunter weiße Lettern zum Vorschein, welche
das Wort Jaguar ergaben. Die Lettern waren schlampig geschnitzte Ver-
tiefungen im Holz des Heckspiegels. Tatsache ist es so, dass nun zwei
Schoner mit dem Namen Jaguar unter Verschluss im Hafen liegen. Beide
Schiffe sehen sich, von der fehlenden Galionsfigur einmal abgesehen, auf
den ersten Blick täuschend ähnlich. Beide liegen jetzt im Hafen und werden von der Navy streng bewacht."

„Wie kommen Sie darauf, dass auf der El Azor eine Galionsfigur fehlt?,
Capt'n?", wollte nun der Vorsitzende wissen.

„Euer Ehren, der Kapitän der Dragonfire, ein gewisser George Ripley,
hatte mir wegen des Gefechtes natürlich Rede und Antwort stehen müssen. Dabei ..."

Walker blickte hastig nach hinten. Miss Fosset bemerkte das und reagierte sofort. Mit einem erfrischenden Lächeln in ihrem hübschen Gesicht
winkte sie ihm freudig zu. Als Walker das sah, war er zutiefst erleichtert.
Nun wusste er mit Gewissheit, dass sein Freund nicht hingerichtet worden war. Jetzt aber musste er seine Aufmerksamkeit wieder auf die Aussagen richten.

„... wurde ich von diesem Ripley darauf hingewiesen, dass auch dieser
die El Azor für die Jaguar, das Schiff seines alten Bekannten, gehalten
hatte. Allerdings war ihm aufgefallen, dass der Jaguar die Galionsfigur
fehlte. Tatsächlich fanden sich aber an der El Azor, und das unterhalb des
Bugspriets und vor dem Vorstevens, Spuren, die darauf schließen lassen,
dass dort tatsächlich noch vor kurzem eine Galionsfigur befestigt sein
musste."

„Sehen wir von der fehlenden Figur ab. Worin unterscheiden sich die
Schoner?", wollte Roger Smith nun wissen.

„Die entmastete Jaguar ist ein Stück kleiner und auch weniger stark bewaffnet. Manche Bauteile haben keinerlei Funktion, sondern ..."

„Sondern ...?, fragte der Rechtsanwalt mit einem verschmitzten Lächeln.

„Nun, ich habe mir beide Schiffe genau angesehen. Auf eine gewisse
Entfernung ähneln sie sich tatsächlich wie ein Ei dem anderen. Bei den
erwähnten Bauteilen kann es sich also nur um funktionslose Attrappen
handeln."

„Die frappierende Ähnlichkeit zwischen den beiden Schonern ist irgendwie merkwürdig", meinte der Rechtsanwalt und blickte den

Kommandanten der Kriegsbrigg eindringlich an. „Capt'n, was glauben Sie? Wofür sollten die Attrappen gut sein? Wozu das alles?"

„Auf die vielen Fragen gibt es nur eine Erklärung, die Schuld der seeräuberischen Freveltaten sollten auf Capt'n Walker und sein Schiff geschoben werden, während jemand anders gleichzeitig mit den Raubzügen die Ernte einfahren wollte."

Ein Raunen ging durch den Saal. Walker musste wieder an den dicken Rostrup und an den räudigen Sanchez denken. Sein schlimmster Feind, der ekelhafte Rodriguez, war schließlich längst tot.

Walkers Gedanken wurde jäh unterbrochen, denn nun wurde von seinem Rechtsanwalt eine Frage direkt an ihn gestellt: „Kapitän Walker, die zwielichtigen Ereignisse auf den Jungfraueninseln wurden schon angesprochen. Sie und Ihre Mannschaft behaupten, dass jemand dort zweimal versucht hatte, Ihr Schiff zu zerstören. Es liegen dem Gericht Beweismittel von der dänischen Marine vor, dass es sowohl einen Beschuss durch einen unbekannten Schoner auf ihr Schiff gegeben hatte, als auch dafür, dass Ihre Jaguar wegen durchgetrennter Ankertaue beinahe gestrandet wäre. Kann es sein, dass Sie sich auf St. Croix oder St. Thomas Feinde gemacht hatten, Sie und Ihre Besatzung an den Galgen zu bringen?"

„Der Mann, dem ich das zutrauen würde, ist tot. Rodriguez ist in einem Duell durch meinen Degenhieb ums Leben gekommen. Außerdem müsste er in dem Feuer, das durch seine Schuld entfacht worden war, verbrannt sein."

„Gewiss, Capt'n Walker", meinte der Rechtsanwalt zustimmend. „Zwar konnten wir die Augenzeugin, eine Mulattin vom Anwesen des Plantagenbesitzers, nicht als Zeugin erscheinen lassen, doch die dortigen Behörden hatten uns Ihre Angaben bestätigt. Vielleicht hatten Sie sich unbewusst weitere Feinde gemacht. Jedenfalls sind diese Vorfälle nicht Gegenstand für ein amerikanisches Gericht, meine Damen und Herren!"

Walker erntete einen bitterbösen Blick von Forsyth, konnte aber froh sein, dass das Gericht relativ wenig Interesse an Vorfällen hatte, die sich in anderen Ländern ereignet hatten. Im Moment standen ohnehin nicht seine Aussagen, sondern die des Navycaptains im Mittelpunkt. Und genau das nutzte sein Anwalt geschickt aus.

Dieser wandte sich wieder dem nach Aufmerksamkeit heischenden McCartney zu und deutete auf einen Stapel von Kisten und Fässern, welche in einer relativ geräumigen Ecke des Gerichtssaales aufgestapelt worden waren. Dann wandte er sich wieder dem Zeugen zu und fragte: „Haben Sie irgendetwas von diesen Beweisstücken schon einmal gesehen, Capt'n?"

„Auf der Jaguar, ich meine damit die El Azor. Ich ließ das Schiff natürlich sofort untersuchen. Allerdings waren dort sehr viel mehr Beutestücke verstaut worden, als ich jetzt sehe."

„Natürlich haben wir im Saal nicht genügend Platz, um die ganze Fracht eines Segelschiffes abzulegen. Können Sie uns dennoch erklären, warum Sie die Ware nicht als Fracht, sondern als Beutestücke bezeichnen?"

„Ganz einfach, Sir. Die Fracht befand sich aufgrund meiner Informationen ursprünglich auf jenen Schiffen, die seit geraumer Zeit überfällig sind. Die Schiffe gelten bis heute als verschollen oder gesunken oder sind dem Anschein nach versenkt worden."

Nun deutete der Kommandant der Niagara auf eine der Kisten, blickte zunächst dem Rechtsanwalt in die Augen und sah dann auf die Richter und die Geschworenen. „Sehen, Sie. Diese Kiste gehörte der Brigg Horizont. Ein Schiff der Navy sah vor vier Monaten, zusammen mit anderen Trümmerteilen, auch Teile einer solchen Kiste auf dem Meer treiben. In dem Fall gab es keinen Zweifel daran, dass die Horizont durch Geschützfeuer versenkt worden war."

Walker beobachtete die Reaktionen der Anwesenden. Inzwischen hatte sich die Stimmung im Verhandlungssaal sowohl bei den Richtern, als auch bei der Jury, aber besonders im Publikum drastisch geändert. Jetzt sah er zu seinem Anwalt, wie er ein paar Papiere ergriff und dem Seeoffizier entgegenhielt. Er hatte natürlich keine Ahnung, um welche Beweisstücke es sich diesmal handeln konnte.

„Capt'n, können Sie uns noch ein Wort zu diesen Papieren sagen?", fragte der Anwalt, der in seiner Rolle immer mehr aufblühte.

„Selbstverständlich, Sir! Es handelt sich um gezeichnete Skizzen, die von meinem Prisenkommando in der Kapitänskajüte der El Azor vorgefunden und sichergestellt worden waren. Sie zeigen meist kleinere Schiffe, welche hauptsächlich in karibischen Gewässern oder im Golf von Mexiko verkehren. Die Skizzen beinhalten auch einige auf Spanisch notierte Daten. Also wie die geschätzte Tonnage, vermutete Geschwindigkeitsangaben, sowie Informationen darüber, welche Ladung im Allgemeinen transportiert wird."

„Interessant", bestätigte Smith und hielt dem Kommandanten eine weitere Skizze vor. „Und können Sie dem Gericht erklären, was diese Skizze darstellt?"

McCartney nickte. „Sie zeigt eine besonders detaillierte Zeichnung der Jaguar. Dazu steht, El capitano es mi mejor Amigo, James Walker."

„Von wem wird der auf Spanisch geschriebene Satz stammen, Capt'n McCartney?"

„Vermutlich vom Eigner der El Azor."

„Das klingt überzeugend. Und wer ist der Eigner der El Azor?"

„Ein gewisser Ronaldo Rodriguez."

Jetzt staunte Walker nicht schlecht. Natürlich war die Bezeichnung mejor Amigo nicht ernst gemeint, sondern mit bestem Freund war wohl eher größter Feind gemeint. Walker ahnte, wer dahinter stecken konnte. Den verfluchten Rodriguez hatte er schließlich zur Hölle geschickt. Aber dessen Freund, den dicken Hehler, hätte er besser an die Haufische verfüttern sollen.

Instinktiv drehte er sich zu den Zuschauern. Dabei bemerkte er gerade noch die Gestalt mit dem Kapuzenumhang, wie diese beinahe lautlos den Gerichtssaal verließ. Unwillkürlich musste er an Emilio Sanchez denken. Aber dieser bewegte sich vollkommen anders, hatte eine andere Statur und einen anderen Gang. Walker zweifelte bereits an seiner aufkeimenden Ahnung.

In der Zwischenzeit hatte der Strafverteidiger seine Stimme erhoben: „Eins möchten wir genauer bestätigt bekommen. Von welchem der beiden Schoner namens Jaguar stammten all diese Beweisstücke?"

„Von der Replik namens El Azor."

„Danke, Capt'n McCartney. Das genügt."

Im Verfahren hatte sich das Blatt gewendet. Nun konnten die Jaguars wieder durchatmen. Längst ahnten sie, wer hinter den Überfällen auf See steckte. Nun saßen andere, der Piraterie verdächtige Männer, hinter Schloss und Riegel.

In den nächsten Minuten stellte der Staatsanwalt noch ein paar Fragen an den Zeugen, aber die waren längst ohne Belang. Die Vermutung, dass die echte Jaguarcrew zu früheren Zeiten in fernen Gewässern wirklich illegalen Geschäften nachgegangen war, wurde nicht mehr ausgeschlossen, aber hierfür fehlten letztendlich konkrete Beweise. Für den Vorwurf der Piraterie kamen ganz andere in Frage.

Der Zeuge Captain McCartney, sowie die vielen Beweisstücke hatten der Anklage gegen die Jaguars längst den Wind aus den Segeln genommen. Die Crew merkte es Forsyth an, dass der schon längst das Interesse an dem Fall verloren hatte. Trotzdem wollte der Staatsanwalt noch eine interessante Frage klären: „Sie wussten, dass in Boston Verdächtige im Gefängnis sitzen. Wie kommt es, Mister McCartney, dass Sie erst jetzt als Zeuge erscheinen, warum nicht schon früher?"

„Es tut mir leid, Sir. Aber die entmastete Jaguar musste erst wieder seetüchtig gemacht werden. Die erforderlichen Arbeiten wurden in Fort Lauderdale durchgeführt und das nahm einige Zeit in Anspruch. Auch die Dragonfire war vorübergehend meiner Aufsicht unterstellt. Nach beendeter Reparatur hatten wir mit unseren drei Schiffen auch noch gegen Flauten und Stürme zu kämpfen. Ich bitte deshalb das hohe Gericht um Verständnis."

„Aber Sie hatten die Möglichkeit von Fort Lauderdale eine Nachricht auf dem Landweg überbringen zu lassen, oder nicht?"

„Das hatte ich auch veranlasst. Aber die Nachricht ist bis heute nicht angekommen. Sie ist bis jetzt überfällig und der Reiter gilt als vermisst. Vielleicht ist er Indianern oder Banditen in die Hände gefallen."

Der Kommandant der Niagara durfte den Zeugenstand verlassen. Der nächste Zeuge, der aufgerufen wurde, war den Jaguarleuten, welche schon früher auf Walkers Korvette gefahren waren, nur bekannt. Es war kein anderer als der ehemalige Erste Offizier der Cougar: George Ripley.

Walker bewunderte den Mut seines Freundes. Schließlich war er früher unter widrigen Umständen als britischer Spion auf der in Baltimore stationierten Fregatte U.S.S. Constellation gesegelt. Dann, kurz bevor die Sache aufgeflogen war, hatte er in letzter Sekunde desertieren können. Bei beiden Freveltaten war es letztendlich um Ripleys Kopf gegangen. Ripley war gerade noch rechtzeitig auf dem Kaperschiff Cougar untergetaucht.

Jetzt marschierte er selbstsicher und mit erhobenem Hauptes in den Zeugenstand. Dabei warf er Walker und seiner Crew einen verschmitzten Blick zu und erhob die Hand zum Gruß. Obwohl es in Boston von Navyleuten nur so wimmelte, hatte Ripley wenig Bedenken sich hier herumzutreiben. Anscheinend befürchtete er auch nicht, von einem ehemaligen Vorgesetzten oder Untergebenen erkannt zu werden. Freilich war Ripley inzwischen ein paar Jahre älter geworden. Sein Aussehen hatte er mittlerweile längst geändert und seinen wahren Namen kannte sowieso niemand. Nun stand er hier und stellte sich bereitwillig den Fragen des Gerichts. Nach der üblichen Einleitung schilderte er das Geschehen des Kampfes gegen die El Azor aus seiner Perspektive.

„Kurz nach Tagesanbruch sichteten wir einen Schoner, der weniger als zwei Seemeilen von uns entfernt war. Das Licht der aufgehenden Sonne leuchtete in seine Segel und ließ uns das Schiff deutlich wahrnehmen, während es dem Ausguck im Gegenlicht sicherlich erschwert wurde, meine Dragonfire wahrzunehmen. Bald darauf erkannte ich in meinem Fernrohr, dass es sich zufällig um die Jaguar, den Toppsegelschoner meines alten Bekannten handelte. Hierbei rede ich von James Walker. Sofort ließ ich als Erkennungszeichen Signalflaggen mit meinen Initialen, also G und R setzen und einen Salutschuss abfeuern. Ich hatte erwartet, dass auch auf der vermeintlichen Jaguar Signalflaggen mit einem J und einem W gehisst werden würden. Stattdessen machte sich das Schiff auf die Flucht. Bei jedem anderen Schiff hätte ich bei der Maßnahme mit einer normalen Vorsichtsmaßnahme gerechnet. Nicht aber bei meinem alten Freund Walker. Nun war ich neugierig geworden. War die Jaguar inzwischen in anderen Händen, vielleicht sogar gekapert worden? Die fehlende Gallionsfigur ist ein gutes Anzeichen dafür gewesen.“

„Wie haben Sie reagiert, Kapitän Ripley?“, fragte einer der Richter.

„Ich prügelte also meine Dragonfire der Jaguar hinterher und musste schon bald feststellen, dass man dort das Schiff gefechtsklar gemacht hatte. Also befahl ich meinen Leuten unser Schiff gefechtsklar zu machen.“

„Und was geschah dann?“

„Schon bald hat dieser Hund seine Kanonen ausgerannt und uns unter Beschuss genommen. Glücklicherweise lag ich in Lee. Das bedeute, dass meine luvseitigen Geschütze, aufgrund des nach oben gerichteten Winkels, eine höhere Reichweite boten als die des Gegners. Unverzüglich ließ ich das Feuer erwidern. Zu allem Überfluss näherte sich auch noch eine Brigg. Ich befürchtete eine Falle. Aber kurz darauf war das Glück auf unserer Seite. Der Großmast des Gegners brach und riss die Stenge am Vormast mit sich. Der Toppsegelschoner war nahezu manövrierunfähig."

„Wie hatten Sie reagiert, Mister Ripley?", wollte der Staatsanwalt wissen.

„Als ich sah, dass man dort das Feuer einstellte, um fluchtartig die Boote zu Wasser bringen zu können, war ich mir sicher, dass das Schiff nicht mit der Brigg kooperierte. Es sah ganz nach dem Gegenteil aus. Auch ich ließ zwei meiner Boote bemannen und sandte ein Prisenkommando zur El Azor. Kurz danach drehte die Brigg U.S.S. Niagara mit ausgerannten Kanonen in der Nähe meiner Dragonfire und der El Azor bei. Ich hatte längst Flagge gezeigt. Dann ließ ich wieder die Stückpforten schließen und die Männer vom Boot der Niagara zu mir an Bord kommen."

Der Rest war Routine. Geduldig beantwortete Ripley weitere Fragen. Aber nun gab es bei der Gerichtsverhandlung keine weiteren Überraschungen mehr. Natürlich zogen sich die Formalitäten eine ganze Weile hin, dennoch näherte sich die Verhandlung dem Ende.


Eine übermütige Schar von Kerlen trottete durch eine der düstersten und verkommensten Straßen von Charlestown. Die Stimmung der Meute war alles andere als düster. Die war laut und fröhlich. Manch einer von ihnen torkelte sogar ein wenig, obwohl der fällige Umtrunk erst noch bevor stand. Es lag an dem langen Gefängnisaufenthalt, bei dem es kaum Bewegungsfreiheit gegeben hatte, dass sich das Trinken schon bemerkbar machte. Die Männer waren niemand anders, als die freigesprochenen Jaguars.

Trotz der lachenden Gesichter zeichneten sich in ihren Augen die erlittenen Strapazen der Gefangenschaft, der Verhöre und der Gerichtsverhandlungen ab. Die meisten der Angeklagten hatten den Strang längst vor ihrem geistigen Auge gesehen. Und dann war unerwartet die plötzliche Wende gekommen. Jetzt waren sie alle frei.

Frei wie die Vögel – so fühlte sich die Horde. Und genau so übermütig waren sie. Das Wechselbad der Gefühle musste noch verarbeitet werden, weshalb einige Flaschen mit Hochprozentigem gerne beim Verarbeitungsprozess behilflich war.

Captain Walker hatte sich schnell von seinen Leuten breitschlagen lassen, mit diesen ins nächste Wirtshaus einzukehren. Zwar hatte er im Moment nicht einen Cent in der Tasche, aber das kümmerte ihn nicht.

Schließlich war Walker mitsamt seiner gesamten Besatzung vom Gericht freigesprochen worden. Er sollte auch sein Schiff mitsamt seiner Ausstattung zurückerhalten.

Schon am nächsten Tag konnte er wieder Geld in der Tasche haben. Vorerst half ihm zunächst sein guter Freund Ripley über die Runden. Der hatte in England eine ähnliche Situation durchgemacht und war wegen Walkers Beziehungen zu den Leuten in der Nordsee freigekommen.

Auch George Ripley war erst seit wenigen Monaten ein freier Mann. Er war froh noch am Leben zu sein und freute sich darüber, dass er sich bei seinem alten Freund revanchieren konnte. Die Tatsachen mussten begossen werden und die nächste Spelunke war nicht weit. Die Freunde genossen den Augenblick und den Whisky.


Während die Jaguars ausgelassen durch die Straßen marschierten, folgte Jane Fosset der johlenden Meute in eine offenen Kutsche, die von einem alten Klepper gezogen wurde. Ihr Mädchen saß neben ihr. Beide Frauen trugen wegen der winterlichen Kälte warme Mäntel. Zusätzlich waren die Frauen in eine flauschige Decke gehüllt, welche der aufmerksame Kutscher den Damen über den Schoß gelegt hatte.

Der Mann saß nun oben auf dem Kutschbock, die Zügel locker in der Hand. Ein langer Ledermantel schützte ihn vor der Kälte und ein Hut mit breiter Krempe saß ihm, tief über die Stirn gezogen, auf dem vierkantigen Schädel. Insgeheim wunderte sich der Kutscher darüber, dass eine vornehme Dame Interesse an solchen Kerlen hatte. Selbst dem älteren der zwei Kapitäne hätte er nur ungern seine Dienste als Kutscher angeboten. Inzwischen hatte er mitbekommen, dass die Männer, denen er im Abstand von 50 Metern folgen sollte, jene waren, die wegen des Verdachts auf Piraterie im Gefängnis gesessen hatten. Aber es gehörte zum Beruf eines Kutschers, auf die Wünsche seiner Fahrgäste einzugehen. Trotzdem spitzte er die Ohren, als das Mädchen eine Frage an ihre Herrin richtete.

„Missis Jane, wollen wir wirklich mit der Bande in ein Wirtshaus gehen? An einen solchen Ort gehört unsereins nicht hin, und Sie schon gleich gar nicht, Ma'am."

„Natürlich du hast recht, Liebes. Aber ich bin glücklich darüber, dass mein George noch am Leben ist. Und dass auch Capt'n Walker und seine Bande ihre Unschuld beweisen konnten, macht mich froh. Deshalb können wir schon ein wenig mit ihnen feiern, auch wenn es vielleicht nicht standesgemäß ist."

„Aber ich habe Angst vor diesen Kerlen", bohrte Josephine weiter nach.

„Solltest du auch, Jo", meinte Jane Fosset und lachte. „Aber George und James werden auf uns aufpassen. Sie werden nicht zulassen, dass man uns belästigt. Meinst du nicht?"

„Gewiss, Missis! Aber wir bleiben doch nicht so lange, bis alle besoffen sind, oder?" Bei der Frage sah das Hausmädchen ihre Herrin aus großen Rehaugen an.

Jane war plötzlich blass geworden und schluckte nervös. Ohne auf die Frage einzugehen, sah Jane der schwarzen Kutsche hinterher, die soeben mit einem äußerst knappen Abstand ihre eigne Kutsche überholt hatte. Die geschlossene Kutsche wurde von zwei trabenden Rössern gezogen, war beinahe dreimal so schnell wie ihre Kutsche und hatte deswegen in kürzester Zeit überholen können.

Josephine fragte nervös: „Was ist los, Missis? Sie sind ja ganz blass geworden!"

Jane ignorierte ihr Mädchen und wandte sich stattdessen an den Kutscher: „Hatten Sie den Mann in der Kutte auch gesehen?"

„Freilich, Ma'am! Der sah ja aus!" Angeekelt schüttelte er den Kopf „Das mag ich überhaupt nicht, wenn mich jemand mit zu wenig Abstand überholt. Aber wen wundert's? Wenn ich den Teufel als Fahrgast hätte, dann würd' ich auch ganz anders fahren. Glauben Sie's mir!"

Jetzt war Josephine blass geworden. „Der … der Teufel?"

„Ho, ho!", lachte der Kutscher herzlich. „Keine Angst, mein Fräulein. Der hat's wohl so eilig, dass er sich keine Zeit für Sie nehmen kann."

Die Aussage beruhigte Josephine keineswegs. „Wie sah er aus, Sir? Ich meine den Teufel."

„Ho, der Teufel? Der trug eine dunkle Kutte mit 'ner Kapuze. Sein Gesicht war die reinste Fratze. Stimmt's Ma'am? Sah scheußlich aus!"

Josephine sah ihrer Herrin abermals in die Augen. Sie nickte zustimmend.

„Ma'am! Jemanden mit einer Kapuze hatte ich im Gerichtsaal gesehen", sagte Josephine aufgeregt. „Ich wollte gar nicht so genau hinschauen. Weil das Gesicht im Schatten der Kapuze verborgen war, konnte ich es auch nie wirklich sehen."

„Wirklich, Jo?", antwortete Jane Fosset. „Was ist das für ein Kerl?" Voller Unruhe blickte sie der davonrasenden Kutsche hinterher, die gerade die Männergruppe vor ihnen einholte. Ihre weibliche Intuition sagte ihr, dass von der unheimlichen Gestalt eine Gefahr ausging.

„Jetzt wird die Kutsche endlich langsamer, Ma'am", bemerkte der Kutscher gelassen.

Für Jane Fosset war das kein Grund zu Beruhigung. Ganz im Gegenteil…

„Eigentlich solltest du bei deiner Jane im Wagen sitzen, George", meinte Walker mit tadelnder Miene, der zusammen mit Ripley seiner Crew voranschritt. „Eine tolle Frau hast du dir angelacht. Und was machst du? Du musstest unbedingt eine alte Rechnung begleichen und ließt dafür das attraktive Frauenzimmer ein Jahr lang voller Sorgen auf dich warten. Und jetzt läufst du mit mir in die nächste Spelunke, um dich vor ihren Augen zu besaufen. Ein Liebhaber aus dem Bilderbuch!"

Ripley blickte verschmitzt über die linke Schulter zu seinem Freund und entgegnete: „Und gerade weil sie eine tolle Frau ist, hat sie Verständnis für die Freundschaft von alten Haudegen, wie wir es sind. Und deshalb ..."

Ripley riss entsetzt die Augen auf. Plötzlich arbeiteten Walkers Sinne, als er seinen Freund sah. Natürlich hatte er inzwischen die sich von hinten nähernde Kutsche bemerkt. In Sekundenschnelle wurde ihm klar, dass er Gefahr lief, überfahren zu werden. Sofort sprang er zur Seite. Da spürte er auch schon den heißen Atem des rechten Zugpferdes im Nacken.

Das ist gerade noch mal gut gegangen, dachte er erleichtert.

Wütend drehte er sich zur Seite, um dem rücksichtslosen Kutscher ein paar gotteslästerliche Flüche ins Gesicht zu spucken. Aber noch im selben Augenblick begriff er, dass der fahrlässige Kutscher von sekundärer Bedeutung war. Walkers Augenmerk galt der kapuzenverhüllten Gestalt, die sich aus dem offenen Fenster des Wagens beugte und eine Pistole auf ihn richtete.

Aber es war weniger die Pistole, die Walker entsetzte. In die feuerbereite Mündung einer Waffe zu blicken, war immer ein gefährliches Ereignis, das Walker nicht fremd war. Das wirkliche Grauen lag in der Visage des Schützen. Es war weniger ein Gesicht, sondern eine grässlich grinsende Fratze, die von entsetzlichen Brandwunden entstellt worden war. In dem Moment wusste Walker, wer es auf ihn abgesehen hatte: Rodriguez!

Er hatte sowohl den Degenstoß, als auch das Feuer überlebt. Aber für welchen Preis? Dass es der rachsüchtige Windhund mit diesem Anschlag ernst meinte, stand außer Frage. Innerhalb weniger Atemzüge musste Walker erneut zur Seite springen.

Aber während er zuvor noch schnell genug reagiert hatte, war er jetzt zu langsam. Er sah noch die teuflische Grimasse des Schützen, da raste ihm auch schon eine Feuerzunge entgegen. Walker nahm weder den lauten Knall des Schusses, noch den brennenden Schmerz in seinem Bauch wahr. Noch bevor er aufs harte Pflaster stürzte wurde er von absoluter Stille und undurchdringlicher Finsternis umgeben.


# Kapitel 18: Abrechnung im Nebel

In der Hölle schmorte er nicht. Das war das Einzige, was Walkers Wahrnehmung erfassen konnten. Doch etwas war vor ihm. Walker versuchte angestrengt seine Gedanken, die nur für einige Sekunden klare Formen annahmen, zu fassen. Eine Gefahr hatte ihm gedroht. Aber welche? War da nicht ein Schuss gefallen? In einem Kampf?

„Der ist wohl tot."

Plötzlich war Walker der Satz wie ein Blitz durchs Gehirn gefahren. Er hatte so etwas in der Art gehört. Das war das Letzte, an was er sich erinnern konnte. Aber wer war er?

Jetzt erinnerte sich Walker wieder an den brennenden Schmerz, den er auf seinem Bauch verspürt hatte, bevor es in seinem Kopf dunkel geworden war. Einen Schmerz, den er auch jetzt verspürte.

Während Walkers Gedanken in einen Knäul steckten, schlug er die Lider auf. Sah er da ein von goldenen Locken umrahmtes Gesicht? Nein, die Hölle konnte dieser Ort nicht sein. Aber der Himmel? Das musste ein Engel sein. Aber James Walker im Himmel? Unmöglich! Plötzlich wusste er wieder, wer er war und, dass er nicht in den Himmel gehörte.

„Ich glaube, er wacht auf", sagte eine sanfte Stimme.

Seine Wangen zärtlich getätschelt. Eine solche Berührung hatte er schon lange nicht mehr gefühlt. Langsam begann Walkers Wahrnehmungsvermögen wieder zu arbeiten. Er erkannte ein freundliches Lächeln in einem hübschen Gesicht. Also doch ein Engel?

„Bin ich tot?", fragte er kraftlos.

Jetzt lachte das bezaubernde Wesen auch noch. „Nein du bist noch nicht tot, James. Du lebst!"

Das war eindeutig die Stimme von Jane Fosset.

„Wir haben dich schon längst abgeschrieben, Capt'n!"

Auch diese Stimme erschien Walker nicht unbekannt. „George?"

„Ja, ich bin's Kumpan. George Ripley, dein ehemaliger Erster! Kannst du dich erinnern?"

„Ich denke schon. Aber wo bin ich?" Erst jetzt nahm Walker das leise Plätschern und die sanften Stampfbewegungen wahr.

George Ripley, der sich bisher im Hintergrund gehalten hatte, trat direkt an die Schwingkoje und grinste. „So gefällst du mir, James. Jetzt hörst du dich wieder ganz so an, wie man es von dir gewöhnt ist." Er zeigte um sich. „Du bist auf meiner Dragonfire. Erinnerst du dich? Das ist der Schoner, den wir damals einer Piratenbande gestohlen hatten."

„Dragonfire? Hieß das Schiff nicht …?"

„Strengen Sie ihn nicht an, Mister Ripley. Der Capt'n braucht viel Ruhe!"

George Ripley fuhr trotzdem fort: „El Dragón hieß das Schiff. Aber der Doc hat recht, du musst dich erholen. Und meine Jane hat sanftere Hände als der alte Rohling. Deshalb wird sie sich die nächste Zeit um dich kümmern."

„Kevin? Du bist auch hier? Wie kommst …"

Mit dem Rohling war niemand anders gemeint als der Schiffsarzt der Jaguar. Kevin unterbrach seinen verwundeten Captain, indem er ihm den Finger auf seine Lippen legte. „Später. Schon dich eine Weile."

McArthur hatte es noch rechtzeitig vor einer Festnahme geschafft, im Umkreis der Stadt unterzutauchen. Wie auch viele andere Jaguars, die rechtzeitig gewarnt worden waren und deshalb noch einer Verhaftung entgehen konnten, hatte er abgewartet. Natürlich hatte er um die Bordkameraden, die weniger Glück gehabt hatten, gebangt. Das Schicksal der Pechvögel zu ändern, hatte aber nicht in seiner Macht gestanden. Und als er zu seiner Überraschung die Dragonfire zusammen mit der Niagara und dem Schoner, welche der Jaguar zum Verwechseln ähnlich sah, beim Einlaufen beobachtet hatte, wusste er, was zu tun war.

Inzwischen gelang es Walker seine Umgebung zu erfassen. Von Seeluft verwitterte Planken, die von massiven Decksbalken getragen wurden, schwankten gleichmäßig über seinem Kopf. Dagegen schien es so, als ob die Taue, die seine Koje trugen, bewegungslos nach unten hängen würden. Das lag an der kardanischen Aufhängung seiner Schwingkoje, die in einer engen Schiffskajüte pendelte.

Walker merkte, dass sich tiefste Müdigkeit über ihn legte und ihm das Sprechen erschwerte. Trotzdem wollte er noch eine Frage stellen: „Wohin segeln wir eigen...?"

Da das schmerzlindernde Laudanum, das ihm McArthur zur Ruhigstellung verabreicht hatte, seine Wirkung zeigte, konnte Walker die Antwort auf seine Frage nicht mehr hören.


„Vielen Dank, Jane! Du machst dir viel zu viel Mühe", sagte Walker zu Missis Fosset, die ihm einen Tag später einen frischen Verband verpasst hatte.

Sogar in dem schlichten, dunkelblauen Kleid mit dem weißen spitzenverzierten Kragen sah sie attraktiv aus. Von einer solch schönen Frau gepflegt zu werden, war etwas ganz anderes, als von einem hässlichen Knochensäger verarztet zu werden.

„Dafür bin ich hier, James. Ich bin froh, dass du den Anschlag des Scheusals überlebt hast."

„Hast du den Kerl wirklich mit eigenen Augen gesehen?"

„Das habe ich. Er sah wie der leibhaftige Tod aus. Allerdings wundert es mich nicht, dass dieser Mensch dir nicht gut gesonnen ist. Auch wenn er selber das Feuer zu verschulden hatte, kann ich mir vorstellen, dass er nun von Rachegedanken geradezu zerfressen ist. Es sollte mich auch nicht wundern, falls es noch weitere Angriffe auf dich geben sollte."

„Aber George will das mit der Hetzjagd über den Atlantik verhindern. Er glaubt, dass er das Schiff, das Rodriguez zur Flucht nahm, aufspüren kann, oder?"

„Ja, er hofft es zumindest. Er meinte, dass er das Vergnügen dir gerne überlassen würde. Aber bei deinem Zustand lässt er dich nicht einmal in der Kombüse die Kartoffeln schälen."

Walker genoss das süße Lächeln von Jane. Dann setzte er sich seine grimmige Maske auf und erwiderte: „Eins verstehe ich nicht, Jane. Warum lässt du zu, dass sich dein Geliebter wegen mir in Gefahr begibt? Warum hast du ihn nicht zu dir ins Haus geholt, um Versäumtes nachzuholen? Du hast dir so lange Sorgen um den Mistkerl gemacht und jetzt bringst du dich selber in Gefahr."

„Du sprichst mir aus der Seele, James. Ich habe unzählige Male zu Gott gebetet, dass mein George heil zu mir zurückkehrt. Und dann taucht er tatsächlich wieder auf und will mich dann gleich wieder alleine zurücklassen. Und das wegen so einem Gauner wie dir! Wenn ich der Kapitän wäre, ich würde dich gerne kielholen lassen, James!" Jetzt war es Jane Fosset, die sich redlich Mühe gab, ein böses Gesicht zu verziehen.

Walker musste lachen, was aber sofort wieder Schmerzen in seinem Unterbauch verursachte. So war er froh, dass seine Pflegerin in ihrem Redefluss fortfuhr: „Oh nein, nicht mit mir! Du bleibst bei mir, sagte ich zu Goerge. Ich drohte ihm, trotz eines Verbotes auf sein Schiff zu gehen. Er sollte mir mit seiner Erlaubnis beweisen, dass er wirklich so mutig ist, wie alle von ihm behaupten, da eine Frau an Bord oft Unglück bringt."

„Das konnte er wohl kaum abschlagen, nicht wahr?" Er lächelte träumerisch.

„Konnte er nicht", meinte sie und reckte ihr Kinn in die Höhe. „Und darum bin ich jetzt hier. Ob es den Kerlen gefällt oder nicht, es ist mir egal."

„Trotzdem mache ich mir Sorgen um dich, Jane. Was ist, wenn es wirklich zu einem Gefecht kommen sollte? Das ist nichts für Frauen. Außerdem bist du an ganz anderen Komfort und viel besseres Essen gewöhnt, als man es auf einem Schoner bieten kann. Und hier kümmert sich auch Josephine nicht um deine Belange."

„Mag schon sein, James. Aber es hat mich weniger Mut und Überwindung gekostet, mit euch zu segeln, als voller Sorgen an Land zurückzubleiben. Ohne zu wissen, wann ihr wieder zurückkehren werdet … ob ihr überhaupt zurückkommt."

„Ich verstehe! Du bist eine tapfere Frau, Jane. Mir soll's recht sein." Walker grinste und fügte hinzu: „Genaugenommen gefällt es mir viel besser, von dir einen neuen Verband angelegt zu bekommen als von McArthur."

„Wenn das George gehört hätte, dann würde er dich eigenhändig über Bord werfen! Wenn du noch einmal so etwas sagst, lasse ich dir von McArthur wieder eine Dosis Landanum verpassen."

Mit gespielter Wut verließ Jane Fosset die enge Kajüte und ließ einen grinsenden Walker zurück. Er spürte, dass er unter den zarten Händen schneller zu Kräften kommen würde als unter der Obhut seines Schiffsarztes.

Die raumschots getrimmte Dragonfire ächzte, als sie unter vollen Segeln durch die drei Meter hohen Wellen südwärts stürmte. Die Klüverbaumspitze des heftig stampfenden Schiffes bohrte sich regelmäßig in die aufgewühlte See. In gleichmäßigen Intervallen schossen kräftige Gischtfontänen übers Vorschiff, während am Himmel beständig Stratokumuluswolken über das Schiff rasten.

Obwohl eine solch rauschende Fahrt jedem Kapitän Zufriedenheit bescheren sollte, stand George Ripley mit verdrießlichem Gesicht auf dem Deck seines Schoners. Seine Zuversicht, die Brigantine von Rodriguez auf hoher See zu finden und zu stellen, hatte er beinahe aufgegeben. Bei raumen oder achterlichen Winden war ein Schiff mit einer solchen Takelung gegenüber einem Gaffelschoner, der außer einer Breitfock ausschließlich Schratsegel trug, im Vorteil.

Doch der Vorsprung, den Rodriguez beim Auslaufen aus Boston erzielt hatte, konnte nicht allzu groß sein. Schließlich war die Dragonfire noch vor Einsetzen des nächsten Hochwassers und mit weniger als fünf Stunden Verzögerung dem flüchtenden Schiff gefolgt. Aber die See war leer – kein einziges Segel zeigte sich am Horizont.

Walker lag in warme Decken gehüllt in einer Hängematte, die luvseitig auf dem Achterschiff und zwischen zwei 12-Pfündern aufgehängt worden war. Kapitän Ripley hatte seinem Freund ausnahmsweise das Sonderrecht, sich als Liegendkranker auf Deck aufzuhalten, gewährt. McArthur hatte zwar protestiert und Ripleys Quartermaster Madison, der auf Ripleys Schoner als Schiffsarzt fungierte, hatte nur den Kopf geschüttelt. Aber jeder der Walker kannte, wunderte sich schon längst nicht mehr über seine Sturheit. Besonders Ripley hatte gewusst, dass sein Freund vor Wut gerast hätte, wenn dieser – zur Genesung in einem Krankenbett verurteilt – in einem Krankenhaus von Charlestown oder Boston aufgewacht wäre.

Doch nun war Walker an Deck der Dragonfire, die Jagd auf seinen Todfeind nahm. Walker schätzte sich, trotz der gelegentlichen Schmerzen und seiner derzeitigen Hilflosigkeit, glücklich, dass er an der Verfolgungsjagd teilnehmen konnte.

Sein Zweiter Offizier hatte, nachdem er angeschossen worden war, die Verfolgung der Kutsche aufgenommen. Die Kutsche war tatsächlich auf schnellstem Wege zum Hafen gefahren. Dass eine Brigantine mit dem Namen Esmeralda, ausgerechnet einem Rodriguez gehörte, hatte Mortimer schnell herausfinden können.

Da Walkers Erster Offizier vor Monaten der Festnahme in Boston entgehen konnte und derzeit immer noch nicht aus der Versenkung aufgetaucht war, hatte nun Mortimer die Aufgabe, sich um die Jaguar zu kümmern. Mit ihrer Takelung als Toppsegelschoner wäre das schnelle Schiff zur Verfolgung der Brigantine besser geeignet gewesen, aber es würde noch eine ganze Weile dauern, bis die Jaguar wieder vollständig ausgerüstet und seetüchtig sein würde. So war die Dragonfire dazu auserkoren worden, Jagd auf Rodriguez zu machen.

Obwohl Walker als groß zu bezeichnen war, hätte ihn Ripley mit seinen 1,90 Metern nochmals um einen halben Kopf überragt. Da Walker nun auf niedriger Höhe in seiner Hängematte pendelte, musste er den Kopf in den Nacken legen, um seinem Freund in die Augen zu sehen. Ripley stand direkt neben ihm. „Du gibst nicht auf, was George?"

„Du kennst mich, ich kann genauso borniert sein wie du. Ich will die Brigantine unbedingt aufbringen, denn sie gäbe eine schöne Prise ab. Doch so schnell gebe ich die Hoffnung nicht auf, ich bin genauso überzeugt wie du, dass die Esmeralda auf dem Weg zu den Jungfraueninseln ist. Also muss sie irgendwo auf dem Atlantik mit Kurs Süd unterwegs sein. Und ich verwette meinen Bart dafür, dass sie in unserer Nähe ist."

„Abgesehen davon, dass du mir mit der Jagd einen riesigen Gefallen tust, was erhoffst du dir noch davon?"

„Vielleicht hat die Esmeralda auch eine brauchbare Ladung an Bord. Und Rodriguez schenke ich dir, ob er tot oder lebendig ist!"

„Lebendig wäre er mir lieber. Aber bei meinem Zustand kann ich mich auf kein weiteres Duell einlassen. Außerdem ist er ein guter Fechter, aber bei Gelegenheit werde ich dir alles erzählen. Sag mir, was machst du, wenn wir die Esmeralda nicht finden?"

Ripley zuckte mit den Achseln und blickte verlegen zur Seite. Dann musterte er den Trimm der Segel. Erst dann sah er auf Walker hinab und sagte: „Zum Henker mit ihm! Ich weiß nicht, wie lange es dauern wird, aber ich werde das Scheusal aufspüren. Und dann werden wir ihn gemeinsam zur Hölle schicken!"

„Auf dein Wort, George."

Ripley schlug mit Walker ein. „Hier hast du's!"


Wenige Stunden später schrie der Ausguck vom Vormast Segel. Im Licht der untergehenden Sonne schimmerte ein winziger Fleck an der Kimm.

Ripley zögerte nicht. Er rannte nach vorne und enterte leichtfüßig die Fockwanten hinauf. Durch die Optik seines Teleskops glaubte er Rahsegel vor einem Gaffelsegel stehen zu sehen. Es konnte also eine Brigantine sein. Mit einer Portion von Optimismus stieg er hurtig aufs Deck zurück. Ein scharfer Blick zu seiner Crew genügte. Die Männer wussten, dass nun ein Segelmanöver anstand.

Ripley befahl auf dem Achterdeck dem Rudergänger: „Neuer Kurs auf eins-sechs-fünf!"

„Aye, aye, Capt'n! Eins-sechs-fünf!"

Dann folgte der nächste Befehl: „Holt die Schotten dicht!"

Die diensthabende Wache legte sich ins Zeug und die Dragonfire luvte gehorsam an. Aber noch bevor das Manöver beendet war, verschmolzen die Segel in der Ferne mit der Dämmerung.

Nachdem nichts weiter zu veranlassen war, übergab Ripley das Kommando an seinen Ersten. Dann stieg er den steilen Niedergang zum Unterdeck hinab. Zwar hatte er seine Zweifel, ob das gesichtete Schiff bei Anbruch des nächsten Tages wieder zu sehen sei, dennoch wollte er seinem Freund von der Sichtung erzählen.

„Das hört sich gut an, George", meinte Walker daraufhin. Die Zuversicht stand ihm förmlich ins Gesicht geschrieben. „Wir kriegen ihn. Wenn nicht morgen, dann an einem anderen Tag."

Ripley spürte, dass sein Freund noch mehr hören wollte. Deshalb meinte er: „Das ist alles. Mehr kann ich dir im Moment nicht erzählen, James."

„Du irrst dich. Wenn du schon hier bist, dann kannst du endlich von deinen Abenteuern in England erzählen. Wie kam es dazu, dass man dich eingelocht hatte? Was hast du mit diesem intriganten Geheimdienstchef, mit dem du abrechnen wolltest, gemacht? Treibt's der immer noch mit deiner Frau?"

Ripley warf einen prüfenden Blick auf die prall stehenden Segel und einen weiteren übers Deck. Dort standen die Männer der eingeteilten Wache. Auf einem Schiff dieser Größe war es unmöglich, eine ungestörte Unterhaltung an Deck zu führen.

„Nicht hier, James. Ich lasse dich zuerst einmal in meine Kajüte verholen. Es stehen genügend kräftige Männer zur Verfügung, die dich tragen können. Ich weiß, dass es dir Unangenehm ist, aber du kannst noch keinen Niedergang hinabsteigen."

Gebannt spitzte Walker die Ohren, denn er war neugierig auf Ripleys Geschichte. Walker durfte in der Koje des Kapitäns liegen und hatte ein Glas in der Hand. Der Brandy linderte seine Schmerzen, die ihm das Verholmanöver vom Deck zur Kapitänskajüte bereitet hatten. Er fühlte sich nutzlos und hasste es, wenn er zur Last fiel. Außerdem spukten ihm Sorgen um seine Jaguar durch den Kopf. Konnte er Mortimer wirklich vertrauen?

Mortimer hatte nun die Möglichkeit, ihm das Schiff mitsamt Crew und Wertsachen zu rauben. Walker konnte sich glücklich schätzen, treue Gefährten wie Steel und Hollmann an Bord seines Schiffes zu haben, die nicht zulassen würden, einem Abtrünnigen zu dienen. Trotz dieser Sorgen war er froh, zusammen mit seinem Freund an Bord der Dragonfire zu sein. Im Moment galt Walkers Interesse aber Ripleys Abenteuern.

Die Kapitänskajüte wirkte eng und bot nur wenig Komfort. Walker konnte sich nicht vorstellen, dass sich Ripleys Geliebte hier wirklich wohlfühlen konnte. Jane Fosset war bereits eingenickt. Sie lag in einer Schwingkoje, die Ripley extra für sie hatte aufhängen lassen. Ihr lockiges Haar und der Saum ihres Unterkleides hingen ein Stück über dem Rand der Koje, die sanft zu Rollbewegungen des Schiffes pendelte.

Ripley saß in seinem Stuhl und hatte die Füße auf den Tisch gelegt. Im flackernden Licht der Öllampe zeichnete sich eine horizontale Narbe auf der hohen Stirn ab. Genüsslich leerte Ripley sein Glas. Während er das Glas auf dem Tisch absetzte, bemerkte er die spöttische Miene in die Augen seines ehemaligen Kommandanten.

„Was grinst du so, James? Weil ich etwas von dem Zeugs schlucke?"

„Weniger." Walker schwenkte den Blick zu der schlafenden Frau. Ripley verstand sofort. „So ändern sich die Zeiten, was George? Ich erinnere mich noch gut daran, dass es dir nicht gefallen hatte, als ich Serafina an Bord der Cougar geholt hatte."

Ripley grinste schelmisch. „Ich nahm es die nie Übel, dass du Serafina vor Rodriguez retten wolltest und deshalb gezwungen warst, sie von der Insel fortzubringen. Allerdings hattest du damit gegen die Artikel deines eigenen Schiffes verstoßen. Dagegen sind die Statuten auf meinem Schiff nicht mehr ganz so streng."

„Allerdings beobachte ich jeden Tag, dass auch einige deiner Leute nicht glücklich darüber sind, eine Frau an Bord zu haben. Trotzdem starren sie Jane hemmungslos hinterher."

„Das ist stimmt und es gefällt mir nicht. Ich wollte sie davon abhalten, mich zu begleiten. Doch sie ließ sich nicht davon abhalten." Er zuckte die Achseln. „Was sollte ich machen?"

Walker nickte einsichtig. „Aber nun musst du mir von deinen Erlebnissen in England erzählen. Jane kennt sie bestimmt schon bis ins kleinste Detail, oder?"

„Natürlich." Ripley nahm noch einen Schluck vom Alkohol, dann begann er seinen dramatischen Bericht: „Dass ich meinem Eid Folge leisten musste, um mit dem intriganten Geheimdienstchef abzurechnen, weißt du bestimmt. Schließlich wollte der Idiot mich an der höchsten Rah hängen lassen. Alles nur, um meine Frau in Besitz nehmen zu können. Er war sogar bereit gewesen, einen fähigen Spion wie mich an die Amerikaner, den Feind, zu verraten." Er seufzte und rollte die Schultern. „Es ist jetzt über ein Jahr her, dass ich nach England gesegelt war. Dort hatte ich mich bei Hastings an Land rudern lassen und hatte nur einen meiner Männer bei mir. Der Matrose hatte die Aufgabe, falls mir etwas zustoßen sollte, zu

einem bestimmten Zeitpunkt an gleicher Stelle Kontakt mit der Dragonfire aufzunehmen, um Bericht zu erstatten."

„Der Fall ist eingetreten, nicht wahr?", fragte Walker vorsichtig.

Ripley nickte langsam. Seine Hand zitterte, als er zur Brandyflasche griff,
um sich Alkohol nachzuschenken.

„Du kannst immer noch nicht die Hände davonlassen, Freund?", fragte
Walker streng.

„Meistens hab' ich es unter Kontrolle. Also weiter … Lord Cunningham,
so heißt der ehrenwerte Gentleman, besitzt ein Schloss südlich von London. Ich war mir ziemlich sicher, dass ich ihn dort finden würde. Ihn und
meine nach Geld gierende Ehefrau. Zu dem Zeitpunkt waren sie vereist,
weshalb ich ein paar Tage warten musste, bis ich zum Schloss zurückkehren konnte. Dann war es endlich so weit. Mit einem kleinen Draggen
konnte ich im Dunkeln der Nacht leicht die Mauer des Schlosses hinter
mir lassen. Du hättest ihre Gesichter sehen sollen, als sie mich in ihrem
Schlafzimmer sahen. Ich hatte sie in flagranti erwischt."

Walker bemerkte die funkelnden Augen seines Freundes. Vorsichtig
fragte er: „Hatten sie sofort Alarm geschlagen?"

„Ich hatte nicht nur meinen besten Degen bei mir, sondern auch zwei
Pistolen. Sie hatten sicherlich nicht den geringsten Zweifel daran, dass ich
die Dinger gebrauchen würde."

„Das wäre wegen des Lärms ziemlich unklug gewesen."

„Natürlich. Außerdem wäre mir das Erschießen zu banal gewesen. Ich
überquere schließlich nicht den Atlantik, um dem adeligen Sack einen
schnellen Tod zu bescheren. Und meine Frau wollte ich nicht umbringen.
Sie sollte nur sehen, wie ich ihren Liebhaber umbringe. Nachdem ich ihn
getötet hatte, wollte ich noch ein freier Mann sein, weshalb ich einen Plan
hatte."

„Wie sah der Plan aus?"

„Ich wollte einen fairen Zweikampf. So wie es unter Gentleman üblich
ist. Auf offenem Gelände, Mann gegen Mann."

Walker dachte nach. „Dazu musstest du sie aus dem sicheren Schloss
ins Freie bringen. Und freiwillig wollte der Lord sicherlich nicht mitkom-
men, oder?"

„Natürlich nicht, James. Aber was sollte er tun? Er lag wehrlos seinem
Himmelbett, während ich zwei Pistolen in den Händen hatte. Deshalb
zwang ich sie dazu, sich schnell anzukleiden. Cunningham ließ, weil ich
es mir gewünscht hatte, eine Kutsche anspannen. Damit verließen wir das
herrschaftliche Anwesen. Ich passte drauf auf, dass wir nicht verfolgt wurden. Drei Kilometer entfernt war der vereinbarte Treffpunkt mit meinem
Begleiter. Dieser übernahm dann die Kutsche, während Cunninghams
Kutscher zu Fuß zum Schloss zurückgehen sollte. Dann verließen wir den
Hauptweg, um nach einem versteckten Plätzchen zu suchen. Noch vor

Tagesanbruch kam leichter Nebel auf, was mir gelegen kam. Kurz vor dem Morgengrauen hielten wir auf einer hübschen Lichtung, da es der richtige Ort für ein Duell war. Cunningham und ich machten uns für den Zweikampf bereit, während mein Begleiter meine Frau in Schach hielt. Sie sollte uns schließlich ansehen. Sie bettelte und flennte schrecklich, aber das Luder sollte einen von uns sterben sehen. Entweder ihren gottverdammten Geliebten oder ihren gehörnten Ehemann."

„Und was passierte dann?"

„Dann fochten wir! Zuerst spielte ich ein wenig mit Cunningham und gab ihm das Gefühl, gute Chancen gegen mich zu haben. Tatsächlich ist er ein guter Fechter. Allerdings glaubte er, dass seine wichtigste Aufgabe als Geheimdienstchef die war, sich bei Dinnern mit hochrangigen Leuten vollzufressen."

Walker grinste. „Du willst sagen, dass der Lord gut beleibt ist?"

„Du hast's erfasst, James! Bei unserer letzten Begegnung hatte er bestimmt 20 Pfund weniger auf den Rippen gehabt. Dann, als Cunningham Zuversicht gefasst hatte, verpasste ich ihm einige harmlose Hiebe. Dabei ruinierte ich nicht nur seine geschniegelte Kleidung, sondern auch seinen Mut. Meine Gemahlin fing mittlerweile zu toben an. Sie schrie so laut, dass sie das Wild im Umkreis verscheuchte. Mein Begleiter wollte ihr den Mund zu halten, aber ich ließ sie gewähren. Aus Rachsucht wollte ich, dass mein liebes Weib das Spektakel bis zum Ende beobachtete. Und genau diese Dummheit kostete mir die Freiheit und auch den Kopf."

„Warum?"

„Weil Cunninghams Kutscher nicht direkt zum Schloss zurückgekehrt war, sondern ..."

„Sondern?"

„Ich wusste nicht, dass dort, wo wir den Kutscher abgesetzt hatten, eine Herberge in der Nähe lag. Ausgerechnet dort waren berittene Soldaten untergebracht worden. Sie hatten uns gefunden, wobei mir immer noch ein Rätsel ist, woher sie wussten, wo wir uns befanden. Im Kampf hörte ich die Hufe der Pferde und wollte dem Duell ein schnelles Ende bereiten, weshalb ich dem Lord einen kräftigen Stoß in den Bauch versetzte."

„Er überlebte, stimmt's?"

„Richtig ... Cunningham war sehr schwer, aber nicht tödlich verletzt gewesen. Wäre er gestorben, dann wäre ich längst nicht mehr am Leben!"

Erstaunt sah Walker seinen Freund an. „Das verstehe ich nicht."

„Langsam, James! Ich sag's gleich. Jedenfalls war es zur Flucht bereits zu spät. Kurz darauf waren wir von den bewaffneten Soldaten umzingelt. Die Reiter hätten uns in der Kutsche sowieso eingeholt und zu Fuß hatten wir kaum eine Chance gehabt. Siehst du?" Ripley zeigte auf seine Narbe, die direkt über dem Knöchel seines Fußgelenks zu sehen war. „Auch ich war nicht unverletzt gewesen. Davonlaufen war für mich keine Option."

„Du wurdest festgenommen. Was geschah mit deinem Begleiter?"

„Er konnte entkommen, weil er meine Frau als Geisel mitgenommen hatte. Cunningham ließ ihn mit der Kutsche davonfahren."

„Und deine Flucht konnte dein Begleiter nicht erzwingen?"

„Nein, nie im Leben hätte mich Cunningham laufen lassen."

„Auch nicht für das Leben seiner Geliebten?"

„Nicht einmal für das Lebens des Flittchens. In dem Moment musste meine Frau erkannt haben, dass sie von Cunningham nie geliebt worden war. Erst dann begriff sie, dass sie nichts weiter als die Gespielin eines großkotzigen Adeligen gewesen war. Eine von vielen Frauen, wie sie später erfahren hatte."

„Dein Begleiter konnte also entkommen?"

„So ist es. Daraufhin nahm er Kontakt mit meinem Schiff auf."

„Und was geschah mit dir?"

„Ich wurde in den Kerker geworfen. Mir wurde nicht nur der Einbruch, die Entführung und das Duell zur Last gelegt, sondern …"

„Was denn noch?"

„Cunningham drohte mir, all seine Macht zu nutzen, um mich wegen Hochverrats umbringen zu lassen. Er ließ mir ausrichten, dass sich wegen seiner Gelder, die nötigen Beweise irgendwie beschaffen ließen. Dass mir die Todesstrafe blühte, stand außer Frage. Trotzdem begriff ich erst nach einer Weile, dass ich von Glück reden konnte, dass Cunningham noch am Leben war."

„Das soll der Teufel begreifen!"

„Sein Lebensziel war es, meiner Verurteilung beizuwohnen. Das gab ihm die Kraft, um am Leben zu bleiben, da seine Verletzungen schwerwiegend waren. Aber Cunninghams Verfassung war schlecht und seine Genesung konnte sich über Jahre hinziehen. Solange konnte ich überleben. Und dir und deinen Kampfgefährten der Nordsee wurde somit die Zeit gegeben, die Dinge ins Rollen zu bringen, um mir zu helfen. Eines Tages wurde ich aus dem Kerker geholt und in ein Fass gesteckt. Erst an Bord eines Schiffes durfte ich aus dem stinkenden Ding raus. Von London nach Helgoland war es dann nicht mehr weit. Ich wusste nicht, was mich dort erwarten würde. Jedenfalls hätte ich nie damit gerechnet, dort die Dragonfire am Hafen liegen zu sehen. Ohne meinen Bruder Edwin, der sich die Mühe gemacht hatte, Kontakt sowohl zu mir, als auch zu meinem Schiff zu halten, hätte ich mein Schiff nie wieder gesehen. Deshalb bin dir zu Dank verpflichtet."

Jetzt hatten Ripleys Augen einen anderen Glanz als noch zuvor. Das hatte nicht nur Walker, sondern auch Jane wahrgenommen, die aus ihrem Schlummer erwacht war. „Und warst du auf direktem Weg zu mir gesegelt, stimmt's Liebling?", sagte die lächelnde Frau.

„Das war ich, Schatz! Ich hatte meine Dragonfire über den Atlantik gejagt, als ob Beelzebub hinter mir her wäre. Aber dann gab es den Zwischenfall mit der vermeintlichen Jaguar und der Navybrigg. Und so leid es mir tut, dass du deswegen noch länger auf mich warten musstest, so siehst du doch, dass es sich gelohnt hatte. Auf diese Weise konnte ich dazu beitragen, dass mein Freund und seine Bande wieder auf freiem Fuß sind wie ich. Jedenfalls war ich der glücklichste Mensch auf der Welt, als ich dich wieder in den Armen halten konnte."

„Jedenfalls hat sich jede Minute des Wartens gelohnt, George", entgegnete die Frau. Das milde Lächeln in ihrem Gesicht strafte die Sorgen, die sie über den langen Zeitraum geplagt hatten.

Ripley sah freudig zu seiner Geliebte und lenkte dann seinen Blick auf Walker. „Meine Freude war nur von kurzer Dauer, denn Jane teilte mir dann die Hiobsbotschaft mit, dass du in der Gefahr schwebtest, der ich gerade entkommen war."

„Aber jetzt ist ja alles wieder in Ordnung", meinte Walker zufrieden.

Jane Fosset sah die beiden Männer streng an. „Im Moment trifft das zu, ihr Haudegen! Aber was ist, wenn es bei eurer Abrechnung mit Rodriguez nicht gut läuft? Vielleicht ist danach nichts mehr in Ordnung. Warum müsst ihr Männer euch immer wieder auf neue Abenteuer einlassen?"

Die Kerle nahmen den verzweifelten Blick der schönen Frau wahr, waren jedoch um eine Antwort verlegen.

Sei seufzte schwer. „Ich kann euch nicht davon abhalten, nicht wahr?"

Walker nickte mit ernster Miene. Ripley grinste seine Geliebte an und meinte: „Du hast vollkommen Recht, mein Schatz. Ich hoffe nur, dass du es nicht bereuen wirst, mit mir gekommen zu sein."

Jane Fosset seufzte und meinte mit tadelndem Blick: „Auf was habe ich mich nur eingelassen?"


Die Verfolgung der Esmeralda verlief seit zwei Wochen ergebnislos. Es hatte Tage gegeben, wo es Sichtungen gegeben hatte, die auf eine Brigantine schließen ließen. Einmal war sogar jeder Zweifel ausgeschlossen, dass es sich um das Schiff von Rodriguez handelte. Doch obwohl die Dragonfire alles an Tuch gesetzt hatte, was die Masten zu tragen vermochten, hatte sie kein einziges Mal das Schiff einholen können. Jedes Mal war es der Esmeralda gelungen, sich in die Nacht zu retten. Jedes Mal schien es am folgenden Tag so, als ob das Schiff von der Meeresoberfläche verschwunden war. Doch eine Sache war gewiss: Rodriguez hatte es nicht auf eine Auseinandersetzung auf hoher See abgesehen. Er versuchte schnellstmöglich in heimatliche Gewässer zu fahren.

Walker hatte längst keine Zweifel mehr, dass das Schiff seines Erzfeindes auf die Antillen zuhielt. Es konnte natürlich auch sein, dass Rodriguez westlich an St. Thomas vorbeisegelte, um Christiansted auf St. Croix direkt anzusteuern.

Mit jedem Tag auf See reduzierte sich die Chance, die Esmeralda rechtzeitig, bevor sie einen sicheren Hafen anlief, stellen zu können. Walker wurde immer unruhiger und ungeduldiger, denn sein Vorhaben, endgültig mit seinem Erzfeind abrechnen zu können, wurde von Tag zu Tag ungewisser.

Die Dragonfire machte nur noch fünf Knoten Fahrt. Der Wind hatte abgeflaut und die See war inzwischen glatt geworden. Über dem Schoner zeigte sich kaum eine Wolke. Anders sah es im Südosten aus. Genau dort lag die Jungfraueninsel St. Thomas. Sie lag nur noch 55 Seemeilen voraus und genau in dieser Richtung war der Himmel trüb und grau.

Zum wiederholten Male hob Walker sein Teleskop an. Sein Herz klopfte heftig. Ganz deutlich sah er im Glas die Esmeralda. Sie war nur noch drei Meilen voraus und lief hart am Wind. Ihre stark angebrassten Rahsegel trugen nicht viel zur Fahrt bei und war nun langsamer als Ripleys Schoner. Beinahe hatte Walker seine Hoffnung aufgegeben, die Brigantine von Rodriguez auf See einzuholen, aber jetzt gab es eine Chance – vielleicht die letzte Chance.

Eine Stunde später war die Dragonfire der Esmeralda deutlich näher gekommen. Die Brigantine näherte sich einer Nebelbank und es schien so, als ob der Wind dort noch schwächer wäre. Dagegen hatten die Segel des Schoners nochmals eine volle Mütze Wind aufgefangen und das Schiff auf fünf Knoten beschleunigt. Somit konnte es der Dragonfire gelingen, die Esmeralda einzuholen. Für alle Fälle ließ Kapitän Ripley sein Schiff gefechtsklar machen.

„Klar Schiff zum Gefecht!", kommandierte er.

Dann kamen die Männer auf Trab. Ein Teil der Crew lud die Geschütze, andere klarten die Decks auf und streuten Sand auf das Holz. Der Smut löschte vorsorglich das Kombüsenfeuer und stellte an verschiedenen Stellen des Schiffes Pützen mit Löschwasser bereit. Und natürlich bereiteten sich die Schiffsärzte auf das blutige Geschäft von Chirurgen vor.

Ripley und Walker blickten gleichzeitig durch ihre Teleskope. Sie sahen, wie die Esmeralda mit schlaffen Segeln und fast ohne Fahrt langsam im Nebel verschwand. Dagegen machte die Dragonfire, die inzwischen gefechtsklar und bis jetzt vom Wind noch nicht im Stich gelassen worden war, immer noch ihre vier Knoten.

Bei beiden Männern stieg der Puls merklich an. Der Abstand zwischen den Schiffen war stetig kleiner geworden. Falls es Rodriguez im Nebel nicht gelang, sich von seinem Verfolger abzusetzen, konnte es innerhalb der nächsten halben Stunde zum Gefecht kommen. Inzwischen war nicht nur die Esmeralda von einer grauen Mauer umgeben worden, sondern auch die Dragonfire. Noch glitt der Schoner auf ein paar Schiffslängen durch die glatte See.

Plötzlich hatte der Druck in den Segeln merklich nachgelassen. Trotzdem konnte die Brigantine nicht weit sein. Jetzt musste der Ausguck nicht nur die Augen einer Eule haben, jetzt war auch das Gehör eines Raubvogels gefragt.

Das Manövrieren im Nebel forderte von jedem Besatzungsmitglied höchste Konzentration. Dabei gab sich jeder Mühe, so leise wie möglich zu sein. Steuerbord voraus war durch die dichte Nebelwand das Knarren eines Riggs zu erahnen. Quietschte gerade ein Block?

„Die Esmeralda muss in der Nähe sein", knurrte Walker leise. Das hatte er mehr zu sich gesagt, denn Ripley stand einige Meter entfernt und war mit dem Führen des Schiffes beschäftigt. Angestrengt versuchte Walker mit den Augen die Nebelbank zu durchdringen. Und so plötzlich wie der Nebel gekommen war, so schnell löste er sich wieder auf.

Im gleichen Moment zeigte sich die Esmeralda. Sie war nur drei Kabellängen weit entfernt und ihre Breitseite war direkt auf die Dragonfire gerichtet. Ripley reagierte sofort. Er befahl augenblicklich einen Kurswechsel, um sein Schiff so weit abfallen zu lassen, dass auch die Geschütze der Dragonfire zum Tragen kommen konnten. Aber schon donnerte es auf dem anderen Schiff dumpf auf und die Esmeralda verbarg sich erneut in einer grauen Wand. Diesmal war es aber nicht der Nebel, sondern eine Wolke aus Schwefelrauch.

Dicht vor dem Bug der Dragonfire schossen drei Wassersäulen in die Höhe. Ohne den schnellen Kurswechsel wäre mindestens ein Treffer im Bug eingeschlagen. Trotzdem kam die Dragonfire nicht ungeschoren davon. Die Esmeralda hatte vier Stückpforten auf jeder Seite, wobei die Kugel des vierten Geschützes direkt in die Luvreling am Bug der Dragonfire schlug. Splitter der zerschmetterten Reling prasselten übers Vorschiff. Verwundete Männer brüllten vor Schmerz auf und schon floss das erste Blut. Ein Matrose lag wimmernd auf dem rotgefärbten Deck. Ein spitzes, langes Holzstück steckte knapp unterhalb seines Hinterteils in seinem Oberschenkel.

Doch Ripley behielt die Ruhe. Zuerst brachte er sein Schiff in Position. Er hatte genügend Zeit, denn die Geschütze der Esmeralda mussten erst nachgeladen werden. Während er die Karronaden auf das Deck des Gegners ausrichten ließ, zielten die mit Kettenkugeln geladenen 12-Pfünderkanonen aufs Rigg. Dann ließ Ripley auf eigenes Ermessen feuern. Die Kugeln der beiden Karronaden schlugen kurz vor der Esmeralda ins Wasser und prallten mit eingebüßter Energie gegen das Unterwasserschiff der Brigantine. Zwei der Kettenkugelladungen verpassten das Rigg um Haaresbreite. Jedoch zerfetzte ein Geschoss das Gaffelsegel – ohne großen

Schaden anzurichten. Gebannt warteten die Männer der Dragonfire auf das Feuern der letzten Kanone.

Walker hielt den Atem an. Gerade hatte er die hässliche Fratze seines durchs Glas seinen Teleskops gesehen. Aber nun nahm er mit Entsetzten eine weitere Nebelbank wahr, die schon im Anmarsch war. Er ahnte bereits, dass die Esmeralda gleich darin verschwinden würde.

Wann feuert endlich die verbliebene Steuerbordkanone, dachte Walker ungeduldig.

Die Sekunden zogen sich in die Länge. Zu allem Überfluss luvte die voraussegelnde Esmeralda an und die Dragonfire musste mit einem Kursabfall reagieren, was erneut Zeit kostete.

Ein heftiger Knall und stinkender Pulverrauch zeugten vom Schuss, der so sorgfältig ausgerichtet worden war, dass er sogar Wirkung zeigte. Auf der Esmeralda gab es einen dumpfen Schlag. Der Fuß der Großmaststenge barst lautstark. Langsam und ächzend gab die Stenge nach. Bevor sie gänzlich brach, neigte sie sich langsam, riss und zerrte an allem, was mit ihr verbunden war. Dann polterte sie auf die Reling und platschte ins Wasser. Dabei wurde nicht nur das Gaffeltoppsegel mit in die See gerissen, sondern wegen der Brassen auch das Vorroyalsegel mitsamt seiner Rah.

Die gebrochenen Rundhölzer mit ihrem Leinenverhau behinderten nun die beschädigte Brigantine in ihrem Vorwärtskommen.

Auf der Dragonfire brach lauter Jubel aus. Der erste Feuerwechsel war zu ihren Gunsten verlaufen. Das voreilige Siegesgeschrei vermischte sich mit dem Lärm der rollenden Lafetten von den 12-Pfündern, die schleunigst binnenbords geholt wurden, um nachgeladen zu werden.

Ripley hoffte, dass seine Mannschaft es schaffte, den Zeitvorsprung, den die Kanoniere der Esmeralda nun hatten, beim Nachladen der Geschütze ausgleichen zu können. Er prüfte den Stand der Segel und stellte voller Sorge fest, dass über seinem Schiff der blaue Himmel strahlte, während sich gleichzeitig eine weitere Nebelwand an die Esmeralda schob. Nun befürchtete er, dass sich der Gegner im Nebel davonschleichen konnte.

Auch Walker ahnte, dass Rodriguez mit seinem Schiff bald aus seinen Augen verschwinden würde. Sorgenvoll beobachtete er die Männer von der Geschützmannschaft, die rasch und präzise ihre Arbeit verrichteten.

„Beeilt euch, ihr lahmen Ärsche!", feuerte der Stückmeister seine Leute an.

Walker wollte sogar noch lauter zu brüllen. Innerlich tat er das sogar, obwohl er sich nach äußerlich still verhielt. Er wusste, dass die Männer sich beeilten. Außerdem war er auf Ripleys Schiff und nicht auf der Jaguar.

Schon erfasste ein Ausläufer des Nebels den Bug der Esmeralda und wanderte langsam achteraus. Ihre Stagsegel verschmolzen bereits mit der von Feuchtigkeit geschwängerten Luft. Ein laut polterndes Geräusch kündigte das erste Geschütz an, das auf der Esmeralda ausgerannt wurde.

„Bullshit!", entfuhr es Walker. Tatsächlich waren im Moment weder die Karronaden, noch die Kanonen der Dragonfire feuerbereit. Angespannt sah Walker zum Schiff seines Erzfeindes hinüber. Wie die Berserker schlugen dort die Matrosen auf alles stehende und laufende Gut ein, welches die gebrochene Stenge noch mit dem Rumpf verband und die Esmeralda in ihrer Manövrierfähigkeit behinderte.

In wenigen Sekunden wird die Esmeralda vom Nebel verhüllt sein, dachte Walker verzweifelt. Dann kann sie als Ziel von Ripleys Männern nur noch erahnt werden, während die Segel der Dragonfire immer noch in der Sonne leuchteten und von drüben immer noch auszumachen waren.

Walkers Befürchtungen wurden kurz darauf wahr. Die Brigantine löste sich im Grau ihres Umfeldes auf. Eine einzelne Feuerzunge durchdrang die graue Wand. Im dichten Nebel klang der Hall des Schusses dumpfer als zuvor. Sofort tat sich auf der glatten See eine brodelnde Furche auf, die direkt auf das Heck von Ripleys Schoner zuhielt.

Jeder an Bord des Schoners, ahnte was kommen würde. Und schon schlug die Kugel ein paar Handbreit über dem Wasser krachend in das Heck der Dragonfire.

„Anluven! Ruder hart Steuerbord!", brüllte Ripley seinem Rudergänger zu.

„Verdammt, keine Ruderwirkung! Capt'n, wir müssen einen Treffer direkt ins Ruder abbekommen haben!", entgegnete der Mann am Ruderrad.

„Bullshit!", brummelte Walker, der sich mit erneuten Schmerzen im Bauch aus seiner Deckung erhob. Ripleys lautes Fluchen übertönte alles und jeden an Bord der Dragonfire.

„Feuer frei!", brüllte der Stückmeister.

Der tobenden Donner der verspäteten Breitseite verebbte im Nichts. Kein Splittern, kein Krachen und keine Schmerzensschreie folgten dem Angriff. Von der Brigantine war nichts mehr zu sehen und nicht zu hören.

Inzwischen wurde auch der Schoner vom Pulverqualm und Nebel verhüllt. Das Gefecht konnte nicht fortgesetzt werden.

„Erbitte Schadensbericht!", forderte Ripley von seinem Schiffszimmermann. Gleichzeitig gab er seinem Stückmeister die Zustimmung zum Nachladen der Geschütze. Man konnte nicht wissen, ob die Esmeralda zurückkommen würde. Auch der Nebel konnte sich jederzeit zurückziehen.

„Alle Segel bergen!", brüllte der Bootsmann auf Geheiß Ripleys, dessen Miene einen zerknirschten Eindruck machte. „Und ihr da …" Der Bootsmann zeigte auf eine kleine Gruppe Matrosen, die ratlos herumstanden, weil sie im Moment nicht wussten, was sie zuerst machen sollten. „… ihr macht die Kutter klar. Der Schaden am Ruder muss sofort behoben werden."

Die Dragonfire war zwar manövrierunfähig, doch der Wind war schwach und der Seegang bestand nur aus einer mäßigen Dünung. Unter den Umständen sollte es gelingen, den Schaden, der sich knapp über der Wasserlinie befand, in kurzer Zeit provisorisch zu reparieren.

Walker spürte die Wut in seinem Bauch. Er hielt kurz die Luft an und atmete sie dann durch seine zusammengepressten Lippen hörbar aus. Welch eine Enttäuschung! Zwar hatte sich herausgestellt, dass der Schaden auf der Dragonfire unerheblich und reparabel war, aber die Esmeralda konnte vorerst nicht mehr auf See gestellt werden. Wohin sie segelte, konnte mit großer Wahrscheinlichkeit geahnt werden. Bald würde diese in der Nähe ihrer heimatlichen Insel sein.

Im Blickfeld der Küste oder gar im Schutz eines Hafens konnte er von Ripley nicht erwarten, das wahnwitzige Wagnis eines Angriffes auf die Esmeralda zu wiederholen. Auch ein erneuter Besuch auf dem Anwesen von Rodriguez kam nicht in Frage. Für Walker war es derzeit sowieso ausgeschlossen, sich auf einen Zweikampf einzulassen – seine noch nicht geheilte Wunde ließ es nicht zu.

Walker hatte die endgültige Abrechnung mit seinem Erzfeind innig herbeigesehnt und nun war sie in weite Ferne gerückt. Nun war er stinksauer, denn er wog Rodriguez in Sicherheit. Alles war sinnlos. Deshalb konnte er sich nicht über das glimpflich verlaufene Gefecht freuen.

Der Schaden am Ruder war nicht so schwerwiegend, wie man zunächst geglaubt hatte. Es sah ganz so aus, als ob die Dragonfire bald wieder Fahrt aufnehmen konnte. Unter der Crew gab es zwar ein Dutzend an Leichtverletzten mit Schnitt- und Splitterwunden, aber glücklicherweise waren die Männer ohne weitere Blessuren davongekommen.

George Ripley war froh, dass es nicht schlimmer gekommen war. Besonders was seine Sorgen um Jane anging, konnte er sich glücklich schätzen, dass aus dem Gefecht kein tödliches Fiasko geworden war. Jetzt schien es am Vernünftigsten, nach Boston zurückzusegeln. Aber in Bezug auf Walker war er ratlos. Dieser stand griesgrämig an Deck und starrte in den Nebel, als ob er versuchte, das Schiff seines Erzfeindes ausfindig zu machen. Ein Sieg hatte einfach nicht sein sollen.

Ripley schenkte sein Augenmerk nun lieber den Männern, die in den zwei Beibooten waren, die beidseitig des beschädigten Ruders im Wasser dümpelten. Die Leute bohrten und schraubten eifrig an der Schadenstelle. Das Ruder war kurz unterhalb von seinem Schaft geborsten. Zum Glück war diese Stelle gut zugänglich.

Nun wurde das Ruder mit massiven Balken und langen Schrauben notdürftig, aber funktionssicher geschient. Die Arbeit schritt zügig voran. Ripley sah auf seine Taschenuhr. Jetzt war er sich sogar sicher, dass sein Schiff bald Segel setzen konnte. Die Reparatur war dank tüchtiger Arbeit so gut wie abgeschlossen, obwohl seit dem Treffer kaum mehr als eine halbe Stunde vergangen war.

Trotz seiner derben Enttäuschung war Walker froh, dass die Dragonfire keinen größeren Schaden erlitten hatte. Gerade wurde der Taljenblock des Davids an den ersten Kutter geschäkelt. Gleich konnten die Boote an Bord gehievt werden. Auch die Fallen an beiden Masten waren schon zum Segelsetzen bemannt worden. Inzwischen war auch Jane an Deck erschienen. Obwohl Walker auf dem Vorschiff stand, konnte er ihr glückliches Lächeln sehen.

Ripley musste ihr mitgeteilt haben, dass er die Jagd abgebrochen hatte und zurück nach Boston segeln würde. So musste es sein, denn Jane sprang ihren Liebhaber vor der ganzen Crew geradezu an und hing sich freudig um seinen Hals. Ripleys grinste zufrieden. Das Glück der beiden Turteltauben dämpfte Walkers Wut über den Fehlschlag. Er wollte sich gerade wieder umdrehen, um das Paar nicht länger beobachten, als plötzlich etwas gegen den stampfenden Vorsteven polterte.

Neugierig ging Walker weiter nach vorne. Da die Dragonfire nur träge dahindümpelte, konnte kein Schaden entstanden sein. Trotzdem wollte er nach dem Rechten sehen.

Treibgut, schoss es ihm durch den Kopf. Sicherlich trieben Teile vom beschädigten Rigg der Esmeralda in den flachen Wogen.

Walker beugte sich über das Schanzkleid und sah ins Wasser. Obwohl seine Vermutungen den Tatsachen entsprachen, stockte ihm der Atem. Dicht unter der Wasseroberfläche trieb die zerbrochene Stenge der Brigantine und eine Spiere. Ein Wuhling aus gerissenen und gekappten Tauen schwappten wie eine Medusa in der See. Zwischen den geborstenen Rundhölzern spannte sich das Gaffeltoppsegel und wog sich im Gleichtakt der Wellen.

Walker blickte gebannt auf die Gestalt im schwarzen Umhang, die auf dem im Wasser wippenden Segel lag. Gelegentlich verschwand sie unter der Wasseroberfläche. Jedes Mal, wenn das Segel wieder an die Oberfläche kam, wurde Walker von einer hässlichen Fratze mit herausgequollenen Augen angestarrt. Aus dem weit aufgerissenen und voll Wasser stehendem Mund hing die Zunge heraus. Das Gesicht – soweit man es als solches bezeichnen konnte – und die haarlose Kopfhaut waren von dürftig verheilten Brandwunden entstellt. Um den Hals des Toten spannte sich eine eng gespannte Leine.

Der Triumph, den sich Walker erhofft hatte, blieb aus. Er konnte sich an der schaurigen Szenerie nicht ergötzen und es fiel ihm sogar schwer, über den Sachverhalt nachzudenken. Es musste wohl so gewesen sein: Als die Esmeralda im Gefecht ihre Stenge verloren hatte, war Rodriguez vom reißenden Tauwerk erfasst und über Bord gerissen worden. Dann war er in den vom Schiff nachgeschleppten Leinenverhau geraten und wegen der stetigen Fahrt darin erdrosselt worden.

Walker war so ergriffen, dass er die Stimme von Ripley, der an ihn herangetreten war, kaum wahrnahm. „James, ich muss dir meine Entscheidung mitteilen. Ich habe mich dazu entschlossen, unverzüglich nach Boston zurückzusegeln."

Erst jetzt wurde sich Walker bewusst, dass außer ihm und ein paar Matrosen im Bereich des Bugspriets, die treibende Leiche noch niemand gesehen hatte. „Ja, zurück nach Boston!", erwiderte er gelassen. Dann wandte er sich um und sah seinem Freund in die Augen. „Nur zu, lass dich nicht aufhalten, George."

Ripley war verdutzt, er hatte eine andere Reaktion erwartet. Erst als er ins Wasser blickte, sah er, was sich unterhalb des Bugspriets verheddert hatte.

# Glossar

Erklärung der seemännischen Fachbegriffe

| | |
|---|---|
| **Abfallen** | Kursänderung, bei der Wind danach achterlicher einfällt |
| **Abflauen** | Das Nachlassen des Windes |
| **Achterdeck** | Der hintere Teil des Oberdecks |
| **Achterleine** | Festmacherleine, die vom Heck aus nach hinten laufend, an Land belegt wird |
| **Achtern** | Hinten (aufs Schiff bezogen) |
| **Achterspring** | Festmacherleine, die vom Heck aus nach vorn laufend, an Land belegt wird |
| **Amwind-Kurs** | Kurs mit schräg von vorn einfallendem Wind |
| **Anbrassen** | Das Drehen der Rahen Richtung Längsrichtung, um mehr anluven zu können |
| **Ankerspill** | Ankerwinde |
| **Anluven** | Kursänderung, bei der Wind danach vorher einfällt |
| **Aufbrassen** | Das Drehen der Rahen in Richtung Querrichtung, um den Wind achterlicher einfallen zu lassen |
| **Aufgeien** | Aufholen der Rahsegel mittels der Geitaue und Gordinge, um den Wind aus den Segeln zu nehmen |
| **Aufheissen** | Bzw. Aufholen: Das Hochziehen von Segeln oder Lasten |
| **Aufklaren** | Ordnung auf dem Schiff schaffen bzw. Verbesserung der Sicht nach schlechtem Wetter |

| | |
|---|---|
| **Aufschießer** | In den Wind drehen, um Fahrt aus dem Schiff zu nehmen (z.B. zum Ankern oder zum Anlegen) |
| **Aussingen** | Das Ausrufen der gemessenen Tiefe (oder diverser Routinebefehle) z. B. durch den Lotgasten |
| **Backbord** | Die linke Schiffsseite |
| **Backbrassen** | Das Drehen der Rahen, um den Wind von vorn in die Segel treffen zu lassen. Damit lässt sich am schnellsten die Fahrt aus dem Schiff nehmen. |
| **Backschaft** | Eine Tisch- und Essgemeinschaft |
| **Bark** | Drei bis Fünf-mastiger Rahsegler mit Schratsegeln am letzten Mast |
| **Batteriedeck** | Geschlossenes Deck mit der Hauptbewaffnung an Kanonen |
| **Beidrehen** | Kursänderung in den Wind, bei der die Rahen backgebrasst werden, um Fahrt aus dem Schiff zu nehmen |
| **Beiliegen** | Lage, bei der durch Segel- und Ruderstellung das Schiff nur driftet ohne Fahrt voraus zu machen. Mit stark verkleinerter Segelfläche kann so auch ein Sturm abgewettert werden. |
| **Belegen** | Festmachen einer Leine, z.B. an einem Belegnagel |
| **Belegnagel** | Pflock aus Holz oder Metall in der Nagelbank oder im Mastgarten zum Belegen des laufenden Gutes |
| **Besteck** | Navigatorisch ermittelter Schiffsstandort |
| **Bilge** | Tiefster Ort im Schiff. Dort sammelt sich das Bilgewasser. |
| **Blinde** | Rahsegel am Bugspriet. |

| | |
|---|---|
| **Block** | Umlenkrolle, auch der Teil einer Talje (Flaschenzug) |
| **Brassen** | Taue zum Schwenken der Rahen |
| **Bratspill** | Ankerwinde mit waagerechter Welle |
| **Brigg** | Zweimaster mit Rahbesegelung an beiden Masten |
| **Bug** | Das Vorderteil eines Schiffes |
| **Bugspriet** | Kräftige, nach vorne zeigende Spiere am Bug. |
| **Crew** | Besatzung (engl.) |
| **Davit** | Einfacher Schiffskran |
| **Dhau** | Arabischer Segler mit Lateinersegeln an ein oder zwei Masten |
| **Dichtholen** | Das Heranziehen bzw. das Straffziehen von Segeln mittels der Schoten (das Gegenteil von Fieren). |
| **Dollen** | Metallgabeln zur Aufnahme der Riemen auf Booten |
| **Draggen** | Kleiner, vierarmiger Anker |
| **Drehbasse** | Leichtes, schwenkbares Schiffsgeschütz für Schrapnells |
| **Ducht** | Sitzplanke in einem offenen Boot |
| **Dünung** | Das Auf und Ab des Meeres, aber ohne direkte Windeinwirkung |
| **Dwars** | Querab, rechtwinklig zum Schiff |
| **Elmsfeuer** | Fluoreszierendes Licht an den Mast- oder Rahspitzen bei elektrisch hoch aufgeladener Luft, z.B. bei Gewitter |

| **Ende** | Ein Stück Tau; das Tauende nennt sich Tampen |

| **Entern** | 1. Das Besteigen des Riggs<br>2. Das Betreten eines Schiffes in feindlicher Absicht |

| **Etmal** | 24-Stunden-Etappe (von Mittag zu Mittag gerechnet) |

| **Faden** | Längenmaß = 1,829 m |

| **Fall** | Leine zum Hissen von Rahen oder Segeln |

| **Fallreep** | Treppe oder Strickleiter, die außenbords aufgehängt wird |

| **Fender** | Schutzpolster für Anlegemanöver |

| **Fieren** | Das Nachgeben einer Leine (das Gegenteil von dichtholen) |

| **Finknetz** | Netze, die der Reling entlang angebracht sind und zur Aufnahme der als Splitterschutz genutzten Hängematten dienen |

| **Fockmast** | Der vorderste Mast |

| **Fregatte** | Schnelles Kriegsschiff mit 25 bis 55 Kanonen |

| **Fußpferd** | Begehbares Tau unterhalb der Rahen |

| **Gaffel** | Schräge, schwenkbare Spiere zur Aufnahme eines Gaffelsegels |

| **Galion** | Balkonartiger Vorbau am Bug, der vom Bugspriet überragt wird |

| **Galiot** | Küstensegler aus dem Nord- und Ostseeraum (meist mit Gaffelbesegelung) mit bauchigem Rumpf und Spitzgattheck |

| **Gangspill** | Mehrzweckwinde mit senkrechter Achse |

| **Gangway** | Verbindungssteg vom Schiff aufs Land |

**Gig** — Kleineres Beiboot, meist für den Kommandanten bestimmt

**Glasen** — Das Anschlagen der Schiffsglocke im 30-Minutentakt mit eins bis acht Schlägen (Eine Wache hat acht Glasen= vier Stunden)

**Gräting** — Hölzernes Abdeckgitter

**Halbwind-Kurs** — Kurs mit seitlich einfallendem Wind

**Heck** — Der hintere Teil eines Schiffes

**heißen** — Das Hochziehen von Segeln oder Flaggen (auch: hissen)

**Jolly Roger** — Verballhornende Bezeichnung für die Totenkopfflagge der Piraten

**Kabellänge** — Ein Zehntel einer Seemeile = 185,5 m

**Kapern** — Das Überfallen oder in Besitznehmen feindlicher Handelsschiffe durch privat betriebene Kriegsschiffe

**Kaper(schiff)** — Kriegsschiff, das zum Kapern eingesetzt wird

**Kaventsmann** — Eine außergewöhnlich große Welle

**Kiel** — Der Längsbalken unten am Rumpf (das Rückgrat eines Schiffes)

**Kielholen** — 1. Das halbseitige Trockenlegen eines Schiffes, um das Unterwasserschiff überholen zu können
2. Schwere Bestrafung bei der der Delinquent, an einer Leine hängend, unter dem Rumpf durchgezogen wird.

**Killen** — Das Flattern der Segel

| | |
|---|---|
| **Kimm** | Sichtbare Linie am Horizont zwischen Himmel und See |
| **Klüver** | Dreiecksegel, die am Klüver gesetzt werden (außer Vorstagsegel) |
| **Klüverbaum** | Lange Spiere, die das Bugspriet überragt |
| **Kombüse** | Die Schiffsküche |
| **Korvette** | Kleines Kriegsschiff mit ca. 20 Kanonen |
| **Kreuzen** | Das Segeln im Zickzackkurs gegen die Windrichtung |
| **Kutter** | 1. Beiboot von Kriegsschiffen<br>2. Einmastiger Schiffstyp mit Gaffelsegel und mehreren Klüvern |
| **Kreuzmast** | Dritter rahgetakelter Mast eines Vollschiffs |
| **Last** | Stau- oder Vorratsraum |
| **Lateinersegel** | Dreiecksegel, das an einem kurzen Mast mit einer schrägstehenden Rah gefahren wird; seit dem 8. Jahrhundert bis heute im nordafrikanischen Raum verbreitet |
| **Laufendes Gut** | Bewegliches Tauwerk zum Bedienen und Einstellen der Rahen und Segel |
| **Lee** | Die windabgekehrte Seite |
| **Leesegel** | An Spieren gesetzte Leichtwindsegel, die als Erweiterung zu den Rahsegeln an den Rahnocks gesetzt werden |
| **Lenzen** | Das Auspumpen von Wasser im Schiff |
| **Log** | Senkrecht im Wasser stehendes Brett an einer auslaufenden Leine, bei der sich in bestimmten |

| | |
|---|---|
| | Abständen Knoten befinden; daher bedeutet ein Knoten = eine Seemeile pro Stunde |
| **Lot** | Beschwerte Leine zum Messen der Tiefe |
| **Lugger** | Kleiner, schneller, französischer Küstensegler mit Luggersegeln an drei Masten |
| **Luv** | Die dem Wind zugekehrte Seite |
| **Mars** | Plattform zwischen Mast und Stenge zum Spreizen der Marswanten |
| **Messe** | Wohn- und Speiseraum |
| **Mistico** | Zwei bis drei mastiger Küstensegler des Mittelmeeres mit Lateinersegeln und Vorstagsegeln, evtl. auch Rahsegeln (ähnlich der Schebecke) |
| **Nagelbank** | Planke, an der das laufende Gut festgemacht wird; die Nagelbänke um den Mast nennen sich Mastgarten. |
| **Niedergang** | Steile Schiffstreppe |
| **Nock** | Das äußerste Ende eines Rundholzes |
| **Pardunen** | Hinter den Wanten angebrachtes Tauwerk, das die Stenge von hinten abstützt |
| **Persenning** | Abdeckplane aus Segeltuch |
| **Pfortengang** | Oft hell gestrichener Streifen auf der Bordwand, auf der sich die dunklen Stückpforten kontrastreich hervorheben |
| **Pinasse** | Beiboot von ca. zehn bis zwölf Metern Länge, das auch besegelt werden kann |
| **Pinne** | Ruderhebel |
| **Piroge** | Einbaum mit aufgesetzten Planken, die als erhöhte Seitenwände dienen |

| | |
|---|---|
| **Preien** | Ausrufen, z. B. beim Loten |
| **Prise** | Aufgebrachtes feindliches Schiff, das in den Besitz der erbeutenden Macht übergeht |
| **Pütz** | Eimer |
| **Rah** | Horizontale Spiere, an der ein Rahsegel getragen wird |
| **Raumwind-Kurs** | Kurs, bei dem der Wind von schräg hinten einfällt |
| **Reffen** | Verkleinern der Segelfläche bei zunehmendem Wind |
| **Riemen** | Seemännische Bezeichnung für die zum Vortrieb von Booten notwendigen Ruder; somit wird nicht gerudert, sondern gepullt |
| **Rigg** | Gesamtheit der Takelage, bestehend u.a. aus Masten, Rahen, stehendem und laufendem Gut |
| **Rüste** | Starke Bohlen an der Bordwand zum Spreizen der Wanten |
| **Rüsteisen** | Verbindungsstück zwischen Want, Rüste und Bordwand (auch Pütting genannt) |
| **Ruder** | Das Schiffs- oder Bootssteuer |
| **Saling** | Spreizvorrichtung für die Wanten an den Masten oder Stengen |
| **Schanzkleid** | Geschlossene Reling |
| **Schebecke** | Schneller Drei-Master mit Lateinersegeln und Ruderantrieb arabischen Ursprungs |
| **Schmack** | Segelboot mit Gaffeltakelung und Seitenschwertern, wie flachem Boden |
| **Schoner** | Segelschiff mit zwei bis sieben Masten, dessen Hauptbesegelung zumeist aus Gaffelsegeln |

besteht die, im Gegensatz zu Rahsegeln, längs zur Schiffsrichtung gefahren werden.

**Schot**      Tau, mit dem die Stellung der Segel reguliert wird

**Seemeile**      1 Seemeile = 1852 m

**Sextant**      Navigationsinstrument zum Bestimmen von Sonnen- oder Gestirnswinkeln

**Smutje**      Smut genannt: Der Schiffskoch

**Speigatten**      Öffnungen im Schanzkleid zum Ablaufen des Wassers

**Stag**      Stütztau, das die Masten und Stengen von vorne stützt

**Stagsegel**      Dreiecksegel, die an den Stagen gesetzt werden

**Stenge**      Mastverlängerung

**Steuerbord**      Die rechte Schiffsseite

**Strich**      1/32 der Kompassrose = 11,25 Grad

**Stückmeister**      Artillerieoffizier

**Stückpforte**      Geschützpforte

**Takelage**      Auch Rigg genannt

**Takelung**      Die Art der Takelage, z.B. Bark, Brigg, Vollschiff

**Talje**      Zug- oder Hebevorrichtung, die aus Blöcken mit Umlenkrollen besteht

**Tampen**      Kurzes Taustück bzw. die Enden eines Tauwerkes

**Törn**      Fahrt mit einem Segelboot

**Topp**      Mastspitze

| | |
|---|---|
| **Toppgasten** | Seeleute, die in den Toppen, also oben im Rigg, eingesetzt sind |
| **Toppsegel** | Oberstes Segel |
| **Toppsegelschoner** | Schiff mit zwei oder drei Masten |
| **Treideln** | Ein Schiff am Flussufer entlang ziehen |
| **Verholen** | Der Wechsel von Anker- oder Liegeplatz |
| **Vorwind-Kurs** | Kurs mit von hinten einfallendem Wind |
| **Wanten** | Seitlich vom Mast angebrachte Stütztaue, die mit Webleinen versehen Strickleitern bilden |
| **Warpanker** | Leichter Anker oder Draggen mit dem das Schiff über Grund gezogen wird |
| **Webleinen** | Horizontale Leinen als Steighilfe zwischen den Wanten |
| **Zeisinge** | Kurze Leine oder Bändsel zum Zusammenbinden der Segel |

# Mehr Seefahrer-Abenteuer von Erwin Welker entdecken!

## Schmach & Glorie

## Raubkatzen der Meere

# Verpassen Sie keine Neuerscheinung!

Tragen Sie sich in den Newsletter von *EK-2 Militär* ein, um über aktuelle Angebote und Neuerscheinungen informiert zu werden und an exklusiven Leser-Aktionen teilzunehmen.

**Link zum Newsletter:**
https://ek2-publishing.aweb.page

**Über unsere Homepage:**
www.ek2-publishing.com
Klick auf *Newsletter*

***Via Google***: *EK-2 Verlag*

Als besonderes Dankeschön erhalten Sie <u>**kostenlos**</u> das E-Book »Die Weltenkrieg Saga« von Tom Zola.

**Deutsche Panzertechnik trifft außerirdischen Zorn
in diesem fesselnden Action-Spektakel!**

# Ihre Zufriedenheit ist unser Ziel!

Liebe Leser, liebe Leserinnen,

hat Ihnen unser Buch gefallen? Haben Sie Anmerkungen für uns? Kritik? Bitte zögern Sie nicht, uns zu schreiben. Wir werden jede Nachricht persönlich lesen und beantworten.

Schreiben Sie uns: info@ek2-publishing.com

Wussten Sie schon, dass Sie uns dabei unterstützen können, deutsche Militärliteratur sichtbarer zu machen? Bitte nehmen Sie sich einen Moment Zeit und bewerten Sie dieses Buch online. Viele positive Rezensionen führen dazu, dass das Buch mehr Menschen angezeigt wird.

Sie können somit mit wenigen Minuten Zeitaufwand unserem kleinen Familienunternehmen einen großen Gefallen tun. Vielen Dank für Ihre Unterstützung!

# Impressum

Eine Veröffentlichung der EK2-Publishing GmbH
Friedensstraße 12, 47228 Duisburg
Handelsregisternummer: HRB 30321
Geschäftsführerin: Monika Münstermann

E-Mail: info@ek2-publishing.com
Website: www.ek2-publishing.com



Cover/Umschlag: Renee Rott
Lektorat: Angelina Blosfeld
Korrektorat: Eduard Krisan
Buchsatz: Eduard Krisan

1. Auflage, Mai 2024

www.ingramcontent.com/pod-product-compliance
Lightning Source LLC
LaVergne TN
LVHW041459170726
843492LV00005B/1300